Gallmeister

Keith McCafferty est le rédacteur en chef de *Field & Stream*, magazine consacré à la pêche, la chasse et la vie au grand air. Il a contribué à diverses publications, dont le *Chicago Tribune*, sur des sujets allant des moustiques aux loups, du mercenariat aux exorcismes, et a pas mal bourlingué à travers le monde. Il est lauréat de nombreux prix, dont le Robert Traver Award (qui récompense de la littérature relative à la pêche).

LA VÉNUS DE BOTTICELLI CREEK

Un régal absolu, un dépaysement total et un plaisir de lecture garanti.

Radio Classique

De la grande évasion qui ne néglige pas l'humour.

Télé Z

Un excellent roman de pure détente.

La Nef

Un roman de grande évasion au suspense ébouriffant.

Le Quotidien

Un livre porté par l'humanisme profondément rassérénant de son auteur.

Politis

Merveilleusement écrit.

Publishers Weekly

DU MÊME AUTEUR

Le Baiser des Crazy Mountains, 2021

Les Morts de Bear Creek, 2019 ; totem n°163

Meurtres sur la Madison, 2018 ; totem n°135

Keith McCafferty

LA VÉNUS DE BOTTICELLI CREEK

Roman

Traduit de l'américain
par Janique Jouin-de Laurens

Gallmeister

TOTEM n°199

Titre original : DEAD MAN'S FANCY

This edition published by arrangement with Viking,
an imprint of Penguin Publishing Group,
a division of Penguin Random House LLC

ISBN 978-2-35178-803-5
ISSN 2105-4681

Illustration de couverture © Olivier Balez
Conception graphique de la couverture : Valérie Renaud

NOTE DE L'ÉDITEUR

COMME VOUS LE REMARQUEREZ, Sean Stranahan passe beaucoup de temps à barboter dans les sublimes rivières à truites du Montana. Mais son activité préférée, la pêche à la mouche, est un art qui par son vocabulaire mystérieux peut laisser certains lecteurs au bord de l'eau. Aussi vous proposerai-je ces quelques indications.

L'équipement d'abord : les fameux waders sont un pantalon de pêche étanche qui permet de s'aventurer dans l'eau jusqu'à la taille et tient par des bretelles. Un float tube est une bouée sur laquelle on s'installe pour pêcher et qu'on déplace à l'aide de palmes.

Les mouches ensuite, dont il existe une variété quasiment infinie, aux noms souvent poétiques et qui ne se traduisent guère : on parle ainsi de Royal Wulff, Adams ou Grey Ghost. Les mouches peuvent être dites sèches, émergentes ou noyées en fonction de leur position dans l'eau. Elles ne représentent pas un insecte en particulier, contrairement aux streamers qui imitent un animal aquatique (têtard...). Précisons que le hackle est une plume qui sert à fabriquer une mouche.

Enfin, les truites elles-mêmes se répartissent en farios, cutthroats, arcs-en-ciel et autres brookies, catégories entre lesquelles les différences peuvent paraître un peu subtiles à l'œil d'un non-initié, mais qu'aucun pêcheur digne de ce nom ne s'avise jamais de confondre.

Pour mon frère, Kevin

Toutes les histoires parlent de loups. Enfin toutes celles qui valent la peine qu'on les répète. Les autres ne sont que des bêtises à la guimauve.

MARGARET ATWOOD, *Le Tueur aveugle*

Si vous avez une sœur et qu'elle meurt, cessez-vous de dire que vous avez une sœur ? Restez-vous toujours une sœur même si l'autre moitié de l'équation n'est plus là ?

JODI PICOULT, *Ma vie pour la tienne*

I

AU MILIEU DES BOIS TOUFFUS

LORSQU'ELLE L'ENTENDIT, Martha Ettinger quitta un instant des yeux le sentier et le bord de son chapeau se releva, lui dévoilant les premières étoiles. Au loin se découpait la silhouette indigo de Papoose Mountain. Le hurlement s'élevait depuis l'une de ces forêts de pins aux doigts crochus qui semblaient vouloir agripper les sommets, d'abord une note profonde, soutenue, à laquelle s'était mêlée une harmonie plus aiguë qui en avait entraîné d'autres, avant que la complainte de la meute ne meure, abandonnant le shérif au silence et aux battements de son cœur.

— C'était quoi, Marth ?

— D'après toi ?

Elle effleura les côtes de Petal et revint à hauteur de la monture de son adjoint, un hongre alezan plus grand que son Appaloosa.

— J'ai cru entendre des loups.

— Dans la vallée de la Madison ? Quelles sont les chances que ça arrive ?

— Assez élevées, en fait, vu combien les ranchers se plaignent.

Ettinger alluma sa lampe frontale.

— C'était ironique, Walt. Bien sûr qu'il y a des loups dans le Montana. Il suffit d'avoir des oreilles pour le savoir.

— Eh bien, j'en avais jamais entendu.

— Ah bon ?

— En réalité, je suis pas très sûr.

Martha se demandait comment on pouvait ne pas reconnaître le hurlement d'un loup, lorsque trois notes prolongées s'élevèrent à nouveau du bassin. Le premier loup était accompagné d'un second au timbre plus aigu, puis d'un troisième à la voix encore plus perçante. Ce chœur rappela à Martha un conte populaire inuit : l'histoire d'une mère qui ne trouvait pas de quoi nourrir ses enfants et dont les lamentations s'étaient muées en hurlements jusqu'à ce qu'elle se transforme elle-même en loup. Elle le raconta à Walt, laissant les chevaux souffler.

— Peuh, lâcha-t-il. Cette histoire n'a aucun sens.

— C'est pour ça que ça s'appelle du folklore. Allez, en route, on a une bonne raison d'être là, si tu te souviens bien.

— Je sais, mais à mon avis, cette jeune femme n'a pas disparu parce que son cheval a filé et l'a laissée en rade dans la montagne. Elle a dû rencontrer un beau cow-boy.

— Je serais d'accord avec toi si ce n'était pas ce cow-boy en question qui nous avait appelés.

— Tu veux parier un dîner ? Un pain de viande de bison au Ted's Montana Grill si elle se tape un mec, un truc de bouffeurs de grenouilles au Cafe Provence si elle s'est vraiment égarée.

— Je ne parie pas sur la vie de quelqu'un, et de toute manière, ce pari-là, je préférerais le perdre. Je n'aimerais pas me retrouver là-haut avec ces *lobos* en train de me donner la sérénade.

Elle claqua la langue à l'intention de Petal et les chevaux s'engagèrent sur le sentier qui grimpait vers le bassin.

L'appel était arrivé trois heures après que Judy Woodruff avait pris le second service au central. Mobiliser les forces de police au coucher du soleil pour partir à la recherche d'une naturaliste et guide de pêche d'un ranch-hôtel qui ne s'était pas montrée à une réunion de planning une heure plus tôt avait d'abord semblé prématuré, mais seulement parce que le cow-boy parlait de manière décousue. Lorsqu'il avait finalement mentionné que, constatant son absence, il s'était rendu à l'enclos et avait découvert son cheval à l'extérieur des barrières, sans sa cavalière et en nage, Judy avait immédiatement transféré l'appel au sergent Warren Jarrett, sans attendre de plus amples détails. Celui-ci avait réussi à joindre Martha Ettinger chez elle.

— Vous avez réuni une équipe d'urgence ? demanda-t-elle.

— Bien sûr. Si elle est gravement blessée, pas question de perdre du temps. J'imagine qu'elle a été désarçonnée et qu'ils l'auront trouvée avant qu'on se mette en selle. Le cow-boy monte pour prendre le chemin qu'elle a emprunté en sens inverse. Il va avoir une heure d'avance sur nous. Il n'y a pas vraiment de raison que vous veniez, mais je vous connais depuis assez longtemps pour savoir que vous allez vouloir vous déplacer quand même.

Ettinger passa la tête par la porte de derrière et lança un sifflement aigu pour rappeler Goldie, son berger australien.

— C'est chez les Culpepper, sur la Papoose, c'est ça ? Il y a un panneau ? Je crois me souvenir que j'avais tourné au mauvais endroit il y a six ou sept ans quand le vieux Ollie s'était suicidé.

— Ouais, la veuve a installé une signalisation bien visible. Un portail assez grand pour que Paul Bunyan* puisse y faire passer son bœuf géant. Mais au cas où vous ne le verriez pas dans vos phares, je laisserai un cône de chantier avec une bande réfléchissante.

Martha avait récupéré Walter Hess en ville et l'avait mis au courant tandis qu'ils traversaient la vallée. La femme disparue – elle avait vingt-cinq ans, s'appelait Nanika Martinelli – avait profité de la politique du ranch qui encourageait les employés à participer aux randonnées si une monture était disponible – et, mi-septembre, c'était souvent le cas. Le cow-boy menait son groupe dans une des excursions standard de l'après-midi, un circuit de vingt kilomètres qui faisait le tour de la Lionhead Mountain, lorsque Martinelli s'était portée à sa hauteur pour l'informer qu'elle rentrait par un chemin plus long, une bifurcation du sentier qui contournait la paroi la plus abrupte du bassin de la Papoose. Ce trajet la rallongeait de dix kilomètres, ce qui la ramènerait au ranch environ une heure et demie plus tard. Martinelli étant une cavalière accomplie, le cow-boy lui avait seulement rappelé de vérifier la présence de cailloux coincés dans les fers de Boregard avant de le bouchonner.

Permettre à quelqu'un de partir seul en pleine nature sauvage, quelle que soit sa compétence en selle, semblait bien imprudent à Ettinger. Un ranch-hôtel comme le Culpepper retenait son souffle chaque fois qu'un client se cassait un ongle ou se piquait avec une mouche à truite. Même si Martinelli avait signé une clause de responsabilité en bonne et due forme, c'était laisser les portes grandes ouvertes à des

* Géant mythique du folklore américain, habituellement accompagné d'un bœuf bleu. (Toutes les notes sont de la traductrice.)

poursuites pénales. Mais, sans plus de détails, il était difficile de se livrer à des hypothèses.

Jason Kent, le commandant des opérations de recherche et sauvetage, était assis derrière le bureau de liaison qu'il avait installé dans le coin d'un des bungalows du ranch destinés aux clients et pour le moment inoccupé.

— Martha, Walt.

Pas de poignée de main. L'homme, grand, aux cheveux blond-roux et au bronzage de fermier, leva les yeux vers eux : Walter Hess, mince, un visage de rapace, environ un mètre soixante-quinze, et Ettinger, trois centimètres plus petite, bien charpentée, les cheveux auburn ondulés, des yeux bleus saisissants que la fatigue veinait de rouge et un visage large, davantage celui d'une belle femme que d'une jolie fille. Kent fit signe à Ettinger de lui donner un bâton provenant du tas de petit bois à côté de la cheminée en pierre. Il le prit de sa main gauche, celle où manquaient deux doigts, fit pivoter sa chaise et tapota la carte topographique qu'il avait punaisée au mur.

— Voici le sentier que Martinelli a dit vouloir prendre après avoir quitté le groupe. Il repart vers le côté nord du bassin, le contourne sous la paroi durant deux kilomètres et demi, puis revient par le côté sud. On a des cavaliers qui le remontent des deux côtés. Le cow-boy a une heure d'avance sur nous, donc si elle a été désarçonnée là-haut, il devrait l'avoir retrouvée à l'heure qu'il est. Mais Bucky – Bucky Anderson, le manager du ranch – a dit que le jeune gars avait enfourché son cheval à toute vitesse. Il est parti sans rien et n'a aucun moyen de nous contacter, et vice-versa.

Martha eut un sourire acerbe.

— Je connais Bucky. On est parents du côté de mon père. Aux dernières nouvelles, il allait épouser madame

Culpepper en personne. Il pourra ainsi se la couler douce à la tête du ranch.

— Comme disait mon père : “Mon fils, on peut épouser en cinq minutes plus d'argent qu'il est possible d'en gagner en toute une vie”, lança Kent

— Où est Bucky ? J'aimerais lui parler avant que Walt et moi nous mettions en route.

Kent secoua la tête.

— Je l'ai prévenu que vous voudriez lui toucher deux mots, mais c'est une tête de mule. Il n'a pas pu attendre. Il me rappelle quelqu'un. (Il croisa brièvement le regard de Martha.) Quoi qu'il en soit, Bucky connaît le coin mieux que quiconque. Il est parti il y a une demi-heure, je l'ai envoyé du côté sud. Le cow-boy, lui, a filé vers le nord. Quant à Warren Jarrett, il coordonne le périmètre de recherche. On a des cavaliers là, là et là. Comme vous le voyez, on a dessiné un cercle assez large. De plus, on a des quads sur les sentiers 26A et B. Si elle est consciente, ça va lui être sacrément difficile de ne pas savoir que des gens la recherchent. Au cas où elle essaierait de rentrer à pied, on va allumer des feux de camp aux embranchements du sentier et balancer des lumières clignotantes. Si elle n'est pas revenue demain matin, Karl Radcliffe fera décoller son Piper Cub et j'organiserai une battue au sol.

— Quelle direction Walt et moi devrions-nous prendre ?

— Le temps que vous trouviez quelqu'un pour aller vous chercher des montures… (Il passa une main dans ses cheveux en brosse.) Paysage escarpé, chevaux inconnus, virée dans le noir, inutile de vous dire que c'est risqué.

— J'ai Petal et Big Mike dans le van, dit Martha. On peut être en selle dans un quart d'heure.

— Tu as acheté un autre cheval ?

— Je garde Big Mike dans mon pré pour un ami. Il est indestructible et a le pied sûr. Walt ne devrait pas avoir de problèmes.

— Je vois qu'il est inutile de protester. (Kent regarda fixement la carte et hocha pensivement la tête.) Le mieux serait de quitter le sentier (il tapota l'endroit à l'aide du bâton) et de monter directement vers le bras principal de la Papoose. Imaginons que la jeune femme ait été désarçonnée le long de la paroi. Si elle a paniqué, elle a pu couper pour descendre vers le fond du bassin. Bucky dit qu'une sente de cerfs suit la rive sud du cours d'eau. Mais vous connaissez les sentes de cerfs, elles vont dans une direction, puis nulle part. Vous risquez de vous perdre. Si vous vous retrouvez dans le pétrin, faites un feu et ne bougez pas. Je ne demanderais à personne d'interrompre la battue pour aller récupérer un shérif et son adjoint qui devraient être capables de s'occuper d'eux-mêmes.

Martha grommela.

— Merci pour le vote de confiance, Jase.

Kent haussa les épaules. Il lui tendit une feuille imprimée comportant la description de la femme disparue et tapa sur quelques touches de son ordinateur portable afin d'ajouter le trajet de Martha et Walt sur la grille de recherche.

— C'est tout, dit-il sans lever les yeux. Utilisez la fonction fil d'Ariane du GPS et faites un point toutes les heures.

— Tu es sûre de savoir où on est? Je croyais que Jase avait parlé de la rive sud du cours d'eau.

Martha tira sur les rênes pour stopper Petal, sortit son GPS de la poche de sa veste et appuya sur une touche pour éclairer l'écran à cristaux liquides.

— On est bien sur la rive sud. Mais on est aussi sur la rive nord d'un ruisseau. Le problème, c'est qu'il y a trois bras, quatre en comptant celui qui est intermittent. Je ne sais pas trop duquel il parlait.

Elle leva les yeux vers le triangle boisé qui couvrait le bassin. L'obscurité des fourrés, sinistres sous le halo de la demi-lune, était striée de lignes plus sombres, les affluents de Papoose Creek. En étudiant la carte, il sembla à Martha qu'ils étaient au bon endroit. Mais bon sang, comme le secteur était vaste. On aurait pu y planquer un troupeau de vaches.

— Qu'est-ce qu'il y a, Walt ?

Elle n'avait pas écouté.

— Il va faire plus noir que dans le cul d'une sorcière là-dedans.

— Pardon ? grommela Martha.

— C'est juste une façon de parler, répondit Walt, je ne sais pas à quoi ça va nous mener de nous balader dans le noir. Merde, on n'a même pas atteint les arbres qu'on est déjà perdus.

— On n'est pas perdus, on étudie le chemin à prendre. Tu n'as pas besoin de réfléchir avec moi. Je sais que tu n'es pas aussi à l'aise que moi sur ces bêtes.

— Non, si tu penses qu'on est sur la bonne route, je te suis.

Ils grimpèrent à travers les pins – c'était la bonne route, Ettinger en était certaine. Elle le fut moins huit cents mètres plus loin, quand le sentier se divisa une première fois, puis une seconde pour traverser le ruisseau à main gauche. Les arbres étaient tellement penchés qu'elle et Walt durent descendre de leurs montures et leur nouer une longe au licou. Walt se débrouillait pas mal les pieds dans les étriers, mais beaucoup moins lorsqu'il s'agissait de guider un cheval sur une sente de cerfs, et Martha vit immédiatement que Big Mike n'aimait pas que Walt lui touche la tête. Tout d'abord, Walt ne se tenait pas du bon côté de sa monture. Martha le lui expliqua, mais Big Mike avait Walt dans le collimateur. Après avoir essayé de s'écarter, le cheval changea de tactique et commença à se coller à lui.

— Ne le laisse pas te bousculer, dit Martha. S'il est trop près, pousse-le à l'épaule.

Walt s'approcha et la jambe avant gauche du cheval se posa sur le bout de ses Tony Lama en peau de bison.

— Sainte Marie mère de Dieu ! cria-t-il, en tombant à la renverse.

L'animal s'ébroua puis recula. Martha bondit pour s'emparer de la bride, la saisit avant qu'elle ne s'emmêle dans les broussailles, et, la corde serrée dans la main droite, elle planta son coude dans le cou du cheval pour qu'il demeure près d'elle. Tenant fermement les rênes, elle resta face à Big Mike jusqu'à ce qu'il se calme.

— On a failli se retrouver en plein rodéo, dit-elle.

— Mes orteils... Je les ai entendus craquer, Marth. (Walt s'était assis.) Mon Dieu, j'ai le pied en feu.

— Alors tu ferais mieux d'enlever cette botte avant que ça commence à enfler.

Elle attendit que les battements de son cœur ralentissent et soupira :

— C'est de ma faute. On n'aurait pas dû amener nos montures jusqu'ici. Même l'homme qui murmure à l'oreille des chevaux ne s'y risquerait pas.

La chaussette ensanglantée luisait dans le faisceau de la lampe frontale de Walt.

— J'aurais dû rester à Chicago, dit-il. J'aurais été plus en sécurité dans la rue.

— Et tu m'aurais laissée sans personne à insulter ? Non, le comté a besoin d'un type qui connaisse la rue. Des rues, y en a de plus en plus dans le Montana, tu l'as peut-être remarqué…

— Ce ne sont pas des vraies rues. Mince, tu penses que c'est cassé ?

— Tu peux le bouger ?

Walt grimaça. Autour de ses yeux, la peau se creusait de rides. Il hocha la tête :

— Je crois qu'il n'a écrasé que le bout. Mais je parierais que je vais quand même perdre l'ongle.

— T'as plutôt eu de la chance. Big Mike ne pèse que cinq cent cinquante kilos…

Elle s'interrompit et pencha la tête pour tendre l'oreille tout en se caressant le menton d'un air songeur.

— C'est encore les loups ? s'inquiéta Walt. Je me fiche qu'on prétende qu'ils n'attaquent jamais. Rien que d'imaginer le Petit Chaperon rouge en train d'errer dans l'obscurité, là, ça me donne la chair de poule. Pourquoi…

— Non. Chut. On dirait un hennissement.

Elle tapota sur son GPS.

— Qu'est-ce que tu fais ?

— Je regarde si on est assez près de la paroi pour entendre un des chevaux de l'équipe de recherche. On est à un kilomètre et demi, non, deux kilomètres de l'endroit où le sentier s'en approche le plus. Dans une forêt comme celle-ci, je ne crois pas qu'on entendrait un cheval à cette distance.

— C'est peut-être celui du cow-boy. Il pourrait avoir vu quelque chose qui l'aurait éloigné du sentier.

— Peut-être. Restons là et écoutons.

Une atmosphère lugubre s'était abattue sur ces étendues sauvages et elle demeura immobile au milieu d'un silence seulement troublé par les grognements provenant de la silhouette de Walt. Les minutes s'écoulèrent.

— On fait quoi maintenant ? finit par dire Walt. Je dois pouvoir tenir en selle, par contre, je ne sais pas si je vais réussir à clopiner jusqu'à l'endroit où c'est assez dégagé pour remonter à cheval. Mais toi, tu pourrais continuer, Marth.

Elle fit non d'un signe de tête :

— Je continuerais si on savait où on allait. Je vais appeler le commandant des opérations et, ensuite, j'irai faire boire les chevaux au ruisseau. Ils sont entraînés à rester immobiles sans licou, mais s'ils entendent les loups, j'ai peur qu'ils filent. On va nouer une corde entre deux arbres et les y attacher. Après, on fera un feu et on l'entretiendra. Si cette fille erre dans le bassin, elle le verra peut-être et s'approchera.

Martha sortit la radio de son étui. Lorsqu'elle tourna le bouton du volume, le grésillement fit brièvement s'ébrouer Petal et elle baissa immédiatement le son pour vérifier si elle entendait le cheval qu'elle pensait avoir repéré plus tôt. Les chevaux qui recherchent de la compagnie parlent. Il était logique qu'un animal séparé de son cavalier hennisse, surtout s'il entendait un autre cheval. Mais les alentours restèrent silencieux.

La voix de Jason Kent était hachée mais audible. Il avait suivi la progression de Martha sur l'écran de son ordinateur. Pas de chance pour le pied de Walt. Il était d'accord sur le fait que l'endroit où ils se trouvaient en valait un autre pour passer la nuit. Rien à signaler concernant les recherches hormis qu'Harold Little Feather, après avoir suivi la piste du cow-boy, avait retrouvé Bucky Anderson sur la paroi. Tous deux avaient aussi entendu les hurlements des loups, mais ils n'avaient vu aucune trace de la femme. Ils n'avaient pas non plus croisé le cow-boy.

— Donc, maintenant, on est à la recherche de deux personnes qui pourraient être en difficulté. Les civils veulent nous aider, mais en fait ils compliquent mon travail.

Il semblait épuisé. Martha trouvait toujours à Jason un air fatigué. Elle lui dit qu'elle pensait avoir entendu un cheval au loin. La radio redevint silencieuse et Martha imagina le commandant en train de boire son café dans un gobelet en carton.

— Raison de plus pour que vous ne bougiez pas, répondit-il.

Il promit de faire circuler l'information auprès de l'équipe de recherche et mit fin à la communication.

À cette époque de l'année, une fois par semaine, on découvrait au réveil les forêts d'altitude saupoudrées de blanc, et Martha installa au-dessus d'eux la bâche qu'elle avait emportée dans une sacoche. Une heure plus tard, étendue sur une couverture de selle rêche qui sentait le cheval, Walt ronflant près d'elle, Martha entendit le long brame d'un cerf. Le cri était faible, flottant à travers le bassin dans la nuit glacée. À la lueur vacillante des flammes, elle vit Petal tendre l'oreille. Mais le brame ne fut pas suivi par celui d'un mâle rival. Au bout d'un moment, Petal relâcha sa vigilance et Martha sentit le sommeil la gagner tandis que le feu sifflait sous les premiers flocons de neige.

2

DUR COMME UN OS

LORSQUE MARTHA se réveilla, il faisait tellement clair qu'elle crut que l'aube pointait. Elle releva le poignet de sa veste pour jeter un coup d'œil aux aiguilles lumineuses de sa montre. Trois heures du matin. Ce n'était que la lueur diffuse de la lune qui se reflétait sur la neige. Elle déboutonna son pantalon pour soulager la pression sur sa vessie. Walt ronflait toujours. Des flocons s'étaient déposés dans le creux du chapeau rabattu sur sa figure. Ce type pouvait dormir n'importe où. Malgré tout, c'était un être humain, du moins un peu, et elle était bien contente de ne pas être seule.

— Oh, arrête de geindre, marmonna-t-elle.

Elle se traîna derrière les arbres. Son visage se détendit lorsqu'elle se soulagea. Les hommes, lors des missions de recherche, n'avaient qu'à ouvrir leur braguette ; ils se fichaient totalement qu'elle se trouve à trois mètres. Elle l'avait fait remarquer à Harold Little Feather un jour où ils chassaient le cerf dans le Badger-Two Medecine. Il lui avait répondu qu'en uniforme Martha n'était qu'un flic parmi d'autres. "C'est une question de respect. Voilà ma façon de voir les choses." Il s'était alors éloigné de quelques mètres et avait pissé sur les braises du feu de camp.

Martha secoua la tête en y repensant. Sacré Harold ! Du bout du pied, elle recouvrit d'aiguilles de pin le sillon que son urine avait creusé dans la neige, puis elle se rendit auprès des chevaux.

— Salut ma belle. Il va faire jour en un rien de temps, dit-elle en contournant les arbres avant de s'arrêter brusquement.

Juste devant, un peu à gauche des deux bêtes, une silhouette volumineuse se dressait, obscurcissant une partie de la forêt. L'espace d'une seconde, Martha pensa qu'il s'agissait d'un élan. Sauf que, évidemment, ce ne pouvait pas être un élan : Petal et Big Mike seraient devenus fous. Puis elle perçut le léger hennissement. Elle comprit que le cheval qu'elle avait entendu plus tôt s'était fié à son odorat pour rejoindre le campement. Martha commença à parler à voix basse et l'animal avança immédiatement, le cou tendu. Martha lui frotta le dessous des yeux avec son poing. C'était un quarter horse hongre, un cheval bai à la crinière rase arborant une étoile irrégulière sur le front.

— D'où viens-tu ?

Elle alluma sa lampe frontale sur l'intensité la plus faible et projeta le faisceau sur la selle. Une longe tressée était soigneusement enroulée et attachée à un anneau en D à l'avant du quartier gauche de la selle, indiquant que le cavalier n'avait pas mis pied à terre avant d'être séparé de sa monture. Désarçonné ? Martha ajouta un butoir à la corde tendue entre les arbres afin que le quarter horse ne vienne pas piétiner Petal ou Big Mike, fixa la longe au licou et scruta le ciel. Elle retourna au campement et boucla son ceinturon de service. Elle songea à réveiller Walt, mais à quoi bon ? Il ne pourrait pas la suivre là où elle se rendait. Et elle devait s'y rendre maintenant, car la lune ne se montrait que grâce à une trouée dans les nuages. Il pouvait reneiger d'un moment à l'autre et les traces laissées par le cheval seraient effacées.

Dans la mince couche de neige, les empreintes de fers étaient bien nettes. Martha les suivit, essoufflée, jusqu'au ruisseau qu'elles traversaient avant de remonter, puis de redescendre et de traverser un autre filet d'eau quatre cents mètres plus loin. Elle atteignit un terrain dégagé environ trois cents mètres en dessous de l'escarpement. La neige y était plus profonde, les empreintes formant de petits cratères mal définis. La neige tombait encore lorsque le cheval était arrivé là, mais elle s'était interrompue peu après qu'il avait pénétré la ceinture boisée. Martha esquissa un sourire sans joie en comprenant que la fenêtre qui lui permettrait de découvrir pourquoi et où le cavalier avait été séparé de sa monture était en train de se refermer. Elle devait maintenant déchiffrer la piste d'un cheval dont les empreintes, aussitôt formées, s'étaient remplies de neige et, plus elle monterait, plus la neige se serait accumulée. Elle allait peut-être savoir la fin de l'histoire sans en connaître le début.

Martha se retourna pour contempler la colline boisée qu'elle venait de traverser. Le camp en contrebas était repérable grâce à la fumée qui dessinait une traînée fantomatique au-dessus des arbres. Aucune étoile, seulement le demi-halo voilé de la lune et la montagne aussi silencieuse que la mort en plein cœur de la nuit. Elle frissonna et plaça deux doigts sur le côté de sa gorge, à la recherche de son pouls. Fort et régulier.

— Ressaisis-toi, Martha, dit-elle à voix haute. Tu es le shérif du comté de Hyalite.

En reprenant la piste, elle recouvra toute son assurance de flic professionnel. Mais il n'y avait plus de chemin à suivre.

Les empreintes avaient disparu. Elle regarda plus haut et découvrit l'endroit où les sabots s'étaient enfoncés avant de faire voler la terre. À plein galop, les sabots d'un cheval se retrouvent un instant tous les quatre dans les airs, ce qui explique les trous dans sa foulée. Martha comprit que les traces avaient disparu sur six mètres non pas à cause de la neige, mais parce que l'animal avait dévalé le versant de la montagne. Un cheval effrayé peut s'emballer sur une longue distance – elle avait un jour vu un cheval de bât effrayé par un grizzly galoper au moins quatre cents mètres sur des éboulis avant de tomber dans un à-pic –, mais la plupart des chevaux des montagnes ont le bon sens de revenir au trot assez rapidement. Elle sentit qu'elle devait être proche de l'endroit où il avait paniqué, là où la logique voulait qu'il ait désarçonné son cavalier.

Deux cents mètres plus haut, le long de la pente, un bosquet formait une tache noire contre le mamelon satiné de la montagne. Le cheval venait de cette direction mais, alors que Martha continuait de grimper, les traces se firent moins distinctes avant de disparaître totalement. Elle mordit sa lèvre inférieure crevassée. "Ne laisse pas tomber, Martha", marmonna-t-elle. Elle éteignit sa lampe frontale dont la lueur devenait de plus en plus faible et attrapa la torche tactique Carnivore accrochée à sa ceinture. La lampe avait deux positions. En mode révélateur de sang, un ensemble de LED rouges et bleues mettaient en évidence la couleur rouge. Les taches de sang semblaient alors surgir de terre, comme suspendues dans les airs. En mode classique, c'était une simple torche, mais l'ampoule au xénon de cinq lumens projetait un faisceau bien plus puissant que sa lampe frontale. Martha l'alluma en mode normal et la dirigea sur les arbres. Bien qu'incapable de repérer les traces de sabot du cheval durant les quinze dernières minutes, elle avait de toute évidence suivi le trajet de sa fuite, puisque la neige à l'orée du bois était jonchée de branches de pin qu'il avait arrachées dans sa panique.

Elle s'arrêta pour reprendre son souffle. Pour la première fois depuis qu'elle avait quitté le camp, elle éprouva une forme d'appréhension à l'idée de continuer sa traque. Instinctivement, elle chercha la lanière de cuir qui maintenait son arme de poing dans son étui. Elle sortit le Ruger .357 magnum, soupesa son poids rassurant puis le rangea de nouveau dans son holster, avec la languette détachée. Avançant prudemment, elle pénétra dans le bois et entreprit de suivre les traces des branches jonchant le sol. Elle avait parcouru une trentaine de mètres et se trouvait toujours dans le bosquet lorsqu'elle remarqua un endroit où les sabots du cheval s'étaient nettement enfoncés, éparpillant de la terre. Elle balaya les alentours du faisceau lumineux de sa lampe, faisant apparaître sur sa gauche une petite clairière. Quelque chose qui ressemblait à un tronc attira son attention et elle se dirigea dans cette direction, sans regarder le sol, glissa sur une branche dissimulée par la neige et tomba lourdement.

Serrant toujours fermement la torche dans sa main droite, elle essaya de se rattraper et appuya par inadvertance sur le mode révélateur de sang. Elle en eut le souffle coupé. Devant elle, la clairière apparaissait émaillée de rose, avec de petits tas de neige irrégulièrement espacés sur la poudreuse. Comme si quelqu'un avait répandu des dizaines de boules de glace légèrement parfumées à la cerise et dont la taille variait entre celle d'une balle de base-ball et celle d'un ballon de plage. Martha se releva et remua avec hésitation la neige du bout du pied. Immédiatement, des points écarlates semblant léviter quelques centimètres au-dessus du sol se mirent à briller. C'était du sang. Il y en avait partout, et la couleur, au lieu de danser dans les airs, donnait l'impression de palpiter sous la neige. L'effet était saisissant ; le sol de la forêt paraissait radioactif, éclairé par le rougeoiement diffus d'un néon.

Ses narines flairaient l'odeur de métal ferreux. “Oh merde”, dit-elle tout bas. Elle posa son pouce sur le chien du revolver. Le tronc attira à nouveau son attention. Elle en détourna les yeux puis revint à lui ; quelque chose la tracassait. Pourquoi n'était-il pas couvert du même manteau de neige que le reste de la végétation qui jonchait le sol ? Elle fit un pas en avant, puis un autre, s'arrêta. Elle sut que ce n'était pas un tronc.

Dans la sinistre lumière rose, l'homme semblait plus jeune qu'elle ne l'aurait cru. Son expression innocente, presque sereine, lui donnait plutôt l'air d'un gamin qui s'était allongé et endormi les yeux ouverts. Du moins son œil droit, puisque sa tête était tournée sur le côté. Martha était tellement captivée par le visage qu'il lui fallut un moment avant de remarquer que la position du corps, penché en arrière, était due à la masse sur laquelle il était étendu. Elle sentit les poils se dresser sur sa nuque. Une douleur aiguë pulsait derrière ses yeux. Elle secoua la tête afin d'y voir plus clair. Ce n'était pas un tas de neige, comme elle l'avait tout d'abord pensé. Le jeune homme était affalé sur la cage thoracique d'une carcasse de cerf éviscérée.

Martha songea aux loups qu'elle et Walt avaient entendus plus tôt. Mais si le cerf avait été tué par un loup, où étaient les traces ? Et l'homme était-il mort d'un traumatisme crânien ou d'une fracture de la colonne vertébrale lorsque le cheval l'avait éjecté et qu'il était tombé sur la carcasse ? Elle éclaira le corps et les LED de sa torche révélèrent une grosse tache de sang au niveau du bas-ventre. Bien qu'elle ne puisse y distinguer aucun signe évident de blessure, elle remarqua qu'une bosse en forme de bâton soulevait la toile de jean du pantalon, juste en dessous de la ceinture. Martha ricana nerveusement. Si Walt avait été là, il n'aurait pas manqué de faire une réflexion sur cet homme mort avec une érection.

— Pfff…

Elle se pencha, puis se releva brusquement avec un haut-le-cœur. Elle ravala sa bile, s'arma de courage et déboutonna le jean avec précaution. Elle ouvrit la fermeture éclair et tira le tissu qui recouvrait la protubérance. Un bâton acéré semblait s'être enfoncé dans le dos de l'homme. Il avait transpercé le bas de l'abdomen et en dépassait de dix ou douze centimètres. Martha toucha l'objet de l'ongle. Aussi dur que de l'os.

Elle tourna le dos au corps et sortit sa radio.

— Que se passe-t-il, Martha ?

Jason Kent avait la voix éraillée d'avoir relayé des messages toute la nuit.

— J'ai trouvé le cow-boy. Son cheval est arrivé à notre campement, et j'ai suivi ses traces jusqu'à l'endroit où il a été désarçonné. Il est mort.

Kent lui dit de rester où elle était. Il allait transmettre ses coordonnées à Harold qui était le membre de l'équipe de recherche le plus proche d'elle, en haut de la paroi.

— Alors tu penses qu'il s'est tué dans la chute ?

— C'est ce que j'ai tout d'abord cru, mais je ne sais pas, Jase. Il a un bois de cerf qui dépasse de son ventre.

— Raconte-moi tout.

— Je vais tout te raconter, mais là, il faut que je vomisse.

Elle réussit à atteindre la lisière du bois avant de s'agenouiller. Elle attrapa une poignée de neige pour se rincer la bouche, se rendit compte que ses mains tremblaient et s'assit sur un tronc. Un vrai. Elle se sentait vide, mais le mauvais goût avait disparu, remplacé par quelque chose d'autre, pas vraiment une saveur, plutôt une odeur qui s'échappait de son corps. Celle de la peur. Elle l'avait déjà sentie auparavant, en se retrouvant sur un impitoyable mamelon enneigé au milieu d'une étendue sauvage, en percevant la terreur qui s'amassait sur les branches d'arbres.

Le cri sortit du fond de ses poumons, et elle eut du mal à croire qu'elle l'avait poussé. Oh mon Dieu, aidez-moi, songea-t-elle. Mais il était bien réel. Sans aucun doute. Parce que les loups l'avaient entendu. Le premier répondit de loin. Le second sembla plus proche.

3

DÉCHIFFRER LE LIVRE BLANC

LORSQUE MARTHA APERÇUT une lueur vacillante en haut du flanc de la montagne, elle alluma et éteignit plusieurs fois le faisceau de sa torche tactique. Elle attendit jusqu'à ce qu'elle reçoive une réponse, puis ses yeux s'arrêtèrent sur le revolver posé sur ses genoux. Elle actionna le verrou pour faire basculer le barillet, enleva une cartouche et le referma afin que le chien se retrouve face à la chambre vide. Elle rengaina l'arme.

Harold montait son paint horse. Il en descendit et dégagea sa tresse, coincée sous le col de sa veste. Martha lui fit de la place sur le tronc. Elle perçut l'odeur d'Harold, pas vraiment celle de la sueur, mais un parfum plutôt sombre et animal assez familier. Ils avaient partagé bien plus qu'un tronc d'arbre dans le passé, avant qu'Harold ne renoue avec son ex-femme.

— Tu n'attaches pas ton cheval ? dit-elle après un court silence.

— Il n'y a que les Blancs pour perdre leurs chevaux. Je vois que tu as repris ton Ruger, ajouta-t-il après un second silence.

— Je sais tirer avec. J'y arrive pas avec ces foutus semi-automatiques. Et puis je suis un shérif de l'Ouest, il faut que je me mette dans la peau du personnage.

— Tu dois plaire à ton public, une femme aussi célèbre que toi.

Martha grommela. Il s'était écoulé plus d'un an depuis qu'elle avait descendu un membre du Congrès dans ces montagnes, à une trentaine de kilomètres au nord. C'était un assassin et l'enquête du coroner l'avait lavée de tout soupçon, mais désormais, on la regardait d'un autre œil. Même elle se voyait d'un autre œil.

— Les loups ont été assez bavards cette nuit, non ? J'ai eu l'impression que l'un d'eux fonçait droit sur moi, il y a un petit moment.

Elle s'était exprimée d'un ton nonchalant, mais elle sentit son cœur battre en attendant la réponse d'Harold, se demandant s'il l'avait entendue crier une demi-heure plus tôt.

— J'avais cru comprendre que le service de la Pêche, de la Faune et des Parcs avait éliminé la meute de Black Butte suite à la dernière attaque de bétail, fit remarquer Harold. On dirait bien qu'une nouvelle meute s'est installée.

Il se taira, même s'il m'a entendue, songea-t-elle.

— Tu veux une part de gâteau de maïs ? lança-t-il.

Harold était en train de déplier une feuille de papier sulfurisé posée sur ses genoux. Martha estima qu'elle devait le laisser aborder le sujet lorsqu'il serait prêt. Parler de tout sauf du problème qui amène deux personnes à se retrouver dans des circonstances inhabituelles était un trait de caractère partagé par de nombreux habitants de l'Ouest, mais les Amérindiens en avaient fait un art. Harold sortit un thermos de thé d'un sac de selle et ils restèrent assis dans un silence tranquille, buvant chacun leur tour dans la tasse qui servait de bouchon.

— Ton thé est bon, lança Martha. Qu'est-ce que c'est ?

— Celui qui se trouvait dans le placard de ma sœur. Et si tu me disais ce que tu as vu hier soir, à commencer par ce cheval qui a déboulé dans votre campement ?

— Jason t'a parlé du type avec le bois de cerf qui dépasse du ventre ?

— Oui. Je sens l'odeur du sang. Mais on pourra déchiffrer le livre blanc bien mieux dans une heure ou deux. S'en occuper maintenant ne servirait qu'à brouiller les traces.

Alors, elle lui raconta tout, n'omettant que le cri. Harold replia le papier sulfurisé et le rangea dans la poche de sa veste :

— Je voudrais savoir deux ou trois choses encore. As-tu remarqué d'autres traces en dehors de celles du cheval ? Un loup ? Un humain ?

Martha répondit que non, mais ça ne signifiait pas qu'il n'y en avait pas. Dès que sa torche avait éclairé du sang, son attention s'était focalisée sur le corps.

Harold hocha la tête. L'aube se levait doucement. Martha pouvait distinguer la plume de tétras sombre qui ornait sa tresse agitée par le vent.

— D'accord. Dernière question : as-tu fait un tour pour voir par où le cheval est entré dans ce bosquet ?

La réponse fut de nouveau négative.

— Alors c'est ce qu'on va chercher en premier. J'ai besoin de savoir si le cheval courait déjà, ce qui signifierait que quelque chose lui a fait peur plus haut, ou s'il marchait. S'il marchait, c'est à cause de la carcasse qu'il s'est emballé. S'il était dans le vent, il a pu sentir le sang. Ça peut déraper vite dans ce cas-là.

“Lire le livre blanc” était une expression qu’Harold tenait de son grand-père, lequel lui avait appris à lire les traces laissées sur les premiers escarpements de la chaîne de montagnes bordant la réserve Blackfeet. “Lire le livre blanc” permettait de déchiffrer les histoires gravées dans la neige, les pages tournées par chaque animal qui vaquait à ses occupations quotidiennes. Qui est venu ici, quel est son nom, qui craint-il, entre les dents de qui est-il mort ? Au début de l’automne, le livre comportait de nombreuses pages vierges, tandis que d’autres étaient écrites d’une encre qui s’effaçait, la neige tombant puis disparaissant, souvent au cours de la même journée.

Tandis qu’ils faisaient le tour du bosquet pour découvrir l’endroit où le cheval y avait pénétré, Harold se dit qu’il avait plusieurs heures devant lui avant que la neige ne fonde et que le livre ne se referme. Il examina les empreintes laissées par les bottes de Martha afin de pouvoir les identifier et lui demanda de le suivre en restant deux pas derrière et en posant les pieds exactement dans ses traces.

Le cheval était entré dans le bosquet de pins par le haut, au coin nord-est, là où les arbres étaient plus clairsemés. Harold le lui montra avec un bâton. Les cratères étaient espacés de façon régulière, telles de petites cuillérées prélevées dans une mer de glace à la vanille.

— Il marchait, hein ? lâcha Martha, tout en se maudissant d’avoir relevé une telle évidence.

En dépit de leur relation intime d’autrefois, elle se sentait toujours incompétente quand elle suivait Harold lors de ses pistages. Il ne supportait pas les imbéciles et ne répondait guère aux questions qui ne brillaient pas par leur intelligence.

Elle lui emboîta le pas dans le bosquet. Harold pointa une nouvelle fois son bâton.

— Tu vois où il a fait un écart ? (Le cheval avait fait voler de la terre sur la neige lorsqu'il avait tressailli.) Et là, c'est l'endroit où le cavalier a sauté. (Il montra deux empreintes étroites – les traces d'un homme recouvertes par la neige.) Il a atterri sur ses pieds. (Harold s'exprimait d'un ton neutre.) Un bon cavalier.

Martha sentit la pulsation rapide d'une veine dans son cou. Elle la frotta puis mit les mains sur ses hanches :

— S'il a été désarçonné ici, comment s'est-il empalé sur un bois un peu plus bas ?

En guise de réponse, Harold esquissa une moue indécise. Il fourra sa tresse sous le col de son blouson et avança au milieu du mur de branchages. Tout en le suivant, Martha regardait les endroits qu'il tapotait de son bâton, mais, s'il s'agissait d'empreintes, elle ne les voyait pas. Quand ils atteignirent la lisière de la clairière, Harold fit signe à Martha de ne pas bouger tandis qu'il établissait un périmètre de recherche et s'enfonçait dans les bois. Martha s'accroupit à six mètres de la carcasse du cerf. Celle-ci ne semblait pas aussi sinistre dans la clarté de l'aube. Elle cachait le visage du cow-boy et la neige avait recouvert toutes les taches de sang, ou presque. Je devrais être fatiguée, pensa Martha. Toutefois, elle se surprit à claquer des doigts, envoyant à Harold un message télépathique pour qu'il se dépêche.

Harold revint. Il sortit son couteau de sa ceinture avant de s'accroupir près d'elle et tailla un bout de bois en cure-dent. Il le mâchouilla, l'agitant dans tous les sens.

Martha essaya de lutter contre son envie de briser le silence. Elle ne put se retenir longtemps et finit par lancer :

— Alors, que nous raconte le livre ?

Harold cracha le cure-dent :

— La meute qui a tué le cerf est forte de quatre, voire cinq membres. Ils s'en sont probablement nourris pendant deux ou trois jours en traînant dans les parages. Ils sont partis juste après qu'il a commencé à neiger.

— Je n'ai pas vu d'empreintes de loup.

— Tu ne pouvais pas. Elles ne sont plus guère visibles.

— Le cow-boy leur a-t-il fait peur ? C'est peut-être pour ça que le cheval a rué.

— Non, je dirais que les loups sont partis environ une heure avant que le cow-boy arrive. Mais il n'était pas seul. Il y avait deux autres personnes.

— Deux ?

Martha sentit l'air s'échapper lentement de ses poumons. Ses côtes inférieures appuyaient sur les muscles de son abdomen.

— Elles sont arrivées une heure après le début de la tempête de neige, laquelle a continué pendant deux heures après leur départ. Donc on parle plutôt de trous que d'empreintes. Si on regarde de près, la moitié mesurent environ cinq centimètres de plus que les autres. Et aucune n'a un talon carré. Les bottes du cow-boy ont un talon carré. J'en déduis que deux autres personnes se trouvaient là.

— Elles étaient ensemble ?

— Ça s'est passé pendant ce même laps de temps, mais je ne crois pas qu'elles sont venues ensemble. Le cow-boy, on sait qu'il était à cheval. Il est arrivé par en haut dans la clairière. Appelons-le individu n° 1. L'individu n° 2 a débarqué à pied par là (de son bâton, il désigna le sud), à angle droit par rapport au trajet du cow-boy. Il est reparti par le même chemin. Ses empreintes sont plus larges que celles du cow-boy. Les marques les plus petites, celles de l'individu n° 3, viennent du nord, la direction opposée à celle de l'individu n° 2. Lui aussi à pied. Et lui aussi est reparti par le même chemin. Les espacements indiquent qu'il a filé en courant. Il a trébuché et il est tombé une fois, sous les arbres. Cavaler à l'aveugle dans les bois… faut pas avoir plus de bon sens qu'un cheval.

— Ou qu'une femme ? (Martha gratta la peau douce sous son menton.) Tu dis que les empreintes de la troisième série sont plus courtes. Pourquoi ça ne pourrait pas être celles d'une femme ? C'est une femme qui a disparu sur cette montagne paumée.

— Ça se pourrait. Ce serait même logique si elle était tombée sur lui comme ça.

— Bon sang, j'ai bien failli moi-même foutre le camp.

— Non, Martha. Tu es seulement allée à l'orée du bois où je t'ai retrouvée, tu as vomi et tu as jeté de la neige par-dessus.

— Foutu livre blanc, marmonna-t-elle. As-tu une idée d'où venaient n° 2 et n° 3 ?

Harold secoua la tête.

— Une fois dans la zone dégagée, les traces sont effacées par le vent. Il y a un truc bizarre quand même. Une trace près de la carcasse de cerf, avec un peu de terre soulevée. Comme si quelqu'un avait traîné une grosse branche. Difficile à dire avec la couche de neige.

Martha tripota l'appareil photo compact dans la poche avant de sa veste.

Harold secoua la tête.

— Les images ne seront pas assez contrastées, avec toute cette lumière qui se reflète sur la neige.

— Je sais. Je ne vais pas prendre de clichés des empreintes. C'est simplement une façon de te dire d'en terminer, que je puisse photographier la scène de crime. Au cas où tu ne l'aurais pas remarqué, il y a un homme là-bas en train de refroidir, et de son ventre pointe un bois assez long pour y pendre un chapeau.

— C'est pour cela que tu me manques, Martha.

— Quoi ?

— Oh, juste pour ce que tu es.

— C'était ton choix, Harold.

— Ma femme avait son mot à dire.

— Ton ex-femme.

Harold détourna les yeux. Martha sentit ses épaules s'affaisser :

— Je suis désolée. Ce qui se passe entre toi et Lou Anne, ce ne sont pas mes affaires. Sauf que… (OK, pensa-t-elle, je vais le dire.) Je ne sais pas, je trouvais qu'entre toi et moi il y avait quelque chose. Je continue à me demander ce que j'ai fait pour tout foutre en l'air.

— Tu n'as rien fait. Lou Anne et moi, on se connaît depuis qu'on est gamins. Elle appartient à mon peuple. Elle se sentait déprimée ; elle voulait en parler. Je pensais que je pourrais gérer la situation sans m'impliquer et je n'ai pas réussi. Il n'était pas question que je joue ce double jeu avec toi. Tu comptes trop à mes yeux pour que je ne sois pas honnête. (Il balaya de son bras tendu la clairière, les pins au-delà qui se paraient de couleurs tandis que la campagne s'éveillait). Tout ça, là, il n'y a aucun endroit au monde où j'aimerais davantage me trouver qu'ici, à déchiffrer une histoire dans la neige avec toi en train de regarder par-dessus mon épaule, de taper du pied et de me répéter qu'il faut vivre le temps présent.

— Ouais, répondit Martha d'un ton sec. On devrait faire ça plus souvent, aller ensemble sur une montagne imbibée de sang.

Elle se sentit soudain réellement fatiguée, sa voix était fatiguée, tout en elle était fatigué.

— Je ferais mieux d'appeler Walt par radio, ajouta-t-elle. Il va se réveiller avec trois chevaux et se demander où je suis passée.

— Ne t'inquiète pas. Je l'ai repéré pendant que j'examinais les environs. Il suit tes traces. Il fonce comme un Écossais qui tend la main vers un chèque. (Harold se leva.) Je vais devoir rester un moment ici tout seul. Tiens-le à distance. Idem si Bucky Anderson se pointe. Jason lui a envoyé les coordonnées en même temps qu'à moi. Il devrait déjà être là. (Il plongea la main dans la poche de son blouson et en sortit une pomme, en croqua un quart d'un seul coup de dents et la présenta à Martha.) Donne-la à Snow. Attention à tes doigts.

Maintenant, il me dit comment nourrir un cheval, songea-t-elle.

De retour sur le versant dégagé de la montagne, elle fit claquer sa langue à l'attention du paint horse.

— Hé, par ici, Jerry Old Snow, dit-elle en lui offrant la pomme dans sa main ouverte.

Elle aperçut Walt et agita son chapeau pour attirer son attention.

— Walt, je suis désolée. J'aurais dû appeler plus tôt, dit-elle en descendant vers lui.

Elle entendit la respiration laborieuse de son adjoint et lui tendit une main qu'il repoussa.

— Je suis arrivé jusque-là. Je termine seul l'ascension, c'est une question de fierté.

— Mon Dieu, tu saignes. (Elle essuya la neige sur le tronc pour qu'il puisse s'asseoir.) Laisse-moi voir les dégâts.

Il leva son pied gauche. Il avait découpé le bout de sa botte. Sa chaussette était déchirée et son gros orteil formait une boule semblable à une prune.

— J'ai cru entendre un cri il y a environ cinquante minutes, dit-il. J'étais déjà sur tes traces, mais après, j'ai été aussi vite que possible.

— C'était juste les loups.

— Ça devait être un loup-garou alors, parce que ça semblait vraiment humain.

Une vague d'émotion submergea Martha. Malgré tous ses défauts, Walt était le plus dévoué de tous les policiers sous ses ordres. Elle pouvait compter sur lui pour la soutenir, en toute circonstance. Le fait qu'ils n'aient rien en commun en dehors du boulot et qu'elle manifeste quotidiennement son exaspération n'entamait aucunement sa loyauté. Elle lui versa le reste du thé.

— Jase t'a tout expliqué ?

Il but une gorgée et hocha la tête.

— J'ai compris que le cow-boy s'est empalé sur un bois de cerf.

— Ou peut-être qu'on l'a aidé, grommela Martha.

Walt fronça les sourcils :

— Qu'est-ce qui te fait dire ça ?

— Harold affirme qu'il y avait deux autres personnes ici hier soir. Il est en train de déchiffrer les traces.

— En parlant du Peau-Rouge… le voilà !

Harold sortait du bois. D'un signe de tête, il les invita à le suivre.

— Walt, il m'est arrivé de pister un cerf touché aux poumons qui avait laissé une traînée de sang moins importante que la tienne, lança-t-il par-dessus son épaule. Dès qu'on en aura fini ici, je pourrais faire un feu et cautériser cet orteil.

— Qu'est-ce que t'as dit ?

— J'ai dit que j'avais une lame propre et bien aiguisée. Je peux couper cet orteil une fois qu'on en aura fini ici.

— Très drôle.

Walt sautilla pour rejoindre Martha au milieu des arbres.

— Oh, mon Dieu, soupira Martha en voyant le corps du cow-boy.

— Tu n'avais rien remarqué cette nuit ? demanda Harold.

Martha secoua la tête :

— Je ne voyais pas cette partie de son visage. Qu'en penses-tu ? Ils se sont battus ?

— Je n'en sais rien. Un coup de poing sur le côté de la tête, ça ressemble à ça, comme le gros orteil de Walt. Mais la neige me l'apprendrait si quelqu'un s'était retrouvé à terre, et la contusion a l'air de dater de plus que de quelques heures. Il y a autre chose.

Il montra une entaille dans la botte droite de l'homme, en haut de la cheville. Elle semblait récente, le cuir y était plus clair.

— Peut-être que quand il a été éjecté, le cheval lui a marché dessus, suggéra Martha. Comme Big Mike sur Walt.

— Peut-être…

Le doute perçait dans la voix d'Harold.

— Ça a dû lui faire un mal de chien, si c'est le cas, lâcha Walt avec un hochement de tête. C'est un cerf de trophée comme j'en ai rarement vu. Regardez la longueur de son andouiller G4.

Martha lui jeta un regard méprisant.

— Un type empalé et c'est tout ce que tu trouves à dire, comme quoi c'est un grand mâle ?

— Il doit coter trois cent soixante, voire trois cent soixante-dix. Qu'en penses-tu, Harold ?

— Au moins, répondit celui-ci. Regarde les andouillers d'œil, ils ont une bonne longueur sur le merrain, quasiment aucun point enlevé pour asymétrie, c'est peut-être pas un record pour le classement Boone and Crockett, mais ça doit en être un pour le Montana, c'est sûr.

Le regard de Martha passa de l'un à l'autre.

— Un peu de sérieux… Restez concentrés.

Ils firent silence et se figèrent au-dessus du corps. D'effroi, Martha se palpait le cou et sentait son pouls battre à tout rompre, tandis qu'Harold croisait les mains sur sa boucle de ceinture.

— Ce bois, le G4, conclut Walt, c'est pas pour rien qu'on l'appelle l'andouiller de massacre, hein ?

4

GROSSO MODO

APPELER ÇA une maison serait un bien grand mot. Mais, songea Martha Ettinger, ce serait un bien grand mot de qualifier de propriétaire l'homme assis devant en train de monter des mouches. Jusqu'à cet été-là, Sam Meslik avait vécu dans une caravane déglinguée sur un peu plus d'un hectare de terre alluviale couverte de peupliers de Virginie, au bord de Hyalite Creek. Pauvre comme Job, mais riche de ses terres, il avait fait un joli profit lorsque le propriétaire d'une orangeraie du comté de Kern, à la recherche d'un lieu où se la couler douce six semaines par an loin des problèmes d'irrigation et d'embauche de travailleurs immigrés, lui avait fait une offre qu'il ne pouvait refuser. Sam avait immédiatement réinvesti cette manne tombée du ciel dans cette maison située sur une berge qui surplombait la Madison.

— Votre bête, là, elle va rester sage ?

— Vous voulez parler de ce vieux Killer ?

Sam tendit la main pour tapoter la large tête d'un bâtard d'airedale géant – "Moitié terrier, moitié chien des Baskerville", avait-il coutume de dire – allongé à ses pieds.

— Allons, il ne ferait pas de mal à un moustique.

— Hmm-hmm.

Martha descendit de la Jeep. Elle mit ses mains sur les hanches et embrassa du regard la cahute, car c'était bien une cahute, comme le proclamaient les lettres grossièrement peintes au-dessus du porche : LA CAHUTE À MOUCHES. Puis elle parcourut des yeux la grange délabrée, vétuste témoin de ces mois de septembre où autrefois les propriétaires de ranchs échangeaient leur Stetson en paille contre un en feutre et ramenaient le bétail des pâturages en altitude, plutôt que de tendre les rênes au manager de ranch et d'embarquer la famille à Carmel. Elle jeta un coup d'œil au drift boat de Meslik sur la remorque, orné d'une truite arc-en-ciel bondissante. L'autocollant sur la vitre arrière du vieux 4x4 Nissan proclamait : JE ME FICHE QUE VOUS PÊCHIEZ À LA MOUCHE.

Le guide de pêche croisa les mains sous sa table de montage des mouches :

— Ici on n'est pas au bord de la rivière, mais j'ai un droit de passage. (Il désigna du menton le ruban d'eau sous la haute berge.) J'ai encore besoin d'utiliser une rampe d'accès pour mon ClackaCraft, mais Sean peut faire descendre son bateau pneumatique par là, près des saules. Ça nous offre des possibilités uniques sur cette section de la Madison.

— Où est Sean ?

— Il pêche au petit bonheur la chance. Je croyais que vous deux, vous étiez comme ça. (Il leva deux doigts croisés.) Maintenant que vous êtes voisins et tout.

— On ne se voit pas régulièrement. C'est quoi pêcher au petit bonheur la chance ?

— C'est comme se balader au petit bonheur la chance, mais pour un pêcheur. Vous sautez dans le pick-up et vous partez pêcher sans savoir où vous allez. Vous savez ce que je l'ai vu faire le 4 Juillet ? On pêchait avec des float tubes sur le lac Henry pendant l'éclosion de demoiselles, juste à l'endroit où je me suis fait tirer dessus il y a deux ans. Quand on est remontés sur la rive, Sean a enlevé son gilet de pêche et s'est rendu compte qu'il avait de l'eau dans les poches et que ça avait grillé son portable. Je lui ai dit que ces trucs, c'est comme Jésus crucifié, il faut les mettre dans du riz et ils ressuscitent. Et le voilà qui me répond : "Sinon, je peux faire ça." Sur ce, il balance le téléphone dans le lac, bien à plat, comme un gamin qui veut faire des ricochets avec une pierre. Le portable a rebondi une bonne douzaine de fois. Vous êtes déjà entrée dans son tipi ? Il l'a plutôt bien arrangé.

Martha hocha la tête :

— C'est un foutu endroit pour passer l'hiver, même s'il prétend le contraire.

— On est d'accord là-dessus. Que puis-je pour vous, shérif ?

— Ça vous gêne si je m'assois ? Je suis restée debout toute la nuit.

— Je vous en prie. (Il désigna une chaise de camping pliante.) Vous savez, vous êtes exactement la personne que je voulais voir.

Martha s'assit en gardant un œil sur l'airedale. Elle haussa les sourcils.

— Pourquoi donc ?

— Je m'appelle Rainbow Sam, d'accord ? C'est écrit sur mon drift boat et sur ma carte de visite, c'est comme un nom professionnel. J'ai même une gamme de mouches que je monte et vends ici, à la boutique : "les *Skinny Minnow* de Rainbow Sam".

— Hmm-hmm.

Martha examina le mince streamer marabout coincé entre les mâchoires de l'étau de montage fixé à la table.

— Voilà, reprit-il, il y a ce guide de pêche qui travaille pour Kingfisher, il se fait appeler Cutthroat Bob. Comme la truite cutthroat. Et il a les cheveux longs, comme moi. Et… cet enfoiré vend une mouche qu'il a baptisée la "*Busty Baitfish* de Cutthroat Bob". Est-ce que ce serait pas comme qui dirait une contrefaçon, en violation de mes droits de propriété intellectuelle ? Vous pouvez faire quelque chose ?

— Je ne crois pas, non. (Elle mit ses mains derrière la tête et considéra les cadavres de bouteilles sur la table.) Ce n'est pas un peu tôt pour boire tout ça ?

Sam sourit, révélant les V taillés dans l'émail de ses dents de devant, à force de les utiliser à la place d'un coupe-ongles pour sectionner les bas de ligne en nylon.

— J'ai des problèmes de femmes, lâcha-t-il.

— Parlez-moi de vos problèmes de femmes.

— Je ne vois pas en quoi ça peut vous intéresser.

— Alors pourquoi avez-vous planqué vos mains sous la table quand je suis arrivée ?

Il lui jeta un regard dur, puis releva posément ses mains et les croisa au milieu des plumes éparpillées. Comme tout chez Sam Meslik, elles étaient énormes, avec le dos couvert de poils. Sean Stranahan lui avait raconté qu'il avait vu Sam ôter l'anneau à tête de mort de son petit doigt et passer une pièce de vingt-cinq cents au travers. Elle nota que les jointures de sa main droite étaient écorchées ; celle à la base du majeur était monstrueusement enflée.

— Il y a des témoins, dit-il. C'était de la légitime défense.

Elle attendit.

Sam haussa les épaules :

— J'étais au Silver Dollar, un cow-boy passe la porte, prétend que j'ai baisé sa copine. Je lui dis de bien me regarder et que peut-être on pourra discuter. Il balance un swing, je le mets au tapis. (Il avala une gorgée de sa bouteille de Moose Drool.) Voilà grosso modo l'histoire.

— C'était quand ?

— Avant-hier soir.

— Vous l'avez vraiment fait ?

— Baiser Nicki ? Premièrement, ce n'était pas sa copine. Vous pouvez lui demander. Deuxièmement, c'était pas ses affaires.

— Vous n'avez pas répondu à ma question.

— Vous ne m'aimez pas beaucoup, hein, shérif ?

— Si, je vous aime bien. J'ai seulement du mal à croire que vous soyez tout à fait l'homme que vous donnez à voir. Je pense que vous êtes trop entré dans la peau du personnage que vous avez créé. Vous ne savez plus qui vous êtes. Vous faites partie de ces gens incapables de tracer une ligne entre la réalité et la fiction. Ma prison en est pleine. J'ai beau faire, je ne vois pas ce que Sean vous trouve.

— Et moi, je ne vois pas ce qu'il vous trouve. Ça nous met à égalité.

— Revenons à cette femme pour qui vous vous êtes battu. Vous l'avez appelée Nicki.

— Le diminutif de Nanika. C'est lui qui s'est battu pour elle, pas moi. Nicki a travaillé pour moi cet été. Elle a guidé quelques excursions, et elle ouvrait la boutique quand j'étais sur l'eau. Elle n'avait nulle part où aller, alors je la laissais dormir dans la grange. Ça paie pas de mine de l'extérieur, mais le gars à qui je l'ai achetée avait installé la plomberie et il y a l'eau courante. (Il écarta les mains.) C'est pas mal comme crèche, tant que le toit tient le coup. Moi, en ce moment, je dors sur un lit de camp dans la cahute, mais cet hiver, je prévois de renforcer la grange avec des poutres, d'y mettre un poêle à bois et de loger là-bas.

— Pourquoi ce type pensait que vous aviez, euh, baisé sa copine ?

— Peut-être parce qu'elle vivait là cet été. Je ne sais pas ce que Nicki lui a raconté. Nous n'avons rien fait depuis mi-juillet. De toute façon, c'était longtemps avant qu'il la rencontre.

— Mais vous avez bien couché avec elle ?

Sam haussa les épaules.

Martha l'imita et attendit.

— Votre vie amoureuse est-elle à ce point ennuyeuse ? reprit-il. Vous devriez enlever votre badge et ramener un mec de temps en temps. J'ai entendu dire que le sexe, ça aidait à s'entretenir.

— Je vous écoute.

— Il n'y a pas grand-chose à raconter.

Il haussa les épaules et de gros blocs de muscles ondulèrent sous son T-shirt. Le soleil était ancré haut dans le ciel, et la journée se réchauffait. Le manteau de neige sur les faîtes lointains avait déjà presque fondu.

— Avez-vous entendu parler de la Vénus de la pêche à la mouche ? demanda Sam.

— Je ne crois pas.

— Vraiment ? *Fly Angler* a passé une photo d'elle il y a deux ans. Le journal d'Ennis a écrit un article en juillet.

— Éclairez-moi.

— Elle était guide pour une boutique d'articles de pêche sur la Kootenai. La plupart des femmes qui pêchent sont plutôt empotées, mais pas Nicki. Ils l'ont appelée la Vénus parce que ses cheveux sont une des sept merveilles du monde. Une sorte de cascade de cuivre. Elle est le rêve érotique de tous les pêcheurs à la mouche.

Sam sortit une nouvelle bière d'une glacière, fit sauter la capsule contre le bord de la table et saisit le col à deux doigts tandis que la mousse coulait sur les côtés.

— Enfin bref, je suis assis là, c'est la deuxième semaine de juin, et elle arrive sur un VTT cabossé, avec un étui de canne à pêche fixé au cadre et un sac à dos. Elle a pédalé depuis Libby. Elle m'a dit que ça lui avait pris dix jours. Qu'elle était guide de pêche et cherchait du travail. Bien sûr, j'ai su tout de suite qui elle était, elle est assez célèbre, mais l'eau était encore haute au printemps et je ne voyais pas comment j'aurais pu me permettre de l'embaucher, du moins pas avant que la rivière ne reprenne forme. Merde, je venais juste de m'installer. Je n'avais même pas ouvert la boutique. Elle m'a dit que si je lui offrais le gîte et le couvert elle m'aiderait à démarrer mon affaire. Elle m'a donné le numéro du magasin pour lequel elle bossait sur la Kootenai. J'ai appelé. Le type m'a dit qu'elle était un aimant à clients.

— Alors vous l'avez gardée.

— Je lui ai dit que j'allais réfléchir pendant la nuit. Elle m'a fait comprendre qu'elle allait m'aider à réfléchir. (Sam sourit, dévoilant les entailles en V.) Je me suis débrouillé pour m'en désintoxiquer avant d'être maudit comme ce cow-boy.

— Mais vous êtes restés amis ?

— Bien sûr. C'était un arrangement professionnel. Elle était douée avec les chiffres, et certains clients lui jetaient un coup d'œil, me jetaient un coup d'œil et c'est elle qu'ils voulaient aux rames. Je la laissais utiliser mon vieux drift boat et je prélevais une part.

— Où est ce bateau maintenant ?

— Avec elle au ranch-hôtel. Je lui ai dit qu'elle était libre de s'en servir jusqu'à la fin de la saison.

— Pourquoi vous a-t-elle quitté pour travailler au ranch ?

— Après Labor Day*, il y a de moins en moins de demandes pour des guides. Elle s'est dit qu'elle gagnerait plus d'argent au ranch, et je l'ai encouragée. Mais le boulot va se tarir fin octobre. Je ne sais pas où elle va aller quand l'hiver sera là, peut-être qu'elle va retourner à Libby.

— Elle vient de là-bas ?

— Nicki est assez vague sur son passé.

— Hmm-hmm. Parlons du cow-boy. Il s'appelle comment ?

— Grady Cole. Il travaille au ranch. C'est probablement lui qui l'a fait embaucher. Mais je ne l'ai su qu'après. Quand il est entré au Dollar, je l'avais jamais vu de ma vie.

— Et après la bagarre, quand l'avez-vous revu ?

Sam s'apprêta à parler. Puis son expression changea. Il fronça les sourcils, et sa langue se faufila entre ses lèvres, titillant la naissance de sa barbe. Il se leva brusquement en faisant grincer sa chaise.

— Que me cachez-vous ? lança-t-il.

— Asseyez-vous, Sam, répondit-elle. Parlez-moi de la bagarre.

Sam la dévisagea un long moment, puis se rassit. Elle voyait ses rouages internes fonctionner.

— Hé, j'ai rien à cacher. Le gars m'a cherché. Je voulais pas lui taper dessus, il fait la moitié de ma taille, mais c'est lui qui a cogné en premier. Qu'est-ce que je pouvais faire ? J'ai attendu qu'il se remette à genoux. Je l'avais frappé qu'une fois, une seule fois. Je me suis dit qu'il allait bien. Quelques types sont venus jeter un coup d'œil, puis ils sont repartis. Une demi-heure plus tard, j'ai commencé à avoir des

* Fête du Travail américaine, célébrée le premier lundi du mois de septembre

remords, alors je suis sorti par la porte de derrière et je l'ai trouvé assis dans l'allée. Je lui ai proposé une bière. J'ai vu qu'il pleurait et j'ai dit: "Qu'est-ce qu'il y a, bordel, mon pote?" Mais Nicki avait dû lui jeter un sort. Et le truc, c'est qu'elle le laissait à peine l'approcher. Il s'est pris une raclée, et pour quoi? Dans l'espoir qu'elle l'embrasse un jour? Alors qu'il y a toutes ces nanas riches au ranch… (Sam secoua la tête.) Il y en a plein qui ne demandent que ça, pas farouches pour un sou, et lui il est aussi aveugle que le cyclope. Je lui ai dit d'oublier Nicki, de prendre ce qui lui tendait les bras, d'aller à l'université et de faire quelque chose de sa vie.

— Quels bons conseils! s'exclama Martha.

Sam saisit sa bouteille de bière et l'observa d'un œil critique. Ils restèrent silencieux, Martha scrutant l'expression vide de Sam. Elle le voyait en grande partie comme un type sans filtre: au moment même où une pensée se formait dans sa tête, elle sortait par sa bouche. Mais il lui avait déjà caché des informations.

— Alors, c'est au sujet de Nicki? Elle va bien?

— Je n'en sais rien, Sam. Personne ne l'a vue depuis hier après-midi. Elle est partie à cheval dans le soleil couchant et son cheval est revenu sans elle. Les recherches sont en cours sur Papoose Mountain.

— Qu'est-ce qu'il a fait? (Martha vit le visage de Sam s'empourprer.) Il lui a fait du mal?

— Grady? J'en doute. (Elle se leva et le toisa.) Il est trop mort pour faire du mal à qui que ce soit. Mais vous pouvez peut-être m'en parler. J'ai toute la journée devant moi.

5

LA RIVIÈRE SANS RETOUR

À LA NUIT TOMBANTE, Sean Stranahan prit sa cafetière et descendit le sentier raide, plein de racines, jusqu'au banc de gravier. En amont, la rivière était un cordon phosphorescent et palpitant, mais, à ses pieds, le mince filet d'eau semblait immobile. Il y promena le pinceau lumineux de sa torche, tentant de visualiser les grandes truites de mer appelées steelheads, qui se servaient mutuellement de guide pour remonter le courant durant leur migration depuis le Pacifique.

Plus tôt dans la soirée, il avait pêché en utilisant une mouche montée avec des plumes de marabout d'Afrique. Il l'avait lancée dans un coude de la rivière, en haut d'une veine de courant, et une steelhead, attirée par les vibrations orange des fibres de hackle, ou peut-être par le tinsel clinquant et chatoyant, avait gobé le leurre en faisant brusquement demi-tour. Elle lui avait presque arraché la canne des mains avant de filer vers le milieu de la rivière pour sauter. Un mètre de muscles argentés tournoyant dans les airs, se détachant sur l'obscurité des pins. Vingt minutes plus tard, lorsque Sean avait enfin pu ramener le poisson suffisamment près pour tendre la main, la steelhead s'était détournée avec un noble dédain, hors de portée, et, sa large queue frappant la surface, lui avait éclaboussé le visage. Puis, elle s'était enfoncée dans le courant, l'abandonnant là.

Stranahan s'accroupit pour plonger la bouilloire dans l'eau puis la posa de côté. Il enfouit sa main gauche dans la fourrure du shetland aux yeux dépareillés qui l'avait suivi depuis le campement.

— Il est temps de dîner, Choti, dit-il. L'excursion touche à sa fin.

Mais il n'était pas pressé de rompre le charme exercé par la rivière ; l'homme et le chien s'assirent côte à côte et il promena le faisceau de sa lampe sur l'eau, à travers la brume qui s'était levée à la surface. Il n'était pas certain de ce qu'il cherchait, mais il scrutait l'eau ainsi depuis son enfance. Au bout d'un moment, il éteignit la lampe et se contenta d'écouter, intériorisant le bruit du courant jusqu'à ce que ce ne soit plus la rivière qu'il entende, mais le rythme de son cœur.

— Tu es où ?

Stranahan ne put s'empêcher de sourire en entendant Martha répondre ainsi à son coup de téléphone. Ni bonjour ni comment ça va. Du Martha tout craché.

— Oh… où suis-je ? Dans un coin qu'on appelle la Rivière sans retour. Je viens juste de remonter du canyon.

— D'accord. Peux-tu rentrer au plus vite ? Quand ?

— Salut Martha…tu vas bien ? Moi aussi… Donc je t'appelais pour prendre des nouvelles et savoir si mon tipi tenait encore debout. J'ignorais que t'étais si impatiente de me revoir, que je te manquais à ce point.

— Tu ne me manques pas du tout, mais une autre paire d'yeux ne serait pas de trop. Tu es capable de lire les signes mieux que n'importe qui en dehors d'Harold. Tu vois...

Tout en écoutant, Stranahan coinça le combiné entre son oreille et son épaule et fouilla les poches de son pantalon à la recherche de pièces supplémentaires. Lorsque Martha reprit enfin son souffle, il était à court de monnaie. Il lui dicta le numéro scotché sur le boîter du téléphone public puis attendit, tapotant de ses bottes le seuil du Mother Chukor's Cafe, un des deux seuls commerces rescapés de la ville fantôme de Shoup. L'autre était une épicerie dotée de vieilles pompes à essence manuelles installées comme une espèce de sculpture suspendue qui représentait une steelhead buvant une tasse de café.

— Je connais Sam, dit Sean, après avoir décroché à la première sonnerie. Même s'il est coupable d'autre chose, il n'a pas tué ce cow-boy. Il a un cœur, c'est juste qu'il est enseveli sous cent kilos de fanfaronnade.

— Ouais, et il a un gros poing, dont l'empreinte est imprimée sur le visage d'un homme mort. Je vais à la morgue dans environ une heure. On verra ce qu'en dit Doc. Alors, il faut combien de temps à ton vieux tas de ferraille pour te ramener ici ?

— Je ne suis pas sûr d'avoir fini de pêcher.

— Tu as fini de pêcher.

— Dans ce cas, six heures. Je serais peut-être là à la tombée de la nuit.

— Donc, tu ne nous serviras à rien aujourd'hui. Tu sais comment ça marche. Les premières quarante-huit heures sont cruciales. On est le troisième jour, c'est arrivé mardi. Laisse-moi réfléchir une seconde. OK, voilà ce que tu vas faire. Le nom de la femme disparue est Nanika Martinelli, on l'appelle Nicki. Y a une adresse du côté de Libby dans son dossier au ranch. Elle travaillait pour une boutique d'articles de pêche, le Hook & Hackle. Je veux que tu ailles là-bas et que tu apprennes ce que tu peux. Je vais m'arranger avec le shérif pour que tu puisses fouiller le domicile.

— Et Sam ?

— Quoi, Sam ? S'il est innocent, tu lui rends service en découvrant la vérité. Je n'y vois aucun conflit d'intérêts.

— Ça signifie que tu m'embauches ?

— J'ai toujours l'espoir que la femme réapparaisse, qu'elle descende de la montagne. Mais si elle refait pas surface, oui, je t'engage pour deux ou trois jours jusqu'à ce qu'on règle cette affaire. Ce n'est pas à ton tarif habituel, mais faut voir avec qui tu vas travailler aussi.

— Je veux quand même parler à Sam.

— Appelle-le sur la route. Et s'il te plaît, quand tu seras de retour à Bridger, sois gentil, achète un téléphone portable et résiste au désir impulsif de le balancer à la flotte. On est au XXIe siècle.

6

TUÉ PAR LE G4

— COMMENT VA le palpitant ?

— Il palpite. (Doc Hanson roula des épaules et s'étira la nuque de droite à gauche.) J'ai plongé les mains dans le sang jusqu'au coude toute la matinée. Le pire, c'est que je savais que la table était trop basse et je ne l'ai pas réglée, je ne voulais pas perdre de temps. Maintenant j'ai des élancements dans le dos et je vais le payer pendant les vingt prochaines heures.

— Si vous n'avez pas envie de parler de votre cœur, dit Martha, je ne vais pas vous forcer.

— Quatre mois. C'est le temps qui s'est écoulé depuis qu'on m'a posé le stent, mais j'ai l'impression que je ne peux jamais bavarder plus de cinq minutes avant qu'on mette le sujet sur le tapis.

— Je m'excuse de me faire du souci, Doc.

— Martha, ce n'est pas vous. Ce qui me reste en travers, ce sont ces amies de mon épouse, des femmes avec qui je n'ai jamais discuté sérieusement, qui me demandent ce que je ressens. Comment ça fait d'avoir frôlé la mort ? En quoi ça m'a changé ? Je vais vous le dire à vous en quoi ça m'a changé, mais pas à elles. (Il prit un ton détaché.) Environ une fois par semaine, à 2 heures du matin, je me réveille et j'écoute mon cœur. Le moindre élancement dans la paroi thoracique, le moindre tremblement dans les muscles intercostaux, et je m'appesantis dessus. Elizabeth est à trente centimètres et j'écoute sa respiration un moment. Puis je repousse le chien et je vais à la cuisine me servir un verre de lait. Sur le frigo, j'ai une liste des choses à faire avant de mourir. Je la tripote, je décide des priorités. J'aimerais grimper jusqu'à la Muraille de Chine dans la Bob Marshall Wilderness avant de mourir. C'est en haut de la liste, parce qu'il faut être en forme. J'aimerais voir le monument national de Grand Staircase-Escalante en Utah. Et j'aimerais refaire du canoë sur la Smith River, ici, dans le Montana. Mais vous savez ce que je voudrais vraiment ? J'aimerais pouvoir ressusciter quelques journées et les revivre entièrement. J'imagine qu'on a tous vécu environ six journées absolument parfaites au cours de notre existence. Ainsi celle où, quand je jouais pour le All Stars, mon jeu au marbre nous a propulsés au niveau régional ; celle aussi dans le delta du Mékong où j'ai extrait mon meilleur ami d'un échange de coups de feu durant lequel il avait été touché. Je l'ai monté dans l'hélico, et ce jour-là, j'ai découvert que j'avais du courage. Ce n'était pas tant du bonheur que l'impression de sentir palpiter chaque cellule de mon corps. Et, que Dieu bénisse Elizabeth, mais j'aimerais revivre une nuit dans le Michigan. À l'époque, j'étais en fac de médecine, et j'ai fait l'amour avec Vicki Pendergrass sous les aurores boréales. Sur une couverture, au bord du lac Supérieur.

— Je parie que cet exploit ne figure pas sur la liste.

— Non. Celui-là reste gravé là. (Hanson tapota sa tempe, abaissa ses lunettes et regarda Martha.) C'est quoi ce courant qui passe entre nous ? On se voit quelques jours par an, et encore, et je vous confie tous mes secrets et vous me racontez des choses. Pourquoi ? Comment c'est arrivé ? Chaque fois, on se dit qu'on devrait se retrouver pour dîner et partager autre chose qu'un corps sur une table d'examen, et on ne le fait jamais. Comment ça se fait ?

— Je ne sais pas, Bob. Peut-être qu'on a peur de n'avoir rien à se dire ailleurs.

— Ça, j'en doute.

— Et si on jetait un coup d'œil à notre homme ?

Hanson se mordilla les lèvres sous son épaisse moustache poivre et sel, puis il hocha la tête. Il la conduisit à la table d'examen en acier et fit glisser le drap. Le crâne avait été scié horizontalement pour mettre à nu le cerveau.

— J'ai lu votre rapport, dit Hanson. Les contusions au visage correspondent au coup que vous avez décrit. Vous voyez la couleur bleu foncé, presque violette ? Ça signifie que l'hémoglobine a commencé à se dégrader. J'en déduis que le coup a été porté approximativement vingt-quatre heures avant la mort de l'homme. Le scanner n'a révélé aucun signe de commotion cérébrale. Est-ce qu'il a été mis K.-O ?

— Les témoins disent qu'il s'est retrouvé à terre et y est resté, mais il n'était pas K.-O.

Hanson hocha la tête.

Martha mit ses mains sur les hanches et poursuivit :

— Le coup aurait-il pu affecter ses facultés ou son équilibre vingt-quatre heures plus tard ?

— Vous voulez dire : est-ce qu'il aurait pu tomber accidentellement sur les bois du cerf parce qu'il a été frappé par Sam Meslik le soir précédent ? (Il répondit à sa propre question d'un hochement de tête pensif.) Le traumatisme crânien se manifeste de nombreuses façons, la perte d'équilibre est fréquente. Mais dans le cas présent, je n'ai constaté aucun dommage physique.

— Et si son cerveau avait été endommagé quand son cheval l'a éjecté ? Harold dit qu'il a été désarçonné au moment où sa monture a bondi et qu'il a atterri sur ses pieds. Si son cerveau avait déjà subi un traumatisme, le choc aurait-il pu aggraver les dégâts, si bien qu'il se serait plus ou moins évanoui et aurait perdu l'équilibre ?

Hanson fronça les sourcils :

— C'est possible. C'est la raison pour laquelle on ne renvoie pas sur le terrain un joueur de football américain qui a subi une commotion, ou sur le ring un boxeur qui a perdu conscience après un K.-O, même une semaine plus tard. Mais je pense que vous suivez la mauvaise piste.

— Non, je ne fais qu'éliminer. Donc, il ne reste que la possibilité qu'il ait été poussé sur l'andouiller ou qu'il ait trébuché tout seul ?

— Laissons parler les preuves avant de spéculer.

Hanson tira le drap jusqu'aux poils pubiens, exposant la plaie béante. La peau était rouge sombre sur une dizaine de centimètres autour de la perforation.

— D'accord, Doc. Ça marche. Que disent les preuves ?

Hanson prit un ton professoral.

— En général, on suppose qu'un traumatisme crânien ou une lésion de la colonne vertébrale peut contribuer à causer le décès. Dans une chute, c'est le scénario le plus plausible. Mais ce n'est pas le cas ici. Cet homme a succombé à une hémorragie massive due à la rupture de l'artère iliaque commune, au niveau de la jonction des artères iliaques externes et internes. L'andouiller est l'unique cause de la mort de ce pauvre homme, le G4, pour être précis.

— J'ai entendu Walt l'appeler comme ça. Qu'est-ce que ça signifie ?

— G, c'est la section de la fiche de cotation des trophées de chasse du Boone and Crockett Club relative à la longueur des andouillers. Au cours du temps, il est devenu plus pratique pour les cotateurs qui jugent ces têtes de gros gibier de se référer aux andouillers avec les termes G1, G2, et ainsi de suite… Sur un mâle six-cors, le G4 est le quatrième andouiller en partant du bas, généralement le plus grand de la ramure.

— Je ne savais pas que vous étiez chasseur.

— Je ne le suis pas. Julie McGregor m'a expliqué tout ça. C'est la biologiste spécialiste du gibier qui a examiné le cerf. La tête se trouve dans le bâtiment du service de la Pêche, de la Faune et des Parcs. La longueur de cet andouiller-là était de quarante-six centimètres. Il a pénétré dans la peau par-derrière, a percé le fascia thoraco-lombaire et le muscle oblique interne avant de s'enfoncer à l'intérieur du corps – l'odeur provient de la rupture de l'intestin grêle – et il est ressorti par le quadrant inférieur droit de l'abdomen, en dépassant d'environ dix-sept centimètres. La profondeur de l'abdomen est d'un peu moins de vingt-trois centimètres. Il était empalé sur la section inférieure de l'andouiller, plus ou moins jusqu'à la base, là où sa circonférence est la plus importante. La perforation mesure presque onze centimètres de circonférence au niveau du point d'entrée, et se réduit à tout juste un peu moins de sept centimètres en sortant de l'abdomen. C'est un sacré gros trou. J'estime qu'il a succombé à cette blessure en moins de cinq minutes.

— Hmm.

Martha se pinça le nez entre les deux index, les pouces calés sous le menton.

— Vous paraissez perdue en prière, Martha.

Ettinger ne répondit pas. Elle ôta les mains de son visage.

— Vous êtes quelqu'un de costaud, Bob. Si vous me jetiez sur un andouiller comme celui qui a embroché ce gars, est-ce que je me retrouverais empalée de la même façon ?

— C'est la question que j'ai posée à Julie quand elle m'a montré la tête du cerf. Elle m'a dit qu'elle allait vérifier avec Wilkerson.

— Gigi la Planche Ouija ?

Il acquiesça.

— Comment ça se fait que je ne sois pas au courant ? (Le front de Martha se rida.) Quand on l'a débauchée du comté de Custer, je savais qu'elle était la meilleure spécialiste de scène de crime de l'État. Mais, j'ignorais qu'elle allait contourner la voie hiérarchique et jouer les cow-girl au bout de trois semaines.

— Il va falloir que vous en discutiez avec elle. (Hanson jeta un coup d'œil à l'horloge murale qui sonnait l'heure avec des mélodies d'oiseaux.) Si vous arrivez à son bureau avant le chant de la mésange, vous devriez pouvoir l'attraper. Julie a dit qu'elles commenceraient leurs expériences à 3 heures.

— Alors, on en a fini, ici ?

— Presque. Vous m'aviez demandé de regarder la cheville droite, vous pensiez que le cheval aurait pu lui marcher dessus.

Martha acquiesça.

— Sa botte était coupée. Je cherchais une raison pour laquelle il aurait pu trébucher et tomber sur le cerf.

Hanson recouvrit la tête et se dirigea vers le côté opposé de la table. Il souleva le drap pour exposer le pied. Ettinger regarda la vilaine ligne de bleus sur le cou-de-pied :

— Eh bien, voyez-vous, il a le même genre de contusion sur le bord externe de la cheville.

Martha se mordit les lèvres :

— Si elle avait été provoquée par le cheval, la blessure serait en courbe, comme un fer à cheval. N'est-ce pas ?

— C'est ce qu'on pourrait en déduire.

— On dirait qu'il s'est pris le pied dans un piège à coyote.

— C'est aussi ce qu'a pensé Wilkerson. Elle m'a fait savoir que Julie possédait des pièges à mâchoires de différentes tailles dans son bureau et qu'elles allaient regarder si l'un d'entre eux correspondait. Imaginons qu'un piège à loups était posé près de la carcasse de cerf. Et supposons que le cow-boy ait accidentellement marché sur la palette… Cela expliquerait comment il est tombé sur l'andouiller.

— Donc, Wilkerson a vu le corps ?

— Elle était là juste avant vous.

Ettinger pianota de la main droite sur le bord de la table.

Hanson haussa les épaules :

— Elle avait pris rendez-vous. Elle est passée par le circuit classique.

— Pas par le mien.

— Je peux vous donner un conseil ?

— Quoi ? Je vois très bien où vous voulez en venir.

— Ne lui en voulez pas d'avoir pris cette initiative. Ce comté a grossi de vingt pour cent durant les trois dernières années. Une population plus nombreuse, un service de police plus conséquent, une charge de travail plus importante. Vous ne pouvez plus faire du micromanagement comme avant. Je sais que ça vous agace de ne pas pouvoir mettre votre nez partout, mais vous avez une bonne équipe avec Walt au poste de sous-shérif. Et avec Wilkerson maintenant, vous ne pourriez pas avoir meilleur appui technique. Si vous y réfléchissez un peu, vous verrez que j'ai raison.

Ettinger ôta ses gants en latex bleus et les jeta dans une corbeille.

— Oui, vous avez raison. Je dois déléguer davantage. C'est juste que, je ne sais pas, il y a deux nuits, là-haut, sur la montagne, j'ai eu l'impression d'être la cinquième roue du carrosse, avec Jason Kent qui dirigeait les recherches et Harold qui prenait en charge la scène de crime, en admettant que c'en soit bien une.

— Ai-je besoin de vous rappeler qui a trouvé le corps ?

Ettinger grommela, lui concédant le point.

— C'est seulement que quelque chose s'est produit là-haut – je ne veux pas entrer dans les détails –, quelque chose qui n'aurait jamais dû avoir lieu. Ça ne serait pas arrivé il y a quelques années. J'ai perdu le contrôle pendant une ou deux minutes. (Elle ferma les yeux et entendit son cri résonner sur les parois rocheuses du bassin de la Papoose.) J'ai l'impression d'être envahie par le doute ces jours-ci, pas uniquement d'un point de vue professionnel.

Hanson hocha la tête.

— Il y a vingt ans, j'ai traversé quelque chose de similaire. Ça s'appelle la crise de la quarantaine. Si vous êtes comme moi, vous allez en traverser plus d'une. Et j'ai le sentiment qu'une nouvelle est en train de pointer son nez.

— Merci de me le signaler.

— De rien. Vous savez ce que je ressens pour vous. Je…

Ettinger leva une main.

— Je sais. Vous m'aimez pour tous mes défauts et mes grâces. Je pense toujours que vous avez volé cette phrase à quelqu'un.

Hanson secoua la tête.

— Je suis un original, Martha.

Elle était sur le point de dire quelque chose d'ironique, quelque chose qui aurait remis Doc Hanson, le vieux morse, à sa place, lorsque la mésange de l'horloge lança son cri.

Le service de la Pêche, de la Faune et des Parcs prenait ses rêves pour une réalité en qualifiant de bureau son local : ce n'était qu'une baraque en préfabriqué faite de tôle ondulée en acier galvanisé, aussi caverneuse que la moitié vide d'une boîte de conserve, ce à quoi elle ressemblait. Tirez sur le mur avec une carabine à air comprimé et ça résonnera autant qu'un coup de feu dans un canyon calcaire. Ettinger entendit des voix avant d'entrer et d'apercevoir deux silhouettes à l'autre bout de la pièce.

— Remontons l'échelle jusqu'à trois mètres et essayons encore avec le cerf-mulet.

C'était Georgeanne Wilkerson, dont la voix voilée de conspiratrice était difficile à confondre avec une autre. Elle avait tendance à parler comme si elle était de mèche avec vous pour aller cambrioler la banque de Bridger.

— O… kaaaay.

Julie McGregor, la biologiste spécialiste des loups et des cerfs, avait adopté le même ton feutré, plein de mystère et d'audace.

Ettinger resta campée là et observa McGregor se saisir des deux pattes avant d'un cerf-mulet mâle éviscéré tandis que Wilkerson se chargeait des pattes arrière. Elles le soulevèrent et entreprirent de grimper à des échelles identiques dressées de chaque côté d'une tête de cerf coupée.

— C'est assez haut ?

— Montons deux barreaux de plus.

— OK, OK, dit McGregor, qui soufflait comme un haltérophile. À trois. Un, deux, trois.

Le cerf tomba dans l'espace entre les échelles. Il s'écrasa au sol avec un bruit sourd qui se réverbéra dans tout le local, suivi d'un profond silence. Puis un éclat de rire résonna contre les murs en acier. Martha regardait deux andouillers pointer à travers la cage thoracique du cerf-mulet.

— Ouah ! C'était génial.

McGregor rejeta la tête en arrière, faisant voler sa tignasse. Wilkerson riait si fort qu'elle se mit à tousser. Les deux femmes descendirent et se tapèrent dans la main au-dessus des carcasses.

Martha se demanda d'où venait tant de jeunesse ces derniers temps. Elle se racla la gorge :

— Hum.

Les rires s'éteignirent à son approche.

— On s'amusait un peu, dit Wilkerson, toujours hors d'haleine.

C'était une brune un peu forte qui ne manquait pas de charme malgré son teint trop pâle et ses petites mains qui voletaient comme des chauves-souris. Ses lunettes grossissaient ses yeux, lui donnant un air perpétuellement étonné.

— Vous aussi, mademoiselle McGregor, vous avez l'air de vous être amusée, souligna Martha.

La biologiste, vêtue d'une chemise kaki ornée de la tête de grizzly du service de la Pêche, de la Faune et des Parcs, souffla sur une mèche égarée qui lui était tombée sur le nez. Une parfaite bouille de garçon manqué avec ses taches de rousseur, sa peau claire, ses cheveux blonds et ses yeux plissés qui en avaient vu de toutes les couleurs. Bon sang, mais où sont ses hanches ? s'interrogea Martha.

McGregor se tourna vers le cerf-mulet embroché sur les bois comme sur les dents d'une fourchette géante.

— Il y a deux ou trois types que j'aimerais bien lâcher sur un G4 bien acéré, lança-t-elle.

McGregor jeta un regard en coin à Wilkerson, ce qui déclencha immédiatement de nouveaux éclats de rire.

Ettinger, se souvenant des conseils de Doc Hanson, s'obligea à rester calme. Elle se fendit d'un sourire forcé.

— J'imagine que je pourrais en dire autant de mon premier mari, admit-elle. Et du second, en y réfléchissant bien. (Ses yeux passèrent de l'une à l'autre.) Alors, que prouve cette petite expérience ?

— On essayait de déterminer de quelle hauteur il fallait lâcher un cerf pour qu'il s'empale sur les bois, répondit Wilkerson. Au lieu de seulement rebondir. (Elle sortit un carnet de sa poche de chemise.) J'ai commencé à faire des calculs au labo, mais c'est compliqué à cause des variables. Il faut tenir compte de la masse, du poids et de la morphologie de la victime, de la taille et de la configuration de l'andouiller, y ajouter le coefficient de résistance et la vitesse au moment de l'impact, la force nécessaire pour qu'il transperce la peau, le fascia, les organes, puis à nouveau la peau… (Elle secoua la tête, ses yeux roulant dans leurs orbites.) Si Doc avait eu un corps non identifié dans ses tiroirs, ça aurait été parfait, mais Julie m'a proposé d'utiliser du gibier confisqué, ce cerf-mulet éviscéré qui pèse environ soixante-quinze kilos, c'est-à-dire approximativement le poids de la victime. Bien sûr, sans les viscères, ça modifie un peu l'équation, mais je me disais que j'en apprendrais davantage ici qu'avec des calculs.

— Quel est le verdict alors ?

Wilkerson pencha la tête.

— Même avec un cerf dépouillé lâché à deux mètres de haut, on n'avait pas de pénétration, et ceci avec une vitesse à l'impact de 19,8 km/h. Il est donc évident qu'il ne s'est pas empalé tout seul en tombant. Et certainement pas sur quarante-six centimètres de profondeur. Je dois vous appeler shérif?

— Tout le monde m'appelle Martha. Donc, ce que vous dites, c'est qu'on l'a aidé.

— Ce que je dis, c'est qu'il est impossible qu'il se soit empalé simplement en tombant sur l'andouiller. Avec une telle masse, il faudrait une force d'au moins 45 newtons pour que l'andouiller, qui a l'air acéré, mais qui est techniquement émoussé, transperce les tissus en question. La vitesse d'impact n'était pas suffisante pour atteindre un tel chiffre. De plus, ça ne prend pas en compte l'élasticité, à défaut de trouver un terme plus adéquat. Les bois n'étaient pas pris dans du ciment. Ils auraient absorbé une partie de l'impact avant que la peau ne soit perforée.

— Si vous étiez appelée en tant qu'experte à la cour…

— Je ne changerais pas d'avis, mais si vous me demandez si un avocat de la défense pourrait dégoter un autre expert capable de me contredire, alors oui, il pourrait. Il est possible d'embaucher un analyste médico-légal qui vous dira qu'un homme est mort d'une morsure de serpent après que vous avez extrait une balle de calibre 44 de son cœur.

— Donc, quelqu'un l'a poussé sur les bois.

— Ou alors il est tombé. Et ensuite, on l'a poussé.

— Peut-être qu'on l'a plaqué, proposa McGregor. Comme dans la lutte. Vous agrippez l'autre, poitrine contre poitrine, et vous tombez sur lui. Il est certain que de cette façon, l'andouiller aurait pénétré dans les chairs.

Martha tripota son menton :

— Il faudrait un type costaud pour faire ça ?

— Voyons, c'est une question de pesanteur, d'attraction terrestre, répondit Wilkerson, mais le poids de la personne par-dessus exerce aussi une pression. Ça revient au même, en fait. Je ne sais pas. Je pourrais vous donner une meilleure réponse après avoir fait les calculs, mais de but en blanc, je dirais qu'il faudrait être d'une bonne corpulence.

— Quelqu'un de ma corpulence en serait capable ?

Martha faisait bien soixante-dix kilos.

— Je dirais au minimum de votre corpulence.

— Hmm. Alors qu'est-ce que vous fabriquiez, à jeter des animaux morts depuis trois mètres de hauteur ?

— À ce stade, on s'intéressait seulement à ce qui allait se passer.

— Ouais, enchaîna McGregor. Quand on commence à jeter des cerfs sur des andouillers, c'est difficile de s'arrêter.

Elle regarda Wilkerson dont les yeux pétillaient. Toutes deux étaient sur le point de repartir dans leurs gamineries. Martha se retint de lever les yeux au ciel.

Elle sortit sous le soleil éblouissant. Elle chaussa ses lunettes de pêche polarisantes en affichant une expression neutre derrière les verres miroir, puis se dirigea d'un pas vif vers sa Jeep Cherokee. Elle avait parcouru la moitié du chemin lorsqu'elle s'aperçut qu'elle n'avait pas posé de questions sur les chevilles meurtries de la victime. Car il s'agissait bien d'une victime, quand bien même certains experts soutiendraient le contraire devant un tribunal. Qu'avait dit Walt au sujet des andouillers ? “C'est pas pour rien que le G4 s'appelle l'andouiller de massacre.” Alors que Wilkerson sortait par la porte qu'avait empruntée Martha, celle-ci, revenant sur ses pas, claqua des doigts puis les braqua, tel un canon de pistolet, sur la spécialiste des scènes de crimes. Elle lui fit signe de retourner dans le local.

7

LA VILLE DE LA MORT

IL APPARAÎTRAIT PLUS TARD à Stranahan que Libby, dans le Montana, était la ville des “plus jamais”. Camionnettes bayant aux corneilles dont les capots ne se refermeraient plus jamais. Maisons aux ouvertures condamnées dont les portes ne s’ouvriraient plus jamais. Bateaux qui ne verraient plus jamais l’eau, rouillant sur des remorques dont les pneus ne rouleraient plus jamais. À une époque, on parlait de Libby comme d’un petit coin de paradis, un bourg en forme d’anse de moins de trois mille habitants ancré sur la rive sud de la Kootenai River, et surplombé à l’ouest par les sommets majestueux des Cabinet Mountains. Sean Stranahan passa devant la sculpture d’un aigle géant érigée au croisement de la Highway 2 et de Mineral Avenue – entre-temps, Libby avait obtenu l’honneur d’être distinguée par l’Agence de protection de l’environnement comme étant le site pollué le plus mortel de toute l’histoire des États-Unis. Des nuages d’amiantes provenant d’une mine de vermiculite s’étaient insinués comme de la poudre de fée dans les poumons des habitants ; des fibres pareilles à des vers avaient pénétré dans leur système respiratoire et tué, estimait-on, quatre cents personnes. On la connaissait, tout simplement, sous le nom de Death Town – la Ville de la Mort.

Le bureau du shérif était situé en face du local des anciens combattants, en diagonale d'un débit de tabac doté d'un guichet extérieur devant lequel une berline à la peinture pelée suivie de deux pick-up attendait. L'atmosphère sentait l'automne, et les gaz d'échappement stagnaient au ras du sol dans l'allée gravillonnée. Stranahan se passa un peigne dans les cheveux et pénétra dans le bureau du shérif. À l'entrée se trouvait un homme aux mâchoires robustes qui le regarda à travers une vitre blindée. Il fit signe à Stranahan de prendre une chaise, et celui-ci s'occupa en feuilletant un vieux numéro de *Golf Digest* avec Phil Mickelson en couverture – l'homme en noir souriait, fier comme un paon.

Il entendit une porte s'ouvrir et leva les yeux vers ce qui aurait pu être le visage de son père si celui-ci avait vécu assez vieux : des traits osseux, le teint mat, des pattes grisonnantes encadrant des cheveux très noirs, séparés par une raie sur le côté. Un visage d'homme d'une autre époque, un visage sorti d'un film en noir et blanc, qu'une blonde platine observerait pleine de désir. L'idée que cela puisse être son propre visage vingt ans plus tard ne lui traversa même pas l'esprit.

Il suivit le shérif du comté de Lincoln dans son bureau ; ils se serrèrent la main. Sean répéta le nom de l'homme, Carter Monroe, afin de s'en souvenir, avant de parcourir rapidement la pièce des yeux. Un cerf aux yeux en billes de verre trônait au-dessus d'un bureau en chêne, le seul meuble qui n'était pas en acier vert bouteille. Sous ce trophée étaient accrochées quelques photographies d'une équipe de softball féminine.

— L'une d'entre elles doit être votre fille, lança Stranahan.

— Oui, celle avec la batte bleue dans le cadre du milieu.

Monroe avait une voix rauque de fumeur, mais Stranahan ne voyait ni cendrier ni l'usure révélatrice du tissu de la poche de chemise dans laquelle on range généralement le paquet de cigarettes.

— Vous avez été entraîneur pendant combien de temps ?

Stranahan avait remarqué le shérif accroupi au premier rang à gauche sur chacune des photos. Elles avaient été prises au fil des années et on y voyait les filles se transformer en femmes tandis que lui semblait tout simplement plus vieux.

— Pendant sept ans. Mais c'est du passé. Ma Jenny va obtenir son master de psychologie à l'université du Montana au printemps. Dieu sait où elle va trouver du travail. Ma femme est morte il y a six mois, paix à son âme. Je me prépare aux prochaines élections. Si je perds, je ne sais pas ce que je vais faire de moi. Si je gagne, eh bien, je ne sais pas non plus.

— J'ai perdu ma mère l'année dernière, dit Stranahan. Au moment de leur mort, on les voit complètement diminués, mais, avec le temps, ils redeviennent jeunes. Vous vous souvenez d'eux en ne gardant que les meilleurs moments. Ça viendra. La famille est tout ce qui compte, non ?

Le shérif soupira et soutint le regard de Sean, puis détourna les yeux.

— C'est sûr, murmura-t-il.

Si on lui avait posé la question, Stranahan aurait répondu qu'il n'était pas conscient de l'effet qu'il produisait sur les gens, de la façon dont sa nature avenante désarmait à peu près tout le monde. Se lier avec autrui était chez lui si spontané qu'il prenait rarement le temps de réfléchir au fait qu'il n'était pas courant d'échanger des salutations avec un pêcheur de passage et de l'entendre confesser ses infidélités une demi-heure plus tard, ou encore de discuter avec un homme qui ressemblait à son père et de le voir les larmes aux yeux dix minutes après leur poignée de main. Dans l'Ouest, il était normal de ne jamais traiter quelqu'un que l'on rencontrait pour la première fois comme un parfait étranger. Mais Stranahan avait grandi dans l'Est où, dans toutes les interactions sociales, les couches de convenances, de froide retenue étaient si épaisses qu'il fallait les peler comme une orange. En s'installant dans les Rocheuses, il s'était enfin senti chez lui. Sa personnalité était une disposition innée, comme celle de savoir lancer une balle de base-ball, mais aussi de tenir une arme. Stranahan n'était pas un total ingénu, il savait qu'il pouvait obtenir davantage d'informations avec un sourire que la plupart des gens avec un .38.

Carter Monroe secoua brièvement la tête.

— Si vous voulez bien vous asseoir, voilà ce que j'ai pour vous. (Il attrapa une feuille de papier sur son bureau.) La maison est à l'écart de Kaniksu Mountain Road, à environ quinze kilomètres au sud de la ville. Elle appartenait au père de Nanika Martinelli. Le vieil Alfonso est mort il y a quelques mois. (Il examina la note, puis se mit à la lire à voix haute :) Alfonso Martinelli. Né à Saint-Véran, en France, et installé dans la vallée de la Morice River, en Colombie-Britannique, dans les années 1970. Pêcheur professionnel, trappeur, charpentier. Il a exercé tous les boulots du Nord. Il a déménagé quelques années plus tard près de Kamloops. Il travaillait au sud de la province comme chasseur de loups. (Il leva les yeux.) À mon avis, c'est bien ça : il tuait des loups.

"Il a remballé ses pièges et est arrivé ici il y a huit ans. Il a été embauché comme spécialiste du contrôle des populations d'animaux nuisibles par le département fédéral de la Pêche et de la Faune. Ils sont en liaison, si c'est bien le terme exact, avec notre propre service d'État de la Pêche, de la Faune et des Parcs afin d'éliminer les prédateurs qui tuent du bétail. Les pumas, les ours, les coyotes et les loups, bien sûr. On n'a jamais eu autant de loups, par ici. (Monroe replia le papier et leva les yeux.) Il vivait en ermite. On m'a dit que le bungalow avait une odeur épouvantable à cause des peaux et des appâts à loup faits maison, entre autres, même s'il respectait la loi. Je n'ai jamais eu l'occasion de frapper à sa porte. Les gens l'appelaient Fonzo ou Fonzie, en référence au personnage de la série. Vous êtes peut-être trop jeune pour vous en souvenir.

Stranahan s'en souvenait, il demanda :

— Je croyais que vous aviez dit qu'il vivait en ermite. Quelqu'un qu'on surnomme Fonzie n'a pas l'air d'être un type solitaire.

— Oui, en effet, c'est étrange, n'est-ce pas ? Alfonso avait une relation tendue avec sa fille. C'était une rebelle, en opposition contre tout ce qu'il représentait. Quand ils se sont réconciliés, il est sorti de sa coquille, il est devenu un autre homme. (Il croisa le regard de Sean.) Ça ne me surprend pas. Nicki faisait partie de l'équipe d'athlétisme avec ma Jenny, en terminale. Tout ce que je peux dire, c'est que la mère devait être canon. Ce n'est pas de lui qu'elle tient son physique ou ses cheveux. Et il est certain qu'elle n'a pas hérité de sa personnalité. Vous voyez ces gens à qui il suffit d'entrer quelque part pour que l'atmosphère de la pièce change ? Nicki était comme ça. Je l'ai traitée de rebelle, mais le terme est mal choisi. J'aurais plutôt dû la décrire comme une innocente faisant preuve d'une détermination hors du commun. Tout le monde était attiré par elle.

"Quoi qu'il en soit, quand Alfonso a perdu son boulot, ou démissionné – je ne sais pas pourquoi il a quitté sa planque –, il s'est installé à son compte comme homme à tout faire, une petite entreprise qu'il a appelée Je Sais Presque Tout Faire. Je le voyais passer en voiture, il faisait la navette pour les entreprises de rafting et les magasins d'articles de pêche.

Stranahan releva légèrement la tête :

— Nicki travaillait pour une boutique du nom de Hook & Hackle.

Monroe le confirma d'un hochement de tête :

— On la surnommait la Vénus de la pêche à la mouche. Le propriétaire du magasin avait une sirène rousse peinte à la proue de son bateau. Nicki a offert à son père un second souffle, c'est ce que racontent tous ceux à qui j'ai parlé, mais je vous l'ai déjà dit. (Il fronça les sourcils.) Je radote.

— Nicki avait-elle quelqu'un dans sa vie, s'enquit Stranahan, un petit ami, une amie, qui pourrait m'apprendre quelque chose sur elle ?

— Aux dernières nouvelles, elle fréquentait le propriétaire de la boutique de pêche. Il s'appelle Robert Kelly. Écoutez, quand le shérif Ettinger m'a mis au courant, je me suis contenté d'allumer l'ordinateur et de passer quelques coups de fil. Il y a encore de quoi creuser si quelqu'un veut s'en donner la peine. Nicki a été arrêtée deux fois pour trouble à l'ordre public, lorsqu'elle a manifesté contre la mine. Un truc plutôt innocent, à vrai dire. Je ne peux pas en dire autant de certaines personnes avec lesquelles elle était associée. Je serais ravi de vous aider, mais pour tout ce qui sort de la routine, il faudra d'abord en passer par moi, c'est ma juridiction. (Il attendit que Stranahan acquiesce.) Sean, que faites-vous dans la vie ?

— Je suis artiste-peintre et guide de pêche, mais j'étais autrefois détective privé et je le suis toujours, d'une certaine façon. Je travaille en liaison, si l'on peut dire, avec le bureau du shérif du comté de Hyalite. Ce que j'aimerais faire aujourd'hui, avec votre permission, c'est passer à cette boutique de pêche puis jeter un coup d'œil au bungalow avant la nuit.

— Aucun problème, même si à ma connaissance personne ne vit plus sur place depuis qu'Alfonso s'est fourré son revolver dans la bouche le week-end du Memorial Day*.

— Il s'est suicidé ?

Monroe confirma.

— Il souffrait d'intoxication à l'amiante, d'un mésothéliome cancéreux. Je ne peux pas lui reprocher d'avoir pris les choses en main.

— C'est quand l'amiante rentre dans les poumons, c'est ça ?

— Oui. Malheureusement, je suis spécialiste du sujet. C'est ce qui a emporté ma Mary Ellen. Il y a encore quelques mois, j'aurais eu du mal à vous en parler.

— Je suis désolé, dit Stranahan.

— Non, c'est bon. On finit par prendre ses distances, ou le temps vous met à distance, je n'en sais rien. On continue à respirer en tout cas. L'histoire avec l'amiante, c'est que les fibres irritent vos poumons et provoquent un épaississement des tissus. Ensuite, des plaques pleurales se forment et vous étouffez ; vous n'avez plus assez d'air. Si vous vous promenez en ville, vous verrez des gens qui traînent leur bouteille d'oxygène. Ça s'appelle l'asbestose. J'en souffre au point que je ne peux plus chasser le cerf et je parle comme si j'avais avalé un bocal de chevrotine. Le pire scénario, c'est quand un cancer se développe et que vous vous planquez derrière chez

* Jour férié le dernier lundi de mai où l'on rend hommage à tous les soldats américains tombés au combat, toutes guerres confondues.

vous pour vous faire sauter le caisson, comme Alfonso. (Il forma un revolver de sa main et fit semblant d'abaisser le chien, en pointant son index vers sa bouche.) C'est Nicki qui a téléphoné. Quand je suis arrivé, elle le tenait sur ses genoux, trempée de sang, complètement bouleversée. Elle n'arrêtait pas de dire qu'elle aurait dû le voir venir et que c'était entièrement de sa faute.

— Comment ça ?

— C'était des sornettes. (Stranahan perçut un changement de ton.) On s'en veut toujours beaucoup lorsque quelqu'un qu'on aime meurt. (Il se mordit les lèvres et détourna brièvement les yeux.) Quand ma femme a été diagnostiquée, j'ai culpabilisé. On n'était pas d'ici, on est arrivés sans rien savoir, pour le boulot. Ce journaliste du *Seattle Post-Intelligencer* qui a tiré la sonnette d'alarme au sujet de la Zonolite Mountain et montré comment W.R. Grace et compagnie investissaient dans notre bon air sain, ces histoires commençaient tout juste à sortir. J'aurais pu emmener Mary Ellen loin d'ici, elle serait encore en vie aujourd'hui. Mais elle était infirmière et elle voulait rester, et j'étais fidèle à la ville.

Sa voix se perdit.

— Pourquoi vous ne partez pas maintenant ?

— Parce que ça ne servirait à rien. Nous tous qui avons respiré ce truc, on est des bombes à retardement. Je pourrais me planquer sous un rocher en Afrique pendant les cinq prochaines années, le crabe saurait quand même où me trouver. Ou alors, je pourrais tout aussi bien mourir en buvant du kava aux Fidji le jour de mes quatre-vingt-dix ans. Touchons du bois. (Il tapota le dessus de son bureau.) De toute façon, il paraît que le risque de respirer de nouvelles fibres est faible ; il a suffi d'un nettoyage à cinq cents millions. C'est ce qu'on raconte. Et puis, j'aime cette ville, et j'aime la Kootenai. Il y a de braves gens ici, et c'est un homme qui se trouve tous les jours confronté à la face sombre de la nature humaine qui vous parle. Je voudrais seulement qu'on sorte de cette foutue récession et que le comté ait les moyens de payer un autre adjoint.

Il regarda Stranahan du coin de l'œil.

— Il faut que je vous prévienne, ici c'est les Ozarks* de l'ouest le long de Kaniksu Mountain Road. On l'appelle le cimetière parce que c'est là que beaucoup de chasseurs se débarrassent de leurs carcasses de gibier. C'est un véritable damier de propriétés, entre celles des particuliers et des services forestiers. Y a une douzaine de maisons alignées au bord de la rivière. On a fermé un labo de méthamphétamine, mais un nouveau pourrait bien être sorti de terre depuis, alors gardez les narines ouvertes. Normalement, il n'y a personne chez les Martinelli, mais on ne sait jamais. S'il y a une odeur d'hôpital ou de couche sale, partez.

— Vous n'auriez pas une clé de la maison par hasard ?

— Non, mais avec un peu d'ingéniosité, il devrait être possible d'y entrer. Tenez (il souleva une fesse pour sortir son portefeuille), je vais vous donner une carte de visite avec mon numéro personnel. Si quelqu'un vous demande pourquoi vous fouinez, appelez et je réglerai ça.

Stranahan le remercia et prit la carte. Il songea à son portable rebondissant comme une roche basaltique à la surface du lac Henry. Il allait vraiment devoir s'en procurer un nouveau.

* Les monts Ozarks ou le plateau Ozark est une région accidentée à la frontière entre le Missouri, l'Arkansas et l'Oklahoma. Rurale, relativement pauvre, et gangrénée par la méthamphétamine et la violence, ses habitants sont considérés dans la culture populaire comme des ploucs repliés sur eux-mêmes.

Monroe se leva :

— Le shérif Ettinger m'a dit que si vous ne vous montriez pas aujourd'hui, c'était soit parce que ce tas de ferraille que vous conduisez était mort, soit parce que vous étiez enfoncé jusqu'à la taille dans une rivière à steelheads. Vous voulez aller pêcher sur la Kootenai demain matin ? À 7 heures ? Je pourrais vous lâcher à 11 heures. Il faut quoi, sept heures pour retourner à Bridger ? Vous seriez rentré avant la nuit.

Stranahan y réfléchit.

— Pourquoi pas.

— Vous dormez où ce soir ?

Stranahan demanda s'il y avait un camping au bord de la rivière.

— Il y en a un juste à côté de la rampe de mise à l'eau. Je viendrai vous chercher demain matin. Tenez, je vais vous dessiner un plan. (Il griffonna sur un bloc, arracha la page et la lui tendit.) Surtout, n'hésitez pas à nous appeler.

Le Hook & Hackle, sur la rive nord de la Kootenai River, était l'opposé de la Cahute à mouches de Rainbow Sam. Tout d'abord, ce n'était pas une cahute, mais un bâtiment en bardeaux à un étage avec deux ClackaCraft identiques posés sur des remorques dans une allée en gravier. Stranahan entra dans la boutique. Elle ressemblait à n'importe laquelle des cinquante boutiques de pêche du Big Sky Country – le pays du vaste ciel : une haie de cannes à mouche, des moulinets étincelants fabriqués à partir de blocs d'aluminium, des casiers contenant toutes sortes d'hameçons revêtus de fourrure et de plumes, des épuisettes-raquette personnalisées, des casquettes portant des logos, jusqu'à l'indispensable labrador endormi sur un tapis. L'homme derrière le comptoir et Stranahan se saluèrent, et celui-ci se pencha pour tapoter la grosse tête de la chienne.

— Elle chasse ? demanda-t-il.

— Elle chasse ? Vous entrez dans ma boutique et la première chose que vous faites c'est insulter ma chienne ?

Stranahan leva la tête. L'homme était costaud, le teint marqué par le grand air, des yeux marron cerclés d'ovales pâles à l'emplacement des lunettes de soleil, un bouc et un sourire rayonnant.

— Première fois que vous venez sur la Kootenai ? Je peux vous faire le tarif hors saison si vous cherchez un guide. Je connais cette rivière mieux que personne.

— Merci, mais je vais pêcher avec Carter Monroe demain.

— C'est le nom de notre shérif.

Stranahan acquiesça.

— C'est la raison de ma présence, en fait. Il donne un coup de main au shérif du comté de Hyalite dans la recherche d'une femme portée disparue dans la Madison Range il y a deux jours.

— Nicki. J'ai lu ça. J'espère vraiment qu'elle va bien.

— Nous aussi.

Stranahan attendit.

— Je ne sais pas quoi vous dire. Elle travaillait ici jusqu'au printemps dernier. (Il compta sur ses doigts.) Elle a fait quatre saisons. Le journal dit qu'elle avait un emploi dans un ranch-hôtel. Un des cow-boys qui la recherchait est tombé sur un cerf mort et un andouiller lui a transpercé les entrailles. C'est une sale façon de mourir.

— Oui. Je suis ici pour essayer de recueillir des informations sur elle.

— Ils ne la soupçonnent pas d'avoir quelque chose à voir avec la mort de cet homme, si ? Ça ne ressemble pas à la Nicki que je connais.

— Autant que je sache, non. À quoi ressemble la Nicki que vous connaissez ?

— Une… chouette… fille. (Les yeux marron s'étaient durcis.) Vous êtes qui, déjà ? Je n'ai pas compris votre nom.

— Stranahan. Sean Stranahan. (Il tendit la main et l'homme la serra après une brève hésitation.) Je travaille pour le shérif Ettinger à Bridger.

— Robert Kelly, se présenta le propriétaire. C'est que vous n'êtes pas la première personne à venir fouiner ici. Un type m'a posé des questions sur elle au début de l'été, peu de temps après la mort de son père.

— Vous vous en souvenez ?

— Il conduisait une moto. À peu près de votre taille et votre corpulence. Plus jeune. Il portait des petites boucles d'oreille bleu vif. Les cheveux longs. Sa veste en cuir était ouverte et il avait autant de poils qu'un ours brun. Mais son visage était presque délicat, pas beau, superbe. Comme le *David*. La sculpture. (Il inclina le menton, prenant plus ou moins la pose.) Je suis aussi hétéro qu'on peut l'être, mais je n'ai pas honte de dire que j'étais attiré par lui. Pas sexuellement, plutôt à la façon dont une souris est hypnotisée par un serpent. (Il replia deux doigts et les remua comme des crochets.) Il avait un lacet en cuir autour du cou avec un pendentif de la taille d'un dollar d'argent. Un loup en relief, de face, comme s'il vous regardait. Avec des grenats à la place des yeux. J'ai fait une remarque à ce sujet, juste histoire de dire quelque chose, et il a répondu : "Le loup est mon frère." Pas comme un hippie sortirait : "Le loup est mon frangin, mec", mais d'un ton neutre. Comme on dirait : “J’ai une sœur à Poughkeepsie.”

— Et la moto ?

Il secoua la tête.

— Je ne m’y connais pas trop en moto. Un pot d’échappement haut, comme une bécane tout-terrain. Je crois que le réservoir était rouge.

— Des plaques du Montana ?

— Peut-être. Je n’ai pas fait attention. Je l’aurais peut-être remarqué si ça avait été d’un autre État. Il était avec une fille. Elle, par contre, je l’ai remarquée.

— Ah ?

— Elle était installée derrière lui sur la moto. Une petite chose toute menue, des cheveux noirs coupés court, un visage chiffonné. Un lutin. Mais elle avait des yeux de la couleur d’un Bloody Mary, sans déconner. Plus orange que rouges. Si on était entrés à l’intérieur, elle aurait grimpé sur le manteau de la cheminée, se serait accroupie et m’aurait fixé comme un chat, j’en suis sûr. De sacrées ondes. Elle n’a pas prononcé un mot, ceci dit. C’est lui qui parlait.

— Qu’est-ce qu’il a dit ?

— Qu’il était un ami de Nicki. Il voulait savoir si elle travaillait toujours pour moi. Je lui ai répondu qu’elle avait quitté la ville, mais il insistait – où elle était partie, est-ce que j’avais son numéro. Ses questions étaient… directes. Il était poli, mais distant, froid. Comme s’il n’avait pas l’intention d’enlever son masque. Quand il a vu que ça ne donnerait rien, ils sont partis.

— Vous les avez revus ?

— Non, mais j’ai eu la sensation, comment dire, que Nicki avait peut-être des problèmes. Peut-être qu’elle n’avait pas quitté la ville comme elle l’avait prétendu. Je me suis dit que si elle était dans la maison de son père, il fallait l'avertir que ce gars la cherchait. Alors j'y suis allé et j'ai vu que quelqu'un avait cassé une vitre et saccagé l'intérieur. J'ai pensé que c'était lui. Qui ça aurait pu être d'autre ? Ce n'était pas difficile de trouver l'adresse. Beaucoup de gens connaissaient Nicki. Tout le monde savait qu'elle travaillait pour moi. Ça m'a laissé une sale impression.

— Donc, ce n'était pas votre petite amie ? dit Stranahan avec désinvolture.

— C'est ce que vous a dit le shérif ? Eh bien, il a tort. Je suis marié.

— Je connais des hommes pour qui ça ne serait pas un problème.

— Mais c'est à moi que vous parlez. (Une étincelle brilla dans ses yeux.) Beaucoup d'hommes laissent la porte ouverte. Ils prétendent qu'ils resteront fidèles, mais il suffit que quelqu'un glisse le pied dans la porte. Pas moi. J'ai fermé la porte le jour où j'ai prononcé mes vœux.

— Mais Nicki vivait ici ?

— Elle habitait avec son père. Je ne la voyais jamais en hiver, elle passait beaucoup de temps en Colombie-Britannique avec lui, mais à la saison haute de la pêche, elle dormait à l'étage, c'était plus pratique. Alfonso s'arrêtait de temps en temps après sa journée de travail. On faisait griller des hamburgers sur le porche. Il allait bien à l'époque, personne ne savait qu'il avait un cancer. Ce gars, il avait été trappeur, avait conduit des chiens de traîneau, avait survécu à deux accidents d'avion. Il était assez difficile à comprendre, mais il avait des histoires à raconter.

— Comment se débrouillait Nicki ?

— L'embaucher est la meilleure chose que j'aie jamais faite. La plupart des types se baladent dans le magasin les mains dans les poches, ils achètent au mieux quelques mouches. Nicki secouait sa chevelure et ils ressortaient avec une canne Orvis. (Il se lécha le pouce et fit semblant de détacher des billets d'une liasse.) Les clients lui laissaient des pourboires de cent dollars. Si vous êtes gâtée par vos gênes, autant en profiter.

— Et elle en profitait.

— Ça, oui. C'était son idée de peindre une sirène sur le bateau. Mais si quelqu'un faisait une remarque sur son physique, elle détournait la conversation. Je me souviens quand le photographe de *Fly Angler* est venu la prendre en photo, elle lui a dit : "Vous devriez voir ma sœur, elle est bien plus jolie que moi."

— Je ne savais pas qu'elle avait une sœur.

— Moi non plus, jusqu'à ce moment-là. Nicki m'a dit qu'elle était plus âgée. Qu'elle vivait en Colombie-Britannique. J'imagine qu'elle n'a pas suivi quand le père s'est installé aux États-Unis, mais ils allaient la voir tous les hivers.

— On va peut-être avoir besoin de contacter son parent le plus proche. Vous savez comment la joindre ?

— Tout ce que je sais, c'est que Nicki l'appelait Asena. Elle m'a dit que c'était le nom d'un loup dans une légende.

— Ah bon ?

— Ouais. Vous savez, Nicki s'intéressait beaucoup aux loups. À tout ce qui concernait l'environnement. Elle a manifesté contre la mine de vermiculite, elle s'est fait arrêter. Je le sais parce que c'était noté sur son formulaire de candidature.

— A-t-elle dit ce qu'elle prévoyait de faire après la mort de son père ?

— Elle m'a demandé qui contacter pour mettre de l'antigel dans les canalisations, donc j'ai compris qu'elle partait.

Elle a parlé une fois d'ouvrir un lodge de pêche avec sa sœur, sur un des affluents de la Skeena. Elle était de là-bas. Mais j'ai eu l'impression que c'était juste un projet en l'air, le genre de truc qu'on dit qu'on fera un jour.

— C'est quand la dernière fois que vous avez entendu parler d'elle ?

— Au début de l'été, et indirectement. Le propriétaire d'une boutique de pêche sur la Madison m'a appelé pour obtenir des renseignements, donc je me suis dit qu'elle était là-bas.

Stranahan hocha la tête :

— Sam Meslik. C'est un ami.

— Ouais, c'est lui. Alors, elle est partie travailler pour lui ?

— Il l'a employée comme guide cet été, avant qu'elle trouve un boulot au ranch-hôtel. Elle habitait dans une grange sur place.

— Le même genre d'arrangement qu'elle avait avec moi. Et votre copain, il avait la porte ouverte ou fermée ?

— Ouverte.

— Alors peut-être que c'est à lui que vous devriez parler.

8

PHILTRE D'AMOUR N°29

C'ÉTAIT UNE PARTIE du Montana que Stranahan avait traversée, mais dans laquelle il avait passé peu de temps, un Montana rural, méli-mélo de terres non bornées où tout est permis, de drapeaux ostentatoires, de râteliers d'armes sur les pick-up, de mobile homes aux adjonctions rudimentaires, de cimetières de voitures, d'autocollants SOUTENONS NOS TROUPES, de boutiques de bricolage qui ne vendaient rien d'autre que des rêves depuis quarante ans. À une intersection, un bibliobus hors d'usage était posé sur ses jantes dans la pénombre du soir ; une tête de mort était peinte à la bombe sur la carrosserie rouillée, suivie d'un message en lettres roses : LA METH – MÊME PAS UNE FOIS.

Stranahan rétrograda tandis que la route grimpait en zigzag à travers un bois dense jusqu'à un petit col qui délimitait les bassins des deux rivières. Il cherchait une boîte à lettres noire portant le nom de Martinelli, la trouva et coupa le moteur du Land Cruiser. Un écriteau en métal CHASSE INTERDITE, ENTRÉE INTERDITE se balançait au milieu d'une chaîne qui fermait l'accès au chemin de terre ; il était criblé d'impacts de balles. Stranahan l'enjamba, puis fit demi-tour et se dirigea vers la boîte à lettres. Elle était vide. Alors qu'il la tapotait de ses ongles, ses yeux furent attirés par une tache blanche dans un fossé. Un os ? Un parmi d'autres. Le fossé en était jonché, des crânes de cerf aux bois sciés, des sabots rattachés à des chapelets d'os, des omoplates couvertes de mousse. Ils semblaient surréalistes dans la lumière déclinante. Au milieu d'une cage thoracique, un bout de papier dépassait. Stranahan descendit dans le fossé encore boueux de la dernière pluie. Il s'agissait d'une enveloppe de la compagnie d'électricité, datée du mois de juin. Il découvrit d'autres lettres, puis un prospectus annonçant une promotion sur des pneus se terminant en juillet, ainsi qu'un annuaire du comté de Lincoln et un tract pour la NRA. Tout était adressé à Alfonso Martinelli. Le seul courrier ouvert était une enveloppe à bulles destinée à l'expédition de médicaments, également datée du mois de juin. Stranahan supposa qu'elle avait contenu des comprimés. Bien qu'il eut de toute évidence plu durant les derniers jours, aucune des enveloppes n'était gonflée d'humidité.

Stranahan tapota la tête de Choti – "Il vaut mieux que tu restes ici, ma vieille." –, récupéra une lampe-torche et une bombe de spray à ours dans le Land Cruiser – il n'avait jamais possédé d'arme à feu – et avança dans l'allée en songeant toujours au courrier. L'éparpiller n'avait sans doute pas tellement de sens, mais il semblait évident que quelqu'un était venu très récemment. Mais voler des comprimés, qu'est-ce que ça signifiait ? Martinelli souffrait d'un cancer. On pouvait raisonnablement supposer qu'il prenait des antidouleurs. Celui qui avait vidé la boîte aux lettres avait-il empoché un flacon de Dicodin ? Peut-être pas, se dit-il. Quelqu'un pouvait avoir ouvert l'enveloppe à n'importe quel moment durant l'été et pris les comprimés, puis avoir remis l'enveloppe dans la boîte aux lettres. Stranahan observa une couleuvre se glisser comme un ruban de soie d'un bord à l'autre de l'allée. Il essaya de ne pas y accorder trop de sens non plus.

Stranahan avait parcouru deux cents mètres sans avoir encore aperçu la maison lorsque le chemin tourna brusquement, plongeant vers un ruisseau. Il était à la recherche d'empreintes de chaussures et en découvrit au niveau du gué. Elles coupaient de vieilles traces de pneus. Aucune ne paraissait récente, mais bon, quiconque voulant approcher de la cabane – car c'était bien ce qu'elle était, un chalet en bois de plain-pied qu'il distinguait désormais au loin – sans être vu, aurait évité la route et se serait frayé un chemin à travers les pins. Bonne chance pour y trouver des empreintes, même s'il soupçonnait qu'Harold Little Feather y serait parvenu. Sean avait vu Harold non seulement pister des hommes sur ce qui semblait un terrain dépourvu d'empreintes, mais de surcroît vous donner leur poids. “C'est comme toi quand tu lances une *soft hackle* au détour d'une rivière, entendait-il dire Harold, tu l'as fait si souvent que tu peux te représenter la mouche dans l'eau, que tu pourrais presque pousser la truite à mordre par la seule force de l'esprit. C'est la même chose avec le pistage, sauf que la terre est ma rivière. Le sol est seulement un peu plus réticent à raconter une histoire lorsqu'il est dur. Comme une femme qui hésite à se déshabiller. Il faut lui parler gentiment.”

Mais Harold n'était pas là.

Tu tergiverses, se dit Stranahan. Il avança d'un pas vif et grimpa les marches du porche fait de planches de pin brutes. L'une des deux fenêtres en façade était barricadée de l'extérieur. Il frappa sèchement à la porte-moustiquaire. Silence.

Il actionna le loquet et la porte s'ouvrit en grinçant sur ses gonds. Les rayons de lumière déclinante dessinaient des rayures sur le sol et fourmillaient de fines particules. Les yeux de Stranahan se posèrent sur le plancher poussiéreux où se détachaient des traces de semelles aussi distinctes que si elles avaient été découpées avec un diamant. Il ajusta l'élastique de sa torche sur son front et l'alluma. Les empreintes indiquaient des pas agressifs, une légère rotation des pieds ayant laissé la marque des bords internes des talons. Stranahan chaussait du 44. Il plaça un pied à côté de l'une d'elles. Elle était nettement plus petite. Il ouvrit la porte en grand pour permettre à ce qui restait de lumière d'entrer et constata que les empreintes apparaissaient sur toutes les lattes ainsi exposées.

Le faisceau de sa torche sautillant devant lui, il suivit les traces de l'intrus dans chaque pièce, sentant sa poitrine se gonfler chaque fois qu'il ouvrait une porte, le pouce sur la languette de sûreté de la bombe de spray au poivre. Le logement était petit ; des tapettes à rats étaient posées dans les recoins, et des squelettes de souris témoignaient qu'il s'était déroulé ici quelques tragédies mineures. Kelly avait dit avoir mis un peu d'ordre dans le chaos, rangé les papiers dans le bureau, replacé les meubles. Stranahan imagina que c'était aussi lui qui avait barricadé la fenêtre. C'était presque trois mois plus tôt. Au cours de son rapide tour d'horizon, Stranahan ne repéra aucun signe de désordre, sinon un lit défait dans ce qui semblait être l'ancienne chambre de Nicki, si l'on en croyait les quelques vêtements pendus dans l'armoire.

Stranahan ouvrit le bureau à cylindre à la recherche d'une feuille de papier, afin de dessiner les empreintes de pas avant qu'elles ne disparaissent sous les siennes. Avait-il entendu quelque chose ou était-ce juste le bruit de frottement des lattes en bois de l'abattant ? Non, il avait entendu quelque chose, mais rien d'alarmant peut-être. Le bois parle tout seul, parfois. Malgré tout, il poussa un peu son exploration. La chambre qu'il avait identifiée comme étant celle de Nicki était la plus proche du salon et il y dirigea sa torche. Du regard, il balaya des draps tout chiffonnés sur un matelas et un sommier posés à même le sol, ainsi que deux oreillers sans taies. La pièce avait été doublée en placo puis peinte, et des rectangles plus clairs révélaient l'emplacement de photos ou de tableaux décrochés. Dans l'armoire, il découvrit des bottes de cow-boy craquelées brodées de roses. Il ouvrit les tiroirs d'une commode en aggloméré. Il trouva des jeans usés taille 40, une chemise en denim avec des boutons-pression en nacre aux coutures flinguées et un T-shirt *tie and dye*. L'ensemble, plus quelques sous-vêtements, ne lui apprirent rien de plus que le fait que Nicki était une femme plantureuse qui portait des soutiens-gorge à baleine taille 95C et mesurait environ un mètre soixante-dix. À peu près la même corpulence que Martha Ettinger, songea-t-il.

Stranahan se retrouva au pied du lit, soudain las. Lorsqu'il avait entendu le bruit, son rythme cardiaque avait accéléré, avant de ralentir à nouveau. Il s'assit sur le lit où ses fesses rencontrèrent quelque chose de dur sous les draps. C'était un livre dont la couverture s'ornait d'un loup hurlant à la lune. *Tueur ou âme sœur ? Les coutumes et le charme du loup*, de Barbara Barr. Dans l'autre chambre, dont il supposa que c'était celle du père de Nicki, la table de nuit croulait sous des éditions de poche de Louis L'Amour, des romans de quatre sous parlant d'un Ouest qui n'avait jamais existé. Il ouvrit le livre sur les loups et s'aperçut qu'il s'agissait d'un ouvrage érudit à l'écriture dense. Appartenait-il à Nicki ?

Ce lit le tracassa soudain. Pourquoi quelqu'un qui fermerait une maison comme l'avait fait Nicki laisserait-il tout bien rangé sauf son lit ? Et si c'était l'homme à la moto qui l'avait défait en cherchant quelque chose, pourquoi Kelly n'avait-il pas au moins tiré le couvre-lit par-dessus ?

Stranahan grattait sa barbe de dix jours en se dirigeant vers l'arrière de la maison. Une armoire à fusil sans fusils dominait la chambre d'Alfonso, mais, sur un établi, il remarqua une presse de rechargement et deux étagères de matériel – boîtes de poudre, paquets d'amorces, douilles non amorcées et jeux d'outils de recalibrage pour une demi-douzaine de calibres de carabines et de pistolets. Une douille en cuivre se trouvait sur la presse, insérée dans la matrice de recalibrage, au trois quarts remplie de poudre. À côté de la presse, une demi-douzaine de balles en plomb étaient prêtes à être serties et trois étaient déjà chargées, dans leurs étuis. Sans vraiment y réfléchir, Stranahan empocha deux des balles. Il s'intéressa à l'autre bout de l'établi. Encore des outils – une brique réfractaire, un chalumeau à acétylène réglé pour faire fondre du métal, des moules à balles. Il mit la main dans sa poche et fit rouler les lourds morceaux de plomb entre ses doigts. L'homme ne plaisantait pas en matière de rechargement de balles, mais sa profession pouvait l'expliquer. Ce qui était curieux, c'était que l'établi semblait avoir été abandonné en plein milieu d'une séance de rechargement. Ça ne collait pas, pas plus que le lit défait.

Une bouffée de peur tordit les entrailles de Stranahan. Il y avait eu un bruit ; il avait été idiot de l'ignorer. Mais il avait vérifié toutes les pièces, non ? Sortant la bombe de spray de son étui, il retourna dans le salon. Les chalets de montagne comportent souvent une cave non aménagée accessible par une trappe. Près du bureau se trouvait un tapis au motif indien et Stranahan se baissa pour en soulever un des coins. “Et voilà !”, marmonna-t-il. La trappe était là, fermée par un loquet rond en fer encastré dans le bois. Stranahan l’actionna. Des marches en bois grossièrement taillées descendaient dans l’obscurité et, tandis qu’il la scrutait, il perçut plus qu’il n’entendit le plancher craquer dans son dos. Alors qu’il pivotait brusquement, sa lampe frontale tomba et tournoya sur le sol. Le faisceau pointé vers le haut révéla sur le plafond l’ombre déformée d’une silhouette humaine, une chimère dont la tête paraissait grouiller de serpents. Il ressentit une douleur fulgurante à l’arrière du crâne et une lueur se mit à danser derrière ses yeux, clignotant comme la bande vierge en amorce des bobines de vieux films. Le trou carré dans le plancher commença à trembler. Il lui sembla qu’il mettait une éternité à tomber et il sentit la dureté des balles entre ses doigts en atterrissant sur sa main. Sa tête rebondit en heurtant le sol. La lueur se transforma en éclair brillant qui fila tout droit avant de disparaître en vacillant.

Il n’avait jamais été mis K.-O. au cours de sa carrière de boxeur amateur. Elle avait pris fin lorsqu’il avait perdu aux points le tournoi Silver Mittens à Lowell, dans le Massachusetts. Ce match, presque vingt ans plus tard, Stranahan pensait toujours, au fond de son cœur, l’avoir gagné. Désormais, il savait ce que ça faisait d’être K.-O., de sentir son cerveau bouger telle de la vase dans le crâne. Il tendit la main vers l’arrière de sa tête et la ramena humide.

L’obscurité était totale. Une odeur de moisi envahissait ses narines. Il parla dans le noir et ne reçut aucune réponse. Sa voix donnait l’impression de ne pas lui appartenir et elle lui fit mal à la tête. Il finit par extirper la main coincée dans sa poche. Il remua les doigts. Aucun os ne semblait cassé. Ce geste fit naître une idée, qui s'envola aussitôt. Un peu plus tard, ce pouvait aussi bien être une minute qu'une heure, l'idée revint et il plongea la main dans la poche de son jean pour en extraire son porte-clés. Un petit couteau suisse assorti d'une lampe y était accroché. Stranahan la coinça entre ses dents en mordant sur son interrupteur afin de l'allumer.

Il se trouvait dans un cellier. Il se releva avec précaution, car des clous dépassaient du plancher de la maison et il lui était impossible de se tenir debout sans se piquer la tête. Il balaya l'espace avec sa minuscule LED. La pièce mesurait environ deux mètres sur trois et des étagères garnies de conserves scellées par de la cire s'alignaient sur les deux murs les plus longs. Betteraves, confiture, oignons, saumon kokanee – des étiquettes écrites en français avec des dates qui remontaient à huit ans. Au fond se trouvait une demi-douzaine de bidons en plastique de quatre litres avec un système de fermeture à pression. Il rapprocha sa lampe. Philtre d'amour n° 29. Philtre d'amour ? Il ne savait pas quoi en penser.

L'escalier de bois brut qui menait à la trappe était à l'autre bout de la cave. Il se souvenait que le battant ne fermait pas à clé, mais il ne fut pas surpris qu'il ne bouge pas, même après lui avoir donné des coups avec une planche dénichée sur le sol en terre battue. Il ne faisait aucun doute que celui qui l'avait assommé avait tiré un objet lourd sur la trappe. Le bureau était pratique et aurait fait l'affaire. Il restait la solution de creuser pour sortir, mais avec quoi ? En dehors de quelques planches abandonnées après la construction des étagères, il y avait les marches, fixées avec des clous rouillés. Il pourrait peut-être en arracher une. Un faible reflet métallique attira son œil. La cave était plus basse de plafond de ce côté-ci et il dut se baisser pour scruter l'espace derrière l'escalier. Une douzaine de pièges aux larges mâchoires arrondies pendaient à de gros crochets vissés au plafond. Une boîte contenait un bric-à-brac de pièges plus petits. Il décrocha le plus gros. Le nombre $4^{1/2}$ était gravé sur la palette, en dessous du nom : S. NEWHOUSE. Une solide chaîne se terminait en crochets munis de dents qui devaient plonger dans la terre pour empêcher l'animal d'emporter l'engin. Sean s'y connaissait en piège pour avoir autrefois sympathisé avec un homme des bois, le voisin de son grand-père dans les Berkshire Mountains. Le vieil homme, que tout le monde surnommait Smithy, avait montré au jeune garçon comment poser un piège en comprimant les ressorts et en fixant la tige d'armement à la palette. Sean se souvenait d'en avoir déclenché un avec un bâton et avoir sauté en arrière quand les mâchoires s'étaient refermées.

Stranahan transporta le piège vers le mur qui donnait à l'est, là où sortaient de gros tuyaux en PVC, à hauteur de poitrine. Il enfonça les mâchoires du piège dans la paroi. Un peu de terre s'effrita et tomba. Encore. Un peu plus. Au bout de dix minutes, il avait mal aux bras et les gravats qu'il avait excavés auraient à peine rempli une boîte de café. Des picotements brûlants dans ses paumes lui promettaient des ampoules s'il persévérait. Il recula, éclaira la trappe à l'aide de sa lampe et se demanda à quoi lui servait son cerveau. Le crochet muni de dents au bout de la chaîne était facile à tenir et il entreprit de creuser avec, après avoir pris soin d'ôter sa chemise pour entourer sa main afin de réduire les frictions. Le processus était lent, mais les coulées de terre moisie qui tombaient de temps à autre du mur l'assuraient de ses progrès. L'ironie d'utiliser un piège pour se tirer d'un piège amena un sourire amer sur ses lèvres.

Son sourire disparut d'un coup. Un bruit ressemblant à une porte qui grince. Un unique pas. Le silence.

Stranahan chercha à tâtons la bombe de spray sur sa hanche. Elle n'était pas là. Il ne se souvenait que vaguement de sa chute et il comprit qu'elle avait dû lui échapper au moment où on l'avait frappé. Il relâcha la pression de ses mâchoires et la lampe à LED coincée entre ses dents s'éteignit. Il s'écouta respirer. Puis entendit un grincement, comme de la craie sur un tableau. Progressivement, un rectangle de lumière flou, aussi fin qu'une corde, révéla les contours de la trappe. Quelqu'un avait déplacé le bureau qui la recouvrait.

Stranahan discernait maintenant la respiration d'une autre personne. Le bruit était étouffé par le plancher, mais il pensait entendre un sanglot après chaque inspiration. Quelque chose, sans doute l'instinct, l'empêcha de parler. Un sentiment de menace l'envahit. Il percevait l'angoisse à travers les lattes, comme si l'individu était sur le point de craquer.

Une idée lui vint en soupesant le gros piège Newhouse. Il l'installa sur le sol et, utilisant presque toute sa force, compressa les lourds ressorts, en espérant de tout son cœur qu'ils étaient huilés. Il coinça la tige d'armement au toucher, puis, délicatement, souleva le piège. Les mâchoires ne se refermèrent pas. Tant mieux, car il avait craint que le mécanisme ne se déclenche au moindre mouvement. Se déplaçant de façon à ne faire aucun bruit et transportant le piège avec autant de précautions que s'il s'agissait d'une mine terrestre, il le posa sur la marche du bas, en dessous de la trappe, là où il resterait dans l'ombre quand on ouvrirait le battant. Il se dit que si quelqu'un descendait, la probabilité qu'il marche sur la palette était de cinquante-cinquante. Enfin, dans le cas où personne n'allumerait, car sinon, le piège serait facile à éviter. Une maigre défense, mais toujours mieux que rien.

Au-dessus de lui, la respiration semblait s'accélérer : une succession de petites inspirations qui menaient à un point culminant. Stranahan s'éloigna des marches, cognant par inadvertance son talon contre la terre creusée à l'aide du piège. Il ne tomba pas, mais quand il se rattrapa aux étagères pour retrouver son équilibre, plusieurs bocaux s'entrechoquèrent. Immédiatement, un coup de tonnerre ébranla la pièce et un faisceau lumineux du diamètre d'un crayon dessina un cercle sur le sol, à trente centimètres de sa chaussure gauche.

Il recula tant bien que mal vers l'autre côté de la cave. Deux bidons explosèrent à sa droite. Il sentit des éclaboussures sur son visage, et l'air devenu instantanément fétide lui donna des haut-le-cœur. Le philtre d'amour devait être l'appât pour les loups que Monroe avait mentionné, fabriqué à base de Dieu sait quoi. Un troisième coup de feu souleva un monticule de terre entre ses pieds. Les éclairs provenant des deux derniers tirs dessinèrent deux autres points lumineux de la taille d'une pièce de vingt-cinq cents à sa droite et sa gauche. Il se saisit du bidon encore intact le plus proche et le lança sur les marches. Le quatrième tir passa tout droit à travers le battant de la trappe. Il entendit Choti aboyer depuis la route.

Son esprit fonctionnait à toute vitesse. Il pouvait continuer de tromper le tireur afin que celui-ci vise là où il ne se trouvait pas, mais la pièce était petite. Une balle finirait par l'atteindre. Il tâtonna par terre en essayant de ne pas se couper sur les éclats de verre. Sa main se referma sur un bâton. Il s'agenouilla, tourné vers l'escalier, et tapota le sol.

Un nouveau tir, cette fois-ci derrière lui. Le tireur commençait à comprendre son petit jeu. Il donna un autre coup de bâton qui abaissa la palette du piège et déclencha la fermeture des mâchoires.

Dans cet espace confiné, le bruit du piège se refermant résonna comme un coup de tonnerre.

— J'ai un revolver ! cria Stranahan. (Il avait eu l'intention de gueuler comme un fou furieux, mais c'était inutile. Sa voix sonnait comme celle d'un type qui a perdu les pédales, même à ses propres oreilles.) La prochaine fois, je tire directement à travers le plancher, on peut être deux à jouer à ce petit jeu.

Au-dessus de lui, il entendit une forte inspiration, un son aigu.

— Oh, non.

Un bref silence, puis des pas rapides. Le grincement de la porte d'entrée qui s'ouvrait. Était-ce bien une voix de femme ?

Stranahan compta jusqu'à trente. Son cœur battait la chamade. Vas-y, bon sang. Il grimpa les marches, poussa le battant de la trappe et fila par la porte d'entrée ouverte. Son sixième sens lui dictait que le tireur était parti et ne reviendrait pas. Mais il courut malgré tout, courut sans toucher terre et ne s'arrêta qu'une fois protégé par les bras sombres de la forêt. Il mit les mains sur ses genoux et, durant un moment, sa respiration fut hachée et sifflante. Lentement, il reprit ses esprits. Il devait être proche de la route parce qu'il entendait assez distinctement les aboiements de Choti. Une moto démarra quelque part au loin. Il enregistra de façon mécanique qu'elle faisait un bruit de moteur à deux-temps. L'engin fila en pétaradant. Puis, plus rien.

De petits coups sur la vitre le réveillèrent en sursaut. Il la baissa, et le murmure de la Kootenai River se déversa à l'intérieur de la voiture. Derrière le pare-brise, l'horizon couleur perle lui apprit l'heure. Choti, lovée sur le siège passager, ouvrit un œil. Stranahan ne se souvenait ni d'avoir rejoint son 4x4 ni d'avoir roulé jusqu'à la rampe de mise à l'eau.

La tête du shérif Monroe emplit la fenêtre, puis recula brusquement.

— Bon sang, c'est quoi cette odeur ?

Stranahan dut réfléchir un instant.

— Philtre d'amour n° 29, répondit-il.

9

CARAMEL CANDY

L'HÉRITAGE DE SEAN après la mort de son père, tué dans un accident de voiture lorsqu'il avait quinze ans, fut maigre. En dehors des outils – son père était mécanicien –, il se réduisait à deux cannes à mouche en bambou faites main, une fraiseuse que son père avait fabriquée pour tailler le bambou, un couteau Remington Bullet datant des années 1930, un moulinet Hardy Perfect ainsi qu'une pipe Meerschaum en écume de mer. Son père la fumait lors des sorties de pêche sur la Deerfield, des excursions qui faisaient partie des souvenirs d'enfance les plus vifs de Sean. Vingt-cinq ans plus tard, il pouvait toujours fermer les yeux et voir le tabac rougeoyant aller et venir dans la nuit, entendre le sifflement de la soie de son père et le choc sourd d'une fario tombant dans l'épuisette. Ce n'est qu'au cours des derniers mois, après le départ de sa copine Martinique pour l'école vétérinaire, laissant Sean plus seul qu'il ne l'avait été depuis des années, qu'il se surprit à remplir le fourneau pour des tas de raisons autres que de tenir les moustiques à distance. C'est ce qu'il s'apprêtait à faire ce soir-là de retour à Bridger et, alors qu'il avait sorti sa pipe de la poche de sa chemise et commençait à la bourrer, Martha Ettinger la lui arracha des mains et enchaîna :

— Tu disais donc que…

— Quoi ? Tu te prends pour ma mère ?

— Apparemment, il t'en faut une. Je t'ai déjà parlé de Burt, mon second mari ?

— Le commissaire-priseur de bétail.

— Tu sais pourquoi il ne l'est plus ?

— Non, mais j'imagine que tu vas me le dire.

— Il a eu un cancer de la bouche à force de chiquer du Skoal. Burt n'a plus de mâchoire inférieure. On ne vend pas beaucoup de génisses quand on doit parler à travers un trou dans sa gorge. (Elle tapota la pipe pour en faire tomber le tabac et la lui rendit.) Réveille-toi. Tu n'as pas vu les campagnes à la télévision ?

Sean dessina de la main des volutes dans les airs.

— Je vis dans un tipi, Martha. Je n'ai pas l'électricité. Et je dois te faire remarquer que lorsqu'un invité nettoie sa pipe, ça signifie que la visite est terminée. Une vieille coutume indienne.

— Au diable les coutumes. Je suis sérieuse. Et je te garantis qu'aucune femme ne va t'embrasser une fois que tu auras craqué une allumette au-dessus de ce truc en épi de maïs.

— Écume de mer.

— La fumée est la même.

Stranahan leva les mains.

— Je me rends. Mais pour ta gouverne, je n'avale pas la fumée.

— Tu n'as pas besoin. Il y a un instant, tu disais donc que…

— Je disais que je ne suis pas sûr que c'était Nanika Martinelli.

— Mais tu as affirmé que c'était une voix de femme, et la silhouette que tu as aperçue avait les cheveux longs. Ça correspond.

— Oui, mais ce n'est pas toi qui étais dans la cave. Je ne peux pas en être sûr. Et pourquoi aurait-elle voulu me tuer ? Écoute, ce ne sont que des suppositions, mais ce que je crois, c'est que cette personne a eu peur quand j'ai frappé à la porte, qu'il ou elle s'est cachée et m'a assommé pour me faire tomber dans la cave. Le temps a passé, je ne sais pas combien, mais suffisamment pour que je me retrouve les mains à vif en creusant avec le piège, puis cette personne ou une autre est revenue, cette fois-ci avec une arme. D'après ce que j'ai entendu dire sur cette fille…

— Femme, le corrigea Martha.

— Femme. Elle n'a pas un passé violent.

— Si ce n'est pas Martinelli, tu penses que c'est qui ?

Stranahan avait anticipé la question depuis qu'il avait appelé Ettinger d'une cabine téléphonique sur le trajet du retour. Ils étaient maintenant assis l'un en face de l'autre autour du feu, sur des couvertures en peau de bison repliées. La nuit devenant plus froide, Sean ajouta une bûche aux restes de bois carbonisé et examina la mince volute de fumée onduler en direction de l'aération. Il se leva pour réinstaller les piquets du rabat et parla en tournant le dos à Martha.

— Je pense que ça pourrait être la fille qui était avec le motocycliste, celui qui cherchait Martinelli.

— Parce que tu as entendu une moto.

— C'était un moteur deux-temps. Beaucoup de tout-terrain ont un moteur deux-temps. Le propriétaire de la boutique de pêche a déclaré que le gars conduisait une moto tout-terrain.

— Tu m'as dit que la fille avait des cheveux noirs coupés court. Ça ne ressemble pas à Méduse.

— Je pourrais me tromper pour l'ombre.

— Tu pourrais aussi te tromper pour la moto.

— Non, les motos, je m'y connais.

— Depuis quand ?

— Mon père avait restauré une Indian 741 Scout, le modèle utilisé pendant la Seconde Guerre mondiale. J'ai eu de la chance de survivre aux dix années qui ont suivi sa mort. Cette Indian n'est qu'un des risques que j'ai pris.

— Ah, ces années de perdition. On en a tous quelques-unes.

— J'étais vraiment perdu. J'ai des souvenirs assez précis de ces années-là, de leurs bons côtés en tout cas.

— C'est la différence entre toi et moi. Tu es optimiste.

La main de Martha glissa jusqu'à sa mâchoire et ils s'installèrent dans un silence agréable. Elle se passa les doigts sur la gorge.

— Bon, d'accord, dit-elle lentement. Si tu penses que ça pourrait être la fille, alors ça ressemble à une piste valable. Franchement, je suis débordée avec le cow-boy que ton pote Sam a cogné. Je t'ai dit qu'il avait marché sur un piège, non ? Un piège à loups. Probablement pas très différent de celui que tu as posé dans cette cave. (Elle secoua la tête.) Comme si un type avec les entrailles transpercées par des bois de cerf ne suffisait pas pour continuer à faire les gros titres.

— C'est une étrange coïncidence, moi qui creuse avec un piège, le cow-boy pris dans un autre.

— Il y a un loup au milieu de tout ça. Où sont les toilettes ?

— Dans les bois. Tu prends un sentier à partir de ce rocher dont je t'ai parlé, là où je reçois mon courrier.

— Je vais me retenir. (Elle leva les yeux au ciel.) Ce sentier est la deuxième raison pour laquelle aucune femme qui se respecte ne voudra t'embrasser. Au fait, comment va... Martinique ?

Elle n'avait pas davantage de désir d'écouter Sean Stranahan parler de sa copine qu'elle n'avait envie d'entendre Harold Little Feather déblatérer sur son ex-femme, mais elle ne pouvait pas s'en empêcher. Pourquoi aucun des deux hommes qui la faisaient se sentir femme ne comprenait qu'il y avait un cœur sous l'insigne ? Je suis là, aurait-elle voulu leur dire.

— Je ne lui ai pas parlé depuis que je suis revenu de Colombie-Britannique, répondit Stranahan.

— Il y a un problème ?

— Je ne sais pas. Je pensais qu'elle en aurait fini avec ce boulot de barista en bikini une fois entrée à l'école vétérinaire, et effectivement c'est bien fini, mais maintenant, elle a un deuxième portable qu'elle utilise pour séduire des hommes, avec un numéro surtaxé. Elle est franche avec moi à ce sujet, elle dit qu'on ne peut pas remonter jusqu'à elle avec ce téléphone et que c'est de l'argent facile.

— Donc tu n'es pas le seul à qui elle tient des propos salaces.

— C'est bien le hic. Elle ne l'a jamais fait avec moi. Elle est (il chercha le mot juste) pudique.

— Vous êtes toujours... ensemble ?

— Je pense. Mais je vais te dire la vérité. Je m'inquiète. Le type qui dirige ce service téléphonique, il s'appelle Red. Un Cajun qui joue aux courses, un joueur professionnel. Il lui a donné un nom pour le téléphone, il l'a baptisée Caramel Candy. Elle dit qu'elle ne va travailler que jusqu'aux vacances, qu'elle sera trop occupée au prochain semestre et qu'un des types avec qui elle discute commence à lui ficher la trouille. D'après toi, quelles sont les chances de pouvoir quitter un boulot à l'amiable quand l'employeur a pour nom Red ?

— Pour le moment (Martha étouffa un bâillement), à peu près autant que celles que j'ai de pouvoir relier une affaire de personne disparue à un corps dans le frigo de Doc Hanson. Je vais aller me coucher. Je n'imagine même pas ta fatigue, alors dors. Demain, j'aimerais que tu viennes avec moi au ranch Culpepper, rencontrer un de mes cousins.

— Je ne savais pas que tu avais un cousin dans la vallée.

— Notre ranch était au-dessus de White Sulfur. J'ai de la famille de Great Falls jusqu'à Pocatello. On ira voir l'endroit où ça s'est passé. Tu sais monter à cheval ?

Stranahan acquiesça mollement.

— Je répète la question.

— On monte par le côté gauche. C'est ça ?

Ettinger soupira.

— On te mettra sur un cheval qui gratte à la porte de l'usine d'équarrissage. Je viens te chercher à 7 heures.

— Frappe au rabat. Je n'ai pas de montre.

— Tu n'as pas de portable. Tu n'as pas de montre. Ta boîte à lettres est sous un rocher et tu sens le chat mort. Ah, et les toilettes sont au bout du sentier. J'ai l'impression que tu t'engages à nouveau dans des années de perdition. Et je te demande encore de m'aider…

— Désolé pour l'appât à loup, dit Stranahan. J'imagine que pour eux, l'odeur d'un chat mort est un vrai nectar.

Après le départ de Martha, il fit son lit, ce qui se résumait à étaler un sac de couchage sur son lit de camp. Il pressurisa sa lanterne et ouvrit le livre qu'il avait trouvé dans le bungalow. Il le feuilleta jusqu'à l'index. Asena, lut-il, était une louve appartenant à la mythologie turque. D'après la légende, la louve avait une crinière bleu ciel et elle avait sauvé un enfant mongol, seul survivant après une invasion de soldats chinois. La louve soigna le petit garçon jusqu'à ce qu'il retrouve la santé, devint son amante et lui donna dix enfants mi-hommes mi-loups, dont l'un fut le premier khan.

Il y a un loup au milieu de tout ça, avait dit Ettinger.

Stranahan referma le livre, éteignit la lanterne et regarda la mèche perdre lentement sa couleur.

10

L'HOMME SOURIANT

— DONC, JE DOIS rester en arrière et observer.

— Non, tu dois rester à côté de moi et observer. Qu'est-ce que je t'ai dit ?

— D'accord, Martha. C'est juste que… je ne sais pas. Pourquoi jouer les agents secrets ? Je suis qui, d'ailleurs ? Comment tu me présentes ?

— Tu es un pisteur engagé par le bureau. Tu vas monter jusqu'à la scène de crime et voir si tu trouves quelque chose qu'Harold aurait raté. Je te fais entièrement confiance pour ça. Tu peux le faire ?

— Je peux jouer le rôle, mais j'ai du mal à croire que je pourrais trouver quelque chose qu'Harold aurait raté.

— Je sais très bien que tu ne trouveras rien, mais je veux que Bucky pense que tu pourrais. J'ai une carte à jouer. Tu n'as pas besoin d'en savoir davantage.

Ils bifurquèrent pour passer sous le portail en forme de joug. Le ciel était bleu ce matin-là, les grands panneaux solaires sur le toit du versant sud de la demeure des Culpepper accumulaient les watts. Ettinger emprunta une route qui contournait les bungalows des clients. La maison du manager du ranch était dissimulée au milieu d'un bosquet de trembles, avec un pick-up Silverado garé devant. Toutefois, personne ne répondit lorsqu'Ettinger frappa. Elle conduisit Stranahan vers une grange à l'arrière. Là aussi, il n'y avait pas âme qui vive. Elle essaya d'ouvrir la porte coulissante. Un cerf éviscéré était suspendu à un palan fixé à un chevron. Rien d'autre que du foin.

— Bucky chasse à l'arc, dit Ettinger.

Elle examina les flèches dans le carquois posé sur l'arc classique pendu à un clou. Ils entendirent le grondement saccadé d'un quad qui arrivait de la demeure principale.

— Il n'y a pas si longtemps que ça, les cow-boys montaient à cheval, dit Ettinger en ressortant de la grange.

Après qu'il eut coupé le moteur du quad, Bucky Anderson leur dit bonjour et se dirigea vers eux, la démarche légèrement bancale et se frottant l'estomac. Il repoussa son chapeau en paille vers l'arrière en guise de salut. C'était un homme corpulent au visage très large rasé de près. Sa veste Carhartt était à peine sale. Stranahan remarqua une cicatrice en forme de C sur sa joue droite.

Malgré ses mains épaisses au bronzage d'un ocre foncé, la poignée de main d'Anderson fut tout d'abord hésitante. Puis, lorsque Stranahan voulut y mettre fin, il lui broya les os. C'était un de ceux-là, alors. Ça lui en apprenait davantage sur l'homme que ce qu'il aurait pu glaner en fouillant dans son armoire à pharmacie.

— J'étais en train de faire remarquer à Sean ce qu'il y a d'ironique dans le nouveau Montana, où les seuls chevaux qui mangent du foin sont dans les ranchs-hôtels, lança Ettinger. Dans les ranchs à bétail, tous les chevaux sont sous le capot.

— N'est-ce pas, répondit Anderson.

Sa voix aiguë semblait incongrue dans ce corps qui dégageait une force brute.

— Je te présente Bucky, le manager du ranch, poursuivit Martha sans que ce fût nécessaire. Il va épouser la veuve Culpepper ; l'été prochain, il aura ses initiales sur le fer à marquer.

— On se passe la corde au cou le 21 juin. Je dois admettre que je suis un peu nerveux.

Il sourit. Stranahan supposa qu'il s'agissait d'un de ces hommes qui ont toujours le sourire. Il reconnut autre chose sans pouvoir mettre le doigt dessus, mais il sentit son ventre se crisper.

— Si elle veut toujours de moi après ce qui est arrivé mardi, ajouta Anderson.

— Elle est sur la côte, dit Ettinger à Stranahan. Pendant les mois en "R", elle s'occupe en faisant de la gym Pilates et en sirotant du pinot gris.

Ce jugement paraissait sévère. Stranahan se demanda si elle essayait de provoquer Anderson, mais celui-ci ne protesta guère :

— Franchement, Martha, tu es injuste. Mais tu as raison. Autant j'adore qu'elle soit ici, autant je suis content qu'elle ait raté notre drame montagnard.

Et revoilà le sourire.

— Où allez-vous vous marier ? dit Stranahan pour prolonger l'échange de civilités, tout en trouvant ça un peu absurde.

Anderson tendit les mains comme un prêtre.

— Vous avez l'endroit devant les yeux.

En contrebas, les trembles faisaient place à des prairies qui ondulaient jusqu'au ruban de la Madison River. Stranahan distinguait le West Fork Bridge, mais l'île en aval – là où deux ans plus tôt un noyé s'était retrouvé coincé sous un amas de rondins avant qu'un des clients de Sam n'accroche accidentellement le corps avec une mouche à truite – était dissimulée par les pins de la berge. Stranahan songea un instant au tour qu'avait pris sa vie depuis. Je suis exactement à l'endroit où je devrais être, se dit-il. Les années de perdition étaient peut-être bel et bien derrière lui.

Il regarda Ettinger qui, les mains sur les hanches, mettait Anderson au courant de l'évolution des recherches. Elles duraient depuis quatre-vingt-six heures et, de cent personnes qui battaient la campagne le deuxième jour, ils étaient passés à moins de la moitié. L'espoir commençant à s'évanouir. L'avion continuerait de voler un jour ou deux, ils exploreraient encore un peu la région pour la forme avec des chiens. Mais le fait est qu'à ce stade, le membre le plus éminent des opérations de recherche et sauvetage n'était plus à la tête des recherches. Ce serait désormais le révérend Marcus Miles, l'aumônier du comté, qui s'emploierait à faire la liaison entre la famille endeuillée et le bureau du shérif. C'était lui qui gagnerait la confiance des parents en étant simplement présent, en écoutant tout ce qu'ils avaient à dire et en prononçant les paroles justes, c'était sur son épaule que les femmes, mais aussi les hommes forts, allaient pleurer. Ettinger et Anderson discutaient maintenant de la famille, de la sœur, Asena, dont Nicki avait fourni le numéro de téléphone et qui était inscrite comme la parente la plus proche sur son formulaire d'embauche au ranch.

— Elle n'a pas rappelé, alors ? demanda Bucky.

— J'ai l'ai eue hier et je lui ai laissé mon numéro personnel, répondit Ettinger, mais non, pas encore. Elle était toujours de l'autre côté de la frontière, elle pourrait donc arriver d'un moment à l'autre. Je lui ai dit que le ranch lui avait réservé un bungalow gratuitement.

Anderson hocha la tête :

— C'est le moins qu'on puisse faire. Tu crois que ce sera réglé quand ?

— Pour que tout revienne à la normale ?

— Non, je ne pensais pas à ça.

— Tu pensais à quoi alors ?

Anderson haussa les épaules.

Ettinger l'imita :

— Parfois, quand on a épuisé notre budget, la famille engage un détective privé pour poursuivre les recherches, mais là, sa sœur est la seule parente et je n'ai aucune idée de ses ressources. À ma connaissance, elle n'est pas mariée. Il est possible qu'elle ne puisse piocher dans aucune autre poche que la sienne.

— Jason Kent m'a dit qu'elle était plus âgée, renchérit Anderson.

Il avait ôté son chapeau. Stranahan constata que ses cheveux s'éclaircissaient sur le devant, deux anses de peau rose pénétrant de chaque côté d'une langue de cheveux qui deviendrait bientôt une île.

— C'est ce que j'ai compris, répondit Ettinger. La conversation n'a pas duré longtemps.

Stranahan mit ses mains dans les poches et se balança sur ses talons. Malgré sa poignée de main de gros dur, Bucky Anderson semblait être conforme à l'image qu'il voulait donner de lui-même, un manager de ranch inquiet désireux d'apporter son aide, et navré qu'une tragédie se soit déroulée sur la propriété dont il était responsable.

— On a découvert quelque chose d'intéressant hier, poursuivit Ettinger. Deux choses en fait.

— Ah bon, quoi ?

Anderson souriait, mais ses yeux s'étaient enfoncés dans leurs orbites.

— Notre pisteur a trouvé un chapeau sous la paroi du bassin, à quelques centaines de mètres au-dessus de la carcasse. C'est un chapeau de cow-boy en paille avec des mouches à truite plantées dedans et on est quasiment sûrs que c'est le sien. Il y a de fortes chances pour qu'elle ait été jetée bas par son cheval.

— Vous avez trouvé quoi d'autre ?

— Une flèche. À environ cinq cents mètres de la carcasse. La biologiste qui a examiné le cerf a découvert une petite entaille au niveau des côtes postérieures qui correspond à une blessure faite par une pointe de flèche. Il semblerait que celui qui a tiré sur le cerf l'a touché trop à l'arrière pour le tuer sur le coup et, soit il n'a pas suivi les traces de sang, soit il l'a perdu. Ensuite, les loups ont terminé le travail. Ou alors il est mort et les loups se sont servis sur la carcasse, l'un ou l'autre.

Voilà donc la carte qu'elle avait à jouer, songea Stranahan.

— Comment savez-vous que c'est la flèche qui a tué le cerf ? demanda Sean.

Les mots étaient sortis tout seuls, et il vit Ettinger se mordre la lèvre inférieure. Elle lui avait ordonné de ne pas s'en mêler.

— Oui, continua Anderson, faisant écho au doute qu'il avait soulevé. Il doit y avoir pas mal de flèches perdues pendant la saison de chasse à l'arc.

— Eh bien, il y avait du sang de cerf dessus qui date d'environ cinq jours, d'après le légiste. Des preuves circonstancielles plutôt solides. (Ettinger se gratta le menton avec le dos de ses ongles.) Tu es un archer traditionnel, non, Bucky ? On m'a dit que tu tirais avec un arc classique, que tu fabriquais toi-même tes flèches. Qu'est-ce que tu utilises pour le fût, de l'épicéa de Sitka ? Harold, un de nos adjoints, utilise ça.

— J'utilise différentes sortes de bois.

— Harold met sa marque sur ses flèches, trois entailles en diagonale. Tu mets tes initiales sur tes flèches ?

Stranahan vit le cou d'Anderson prendre des couleurs, puis la rougeur se propager à ses joues, faisant ressortir, toute blanche, la cicatrice en demi-lune. Anderson tourna la tête et Stranahan remarqua l'oreille droite en chou-fleur. C'était un bagarreur, la cicatrice provenait d'un tesson de bouteille de bière, se dit Sean. Le sourire d'Anderson s'était transformé en grimace.

— Tu as tiré sur un cerf la semaine dernière, Bucky ? Je veux que tu réfléchisses aux conséquences qu'entraîne le fait de mentir à un représentant de la loi et d'entraver une enquête, avant de répondre.

— Je ne savais pas que c'était une enquête.

Martha ne fit aucun commentaire. Elle le laissa mariner. Elle était douée pour ça.

— Qu'est-ce que tu veux que je te dise ?

Anderson écarta les mains, tournant ses paumes vers le haut en signe de supplication. C'était presque le même geste qu'il avait utilisé pour englober les riches terres qui allaient devenir son royaume. Sauf que son visage était désormais écarlate et qu'une menace, une fureur rentrée, irradiait de son corps tel un brasier. L'instinct de Stranahan lui dictait de reculer. Ettinger se rapprocha et fixa sans ciller la large face.

— Tu n'as pas changé, n'est-ce pas ? Pas vraiment.

— Je n'ai pas bu depuis six ans. Je suis un autre homme maintenant. Tu veux que je dise : "Oui, j'ai tiré sur un cerf." Alors oui, j'ai tiré sur un cerf. C'est la saison de chasse à l'arc. C'est légal. Il a fait un écart quand j'ai lâché la flèche et je ne l'ai pas touché aux poumons comme j'en avais l'intention. Je l'ai pisté jusqu'à la nuit. J'y suis retourné le lendemain matin et je n'ai pas réussi à retrouver sa trace. (Il haussa les épaules.) Je l'ai perdu.

— Pourquoi tu ne me l'as pas dit la nuit où on a trouvé le corps ?

— Quelle différence ça aurait fait ? Ça n'avait rien à voir avec la mort de ce pauvre gamin.

— Tu savais qu'on avait découvert un cadavre empalé sur les bois d'un cerf que tu avais touché et tu n'as pas pensé à me le dire. Ça me donne l'impression que tu as quelque chose à cacher.

— Je n'étais même pas sûr que c'était le même cerf. D'accord, j'ai tiré sur un mâle, mais celui-là ou un autre... Il y a beaucoup de cerfs qui passent par le bassin de la Papoose.

— Il n'y en a pas tant que ça qui sont aussi grands.

— Écoute. (Ses bras étaient maintenant plus resserrés, pliés au niveau du coude, et ses paumes tendues se faisaient face. Une posture de politicien qui signifiait : soyons raisonnables.) Martha, je suis désolé. J'aurais dû en parler. Mais tu dois comprendre ma position. Disons que les frères Culpepper ne sont pas vraiment ravis que j'entre dans la famille. Je prends une part du gâteau, alors ils se sentent menacés. Evelyn est de mon côté depuis le début, elle est inflexible, mais si le bruit court que je suis impliqué d'une façon ou d'une autre, même si je n'ai rien à voir avec ce qui s'est passé là-haut... Tu comprends ce que je veux dire ? Ils attendent tous que je fasse un faux pas, un truc qui puisse la faire changer d'avis. Je marche sur des œufs.

— Tu as autre chose à nous dire ? La vérité va sortir, je peux te le garantir.

— Tu m'as dans le nez depuis…

— Depuis quand ? Depuis le premier mec que tu as envoyé à l'hôpital. Ou peut-être depuis cet étudiant dont il a fallu reconstruire le visage et qui emballe les courses au supermarché parce qu'il est incapable de faire une addition et de s'occuper de la caisse. C'était le combien : le cinquième ou le sixième ?

— C'est lui qui avait commencé.

Ettinger dévisageait Anderson.

— Tu vois, dit-elle à l'intention de Stranahan, c'était toujours eux qui commençaient. Bucky entrait dans le bar tout sourire, comme maintenant, trouvait un type qui était avec une fille et se mettait entre eux, lui disait à quel point elle était jolie, continuait de toiser le type – plus le gars était costaud, plus il y avait de chance qu'il morde à l'hameçon –, alors Bucky insistait jusqu'à ce que le pauvre imbécile lui demande de sortir pour ne pas perdre la face. Et Bucky lui cassait la gueule dans la ruelle. Tu choisissais des ouvriers agricoles, pas vrai, parce que tu savais qu'ils suivraient le code d'honneur des cow-boys et ne porteraient pas plainte ? Tu souriais tout le temps que tu transformais leur visage en steak haché.

Les joues veineuses d'Anderson avaient pris une teinte violacée. L'espace d'un instant, Stranahan se dit qu'il allait la frapper et il fit un pas en avant pour le jauger, sachant qu'Anderson pesait vingt kilos de plus que lui et qu'il lui faudrait le prendre de vitesse, et découvrir à quel point ses mains étaient rouillées. Pas évident, se dit-il. Mais, de façon inattendue, la menace disparut. Anderson recula. Il remit son chapeau et en pinça le bord avec deux doigts.

— Je suis navré que nous nous soyons rencontrés dans ces circonstances, dit-il en regardant Stranahan. Et toi, Martha, je suis désolé que tu nourrisses encore autant de ressentiment. Mais je ne peux pas changer le passé. (Il ouvrit ses mains.) Je ne peux rien faire d'autre que ce que je fais, essayer de devenir meilleur.

— Tu parles comme un mec en thérapie.

— Je suis en thérapie. Ça aide.

Le visage d'Ettinger resta de marbre.

— On va avoir besoin de ta déposition. Je veux savoir tout ce qui s'est passé à partir du moment où tu t'es réveillé le matin où tu as tiré sur ce cerf. Je vais envoyer quelqu'un.

Anderson hocha la tête :

— Personne n'a plus envie que moi que la disparition de cette jeune femme soit éclaircie. La pauvre, elle venait juste de commencer au ranch. Aucun d'entre nous n'a eu le temps de la connaître, mais tout le monde en pensait du bien. Ça me rend vraiment malade.

Ils le laissèrent en être malade sur le porche et se rendirent au départ du sentier. Stranahan montait suffisamment bien Big Mike pour qu'ils atteignent les lieux en un peu plus d'une heure. Ettinger descendit de cheval et montra le bois à quatre cents mètres, dans le bassin, là où elle avait découvert le corps du cow-boy. À l'exception d'un “enfoiré” marmonné lorsqu'ils étaient à bord de la Jeep les conduisant au sentier, elle n'avait pas prononcé un mot concernant leur visite à Bucky Anderson.

Stranahan se frotta les fesses de ses poings fermés.

— Mal de selle ?

Il observa le terrain, un champ de pinceaux indiens rouges dont les tiges avaient été brisées par une averse de grêle.

— Avant qu'on aille là-bas, dit-il, je te serais reconnaissant de me dire à quoi tout ça rimait.

— Bucky ? (Elle se mordilla la lèvre.) C'était une façon de lui faire admettre quelque chose alors que je n'avais aucune preuve pour l'accuser.

Elle fit tournoyer son chapeau de cow-boy sur son index avant de le reposer sur sa tête.

— On a bien trouvé une flèche, mais avec un fût en aluminium. Elle n'appartient pas à Bucky. Mais j'avais dans l'idée qu'il avait tiré sur ce mâle. Tous les membres du personnel m'ont dit qu'il organisait l'équipe du matin de façon à pouvoir chasser jusqu'à environ 10 heures. Un des ouvriers m'a parlé des flèches avec ses initiales. Ce qui s'est confirmé quand on est entrés dans la grange. J'ai l'intuition que Bucky a trouvé le cerf le lendemain du jour où il l'a blessé ; il a peut-être entendu des loups autour de la carcasse. Alors il a posé le piège et le gamin a marché dessus par accident en cherchant cette Martinelli.

— Ce n'est pas illégal de piéger des loups ?

— Non, mais la saison commence le 1er décembre, c'est donc encore trop tôt.

— À quoi ça servirait de poser un piège ? La meute avait déjà bousillé la viande.

— Les ranchers comme Bucky détestent les loups autant qu'ils détestent les démocrates. Avoir l'occasion d'en tuer un, c'est suffisant, crois-moi sur parole.

Une fois la neige fondue, la seule preuve subsistant de la tragédie était l'odeur. Le sang qui s'était infiltré dans la terre dégageait des effluves puissants, crus, qui réveillaient des sensations ancestrales et faisaient dresser les poils des avant-bras.

— Je suis content de ne pas être croque-mort, dit Stranahan.

Son regard avait immédiatement été attiré par une balafre grossière dans la terre, deux sillons parallèles d'environ un mètre cinquante de long. Ils avaient dû être recouverts de neige lorsque Little Feather avait examiné le sol.

— Si je n'avais pas été piégé dans cette cave, je n'aurais jamais su ce qui a créé cette traînée, dit-il.

Martha grommela :

— Ça ressemble au boulot d'un campagnol des montagnes pour moi.

— Je ne crois pas.

— Tu vas me le dire ou il faut que je te demande ? Je te rappelle que je suis le shérif.

Elle était de meilleure humeur. Elle était toujours de meilleure humeur après avoir chevauché une heure.

— C'est la chaîne d'un piège. Les crochets au bout s'enfoncent quand l'animal essaie de traîner le piège. Tu vois les endroits où c'est plus profond ? Ce sont les endroits où le loup aurait secoué la chaîne.

— Mais on n'est pas en train de parler d'un loup. On parle d'un être humain. Le cow-boy n'aurait eu qu'à se baisser et soulever la chaîne.

— Non, il faisait nuit. Sur le moment, il n'a probablement pas compris ce qui s'était passé. Son instinct a dû lui dicter de se tirer. Il a certainement traîné la chaîne. Le cerf se trouvait là, c'est ça ? Là où la terre est plus sombre ?

Ettinger hocha la tête.

— Récapitulons. Le cheval de Grady Cole rue quand il sent l'odeur du sang et le désarçonne. Le cow-boy s'en sort, titube dans la clairière, voit le cerf mort. Il s'avance vers lui, tombe dans le piège. (Stranahan tapa dans ses mains).

Il essaie de filer en traînant le piège. Il trébuche sur le cerf. S'empale. Tu m'as dit que tomber sur les bois n'aurait pas suffi pour que l'andouiller le transperce complètement…

— Notre spécialiste de scènes de crime n'a pas l'habitude de faire des erreurs.

— Donc, tu penses que quand Bucky est parti à la recherche de Martinelli, il a trouvé le gamin pris dans le piège et l'a poussé sur les bois ? Qu'est-ce que le gamin lui avait fait ?

Ettinger ôta ses gants d'équitation et les fourra dans une poche arrière.

— Bucky est sur le point de devenir le copropriétaire du plus grand ranch de la vallée de la Madison. Si le bruit courait qu'il a posé un piège à loups en dehors de la saison et qu'un de ses propres employés s'est pris dedans, il risquerait de ne pas avoir son A sur le fer à marquer, surtout si le gamin portait plainte. Et il y a une chose que je ne t'ai pas dite. Evelyn Culpepper adore les animaux. Elle a soutenu la réintroduction du loup, elle donne de l'argent à des causes environnementales, c'est un poids lourd du mouvement. Elle finance même un analyste d'excréments qui fait sa thèse sur les relations proie-prédateur, en espérant prouver que les loups ne sont pas les gros tueurs de bétail qu'on prétend. Ses fiançailles avec Bucky sont dures à comprendre, dans la mesure où tous deux se situent à l'opposé du spectre politique. À mon avis, il n'aurait pas besoin de faire trop de conneries pour tout foutre en l'air.

— Et tu l'imagines tuer quelqu'un pour ça ?

Elle haussa les épaules.

— J'ai vu des gens en tuer d'autres pour vingt-cinq kilos de gibier, afin de savoir qui avait mis son nom dessus en premier.

— Donc, tu penses que Martinelli est arrivée sur les lieux avant que Cole ait été tué, ou après ?

— Elle était dans le bassin la première, donc avant serait plus logique. Mais si elle boitait ou si elle était désorientée, dans ce cas, ça pourrait aussi être après. (Ettinger regarda sa montre.) Allons voir ton pote Meslik. Tu dis qu'il t'évite ?

— Non, j'ai dit que je n'avais pas réussi à le joindre depuis ce matin. Il m'a dit qu'il allait traîner avec les garçons au cottage du Club des menteurs et monteurs de mouches. Ils l'ont nommé membre honoraire. Il fait un pas dans le monde.

— Mouais. Il est plus probable qu'il les entraîne vers le bas, à son niveau.

II

DEAD MAN'S FANCY

Le spectacle était inhabituel pour une troisième semaine de septembre : trois hommes torse nu réunis sur le porche d'un cottage rénové, assis sur des chaises pliantes autour d'une table de jeu jonchée de plumes. Sam Meslik et Kenneth Winston, un coiffeur de Biloxi, dans le Mississippi, dont la carte de visite proclamait : DES MAINS DE FEU, étaient courbés sur des étaux portatifs destinés au montage de mouches. Patrick Willoughby, le président des Menteurs et monteurs de mouches, était penché sur l'épaule de Sam et lui donnait des instructions. Quand les doigts de Meslik s'activaient, la canne à pêche que tenait le Mickey Mouse tatoué sur son énorme biceps gauche se balançait d'avant en arrière, tandis que la truite arc-en-ciel accrochée à sa mouche semblait bondir et retomber. Sam leva les yeux en entendant Stranahan et Ettinger se garer. Il sourit, exhibant ses dents ébréchées.

Willoughby, à qui les verres épais de ses lunettes donnaient un air de chouette, serra la main des nouveaux venus :

— Sam essaie de nous convaincre qu'exposer sa peau au soleil fait respirer l'âme. Mais si j'avais su que nous allions recevoir une femme, dit-il avec un sourire aimable à l'attention d'Ettinger, j'aurais eu la décence de porter une chemise. J'espère bien que vous avez prévu de rester dîner.

Ettinger commença à protester.

— Non, je ne veux rien entendre, coupa Willoughby. Le filet d'antilope Nigault que Kenneth a décongelé est amplement suffisant pour nous nourrir tous les cinq, et un petit tour à la cave à vin pourra satisfaire notre besoin de libations. Mais si vous voulez bien m'excuser, j'aimerais me rendre plus présentable.

— Comment fait-il pour parler ainsi ? s'interrogea Martha après le départ de Willoughby.

— Un des membres du club m'a appris qu'il avait été négociateur lors de prises d'otages durant trois mandats présidentiels, expliqua Stranahan. Il a toujours un pied dedans, en tant que profiler de terroriste, enfin quelque chose dans ce genre, c'est un peu mystérieux. Mais il est très fort pour ranger les gens à son opinion.

— Depuis quand on a une cave à vin ? s'étonna Winston en se levant. J'imagine que Patrick parle du carton dans le placard de l'entrée. Sean, vous ne nous avez pas présenté notre invitée.

Il tendit sa main fine et brune à Ettinger. Le diamant incrusté dans le lobe de son oreille refléta la lumière lorsqu'il s'inclina pour embrasser la main de Martha. Elle rougit.

— Je ne pensais pas que vous reviendriez cet automne, dit Stranahan.

— Moi non plus. Mais quand Patrick a appelé la semaine dernière pour me prévenir qu'il allait passer, j'ai décidé de le rejoindre. Depuis que Polly est mort, il est à peu près le seul véritable ami qui me reste. Et puis, avec un peu de bluff, je peux lui soutirer une de ces Hendrickson à ailes chaque fois que je pioche une mauvaise main.

— Je t'ai déjà raconté qu'on jouait au poker pour des mouches au lieu d'argent ? demanda Stranahan.

Ettinger se contenta d'acquiescer.

— Pourquoi ne pas vous joindre à nous, ce soir ? proposa Sam, les yeux toujours rivés à l'étau.

La mouche qu'il était en train de monter était grosse comme un moustique.

— Je ne monte pas de mouches, répondit Martha.

— Vous pourrez miser quelques-unes des miennes. Quand vous serez à court, vous pourrez mettre vos fringues dans le pot. Je me suis toujours demandé si vous étiez aussi masculine sous votre uniforme qu'à l'extérieur.

— Continuez à vous le demander, Meslik. Et couvrez-vous. Vous avez l'air d'un loup atteint d'une vilaine gale.

La radio d'Ettinger grésilla. Elle s'excusa et s'éloigna de quelques mètres.

— Ouais, Jason, qu'est-ce qu'il y a ? (Elle écouta en tripotant la peau tendre sous sa mâchoire.) Le plus vite possible, dis-lui. (Une pause.) Tu as raison, elle va être fatiguée. Rendez-vous à 9 heures, d'accord ?

Elle rangea la radio dans son étui et, du doigt, fit signe à Stranahan de la rejoindre.

— La sœur arrive vers minuit. On la verra demain matin. Je vais appeler un voisin pour qu'il s'occupe de mes animaux et réserver deux chambres de motel à Ennis. Ça ne rime à rien de retourner à Bridger pour faire aussitôt demi-tour.

— Je peux dormir ici, au cottage, proposa Stranahan.

Elle hocha la tête.

— Écoute, poursuivit-elle à voix basse, je veux discuter avec Meslik, et je veux qu'il me parle. Je crois qu'il cache quelque chose, mais s'il boit assez de vin, il va se lâcher. Je vais changer de tactique, je vais devenir la Martha de

Portland. Quelqu'un qui arrose les plantes et parle de ses sentiments. Enfin, j'en sais rien, un truc dans le genre.

Stranahan affichait un air sceptique. Ettinger ajouta :

— Je te préviens pour que tu ne t'étonnes pas si je me mets à agir de façon un peu, disons, amicale.

— D'accord, si tu veux la jouer comme ça. C'est mon meilleur ami, pour de vrai. S'il cache quelque chose, ça sortira tôt ou tard.

— On n'a pas le temps pour plus tard.

— Alors, allons boire du vin.

Lorsqu'ils eurent débouché une demi-douzaine de bouteilles et réglé son compte au filet d'antilope indienne, Meslik et Ettinger étaient devenus presque aussi proches que les deux doigts de la main qu'ils comparaient. Le "changement de tactique" s'était résumé à un simple léchage de bottes de la part de Martha, laquelle s'était excusée d'avoir pu bousculer Sam quand elle l'avait questionné la première fois. Celui-ci craquait dès qu'il obtenait l'attention d'une femme séduisante, surtout quand elle portait une arme. En dépit de ses remarques acerbes, la tension entre eux avait disparu lorsque au bout de plusieurs manches Sam avait suivi la mise d'Ettinger avec un *Sex Dungeon*, un monstrueux streamer à double hameçon créé par Kelly Galloup, puis il avait relancé en ajoutant au pot un flacon d'hydrophobe en spray Fly-Agra.

— Punaise, attendez une minute, avait dit Martha en retournant le flacon pour lire l'étiquette rouge : "Si la flottaison de votre mouche persiste plus de quatre heures, contactez votre revendeur." J'imagine que vous le vaporisez directement sur votre quéquette quand ça ne mord pas assez, poursuivit-elle d'un ton songeur.

— Ça dépend de la femme qui se trouve à la proue du bateau, répondit Sam. Si c'était vous, je crois que je pourrais prendre le risque de le laisser à la maison.

— Pffff.

Martha suivit et gagna la manche.

Mais c'est le pistolet qui cimenta leur relation. Ayant une main pourrie – une hauteur dix –, Martha dégaina ostensiblement le Glock qu'elle avait pris à la place de son .357 habituel. Elle vérifia la chambre vide et fit claquer le levier de déverrouillage pour extraire le chargeur. Puis elle posa négligemment l'engin sur la table.

— Je suis, dit-elle. Quelqu'un veut se coucher ? (Elle s'empara du semi-automatique et commença à se gratter derrière l'oreille avec le guidon.) Sam ?

Sam examina ses cartes et les jeta face cachée sur la table.

— Je ne sais pas si vous bluffez ou pas, mais ce qui est sûr, c'est que vous savez comment faire bander un mec.

— Je vais faire semblant de ne pas avoir entendu, rétorqua Martha.

Encore un verre de vin et ils comparaient leurs index. Martha secoua la tête.

— Bon sang, comment est-ce que vous arrivez à monter des mouches sur des hameçons de 20 avec ces… courgettes ?

Sam se passa la langue sur les lèvres.

— Non, ne me dites pas, ajouta Martha.

— Si vous vouliez bien laisser ma courgette vous…

Ettinger mit ses doigts dans ses oreilles et commença à fredonner.

Sam retourna ses mains, paumes vers le haut.

Martha baissa les siennes.

— Trêve ? demanda Sam.

— Trêve.

Ils se serrèrent la main au-dessus de la table. Sam se leva alors en faisant grincer sa chaise, fit le tour de la table et passa un bras autour des épaules de Martha. Pas celui avec le Mickey Mouse, mais celui arborant un tatouage de Grosminet en train de mater une fario dans un bocal. Il se baissa pour l'embrasser sur la joue.

— Vous êtes une vraie MILF*, vous savez. Quand je pense que je vous prenais pour une garce.

Martha se sentit rougir.

— Et quand je pense, lança-t-elle en imitant la voix de Sam, que je vous prenais pour un enfoiré.

À partir de là, la soirée dégénéra inéluctablement, à l'avantage de Martha. Lorsque Stranahan se leva pour aller rejoindre Willoughby et Kenneth Winston dans le dortoir, les yeux de Sam tombaient à moitié. Les cadavres sur la table s'élevaient à neuf.

Ettinger examina la mouche montée par Stranahan qu'elle avait gagnée dans la dernière partie. C'était une mouche à steelhead avec un corps en dubbing rouge, une collerette en plume de canard chipeau, une aile en plumes de pie noires, des pointes de jungle cock sur les joues et une plume de faisan doré pour la queue. Elle la trouvait plutôt belle, ce qui la fit penser au beau physique sombre de son créateur. Elle secoua la tête devant cet accès momentané de mélancolie.

— Sam, quel nom donne Stranny à cette mouche ?

Sam ouvrit les yeux et la scruta :

— Qu'est-ce que j'en sais. Mais vous l'avez gagnée. Ça vous donne le droit de la baptiser.

— C'est une tradition ?

— La politique du club.

* *Mother I'd Like to Fuck* ou Mère Bonne à Baiser.

— Vraiment ?

— Non, je viens de l'inventer. (Il cogna son verre contre celui de Martha.) À partir de maintenant, je crois que je vais vous appeler "*la* femme".

— Comme Sherlock Holmes avec Irene Adler ? Je ne savais pas que vous lisiez.

— J'ai vu le film.

La mouche était posée dans la paume de Martha. Ils l'examinèrent avec soin, Martha assez éméchée et Sam complètement noir.

— Nicki avait des cheveux de cette couleur, lança Sam gravement. Avec un peu plus de rouge.

Elle marmonna en silence tout en faisant la moue.

— Alors je vais l'appeler *Dead Man's Fancy**. (Elle hocha la tête.) Il faut qu'on parle d'elle. Ça vous va si on va boire un dernier verre sur le porche ?

— Pas de problème. Mais vous savez ce que je dis toujours, un homme a des souvenirs plus précis sans sa chemise. (Il lui jeta un coup d'œil appréciateur.) Pareil pour *la* femme.

Il n'était pas aussi ivre qu'elle le pensait.

Espèce de salaud sournois, songea-t-elle. Mais elle avait déjà porté la main au second bouton de sa chemise kaki. Elle le défit et glissa l'ongle de son index dans son décolleté jusqu'au troisième bouton.

— La suite vous plairait bien, hein ? demanda-t-elle.

* La dulcinée du mort.

12

AMOUR NON PARTAGÉ

SAM MESLIK RACONTA à Ettinger qu'il avait rencontré Nanika Martinelli pour la première fois l'hiver précédant, lors d'un banquet de l'association Trout Unlimited : il avait croisé son regard au cours d'enchères musclées pour une boîte de modèles de sculpins montés par le regretté Al Troth. Ce fut un de ces coups d'œil, à travers une pièce bondée, où le regard s'attarde plus qu'il est nécessaire pour constater un intérêt commun – ils voulaient tous deux acquérir la boîte, même si elle avait rapidement cessé d'enchérir. Excité par l'odeur de la chasse – c'était pendant une pause dans sa relation on-se-quitte/on-se-remet-ensemble avec Darcy –, il se surprit à lever sa raquette une fois, puis une autre, tout en sachant que c'était une erreur. Il était plus pauvre de deux cents dollars lorsqu'il s'était dirigé de sa démarche pesante vers la table de la femme et lui avait offert cérémonieusement la boîte de mouches. "Il me restait juste assez pour vous payer un verre", avait-il dit en lui tendant un verre en plastique rempli de single malt. Le whiskey provenait en réalité de la flasque dissimulée dans son veston sport, qu'il portait précisément dans ce but. Cette veste pied-de-poule usée jusqu'à la corde, cadeau d'un client irlandais, était le seul vêtement potable de la garde-robe de Sam, constituée essentiellement de T-shirts ; celui qu'il avait choisi pour la soirée proclamait, par pur esprit de contradiction :

LES POISSONS BLANCS NE PEUVENT PAS SAUTER
LES TRUITES NON PLUS
SI ON LEUR DONNE UN COUP SUR LA TÊTE.

La femme lui faisait penser à une lionne de couleur fauve. Elle avait ri quand il lui avait montré son T-shirt et elle avait secoué sa crinière qui, plus tard ce soir-là, s'était retrouvée étalée sur la poitrine de Sam dans la minuscule chambre de sa caravane. Il avait lui-même rugi comme le roi de la jungle, et lorsqu'il s'était réveillé, elle était partie. Tandis qu'il buvait un verre pour combattre le mal par le mal, ses yeux larmoyants étaient tombés sur le mot qu'elle avait laissé sur la table en formica. "Merci, gentil étranger." Rien de plus. Il réalisa qu'il ne connaissait même pas son nom.

"Bim bam, merci Sam" : ainsi résuma-t-il cette nuit-là à Martha. C'est environ un mois plus tard, en ouvrant le numéro de *Fly Angler*, auquel il était abonné, qu'il vit une photo d'elle portant la légende : "La Vénus de la pêche à la mouche ferre les pêcheurs sur la Kootenai River."

Ettinger lui demanda si Martinelli lui avait dit pourquoi elle se trouvait à Bridger ce soir-là, Libby étant dans le coin nord-ouest de l'État, à au moins sept heures de route. Sam avala une gorgée.

— Si elle l'a fait, je ne m'en souviens pas. J'avais bu un peu de whiskey. (Il rapprocha son pouce et son index.) Un tout petit peu.

Quand l'avait-il revue ? Pas avant qu'elle ne se présente à sa boutique cet été. Il était désolé d'avoir menti plus tôt, en prétendant que c'était la première fois qu'ils se rencontraient. Il avait eu peur, s'il admettait la vérité, à savoir qu'ils se connaissaient, même vaguement, qu'Ettinger pense que Martinelli s'était adressée à lui pour s'installer dans la vallée et que… bon, il ne savait pas, mais ça aurait pu d'une façon ou d'une autre impliquer Nicki dans la mort du cow-boy.

Sam lança soudain son verre contre le mur du cottage. Il explosa avec un tel fracas que Stranahan apparut à la porte. Il braquait la torche tactique Carnivore d'Ettinger qu'il avait gagnée avec sa seule bonne main de la soirée.

— Éteins ce putain de truc, l'implora Sam.

— Je me suis dit que vous étiez peut-être en train de vous entre-tuer et que j'allais devoir suivre des traces de sang. Martha, tu n'as pas de chemise.

Ettinger baissa les yeux sur son soutien-gorge. Elle se souvenait avoir songé à ôter sa chemise pour prendre Sam au mot, mais elle ne se rappelait pas l'avoir réellement fait. Elle ne savait plus très bien lequel avait fait rouler l'autre sous la table.

Elle chercha à préserver le peu de dignité qui lui restait.

— Je prends un bain de lune, dit-elle. Et si tu enlevais ton pyjama pour te joindre à nous ? Sam va nous dire pourquoi il est si bouleversé.

— Je ne sais pas ce qui m'a pris, lança Sam.

Il laissa retomber son menton sur la touffe de poils qui poussait sur ses clavicules. Quand il releva la tête, celle-ci se découpa sur le pâle halo de l'astre lunaire. Ettinger crut voir un homme sur la lune ou bien – elle plissa les yeux devant l'image – un loup-garou. Je dois être vraiment bourrée, songea-t-elle.

— J'étais amoureux d'elle, dit Sam d'une voix à peine audible. Je croyais que je m'en remettrais. J'ai essayé pendant des semaines, et j'imaginais qu'une fois qu'elle serait au ranch, ce serait plus facile. Et puis ce gars est entré au Dollar et il a voulu qu'on se batte pour son honneur, et en fait ce n'était pas fini.

— Comment ça ?

Ettinger avait renfilé sa chemise et la boutonnait d'une main désinvolte tandis qu'au fond d'elle-même son comportement inexcusable lui donnait envie de rentrer sous terre.

— J'aurais voulu lui exploser la tête de mes mains.

Martha et Sean échangèrent un bref regard. Elle se pencha en avant avec un ton compréhensif, la voix pleine de sympathie de la Martha-de-Portland.

— Que s'est-il passé sur Papoose Mountain ? C'était un accident ? Dites-le-nous. Vous vous sentirez mieux après.

— Vous ne croyez pas... Vous ne pouvez pas... Il ne s'est rien passé. Je ne suis jamais monté là-haut, je peux être soumis au détecteur de mensonges si vous voulez. Je vous ai dit la vérité la première fois. Je me suis senti mal après l'avoir frappé. C'était juste un pauvre idiot qui était amoureux d'elle et qui avait la tête tout embrouillée. Je suis sûr qu'elle en a laissé une tripotée dans son sillage. Il fallait la voir, une vraie déesse. Vous savez que la plupart des guides ont un carré de mousse sur lequel ils plantent les mouches qu'ils utilisent, celles qu'ils attachent le plus souvent au bas de ligne de leurs clients. Elle, elle les accrochait à sa chemise. Comme si elle-même était la rivière et les mouches, l'éclosion. Elle tendait la main et en choisissait une, retirait l'hameçon... je peux vous dire que certains hommes avaient du mal à se concentrer sur la pêche. Et ses cheveux, ces trucs comme des petites vagues qui flottaient autour, je ne sais pas comment vous appelez ça…

— Des anglaises, répondit Martha.

— Ouais, ça doit être ça. Aériennes, comme on dit en parlant des mouches de mai. Jusqu'aux fesses.

— Mais il n'y avait pas que son physique.

— Non, elle rayonnait de l'intérieur. Elle rayonnait, un point c'est tout. (Il posa son verre de vin sur la balustrade du porche avec les précautions d'un homme ivre.) C'est bizarre quand même.

— Qu'est-ce qui est bizarre ?

Martha se pencha en avant, l'esprit plus clair.

— Ce soir-là, au banquet, elle était classe, elle semblait très sûre d'elle. J'ai dû prendre mon courage à deux mains pour aller lui parler. Et, euh, au lit, elle menait la danse, elle m'a dit qu'on avait besoin d'un mot de code au cas où ça déraperait. J'ai dit : "Pourquoi pas 'non' ?" Elle a répondu : "'Non', ça veut dire oui." "Et 'arrête' ?". "Non, 'arrête', ça veut dire continue." Alors on s'est mis d'accord sur "Serendipity rouge", en l'honneur de ses cheveux. Comme la mouche, ajouta-t-il à l'intention d'Ettinger.

— Je sais ce qu'est une Serendipity. Mais ce n'est pas un peu dur de s'en souvenir en pleine action ?

— Je crois que c'était le truc. (Sam se fit à nouveau silencieux, repensant à cette nuit-là. Il se tourna vers Stranahan.) J'ai eu vaguement l'impression qu'on se servait de moi, mon frère.

— Donc, vous dites qu'elle avait changé ? lança Ettinger. Cette… femme sûre d'elle.

— Ouais, je veux dire, elle savait ce qu'elle voulait, c'est-à-dire un boulot et un endroit où dormir, et elle m'a fait comprendre qu'elle était prête à coucher avec moi pour l'obtenir, mais c'était une façade. Elle n'était pas aussi sûre d'elle que sa façon d'agir le laissait penser. La première fois, je veux dire la seconde, mais la première dans mon nouveau logement, elle m'a demandé d'éteindre la lumière. Parfois, on se fait une image des gens la première fois qu'on les rencontre, et puis, quand on commence à les connaître, on s'aperçoit qu'ils sont complètement différents de ce qu'on croyait. La première Nicki, celle du banquet de Trout Unlimited, c'était une rencontre de passage, mais la seconde Nicki (Sam s'adossa à sa chaise et observa le ciel un moment), c'est de cette Nicki-là que je suis tombé amoureux.

Il raconta qu'elle s'accrochait à lui au début, qu'elle lui prenait la main, le regardait avec un sourire timide qui surgissait à des moments inattendus et qui était plus intime, d'une certaine manière, que le sexe. Il avait du mal à croire que cette personne angélique avait fait de lui le centre du monde, et il était tombé amoureux d'elle, et il l'était toujours lorsque la rivière avait repris forme et qu'elle avait commencé à s'affirmer comme guide. Sam l'avait sentie quitter la sécurité qu'il lui offrait pour finalement jouir pleinement de sa propre assurance, jusqu'à le voir davantage comme un frère que comme un amant. Et il y avait autre chose. La mélancolie s'était emparée d'elle ; il percevait une pointe de chagrin dans sa voix. Comme si elle avait pris dix ans en deux mois et avait perdu une chose qu'elle ne pourrait jamais retrouver. Puis, brusquement, sa confiance en elle l'avait abandonnée et elle était revenue dans le lit de Sam. Mais seulement pour deux ou trois nuits. Une semaine plus tard, elle lui annonçait qu'on lui avait offert un boulot de naturaliste et guide de pêche au ranch-hôtel.

— Tu sais ce que j'ai ressenti, Kemosabe ? (Il se tourna vers Stranahan.) Exactement la même chose qu'en élevant ce caneton colvert après que Killer avait tué la cane. Tu t'investis et puis tu ouvres les mains et il s'envole. Pas un au revoir. Parti. Un amour non partagé, mec. Quelle vacherie.

— Sam, regardez-moi, dit Martha.

— Vous avez remis votre chemise, remarqua-t-il en s'exécutant. Je ne voulais pas vous mettre mal à l'aise, mais ce que j'ai dit, que vous étiez un mec sous vos vêtements, c'est pas vrai. Vous êtes une vraie femme. Ce grand Indien avec qui vous sortiez, il ne sait pas ce qu'il perd. Tout ce que je dis, c'est…

— Sam, écoutez-moi. On essaie de retrouver Nicki. Est-ce qu'il y a quelque chose la concernant, un centre d'intérêt, quelqu'un qu'elle aurait rencontré, qui pourrait nous aider ?

— Vous croyez que je ne me suis pas posé les mêmes questions ? La vérité, c'est que je ne la connaissais pas aussi bien que vous le pensez. Elle m'a un peu parlé de son enfance en Colombie-Britannique, de son père trappeur et de sa rébellion contre ça, mais elle disait qu'elle s'était rapprochée de lui à la fin. Ça signifiait beaucoup pour elle d'être à nouveau sa fille.

— Elle n'a jamais expliqué pourquoi elle est venue ici depuis Libby ?

— Non, je me disais qu'elle voulait peut-être tirer un trait après sa mort.

— Elle a mentionné sa sœur ? demanda Stranahan.

Il avait suivi la conversation, mais, contrairement à Ettinger qui avait trouvé un second souffle, il dormait debout. Il avait posé la question uniquement parce qu'elle ne l'avait pas fait.

— Non, mec. Je ne savais pas qu'elle avait une sœur. Elle avait une sœur ?

— Elle sera là demain matin.

Sam secoua la tête. Il leva les yeux pour voir une étoile filante tomber des cieux, suivie d'une traîne argentée scintillante.

— Putain, il y a des étoiles partout où on pose les yeux. Bon sang, il doit y en avoir un million.

Ils restèrent silencieux quelques minutes avant qu'il reprenne la parole.

— Il faudrait être complètement cinglé pour quitter le Montana, tu le sais, Stranny ?

À 8 heures du matin, Martha Ettinger écouta le moteur de la Cherokee s'éteindre en cliquetant après avoir parcouru cinquante kilomètres depuis le motel. Elle posa la tête sur le volant et ne la releva pas avant d'entendre la porte du cottage s'ouvrir et de voir Stranahan sur le porche, une tasse de café fumant à la main.

— Le petit déjeuner est servi, cria-t-il.

Martha soupira longuement. Elle inclina le rétroviseur.

— Je ne peux pas à croire que j'ai enlevé ma chemise, dit-elle à l'image qui la fixait. Reprends-toi, Martha. Bon sang, qu'est-ce qui t'arrive ?

Kenneth Winston avait préparé du bacon, des œufs et des toasts à la cannelle. Patrick Willoughby était aux petits soins pour elle. Tout le monde était habillé et elle se dérida un peu. Dieu merci, Sam Meslik dormait encore. Peut-être qu'il était tellement bourré qu'il ne se souviendrait de rien.

Elle entendit un bruit de chasse d'eau. Sam apparut à la porte du dortoir. Il était en caleçon et grattait les poils sur sa poitrine, tel un chasseur néanderthalien se réveillant un matin dans un Starbuck. Il leur offrit un sourire édenté, car il avait enlevé son bridge avant d'aller au lit.

— Salut 95C, dit-il.

Martha se sentit rougir jusqu'à la racine des cheveux.

13

LA SILHOUETTE D'UNE FEMME

Quatre jeunes gens qui avaient fait partie de la première équipe de recherche étaient réunis autour d'une carte étalée sur le capot du 4x4 diesel de Jason Kent. Des personnalités de type A – taille de guêpe, bras d'alpiniste, une certaine façon de se tenir. Du genre j'ai-tout-vu-j'ai-tout-fait. Kent fit les présentations. Ils allaient gravir le sommet de la Madison Range pour redescendre dans le bassin des lacs Hilgard. C'était en dehors de la zone de recherche, mais si la femme disparue essayait de s'éloigner le plus possible de ce qui l'avait effrayée, à condition qu'elle ait eu réellement peur et ne soit pas blessée, le col que les hommes allaient franchir était une retraite logique. Kent allait les conduire au départ du sentier et, tandis qu'ils jetaient leurs sacs à dos sur le plateau du pick-up et sautaient à l'intérieur, il se tourna vers Martha et lui dit que la sœur de Nicki avait été informée de l'avancée des recherches et les attendait au corral. Elle voulait prendre le chemin qu'avait emprunté Nicki dès que possible.

— Je crois qu'elle n'a pas bien saisi les faits, dit-il. Généralement, au troisième jour, tout ce qu'ils veulent, c'est crier. Ou pleurer. Ou dormir, enfin.

Ou même baiser, avait-il découvert. Tout quelconque qu'il était, Jason Kent s'était retrouvé l'objet d'une attention embarrassante lorsqu'une mère célibataire avait commencé à s'abandonner à l'idée que son fils était mort.

— Mais cette sœur-là, ajouta-t-il en hochant la tête, ça fait cinq jours et elle semble être restée bloquée dans la phase initiale de déni.

— Quelle impression elle t'a faite ?

Son visage demeurait impassible. Kent était toujours difficile à déchiffrer.

— Rien que tu ne constateras par toi-même.

À quinze mètres, Asena Martinelli, assise haute sur la selle et sous son Stetson, paraissait avoir de larges épaules et une silhouette fine. À l'approche de la voiture de Sean et Martha, elle descendit du quarter horse bai et tendit la longe au cowboy qui l'avait aidée à le seller. Elle se retourna, mit les mains sur ses hanches et les observa tranquillement.

Martha sentait son abdomen comprimé par sa ceinture. Trop de soucis, pas assez d'exercice, trop de parts de pizza de chez MacKenzie River Pizza. Elle s'adressa à Sean en aparté.

— Cette femme serait incapable de donner naissance à une gerbille bien nourrie.

— Tu sais, Martha, répondit Stranahan, elle a peut-être un bec-de-lièvre.

Elle n'avait pas de bec-de-lièvre. Elle avait au contraire des lèvres parfaitement régulières et, sur les joues, deux petites fossettes en forme de virgule qui se creusèrent tandis qu'elle s'approchait d'eux. Plus tard, Sean songerait qu'elle était une des plus belles femmes qu'il ait jamais vues, mais la première chose qu'il remarqua fut ses yeux. Ils étaient d'un vert pâle et froid, une couleur qu'il associait aux cascades gelées. Ils passèrent en un éclair de Martha à Sean avant de revenir à Martha.

— Bonjour. (Elle serra la main d'Ettinger.) Je suis Nadina.

— On croyait que vous vous appeliez Asena, dit Stranahan.

— C'est les deux. (Sa poignée de main était ferme.) Ma sœur et moi avons été baptisées d'après des montagnes dans la région où on a grandi, les monts Nadina et Nanika.

— Comment doit-on vous appeler ?

— Nicki a commencé à m'appeler Asena quand on était gamines. C'est resté.

Sa tête s'inclina légèrement. Quelque chose dans les traits ou la voix de Stranahan semblait l'avoir surprise.

Sean, qui n'avait jamais conscience de son apparence, s'en rendit compte.

— Pardonnez-moi de vous dévisager, mais vous me rappelez quelqu'un. Généralement, je n'oublie pas les visages. (Elle avait un léger accent canadien-français, avec ces inflexions montantes qui transforment les affirmations en questions.) Je suis arrivée aussi vite que possible, ajouta-t-elle à l'attention d'Ettinger.

Martha, qui avait fait le calcul, laissa couler. Même en partant pour Bridger vingt-quatre heures après avoir été contactée, elle aurait dû être là deux jours plus tôt.

— J'aimerais voir où ça s'est passé, dit-elle avec assurance.

— On va vous y conduire, confirma Martha, mais vous devez comprendre…

Elle commença son discours habituel, celui que l'on offre au mari, à l'épouse, à la sœur, à celui qui est incapable d'imaginer sa vie sans la personne portée disparue et qui en refuse l'éventualité.

Stranahan profita de l'occasion pour examiner la femme. Il n'avait rencontré Nicki Martinelli qu'une seule fois, sur une rampe de mise à l'eau – elle partait, il arrivait –, une rencontre de quelques minutes tout au plus, mais qui restait vivace dans sa mémoire. Comme tout le monde, il avait été frappé par sa beauté, par sa personnalité pétillante, enjouée, timide et effrontée à la fois, et, bien sûr, par ses cheveux. La femme qui se tenait devant lui était de toute évidence plus âgée, c'était du moins ce que son comportement suggérait, et son visage semblait avoir davantage vécu, mais la ressemblance physique était saisissante. Martha s'était totalement trompée. Asena Martinelli respirait la fertilité et elle possédait le même corps que sa sœur, sinon la même attitude. Alors que Nicki était à l'aise avec ses formes et se fichait plus de les montrer qu'elle ne se souciait de les mettre en valeur, ce qui n'était pas étranger à son charme, Asena avait l'allure de ces femmes de ranchs qui ont porté des Stetsons et exhibé des chevaux la moitié de leur vie. Droite comme un homme, le bandana noué à l'avenant, attentive à l'image qu'elle renvoyait au monde, pleine de réserve. La seule différence notable dans leurs visages, en dehors de la sévérité de l'expression, était que sa peau semblait plus fine, tendue pour révéler la sculpture des os. Ses cheveux étaient de la même couleur d'automne flamboyant, mais coupés court sous l'ombre du chapeau à large bord.

Pendant que Stranahan l'observait, elle ôta les mains de ses hanches et les croisa d'un air de défi sur sa poitrine. Il ne faisait aucun doute que Jason Kent lui avait servi le même discours qu'Ettinger.

Stranahan prit le relais et lui présenta les scénarios les plus probables, la possibilité qu'elle soit blessée, l'éventualité qu'elle ait franchi le périmètre de la zone de recherche – le comportement des personnes perdues était une science, et une femme de l'âge de Nicki possédant sa condition physique pouvait aller assez loin si elle était tenaillée par la panique, plus loin que quelqu'un de beaucoup plus jeune ou d'un peu plus âgé. Y avait-il une chance, voulait savoir Stranahan, que pour une raison ou une autre elle ait disparu volontairement, ou qu'elle ait réussi à rejoindre la civilisation sans prendre la peine de signaler sa mésaventure ?

Non, c'était impossible.

— C'est un territoire de grizzlys, si près de Yellowstone, n'est-ce pas. (C'était une affirmation.) Et de loups. M. Anderson, un des types à qui j'ai parlé ce matin, m'a dit qu'il y avait des loups dans la zone où ma sœur a disparu.

— Les probabilités d'une attaque sont très minces, dit Ettinger.

— Mais c'est une possibilité. (Une fois de plus, une affirmation.) Il faut en tenir compte.

Quand on recherche une personne disparue, les membres de sa famille sont un handicap. Ils veulent aider, ce qui signifie que si vous n'arrivez pas à les dissuader d'aller dans la forêt, vous devez retirer quelqu'un des équipes de sauvetage pour leur servir de garde du corps. Une personne disparue, c'est déjà suffisamment grave. Si vous permettez à un citadin de n'en faire qu'à sa tête, vous en aurez deux. Asena Martinelli n'était pas une citadine, mais il était évident qu'il serait impossible de l'empêcher de rechercher sa sœur. Ettinger, laissant l'exaspération transparaître dans sa voix, s'éloigna pour aller seller Petal et Big Mike. Elle avait accepté l'offre de Bucky Anderson de les confier à l'écurie du ranch jusqu'à la fin des recherches.

— Je vais t'aider, dit Stranahan en attendant son signal.

— Non, Big Mike va gonfler le torse si tu essaies de lui mettre une sangle. Avec moi, il sait qu'il ne peut pas faire l'imbécile.

Ce qui signifiait: je veux que tu restes avec elle et que tu me fasses un compte rendu de tes impressions plus tard.

Martinelli jaugea Stranahan d'un regard égal et froid avant de lui demander:

— Que faites-vous exactement dans la vie, monsieur Stranahan? Vous n'avez pas vraiment l'air d'un… officiel.

— J'étais détective privé autrefois, répondit-il. Maintenant, je me considère comme un homme aux talents multiples. Je suis guide pendant la saison des truites, j'écris un peu pour des magazines de pêche, et je peins pendant l'hiver… En fait, je peins dès que j'ai une commande.

— Donc, vous êtes enquêteur pour le bureau du shérif, vous travaillez en free-lance.

— Je suis davantage une aide extérieure. Une autre paire d'yeux collée au sol quand il n'y en a pas assez pour regarder dans les coins.

— Je vois, dit-elle prudemment. (Il était évident que ce n'était pas le cas. Elle sourit brièvement.) Vous parlez bizarrement, ajouta-t-elle.

La résolution qu'il avait lue sur son visage sembla se craqueler et révéler sa vulnérabilité. Ses yeux couleur de cascade se réchauffèrent un peu; ils foncèrent, prirent une teinte de vert qui rappelait à Stranahan les vagues d'une tempête en mer.

— Vous devez penser que je suis folle de croire que je peux la retrouver alors qu'aucun de vous n'y a réussi. Mais je dois le faire. C'est ma petite sœur. Elle est tout ce que j'ai.

— Nous apprécions votre aide, dit Sean. Vous la connaissez mieux que nous, vous savez comment elle pourrait réagir dans une situation stressante. Connaître son tempérament peut nous mettre sur la bonne voie.

— Vous pensez vraiment ce que vous dites ? (Son intonation était pleine d'espoir, mais à la vue d'Ettinger qui contournait l'écurie en guidant les chevaux, l'amertume l'envahit.) Votre shérif croit qu'il est trop tard pour avoir la moindre chance de la retrouver. Elle ne l'a pas dit, mais ça se voit. Ce type costaud à qui j'ai parlé ce matin, M. Kent, a été assez clair.

— Mieux vaut ne pas trop réfléchir, mais persévérer. Si elle est quelque part par là, on la retrouvera.

— C'est facile à dire pour vous.

Elle lui tourna le dos, se dirigea vers sa monture et l'enfourcha sans le moindre effort. Le garçon d'écurie qui tenait la longe inclina son chapeau et s'éloigna en glissant ses mains dans les poches arrière de son pantalon. Il essayait d'avoir l'air d'un vrai cow-boy aux yeux de la jolie femme.

Il était évident qu'elle avait passé du temps à cheval. Stranahan, qui se trouvait derrière elle au moment où ils atteignirent l'orée du bois, observait le mouvement régulier de ses fesses, sans désir mais avec envie. Les siennes, toujours douloureuses après la dernière chevauchée, rebondissaient durement sur la selle à chaque pas.

Ettinger tira sur les rênes de Petal.

— Ce bosquet de pins à écorce blanche, dit-elle en montrant des arbres environ quatre cents mètres plus bas, c'est là qu'on a découvert le corps du cow-boy. Le chapeau de votre sœur a été retrouvé entre ces arbres et l'endroit où nous nous trouvons actuellement. Nous supposons qu'elle a été désarçonnée. Le cheval a peut-être senti les loups.

— C'est une vaste région, dit Martinelli. Mais pas aussi grande que la Colombie-Britannique. Nicki ne serait pas intimidée par quelques arbres.

Martha tourna un visage impassible vers le rocher à l'orée du bois. Que fait-on ici ? pensa-t-elle. Son "Allons inspecter les lieux" manquait de conviction.

La scène de crime ne leur apprit rien de plus, mais elle eut un effet marquant sur Asena Martinelli. Elle se plongea dans le silence et parut un moment oublier la présence de Stranahan et d'Ettinger, essuyant d'un geste presque rageur deux larmes qui coulaient de travers sur sa joue gauche.

— Vous pensez qu'il a souffert ?

Ettinger fit signe à Stranahan de répondre.

— Le médecin légiste dit qu'il est mort à cause de l'hémorragie. Que ça a été rapide.

— On m'a dit que c'était un accident. C'est vrai ?

Ettinger avala sa salive :

— On ne sait pas.

— Vous croyez que ma sœur a vu… ça ?

— On pense qu'elle s'est trouvée ici, mais on ne sait pas ce qu'elle a vu. Il neigeait cette nuit-là. Les traces étaient recouvertes et difficiles à déchiffrer.

Le caractère désespéré de la situation sembla lui tomber dessus d'un coup.

— Je ne sais pas quoi faire, lâcha-t-elle d'une petite voix. Dites-moi ce que je dois faire.

— Mademoiselle Martinelli, dit Ettinger, je suis terriblement désolée. Vous pensez que je m'en fiche parce que je ne voulais pas venir jusqu'ici et vous avez à moitié raison. Je ne voulais pas venir ici, parce que je ne crois pas que ça puisse nous aider à retrouver votre sœur. Mais vous avez tort de penser que je m'en fiche. Ce n'est pas parce que la recherche proprement dite a une limite dans le temps que c'est le cas. Je retrouverai votre sœur, je vous le promets.

L'après-midi était bien entamé lorsqu'ils regagnèrent le corral. Stranahan alla chercher la Jeep tandis que les deux femmes brossaient les chevaux. Martha voulait rester un peu seule avec elle.

— Alors, quelle est ton impression ? demanda-t-il lorsqu'Ettinger s'installa sur le siège passager.

— Je lui ai dit que quelqu'un du bureau avait fouillé le bungalow de son père, je n'ai pas dit que c'était toi. Je n'ai pas parlé des coups de feu. J'en avais l'intention, mais je me suis tue, je ne sais pas pourquoi. Peut-être parce que ça aurait pu la chambouler. Mais elle a le droit de savoir qu'on a cherché ailleurs que dans les montagnes. Mon impression ? J'ai trouvé bizarre qu'elle semble davantage se soucier du sort de Grady Cole que de la disparition de sa sœur.

— Ah oui, je n'avais pas remarqué.

— Tu n'as pas les mêmes antennes que moi.

— Mais j'ai bien noté que tu lui as promis de retrouver Nicki. La Martha que je connais ne donne pas de faux espoirs.

— Je l'ai regretté aussitôt après l'avoir dit. C'est un aspect du boulot dans lequel j'ai encore des progrès à faire. Mais on la retrouvera. Les températures sont descendues au-dessous de zéro cette nuit-là. Elle est morte d'hypothermie il y a trois jours, ou il y a deux jours, ou hier. Les chiens la retrouveront. Ou alors, elle a délibérément disparu, dans ce cas, je la retrouverai uniquement pour pouvoir l'étrangler.

— Tu n'es pas un peu pessimiste ? Ça va avec l'insigne, hein ?

— Plutôt avec deux divorces, grommela Ettinger.

14

ENQUÊTE PARALLÈLE

CHEZ LES INDIENS des plaines, il était de coutume, lorsque l'on s'approchait de la tente de quelqu'un dont le rabat était fermé, de s'annoncer. Stranahan venait juste d'attacher celui de son tipi sioux dix-huit perches quand les phares tournèrent dans son allée. Un bref instant, l'intérieur de la tente fut illuminé à la façon dont les éclairs embrasent la campagne d'un vif éclat. Près de sa tête, l'ombre d'un faucheux se découpa contre la toile, aussi grande qu'une araignée d'Halloween, puis la lumière des phares passa et le moteur fut coupé. En bon fils de mécanicien, Sean reconnaissait chacun des ronronnements distinctifs des voitures de ses amis, mais il n'arrivait pas à situer celle-ci. Il actionna la lampe Coleman et commença à fendre du petit bois pour faire un feu. Il s'agenouilla devant la bassine à côté du foyer pour asperger d'eau son visage.

— Salut, le tipi, cria une voix de femme. Je peux entrer ?

— Asena ? Asena Martinelli ?

— Désolée de vous déranger, mais j'ai vraiment besoin de vous parler.

Sean leva à hauteur de son visage la hachette avec laquelle il avait fendu le bois. De tout ce qu'il possédait, la lame polie était ce qui se rapprochait le plus d'un miroir. Il scruta l'image déformée qui le fixait et repoussa la mèche de cheveux qui lui tombait sur l'œil gauche.

— Si vous êtes occupé…

— Non, non.

Une main sur son chapeau pour l'empêcher de basculer, elle se courba pour entrer tandis qu'il ôtait les piquets du rabat du tipi. Stranahan prit place près du foyer et s'assit jambes croisées. En tant que chef du logis, il faisait face à l'ouverture de la tente. Il lui fit signe de passer par la gauche et de s'asseoir à sa droite sur la couverture en peau de bison repliée. C'était aussi conforme à la coutume. Si un homme était entré, il se serait installé à sa gauche.

— Vous êtes indien ? demanda-t-elle. Vous en avez un peu l'air.

— Non, mais l'ami qui m'a donné ce tipi m'a appris les usages dans une tente. Je me suis aperçu que j'aimais bien ce cérémonial. C'est respectueux sans être snob. Vous voulez un biscuit ou du café ? (Il tendit la main vers la cafetière en métal émaillé posée près du matériel qui lui servait à faire du feu.) Il sera chaud en une minute.

— Non merci.

Elle s'installa sur la couverture.

— Bon, si on devait s'en tenir à la stricte tradition, vous devriez vous asseoir les jambes repliées sur le côté, pas croisées.

Lorsqu'elle commença à bouger, il l'arrêta d'un geste.

— On n'est pas à ce point à cheval sur le protocole dans ma tente.

J'ai fait le beau et maintenant je blablate, songea Stranahan. Les hommes étaient des bestiaux tellement prévisibles en compagnie de femmes séduisantes.

— Comment m'avez-vous retrouvé ? dit-il.

— J'ai parlé à Sam Meslik. Le shérif m'a appris qu'il était proche de ma sœur.

— Vous êtes au courant de sa bagarre avec le cow-boy ?

Elle hocha la tête :

— C'est un peu une brute.

— Il m'a dit qu'il était amoureux d'elle. Je le crois.

— Je vais en venir directement au fait, monsieur Stranahan. Je pense que ma sœur a été kidnappée. J'aimerais vous engager pour que vous la retrouviez.

Stranahan gratta une allumette et enflamma le nid de brindilles fourré sous le petit bois :

— Pourquoi vous n'en avez pas parlé ce matin ?

Il regarda les étincelles grimper en zigzags vers l'ouverture prévue pour la ventilation et laissa le silence se prolonger.

— Ce n'est… pas sûr. Et votre shérif, franchement, j'ai eu l'impression qu'elle me tolérait tout juste, malgré son petit discours. Je me suis dit que vous feriez preuve… de plus d'énergie. Sam m'a raconté que vous étiez du genre persévérant.

Stranahan ne put s'empêcher de sourire.

— Vraiment ? Mais vous avez tort au sujet d'Ettinger. Les recherches tirent à leur fin parce que les probabilités de retrouver vivante une personne disparue dans ces étendues sauvages diminuent. La possibilité qu'elle ait été kidnappée, c'est totalement différent, et le shérif s'y intéressera, je vous le garantis. Donnez-lui une piste et elle commencera à creuser.

— J'aimerais autant que ce soit vous qui vous vous occupiez de… cette enquête-là. Vous demandez combien ?

Elle avait pris un ton professionnel.

Il répondit à sa question et observa son mouvement de recul instinctif.

— Ça représente une sacrée somme, dit-elle.

Stranahan n'avait nullement l'intention de lui prendre son argent, mais il était curieux de savoir jusqu'où elle irait. Plus le montant dont elle était prête à se séparer serait important, plus ses soupçons seraient crédibles. L'argent était un moyen très précis de mesurer la confiance.

— C'est acceptable, admit-elle finalement.

— Asena, je prends très au sérieux ce que vous êtes en train de me dire. Mais je ne peux pas travailler pour vous, pour cause de conflit d'intérêts. Je suis déjà payé pour retrouver votre sœur. J'ai des obligations envers le comté.

— Pour encore combien de temps ?

La rapidité de sa réponse montra à Stranahan qu'elle avait réfléchi à cet aspect-là. C'était une très bonne question. Une fois que les recherches effectuées par le comté auraient pris fin, Ettinger aurait du mal à justifier qu'il continue d'être impliqué.

— Je ne sais pas, répondit-il honnêtement.

Les épaules d'Asena s'affaissèrent de façon manifeste. Stranahan se rendit compte qu'il avait envie de l'aider et, plus encore, de secourir sa sœur si elle était vivante. Il nota la manière dont les flammes projetaient des formes sur les parois du tipi et prit une décision.

— J'ai dit que je ne pouvais pas m'occuper de votre affaire parce que j'ai déjà des obligations contractuelles. Je n'ai pas dit que je n'étais pas intéressé. (Il sortit la cafetière bouillonnante du feu.) Pourquoi ne pas me raconter ce que vous êtes venue me raconter, ça sera un point de départ.

— Est-ce que vous devrez rapporter tout ce que je vais… divulguer ?

— C'est une enquête en cours. Je mentirais en vous assurant que je ne dirais rien au shérif si vous me révélez quelque chose de pertinent.

— Je dois y réfléchir.

— S'il y a une chance de retrouver votre sœur vivante, nous devons agir rapidement.

— Je ne parlais pas de prendre la nuit pour réfléchir. Juste d'aller faire un tour. Je ne suis pas comme Nicki. Elle fait comme elle le sent sur le moment, et j'ai bien peur qu'elle en ait payé le prix. J'ai besoin de peser le pour et le contre. J'ai passé une grande partie de ma vie à réfléchir. Pour nous deux.

Stranahan détacha le rabat du tipi et sortit en compagnie d'Asena ; il nota que le moteur qu'il avait entendu appartenait à un SUV à l'empattement court, un vieux Bronco.

— Je préférerais rester seule. Je ne serai pas longue.

Depuis qu'il avait entendu sa voix, il savait que sa vie était sur le point de prendre un virage. C'était déjà arrivé, lorsqu'une sirène de *riverboat* du Mississippi avait frappé à la porte de son atelier et l'avait engagé pour d'innocentes parties de pêches, lesquelles s'étaient révélées pas si innocentes que ça. Et la même chose s'était produite l'an passé quand un chien pisteur avait découvert des corps enterrés sur la Sphinx Mountain. La vie continuait – il guidait, il mélangeait des couleurs sur sa palette, il jouait au billard avec Sam – puis elle prenait un virage. Un virage qui faisait battre le cœur. Et elle était en train de prendre un virage en ce moment même, alors qu'il entendait les pas d'Asena approcher.

— Vous êtes déjà de retour.

Elle se tenait à l'entrée. Les flammes entre eux léchaient ses jambes sur toute leur longueur si bien qu'elle semblait embrasée. L'image était extraordinaire.

— Que savez-vous des loups ? demanda-t-elle.

— Il est difficile de vivre ici sans rien connaître des loups… Asena.

Stranahan avait insisté sur le prénom. Comme elle ne répondait pas, il ajouta :

— J'en sais suffisamment sur les loups pour ne pas ignorer qu'Asena est un loup dans la mythologie turque.

— Oui, bon, je vous l'ai dit, ce n'est pas mon vrai nom. Ma sœur l'a pris dans un livre. Elle s'intéressait à tous ces trucs – les mythes, les animaux totem. Je suis comme mon père, plus pragmatique, mais Nicki avait tendance à avoir des idées un peu fantasques. Une chasseuse de nuages. Quand je vous demandais ce que vous saviez des loups, je parlais de politique.

— C'est un sujet explosif, répondit Stranahan. La plupart des habitants de l'État étaient contre leur réintroduction. Ils pensent que le gouvernement fédéral la leur a imposée. Les ranchers les détestent. Beaucoup de chasseurs croient que les loups déciment les cerfs dont ils veulent remplir leur congélateur.

— Et l'autre bord ? Pas les écolos qui désirent qu'ils soient inscrits sur la liste des espèces en danger, mais ces marginaux qui voient dans les loups des frères spirituels ou les élèvent au rang de dieux ?

— Dans la culture d'Harold Little Feather, l'Indien Blackfeet qui m'a donné le tipi, les loups sont des frères qui accompagnent la tribu. Mais vous parlez de Blancs. Je sais qu'il y a eu des manifestations contre la chasse au loup au Capitole. Ils ont piraté des listings de chasseurs qui avaient acheté des permis pour le loup et leur ont envoyé des e-mails de menace, les ont harcelés au téléphone. Des terrains de piégeage ont été sabotés. Certaines personnes sont prêtes à se jeter devant le canon d'un fusil pour sauver la vie d'un loup.

Asena se rassit sur la couverture et lui fit face.

— Ma sœur fait partie de ceux qui sont prêts à prendre une balle.

— Et vous pensez que ça a un rapport avec sa disparition ?

— D'une certaine façon. C'est une histoire que j'ai du mal à raconter. Vous pouvez refaire du café, s'il vous plaît ?

15

LA VÉNUS DE BOTTICELLI CREEK

JUSQU'À LA NUIT au cours de laquelle une ride de pression se forma sur la glace qui recouvrait le lac Two Loon, la vie dans la maison au milieu des pins sur la berge de la Morice River avait été idyllique, à condition d'avoir une mémoire sélective. La mère des filles, Elizabeth Conner, s'était installée en Colombie-Britannique pour se changer d'Aberdeen, en Écosse, troquant un rude climat contre un autre, mais abandonnant un mauvais mari pour un bien meilleur. Le brave homme était lui aussi un immigrant, venu d'une région montagneuse, les Hautes-Alpes, dans le sud-est de la France.

Descendant de quatre générations de bergers, Alfonso Martinelli avait grandi dans un foyer si pauvre que sa mère déplaçait un morceau de fromage moisi d'une fenêtre à l'autre pour sauver la face, afin que les passants pensent qu'ils avaient suffisamment à manger. Le gamin vivait avec une tondeuse à laine dans une main et un fusil dans l'autre, puisqu'une de ses tâches, en sus de ramener les bêtes égarées et de remettre debout les moutons qui s'étaient retrouvés sur le dos et risquaient de s'étouffer, consistait à protéger le troupeau des prédateurs – des loups essentiellement. Comme beaucoup de fils de paysans, il tomba amoureux de l'Ouest américain, cette promesse en noir et blanc d'une liberté gagnée à l'aide d'un six-coups au milieu d'une nature sauvage que ne pouvait lui offrir le pays, trop ancien et trop peuplé, dans lequel il était né. Ironiquement, ces grands espaces lui rappelaient les Alpes françaises à travers ces loups qu'il avait pour tâche d'éradiquer. Il est fréquent que les hommes attirés par un monde inapprivoisé détruisent ce qui précisément rend une contrée sauvage, puis déménagent pour le retrouver ailleurs. La quête d'Alfonso, alimentée essentiellement par le goût de l'aventure, le conduisit de France jusqu'en Nouvelle-Écosse, où il rencontra l'institutrice écossaise qui deviendrait sa femme, puis à Polson, dans le Montana, où être berger était encore un mode de vie, et, enfin, en Colombie-Britannique, dans la maison au milieu des pins, sur la berge de la Morice River.

Dans une foire organisée par l'Association des collectionneurs d'armes anciennes, à Terrace, Alfonso fouilla sa poche pour réaliser le seul achat romantique de sa vie : un Colt 45 d'époque à la crosse en ivoire, le modèle Peacemaker qu'il avait vu enfant dans les westerns. Il rassembla les pièges et autres outils nécessaires pour devenir trappeur, ce qu'il rêvait d'être depuis qu'il avait vu Charlton Heston dans un film racontant l'histoire de montagnards dans les Rocheuses. Plus tard, il serait aussi pêcheur de saumons et de flétans, et accrocheur dans une exploitation forestière – un CV peu surprenant dans cette partie du Canada pour un homme possédant de solides muscles et un anglais approximatif.

Elizabeth trouva un emploi dans une école à classe unique, en aval de la rivière, près de la ville de Houston. Les filles, elles, avaient deux ans de différence et avaient hérité des traits et des cheveux de leur mère. Alfonso les qualifiait de “feuilles d’érable en automne”. Avant même de connaître leurs tables de multiplication, elles étaient devenues expertes dans l’art de poser des pièges en X dans des trous creusés sur la berge. Maniant le couteau à la vitesse de l’éclair, Nicki avait remporté un concours de dépouillage dans la division junior à une foire d’hiver – dix rats musqués en à peine plus de dix-sept minutes. Elle avait été pénalisée d’un seul point pour un écart de la lame qui avait percé la peau. Elle avait dix ans quand son père avait accroché le ruban bleu au manteau de la cheminée. Hantée par cette couleur, elle l’avait décroché et enterré dans un bocal sous le porche. Le bleu avait ravivé les cauchemars qui avaient débuté quelques hivers plus tôt, lorsque l’une des deux motoneiges familiales avait rencontré la partie la plus fragile de la ride de pression sur le lac Two Loon et que les deux sœurs avaient vu leur mère se noyer. Asena se souvenait de l’expression de surprise sur les lèvres de sa mère, comme un “Oh” muet, avant que son visage ne plonge sous la surface ; la dernière chose que la fillette avait aperçue de sa mère avait été les cheveux couleur de feuille d’érable en automne.

Ce jour-là, la famille avait pris les deux engins pour une partie de pêche à la truite de lac, les filles sur la motoneige de leur mère, Alfonso derrière sur une Sno-Cat chargée de leur équipement. Quand la glace s’était brisée, les gamines avaient suivi leur mère dans l’eau glacée et si Alfonso n’avait pas réagi rapidement, elles se seraient noyées toutes les deux. Il était encore sur la berge lorsqu’il avait été témoin de l’accident et il avait tiré sur la corde du lanceur de la tronçonneuse fixée à la motoneige, avait coupé un jeune arbre et rampé sur la glace jusqu’à ce qu’il puisse le pousser au-dessus du trou. La petite Nicki était restée à la surface en s'accrochant au manteau bleu que portait Asena et, après que celle-ci saisi la branche, Alfonso les avait remontées toutes les deux sur la glace.

— Papa pensait que maman s'était cogné la tête contre l'engin avant de plonger, c'est pour ça qu'elle s'était noyée si vite. C'est seulement grâce à mon manteau que je suis restée à la surface. Il était si large qu'il a emprisonné l'air ; il était en peaux de phoque que maman avait troquées à des Indiens. Elle l'avait teint en bleu et l'avait taillé de façon à ce qu'il m'aille encore quand je grandirai. C'était mon cadeau de Noël.

Son ton était neutre. Stranahan comprit que la seule façon pour elle d'arriver à prononcer ces mots était de les réciter comme une histoire impersonnelle.

— Quelle tragédie, dit-il. C'est pour ça que votre sœur vous appelait Asena, parce que le loup dans la légende a une fourrure bleue et que vous portiez un manteau en fourrure bleue ?

— Oui, d'une certaine façon, Nicki m'a considérée comme sa mère après ça. Elle n'avait pas le choix. Après la mort de maman, papa passait des journées entières sans prononcer un mot.

Six ans après avoir construit un monument à la mémoire de leur mère avec des pierres de la rivière, la famille déménagea dans une ferme possédant une grange à la périphérie de Kamloops. La longue expérience d'Alfonso dans le piégeage de loups lui avait permis d'obtenir un poste de fonctionnaire au bureau régional en tant qu'agent de contrôle des animaux nuisibles. Dans la mesure où son travail l'éloignerait une bonne partie de l'hiver, il avait tenté de convaincre la sœur d'Elizabeth de se charger d'élever les enfants qui avaient maintenant douze et quatorze ans. Mais elle vivait en Écosse et n'avait pas envie de partir au milieu de nulle part pour un beau-frère qu'elle n'avait pas vu depuis vingt ans. Les filles durent donc se débrouiller seules, le plus proche voisin se trouvant au bout d'un chemin de terre à un kilomètre et demi. Comme Asena était plus âgée et plus raisonnable de nature, elle endossa la responsabilité de surveiller sa sœur, qui en avait grand besoin.

Pas à cause des garçons, ça, ça viendrait plus tard. Plutôt en raison de sa rébellion contre un père absent et d'un livre pour adolescents intitulé *Lobo, mon frère*, que Nicki avait emprunté à la bibliothèque de l'école et qui parlait d'un garçon des Territoires du Nord-Est élevé par une meute de loups après que ses parents se furent noyés dans le Grand Lac des Esclaves. C'était de la fiction, et elle le savait, mais l'anthropomorphisme avec lequel était dépeinte la famille de loups, couplé à la coïncidence de la noyade de sa propre mère, amena l'adolescente à s'identifier au garçon. Sa réaction fut double : elle s'en prit tout d'abord violemment à son père parce qu'il tuait ces magnifiques créatures, puis elle se retira progressivement dans un monde imaginaire où elle s'alliait à des animaux à la fois réels et mythiques, et rêvait de les secourir en les vengeant de leurs persécuteurs.

Un jour, pendant un repas, alors que son père se moquait de ses remarques au vitriol concernant son gagne-pain, lui disant que ce n'était plus de son âge et lui demandant de lui passer le ketchup, elle s'en macula le visage afin de montrer ce qui arrive aux loups lorsqu'ils essayent de se libérer des pièges à mâchoires et se cassent les dents. Elle quitta alors la table et courut à la grange où Alfonso rangeait ses outils de travail. Là, elle abaissa les mâchoires dentées du plus gros piège qu'elle put trouver, ajusta la tige d'armement et appuya sur la palette de son pied nu. En entendant ses hurlements, son père et sa sœur accoururent. Dans la lumière diffuse de la grange, ils découvrirent la jeune Nanika, hébétée, les yeux perdus dans le vide et en larmes, du ketchup tout autour de la bouche, debout au milieu d'une flaque de sang qui ne cessait de s'étendre. Tandis qu'Asena se précipitait pour la libérer du piège, son père détourna les yeux, car sa fille, qui atteignait l'âge de la puberté, était complètement nue.

— Excusez-moi de vous interrompre, la coupa Stranahan, mais pourquoi croyez-vous que Nicki s'était déshabillée ?

Asena souleva sa tasse de café et, voyant qu'elle était vide, la reposa.

— Je crois que c'était à cause du livre. Le petit garçon était nu lorsque les loups l'avaient trouvé, et il avait grandi libre et sans inhibitions. Plus tard, quand il retourne à la civilisation, il a honte et il est forcé de se couvrir. Il finit par se conformer aux règles de la société, mais, à la fin, il entend ses frères loups l'appeler et il court pour les rejoindre dans les étendues sauvages, se débarrassant de ses vêtements en route. Nicki se prenait pour ce gamin.

Stranahan attrapa la cafetière afin de remplir la tasse d'Asena, et, au moment où il la reposait, elle lui saisit l'avant-bras de sa main droite.

— Je ne fais pas une erreur en vous racontant ça, n'est-ce pas ?

Comme elle ne lui avait encore rien appris qui soit lié au mystère de la disparition de sa sœur, Stranahan ne sut pas trop quoi répondre. Il lui étreignit la main et se libéra en douceur.

— Je dois en être sûre, ajouta-t-elle. Ma sœur ne va pas sortir toute seule de cette montagne. Il y aura un prix à payer.

Stranahan hocha la tête devant cette remarque sibylline, mais Asena remontait déjà les années pour arriver au second moment déterminant de la vie de sa sœur, lorsqu'elle était au lycée. À cette époque, Nicki s'était non seulement épanouie physiquement, mais elle commençait à afficher ce mélange d'innocence et de joie de vivre qui définirait sa personnalité d'adulte. Ses camarades marginaux étaient séduits par elle plutôt que par ses préoccupations. Mais elle les ralliait à ses causes par la seule force de son charisme, attirant une cohorte de volontaires pour l'aider à dénoncer les crimes de l'homme envers la nature.

Le bras nord de la Thomson River, près de l'endroit où vivaient les Martinelli, abritait les plus célèbres remontées de saumons sockeye de Colombie-Britannique. Elles atteignaient leur apogée tous les quatre ans, en été, et drainaient des milliers de visiteurs sur une promenade en bois surélevée d'où ils pouvaient observer le spectacle d'une rivière littéralement rouge de poissons. La quatrième année du cycle coïncidait avec l'avant-dernière année de lycée de Nicki. Elle avait décidé d'attirer l'attention sur la situation critique des saumons menacés par la pêche commerciale en demandant à ses supporters de faire la planche nus au milieu des poissons, afin de feindre la mort qui suivait inévitablement le frai.

Le jour J arriva, mais seulement deux des comparses de Nicki la retrouvèrent au point de rendez-vous. La promenade grouillant de touristes armés d'appareils photo, il était prévisible que la pudeur l'emporterait. Finalement, seule Nicki ôta ses vêtements et, après les avoir soigneusement pliés sur un rocher, elle entra dans la rivière, ses cheveux à peine un ton plus clair que les saumons qui nageaient autour d'elle. Comme elle était allongée dans une partie peu profonde où l'eau se fracassait sur les rochers, la tête face au courant et les mains croisées sur l'entrejambe, il était difficile d'apercevoir grand-chose, car le soleil rebondissait sur l'eau comme des pièces de monnaie scintillantes et sa chevelure ondulait sur son torse, dissimulant ses seins. Mais c'était plus que suffisant pour attirer un photographe du *Kamloops Daily Reader*, et le journal, titré VÉNUS NAGE AVEC LES SAUMONS, se vendit comme des petits pains dans les kiosques le lendemain matin. Le nom, Vénus, ne devait rien à l'inspiration du rédacteur. Un affluent appelé Botticelli Creek se trouvant à un jet de pierre des lieux de frai, le choix coulait de source. Nanika Martinelli fut alors connue comme la Vénus de Botticelli Creek, et elle adopta le surnom de Vénus de la Pêche à la mouche quelques années plus tard.

16

LE CLAN DU LOUP À TROIS GRIFFES

NAGER AVEC LES SAUMONS ne fut pas la seule manifestation mise en scène par Nicki. Elle organisa aussi un sit-in pour protester contre l'abattage des arbres dans la forêt primaire des Cariboo Mountains : elle grimpa à soixante mètres pour s'asseoir sur les plus hautes branches d'un arbre qui bloquait le chemin forestier dégagé par les bulldozers. Elle resta là-haut cinq jours sans nourriture avant d'être évacuée de force par un homme descendu à l'aide d'une échelle déroulée depuis un hélicoptère. Après qu'il l'eut bouclée dans le harnais de sécurité et qu'il eut levé les pouces pour faire signe au pilote de les remonter, elle l'embrassa sur la joue, un instant immortalisé par l'objectif du même photographe auteur du cliché avec les saumons. Cette fois-ci, cette photo spectaculaire pourrait être imprimée sans retouche.

Ces deux actes de rébellion aboutirent au résultat escompté : celui de rendre furieux les supérieurs d'Alfonso. Ainsi lorsque Nicki vola une peau de loup dans la grange, la peignit à la bombe rouge et la revêtit devant le bureau du district, le meilleur tueur de loups du programme de contrôle des animaux nuisibles se retrouva sans emploi. Si cela s'était produit cinq ans plus tôt, Alfonso Martinelli serait reparti dans le nord pour exercer son métier de trappeur, mais son licenciement coïncida avec l'augmentation importante de la population de loups dans le Montana suite à la mise en place en 1995 d'un programme de réintroduction dans le parc national de Yellowstone. La chasse sportive étant interdite jusqu'à ce que l'espèce atteigne l'objectif de repeuplement fixé par le gouvernement, les seuls loups qui se retrouvaient au bout d'un canon en toute légalité étaient ceux qui tuaient du bétail. Soudain, le Montana eut besoin d'hommes qui possédaient les talents spécifiques d'Alfonso Martinelli. C'est ainsi que la famille changea d'environnement, sans que Nicki change de convictions.

Son ancienne bande de marginaux et de laissés pour compte était le genre de gamins faciles à convaincre que l'on pouvait rencontrer n'importe où, rarement coupables d'autres choses que d'incivilités. Ils étaient surtout désespérément seuls. Tout ce qu'ils désiraient, dit Asena à Stranahan, c'était appartenir à un groupe et trouver une flamme autour de laquelle se rassembler. Nicki était cette flamme.

Mais elle était désormais une flamme qui brûlait seule, sans sa sœur aînée pour contenir l'incendie. Asena, qui avait fini le lycée deux ans auparavant, était inscrite dans une université au nord de la province et espérait devenir psychologue scolaire. Ayant vécu si longtemps sans aucune supervision parentale, elle souhaitait travailler dans le domaine de l'éducation, avec des enfants qui souffraient du même manque affectif.

— Je voulais que Nicki vive avec moi, mais papa avait la loi de son côté. Il n'avait pas envie de rester seul, et je ne peux pas lui en vouloir. L'idée était qu'elle me rejoindrait en Colombie-Britannique une fois qu'elle aurait terminé le lycée et c'est ce qu'elle a fait. Elle et papa venaient me rendre visite tous les hivers, mais la première année dans le Montana a été dure pour elle. Libby n'était pas Kamloops.

Stranahan émit un son entre rire et grognement.

— Ce n'est pas drôle, fit remarquer Asena.

— Vous avez raison. C'est seulement que je sais de quoi vous parlez. J'étais là-bas depuis à peine deux heures que je me faisais tirer dessus.

— Mais… (Elle s'interrompit, et afficha un air perplexe.) Attendez. C'est vous qui êtes allé à Libby pour chercher Nicki ? Le shérif m'a juste dit "quelqu'un". Quelqu'un a été voir au bungalow. J'ai supposé que le "quelqu'un" était un adjoint. Elle ne m'a pas parlé de coups de feu.

— Jeudi soir dernier. J'aurais dû vous le dire avant. Écoutez, ce n'est pas ce que vous croyez. Nous n'essayons pas de vous dissimuler des informations.

— "Dissimuler des informations", dit-elle d'un ton où perçait le sarcasme. Bien sûr que non. (Puis, d'un ton plat, neutre :) Je veux que vous me racontiez tout ce qui s'est passé là-bas. Tout.

Il n'omit rien. La lanterne s'était éteinte et il était difficile de jauger des réactions d'Asena aux seuls contours arrondis de son visage éclairé par le feu. À la fin de son récit, Stranahan lui tendit le livre sur les loups :

— Il appartient à Nicki ?

— Je… je ne sais pas. Peut-être. C'est son genre de livre.

— Parce que si c'était elle dans le bungalow ce soir-là, continua Stranahan, ça signifie qu'elle est vivante et qu'on cherche au mauvais endroit.

— Oui, je vois…

— Si elle se planquait à l'intérieur, je comprends qu'elle s'en soit prise à ce qu'elle pensait être un intrus. Mais ce que je ne comprends pas, c'est pourquoi elle serait partie puis revenue plus tard pour me tirer dessus.

— Non, moi non plus je ne comprends pas. Ça… ne lui ressemble pas. (Elle s'interrompit.) Cet homme à moto qui était avec la fille aux yeux orange, à Libby, il avait des yeux étranges lui aussi ?

— Le propriétaire de la boutique de pêche n'a rien dit.

Elle resta longtemps silencieuse.

— Mais c'est quand même lui, dit-elle, comme si elle parlait toute seule. C'est forcément lui. Il ôte ses lentilles de contact quand il ne veut pas attirer l'attention. Il l'a suivie jusqu'ici. C'est lui qui l'a enlevée.

— C'est qui, lui ?

— Il se fait appeler Amarok.

— C'était son petit ami ?

— Non. C'était un monstre.

Asena raconta à Stranahan comment Nicki avait rencontré l'homme du nom d'Amarok un printemps. À l'époque, un nouveau groupe s'était formé autour d'elle : le Clan du loup à trois griffes. Elle avait dessiné des T-shirts pour les membres de la bande, ornés d'empreintes de pattes sanglantes qui encerclaient la poitrine. Deux fois au cours de l'hiver, le clan avait été dispersé pour avoir protesté contre la mine de vermiculite, et, bien que les délits n'aient pas été particulièrement importants, durant la même période, le comté avait connu un pic de cambriolages nocturnes, des vols de matériel électronique et d'argent liquide. Deux membres du clan furent arrêtés et inculpés, ce qui fit de Nicki une paria aux yeux des pères de famille ultraconservateurs de la ville, même si elle n'était pas impliquée dans les cambriolages. Un jour de mai, un homme l'avait abordée. Il l'avait vu porter le T-shirt et, sans préambule, avait proclamé qu'elle était la femelle alpha qu'il cherchait, qu'elle devrait le suivre et qu'ils dirigeraient ensemble la meute. Nicki raconta plus tard à Asena qu'elle avait essayé de fuir, mais elle s'était aperçue qu'elle en était incapable. L'homme avait des yeux rouges qui semblaient vibrer. Comme s'il regardait tout droit au fond de son âme.

Amarok – Nicki n'avait jamais su son nom complet, ni même si c'était son vrai nom – était en surface un de ces glandeurs qui gravitent autour des écoles, offrant un joint ou un cacheton pour un dollar par-ci, un service par-là, un des nombreux maillons du commerce de la drogue qui entache toutes les communes rurales où les gamins se plaignent de n'avoir nulle part où aller et rien à faire.

— Ma sœur n'avait jamais vraiment eu de relations, poursuivit Asena, sa voix se faisant plus grave. Des types lui traînaient autour, mais pas de vrais petits copains. (Elle secoua la tête.) Je suis sûre qu'elle était vierge. Cet... Amarok... J'ai fait des recherches sur les leaders de sectes, sur la façon dont ils projettent une aura élitiste et plient les gens à leurs obsessions. Un jour, Nicki et son clan préparaient leurs petits sit-in. Le lendemain, ils étaient membres d'une secte, faisaient ce que quelqu'un leur disait de faire. Il... (sa voix se brisa) lui a fait faire des choses.

Stranahan attendit.

— Nicki avait une tente que notre père utilisait sur ses terrains de piégeage. Amarok faisait asseoir le clan en cercle à l'intérieur pendant qu'eux deux... Dans une meute de loups, seuls le mâle et la femelle dominants peuvent avoir des rapports sexuels. Nicki était la femelle alpha, lui le mâle alpha. Les autres appartenaient à des rangs inférieurs. Il leur a tous donné des lentilles de contact. Les alpha portaient des lentilles rouges. Les bêta en avaient des orange et les humbles oméga des jaunes. C'est comme ça qu'il établissait la hiérarchie, par la couleur des yeux. Imaginez une demi-douzaine de personnes aux yeux orange et jaunes en train de hurler pendant que vous êtes… en pleine intimité. Et il y avait d'autres trucs. Je ne sais pas quoi, mais ça la hantait. Je l'entendais dans sa voix au téléphone.

Le tipi était silencieux. Le feu s'était éteint; l'unique lueur provenait du tapis de braises, une flaque grise bordée de rouge. Stranahan distinguait à peine sa silhouette.

— Qu'est-ce qui est arrivé à Amarok?

— Il entrait et sortait de sa vie. Elle l'entendait arriver au chalet parce qu'il conduisait une moto. Il a essayé de flatter notre père, mais papa voyait clair dans son jeu. Malgré tout, il ne pouvait rien faire. Amarok arrivait, elle mettait ses lentilles de contact et retombait aussitôt sous son charme. Elle n'avait plus son groupe à ce moment-là, il s'était dispersé et elle était seule. Elle travaillait à la boutique de pêche et à l'épicerie. Et puis un jour, il y a environ deux ans, il est parti et n'est jamais revenu. Papa était tombé malade et Nicki devait s'occuper de lui. Considérer Amarok comme un simple cauchemar passager était commode. Mais maintenant qu'il la cherche à Libby – je connais ma sœur et j'ai du mal à croire qu'elle puisse s'être perdue dans les bois –, je ne peux m'empêcher de penser qu'il l'a enlevée. Il proclamait qu'il ne pourrait pas vivre sans elle, qu'il les tuerait tous les deux plutôt que de la laisser partir…

— Il y a une autre possibilité, l'interrompit Stranahan, que vous ne voulez peut-être pas entendre.

— Je sais ce que vous allez dire, qu'elle s'est enfuie avec lui.

— S'il avait une telle emprise sur elle...

— Vous avez raison, bien sûr, mais c'est ce que je veux que vous découvriez. Tout le monde la cherche. Mais peut-être que pour la retrouver, c'est lui qu'il faut chercher.

— Je vais en discuter avec Ettinger, dit Stranahan. Si elle n'est pas convaincue que c'est une bonne façon d'utiliser les fonds du comté, alors je serai libre de travailler pour vous. Comment puis-je vous joindre, disons demain vers midi ?

— Je repars au ranch ce soir. Les membres de l'équipe de secouristes veulent me briefer demain sur leurs progrès, mais je vois mal comment on peut parler de progrès quand presque plus personne ne la recherche.

Stranahan posa une main sur son poignet lorsqu'elle essaya d'attraper la cafetière.

— Il est trop tard pour du café. Pourquoi ne pas rester ici ? Prenez mon lit de camp. Je dormirai dans le Land Cruiser.

— Je ne voudrais pas m'imposer.

— Non, aucun problème. J'aime bien dormir à l'arrière d'une voiture – on appelait ça le camping Cadillac. Demain matin, on partira ensemble au ranch. J'aimerais voir Jason Kent, moi aussi.

Il lui montra comment attacher le rabat de l'entrée de l'intérieur et alla rejoindre son 4x4. Il fit demi-tour moins d'une minute plus tard.

— Votre sœur, pourquoi a-t-elle baptisé son groupe le Clan du loup à trois griffes ?

Il l'entendait activer la lanterne. Il se produisit un sifflement lorsque les manchons s'enflammèrent au bout de l'allumette, puis une douce lueur, et le tipi, sous les étoiles qui émaillaient le ciel, prit la couleur de l'or en fusion.

— Quand on était petites, répondit-elle immédiatement, notre père avait piégé un loup qui avait perdu deux orteils. Ils étaient restés dans le piège et il les avait rapportés à la maison pour les enfiler sur des lacets en peau de cerf afin d'en faire des colliers, un pour chacune. Il disait qu'ils nous insuffleraient le courage du loup. Pour beaucoup de gens, c'est difficile à comprendre de la part d'un trappeur, mais c'était un homme complexe qui aimait les loups à sa façon. Venez, je vais vous montrer.

Elle ôta les piquets et le fit entrer. Elle défit un bouton de sa chemise et sortit le talisman. La griffe était couleur acajou et l'extrémité translucide laissait apparaître une trace de sang à la lueur de la lanterne.

— Je ne l'ai jamais enlevée. J'ai plein de petites cicatrices blanches là où elle m'a égratigné la peau, mais ça m'est égal.

Stranahan était gêné de se tenir si près d'elle, mais elle lui facilita les choses en tendant les mains et en l'enlaçant. Son chapeau se releva et il sentit ses cheveux soyeux effleurer sa joue.

— Je suis si contente que vous ne vous soyez pas fait tuer dans la cave, dit-elle en l'étreignant de toutes ses forces. Je suis tellement soulagée.

Elle se libéra et un nouvel instant de gêne suivit, puis Stranahan lui dit bonne nuit et regagna son 4x4.

Il dormait depuis un moment lorsque le Bronco démarra. Il décida de ne rien faire. Je ne réussirais qu'à la faire décamper pour de bon, songea-t-il, un choix de mots ironique qui ne lui échappa pas tandis que le grondement du moteur s'éloignait. Il se retourna et essaya de se rendormir, mais son esprit ne parvenait pas à se calmer. Peu avant l'aube, on tapa à la vitre. Il n'avait pas entendu de voiture arriver, il avait dû finalement sombrer. Il baissa la vitre et se retrouva face au sourire crispé d'Ettinger.

— C'est la deuxième fois en une semaine qu'un shérif du Montana m'interrompt en plein sommeil réparateur, lança-t-il.

— Debout. (Il faisait assez froid pour qu'il puisse voir son haleine.) On doit aller quelque part, toi et moi.

Ils n'échangèrent plus un mot avant d'être à bord de la Cherokee, traversant Bridger, en route pour la vallée de la Madison. Ettinger se gara devant un stand de café et ils attendirent d'être servis.

— Je peux te demander pourquoi tu dormais dans ton 4x4 ?

— Asena Martinelli est passée hier soir. Je lui ai dit qu'elle pouvait s'installer dans le tipi, mais elle s'est levée et elle est partie au milieu de la nuit. Elle m'a raconté une histoire intéressante.

Il attrapa son portefeuille et entreprit de lui en faire le récit.

— C'est quoi ton truc ? demanda Ettinger. Tu rencontres une femme et il ne s'écoule pas une journée avant qu'elle saute dans ton lit.

Elle regarda le billet de cinq dollars qu'il lui tendait comme s'il sentait mauvais. Il le rangea.

— Tu as bien vu où j'ai passé la nuit, ce n'était pas mon lit. Tu vas me laisser parler ?

Elle but son café et le laissa parler tandis que la Cherokee louvoyait dans Beartrap Canyon. Les genévriers noircis par un feu de forêt, leurs silhouettes ratatinées, tordues, privées de leurs aiguilles roussies tombées au sol, se découpaient sur le flanc des collines. Ils attaquèrent la montée vers le col de Norris.

— Alors, qu'en penses-tu ? demanda Stranahan.

— C'est une théorie intéressante.

Elle tapotait distraitement le volant.

— Qu'est-ce qui te gêne ?

— Rien. C'est seulement qu'apparemment ce n'est ni cet Amarok ni quelqu'un d'autre qui est responsable de sa disparition. La raison pour laquelle je t'ai tiré de ta tanière ce matin… comment dire ça avec délicatesse… Nicki Martinelli… il est possible qu'elle ait été dévorée.

17

L'HOMME AUX EXCRÉMENTS

HAROLD LITTLE FEATHER attendait à la rampe de mise à l'eau, adossé à son pick-up, les bras croisés sur la poitrine. Il mâchouillait un brin d'herbe, les yeux levés. Le ciel d'automne était d'un bleu profond.

Un mince nuage de poussière apparut à l'est, sur le replat à la sortie de l'autoroute. Harold cracha le brin d'herbe.

— Il était temps.

Le trajet en canoë fut rapide. Les Palisades de la Madison – huit cents mètres de falaises au bord desquelles les Shoshones poussaient les troupeaux de bisons pour qu'ils s'y fracassent les os en contrebas – se dressaient comme des sentinelles au-dessus de la rive ouest de la rivière. Vers midi, on verrait aigles et faucons s'y élever, portés par les courants ascendants. À environ quatre cents mètres en aval de l'endroit où Harold avait mis son canoë à l'eau, face au camping de Wolf Creek, un vieux Jon Boat était tiré sur la berge. Une coulée, profondément creusée par les sabots des cerfs, empruntait une brèche dans les falaises, de la rivière à l'escarpement, permettant aux troupeaux, en hiver, de franchir le cours d'eau dans les deux sens. D'autres animaux l'utilisaient, des ours, des pumas, des loups.

Martha Ettinger sauta du canoë et mit ses mains sur les hanches. Le spécialiste des excréments qui avait traversé en Jon Boat à l'aube leur fit signe de le suivre. Ils grimpèrent en haut des falaises, Stranahan sentant la sueur perler sur son front à cause du manque de sommeil, Little Feather les yeux rivés au sol par habitude.

Le biologiste désigna un endroit à l'aide d'un bâton.

— Je le vois, dit Martha. Vous avez trouvé ça quand, exactement ?

— À environ 7 heures ce matin, répondit l'homme.

Il s'appelait Jake Thorn et semblait avoir une vingtaine d'années, le même âge que le plus jeune fils de Martha, David. Il lui ressemblait un peu, mêmes cheveux bruns, même visage ordinaire et sérieux, sauf les yeux, que David avait bleus comme ceux de sa mère. Elle n'avait pas vu son fils depuis six mois.

— Je fais une rotation pour contrôler une douzaine de lieux de marquage, dit Thorn. Je recueille des échantillons de poils – j'ai tendu du fil barbelé là où passent des ours pour que leurs poils s'y accrochent. Ça nous donne une idée de leurs déplacements. Et…

Martha l'interrompit.

— C'est quoi un lieu de marquage ? Revenez en arrière.

— Les pumas et surtout les loups, les dominants, font leurs besoins dans un endroit bien en vue, c'est comme leur carte de visite. C'est une façon de prévenir les autres mâles qu'ils pénètrent sur leur territoire. On appelle lieu de marquage tous ceux qu'ils utilisent régulièrement. Une grosse partie de mon travail consiste à analyser des excréments de loups parce que le service de la Pêche, de la Faune et des

Parcs essaie de connaître leur régime alimentaire. Nous savons qu'ils tuent des cerfs tout l'hiver, mais pour l'été et l'automne les données indiquent des proies plus petites – des rats à poche, des marmottes, des truites, tout ce qu'ils peuvent attraper. Ils mangent même des baies. Je vérifie ce lieu de marquage toutes les semaines parce que la brèche dans les falaises est un passage naturel. Beaucoup de gibier la traverse. *Ergo* (il sourit) *mucho merde.*

À ces mots, Martha secoua la tête. Il est grossier. C'est juste un mec comme les autres, songea-t-elle. Tous des reptiles. Agitez un bâton et ils se lovent comme des serpents.

Elle en avait suffisamment entendu, alors elle s'accroupit devant l'étron courbe divisé en plusieurs tronçons. Il mesurait environ vingt-cinq centimètres de long et avait été déposé sur une petite saillie rocheuse.

— Un loup, hein ?

Il acquiesça.

— Vous aviez déjà trouvé des crottes de loup ici ?

— Une demi-douzaine de fois depuis que j'ai commencé à travailler au ranch, en avril.

Ettinger grommela. Elle prit quelques clichés des excréments et demanda ensuite à Stranahan son couteau suisse. Le sien avait perdu les petites pinces. Elle tira doucement sur des brins de poils roux sans parvenir à les libérer. Elle ne voulait pas les casser.

— Ils sont complètement enchevêtrés à l'intérieur, dit-elle. Ils sont humains ?

— C'est pour cette raison que j'ai appelé, répondit Jake Thorn. Je savais que vous recherchiez cette fille. Je ne suis pas expert en cheveux humains, mais j'ai observé des tas de poils dans des tas d'excréments et je n'ai encore jamais vu ça. Ça pourrait être un cocker spaniel. Mais regardez comme c'est enroulé dans les selles. Je n'ai jamais vu de poils de chien aussi longs.

— Vous la connaissiez, Nicki Martinelli ?

— Un des adjoints m'en a parlé quand elle a disparu. Ils ont interrogé tout le monde au ranch.

— Je vous ai demandé si vous la connaissiez.

— Bien sûr.

— Alors pourquoi vous l'appelez "cette fille" ?

— Je n'en sais rien.

Le timbre de sa voix avait changé.

— C'était une jeune femme séduisante, insista Ettinger. Vous êtes sorti avec elle, vous avez passé du temps ensemble ?

— Elle fréquentait le cow-boy en chef.

— Ce n'est pas une réponse.

— Non. Je veux dire, elle est jolie et elle était très gentille. J'aurais voulu…

— Il n'y a aucun mal à avoir été attiré par elle. Elle est jeune, vous êtes jeune.

Elle lui offrait une échappatoire.

Il sourit, haussa les épaules, fronça les sourcils, simultanément.

— S'il fallait donner une note à Nicki, on pourrait lui donner 10/10. Tout le monde avait le béguin pour elle. Même Bucky, qui doit avoir vingt ans de plus.

— Bucky Anderson, le manager du ranch ?

— Ouais, il flirtait avec elle à la salle de jeu, juste de petites attentions, vous savez. Il posait ses mains sur les siennes, il se penchait sur elle pour lui apprendre à tenir une queue de billard.

— Non, je ne suis pas au courant.

— Hé, je ne veux pas causer d'ennuis. Je sais qu'il va se marier avec la patronne.

— Ça restera entre vous et moi.

— Non, vraiment, il n'y avait rien. Tous les types la draguaient.

— Comment ça ? Elle ne travaillait au ranch que depuis deux semaines.

— Je… vraiment, ce n'était rien.

— Qu'est-ce qui n'était rien ?

— Je lui ai proposé de venir avec moi relever les excréments, de m'accompagner sur le circuit du bassin. Elle était réellement passionnée par les loups.

— Alors tous les deux, une fois arrivés en haut de cette montagne…

Il prit un air penaud.

— Elle m'a envoyé balader. Elle voulait qu'on soit (il dessina des guillemets dans les airs) amis.

— Et ça ne s'est pas trop bien passé.

— Non, non. Je respectais. S'envoyer en l'air au ranch, c'est pas trop compliqué, il y a toutes ces cougars. C'est pas comme si j'étais en manque.

Martha secoua la tête.

— Vous l'avez aussi emmenée ici ?

Sa pomme d'Adam monta et descendit quand il déglutit.

— Je voulais qu'elle voie des excréments de loup, et on n'en avait pas trouvé sur la Papoose. Alors ouais.

— Vous en avez trouvé ?

— Pas ce jour-là, mais…

Il s'interrompit.

— Qu'est-ce que vous alliez dire ?

— Rien, c'est juste que quand on est arrivés ici, elle a eu l'air inquiète. Comme si quelque chose la hantait à cet endroit.

— Qu'est-ce qui la hantait ?

— Je ne sais pas. C'est juste l'impression que j'ai eue.

— Pourquoi vous ne m'avez rien dit de tout ça il y a vingt minutes ?

— Je… je me suis dit que si vous pensiez que je l'aimais bien, vous en déduiriez peut-être qu'il s'était passé quelque chose, que j'étais impliqué dans cette histoire. Sa disparition et tout. Vraiment, je la connaissais à peine.

— D'accord, je vous crois. Vous avez bien fait de signaler ça. Allons-y. Où faites-vous les analyses des excréments ?

— Au ranch. Mme Culpepper m'a installé un local, elle m'a fait un chèque. J'ai un microscope, un spectromètre de masse. Quand je ne suis pas sûr de quelque chose, je l'envoie à Julie McGregor au labo, à Bridger.

— Je la connais. (Ettinger se redressa.) Ne m'en voulez pas, Jake, mais je vais lui apporter l'échantillon quand on en aura terminé ici. (Elle croisa le regard d'Harold.) On va y aller et te laisser travailler.

Elle fit signe à Stranahan et Thorn, et ils la suivirent sur le chemin abrupt qui descendait vers la rivière. Thorn ôta son sac à dos et le mit dans le Jon Boat.

— Depuis combien de temps pensez-vous que ce marquage est là-haut ? lui demanda Ettinger.

— Il est assez sec. Je dirai trois ou quatre jours.

Sa voix n'avait pas changé, mais sa posture trahissait son découragement, maintenant qu'il était clair qu'on le poussait dehors.

— Dites-moi, Jake. Combien de personnes connaissent l'existence de cet endroit ?

— Le lieu de marquage ?

Elle acquiesça.

— Julie le connaît. Je lui envoie un rapport par e-mail toutes les semaines – les espèces qui ont laissé leurs besoins, les coordonnées GPS des échantillons, les mesures, l'analyse du contenu. C'est assez détaillé.

— Qui, en dehors d'elle ?

— Il y a mon blog.

— Donc vos données sont en ligne ?

— Bien sûr. Plus il y a de gens qui s'intéressent à notre travail, plus nous avons de contributions financières.

— Je croyais que vous travailliez pour Mme Culpepper et le service de la Pêche, de la Faune et des Parcs.

— C'est un programme cofinancé, mis en place par un consortium d'organisations écologistes. Son association est juste l'une d'entre elles. Le Sierra Club, la Montana Wilderness Association, la Greater Yellowstone Coalition – en tout, il y en a une quinzaine. L'étude est donc financée en partie par les cotisations des membres des différentes associations de ce consortium, mais les gens peuvent donner directement pour soutenir mon travail. D'où le blog.

— Je vois. Et les coordonnées des échantillons sont dessus ?

— Non, le blog est plus général. Je raconte mes journées, je discute de l'intérêt de ce travail, de ce que ça peut nous apprendre sur les prédateurs, ce genre de choses. J'ai déjà mentionné ce franchissement de la rivière parce que c'est un passage de grizzly. Un de nos ours équipés d'un collier l'utilise tous les ans en septembre. Il arrive de Bobcat Creek dans les zones giboyeuses après la tombée de la nuit, traverse la rivière à gué et engloutit des pommes dans un ancien verger en amont de Wolf Creek.

Ettinger hocha la tête.

— Mais vous n'avez jamais écrit quoi que ce soit spécifiquement sur ce lieu de marquage qui soit lié aux loups.

— Non.

Martha nota qu'il se balançait d'un pied sur l'autre.

— Vous avez déjà montré cet endroit à quelqu'un en dehors de Nicki Martinelli ?

Il secoua la tête.

— Je l'ai peut-être mentionné en passant dans une conversation, mais je n'ai jamais emmené personne là-haut.

— Vous avez autre chose à nous dire ou vous avez seulement envie de pisser ?

— Il faut que j'aille faire pleurer le lézard.

— Allez-y.

Elle regarda son dos et marmonna tout bas :

— Reptile. Ça confirme ma théorie.

— Qu'est-ce qu'il y a Martha ? demanda Sean en souriant.

— Rien.

Elle ôta son chapeau et se gratta la tête, puis se retourna pour observer le mince nuage de poussière soulevé par une moto qui quittait le camping, ses pétarades gutturales se perdant au loin.

— Alors, qu'est-ce que tu en penses, Sean ? Tu m'as vue faire. Si c'est des cheveux humains, ça fout en l'air l'histoire de la sœur. J'essaie de garder l'esprit ouvert. Mais de longs cheveux roux dans des excréments de loup à seulement quelques kilomètres de Papoose Mountain, plus la période qui correspond et des loups dans le bassin la nuit où elle a disparu… On va attendre les résultats du labo, mais… (Elle secoua la tête.) Tu disais que tu avais rendez-vous avec sa sœur cet après-midi ?

— Dans quelques heures. Au ranch.

— Ne lui parle pas de ça. Je veux d'abord être sûre.

Stranahan acquiesça.

— Pourquoi tu t'intéressais autant au blog ? Tu penses que c'est un canular ?

— J'essaie de trouver n'importe quelle raison pour ne pas devoir sauter directement à la conclusion logique. Les loups ne tuent pas les humains. Pas aux États-Unis. Pas dans mon comté.

18

ON EST CE QU'ON MANGE

LE LABORATOIRE de biologie était une nouvelle adjonction au baraquement du service de la Pêche, de la Faune et des Parcs du Montana. Julie McGregor, vêtue d'une blouse sous une veste en tissu camouflage, conduisit Martha Ettinger au préfabriqué en longeant une rangée de pièces de gibier confisquées pendues aux chevrons, leur forte odeur imprégnant l'air. McGregor parlait en marchant, esquissant l'histoire des animaux devant lesquels elles passaient.

— Un daguet. Le chasseur a dit qu'il avait vu un andouiller de massacre. C'est marrant comme la vue foire quand un cerf se trouve à portée de tir. Un cerf-mulet, oh oh, du mauvais côté de la barrière. Le propriétaire l'a dénoncé. Une biche de Virginie, le gars nous a raconté une histoire intéressante. Il chassait depuis un arbre, sur un tree-stand. Il a tiré sur un mâle et il a suivi les traces de sang jusqu'à deux cerfs morts. Ce qu'il imagine, c'est que la flèche a traversé le mâle, puis elle a dû ricocher au sol et se planter dans la biche qu'il n'a découverte qu'après.

— Vous le croyez ?

— En fait, je le connais. C'est un chasseur éthique et il n'était pas obligé de se dénoncer. Il aurait pu embarquer la viande et personne n'en aurait rien su. Alors, ouais, je le crois.

— Vous avez beaucoup de loups tués illégalement ?

— Pas pendant la saison de tir à l'arc. Pendant celle de la chasse au fusil, quelques-uns.

À l'intérieur du labo, Ettinger ôta sa veste et pendit son ceinturon à un crochet.

— Vous utilisez quelle arme, si je peux me permettre ? demanda la biologiste animalière.

Elle regardait la crosse du revolver.

— Un Ruger Redhawk .357 magnum.

— J'ai la version compacte.

— Je ne pensais pas que les biologistes possédaient des armes de poing.

— C'est comme on veut. Je le porte sur le terrain, non pas que j'ai vraiment peur de qui que ce soit, mais ça me donne un côté sérieux. Sinon, les chasseurs se diraient que je suis juste une petite nana qui ressemble à un garçon. La plupart des hommes croient que je suis lesbienne de toute façon. À cause de mes cheveux, vous savez.

Elle ébouriffa sa touffe de cheveux blond cendré coupés à la garçonne.

Ettinger hocha la tête avec compassion. En tant que femme dans un monde d'hommes, elle ne connaissait que trop bien le prix de l'autorité. Elle regarda derrière McGregor la femme assise devant la paillasse en acier en train d'aligner soigneusement des instruments. Cette fois-ci, elle était décidée à repartir du bon pied.

— Merci d'être venue, Georgeanne, dit-elle.

La spécialiste de scène de crime se retourna et fit un signe de la main. Ses yeux ressemblaient à des soucoupes derrière ses lunettes.

— C'est là-dedans ?

Ettinger acquiesça.

— Il n'y a qu'un étron. J'espérais que notre pisteur en trouve d'autres, mais c'était le seul.

— Oooh, chouette. Voyons ça, ajouta-t-elle dans un murmure conspirationniste.

Je finirai bien par m'habituer à elle, songea Martha.

Ettinger donna à Wilkerson le sac à scellés et remarqua à quel point ses mains étaient minuscules. Wilkerson commença à patiemment décortiquer l'échantillon sur un plateau tandis que McGregor prenait des photos et créait une entrée sur son ordinateur.

— On dirait une petite igname, dit Wilkerson. Je n'avais encore jamais vu d'excrément de loup. (Elle embraya sur un ton plus professionnel.) Julie, qu'est-ce qu'on voit, à part les cheveux, dont je peux te dire tout de suite qu'ils sont humains ?

— On a des poils de cerf et des arêtes de poisson, probablement de truite. Je dois disséquer l'étron pour savoir ce qu'il a mangé d'autre.

— Vous pouvez sortir les cheveux en les laissant intacts ? demanda Ettinger.

McGregor secoua la tête.

— Le système digestif d'un loup fonctionne en enroulant les poils autour des bouts d'os qu'il avale, pour que les bords acérés ne coupent pas la paroi intestinale. C'est plutôt cool quand on y songe.

— Bon, faites du mieux que vous pouvez.

Lorsque McGregor leva à nouveau les yeux, presque une heure s'était écoulée sur la pendule du labo. Elle étira ses bras au-dessus de sa tête.

— On me dit que je regarde trop les crottes, dit-elle.

Wilkerson avait enfermé les cheveux humains que McGregor avait isolés dans un sac à scellés non contaminé. Il y avait dix brins, dont l'un mesurait presque trente centimètres et quatre avaient le follicule intact, ce qui serait probablement suffisant pour une analyse ADN, pensait Wilkerson. L'étron sur le plateau était désormais en dizaines de morceaux, dont plusieurs laissaient voir des fragments d'os rosis de cerf. Ce qui était intéressant, remarqua McGregor à l'intention d'Ettinger, c'était ce qui ne se trouvait pas dans l'étron, à savoir des éclats d'os d'apparence humaine.

— Maintenant, si on tenait le loup, poursuivit-elle, on pourrait analyser sa carcasse. Je pourrais prendre un bout d'os du loup, découvrir les éléments qui le composent, qui proviennent des protéines de ses proies, et vous dire exactement tout ce qu'il a mangé au cours de sa vie. Quel pourcentage de cerf, quel pourcentage d'oiseau, d'humain, et ainsi de suite.

— Ça s'appelle l'analyse des isotopes stables, ajouta Wilkerson. On est ce qu'on mange.

— Fascinant. (Ettinger se massa le visage de la main droite.) Je peux vous poser une question ? Pouvez-vous me dire avec une certitude absolue que ces cheveux humains sont passés par le système digestif d'un loup ? Est-il possible de mesurer le degré de décomposition, ou j'étale mon ignorance ?

McGregor fit un signe de dénégation.

— Ce serait difficile. Ce qui détermine si vous pouvez digérer certains aliments, c'est le fait d'avoir ou pas un système digestif qui contient les enzymes spécifiques nécessaires à la digestion de cette nourriture. Les cheveux sont composés de kératine, comme les sabots et les ongles. Les loups n'ont pas les bons enzymes, donc ça passe dans leur système digestif sans être digéré. Bien sûr, c'est une bonne chose pour monsieur le loup. S'il digérait les poils, il n'aurait rien pour entourer les éclats d'os et protéger ses intestins.

Ettinger fit la moue.

Wilkerson prit la parole.

— Ce que vous demandez, c'est si quelqu'un aurait pu mettre les cheveux dans l'étron.

Ettinger acquiesça.

— Je dois éliminer cette possibilité.

— Pour répondre à votre question, si Julie sait que les cheveux ont été ingérés par un loup, c'est à cause des preuves matérielles révélées par l'étron. Vous avez remarqué la façon dont les cheveux étaient étroitement entremêlés avec les poils de cerf. Personne n'aurait pu faire ça.

Ettinger fit un bruit de succion. Ça allait déclencher un tumulte dans la presse. Ceux qui détestaient les loups allaient s'en donner à cœur joie. Ils allaient commencer à s'organiser en détachements.

— Merci, ma journée vient de prendre un tour sacrément compliqué, dit-elle aux deux femmes.

19

AQUARELLES RUBAN BLEU ET ENQUÊTES PRIVÉES

SEAN STRANAHAN RAMASSA le *Bridger Mountain Star* roulé dans son casier à la réception du centre culturel et grimpa la volée de marches jusqu'à son atelier. Il brancha une bouilloire électrique et s'assit devant la station de montage de mouches. L'histoire faisait les gros titres en première page.

UN LOUP SUSPECTÉ DANS L'AFFAIRE DE LA FEMME DISPARUE

Gail Stocker, journaliste au Star

Le laboratoire du service de la Pêche, de la Faune et des Parcs du Montana a confirmé avoir découvert des cheveux humains dans des excréments de loup trouvés hier près de la rampe de mise à l'eau et du camping sur la Madison. La saillie rocheuse sur laquelle les excréments avaient été déposés se trouve à environ huit kilomètres du bassin de la Papoose où une jeune femme de vingt-cinq ans, Nanika Martinelli, a disparu au cours d'une randonnée à cheval partie du Culpepper Guest

Ranch le 11 septembre.

Le shérif Martha Ettinger a déclaré que les cheveux seraient analysés au laboratoire de police scientifique de l'État pour déterminer s'ils appartiennent bien à la femme disparue.

"Il est trop tôt pour conclure à un lien avec Mlle Martinelli", nous a confié Ettinger.

Mlle Martinelli a disparu le soir où Grady Cole, vingt-trois ans, cow-boy au Culpepper Ranch, a été retrouvé mort en pleine nature, empalé sur les bois d'un cerf. Une enquête judiciaire a été ouverte afin de d'établir s'il s'agit d'un accident.

Un marquage, a déclaré Jacob Thorn, l'étudiant de troisième cycle de l'université du Montana qui a découvert les excréments au cours d'une tournée…

Le téléphone fixe de Stranahan sonna.

— Vous voulez toujours pêcher dans la Kootenai ?

C'était Carter Monroe, le shérif du comté de Lincoln.

— Oui. (Stranahan versa de l'eau chaude sur des feuilles de Darjeeling Second Flush, un de ses rares luxes.) La prochaine fois, je promets de ne pas sentir le Philtre d'amour n° 29.

Monroe éclata de rire.

— Je vous ai envoyé un paquet hier. Vous l'avez reçu ?

— Pas encore, mais je ne suis pas descendu chercher le courrier. En général, il n'arrive pas avant 10 heures.

— J'ai fouillé le bureau de Martinelli au chalet. Un tiroir secret renfermait certains des journaux du père. Ils sont en français. Vous pourrez peut-être trouver quelqu'un pour les traduire. Bien sûr, ça n'a peut-être plus beaucoup de sens maintenant que vous avez les cheveux. C'est quoi le fin mot de l'histoire ?

Ils discutèrent quelques minutes de la découverte dans les Palisades. Stranahan hésita lorsque la conversation tira à sa fin, puis raconta dans les grandes lignes sa rencontre avec Asena Martinelli. Il n'avait pas l'intention de trahir sa confiance, mais il voulait savoir ce que Monroe connaissait de l'implication de Nicki dans le Clan du loup à trois griffes et s'il avait eu vent de son nouveau leader charismatique.

Le silence bourdonnant au bout du fil était palpable.

— C'est curieux que vous parliez de ça, finit par dire Monroe. On s'est intéressé à un homme au sujet des lettres. Un de mes adjoints l'a interrogé, mais il n'a jamais été amené au bureau et on n'avait rien pour le garder. Mais il y a autre chose…

— Quelles lettres ?

— Sa sœur ne vous en a pas parlé ? Des gardes forestiers, des guides et des organisateurs de chasse au cerf, des gens impliqués dans la polémique autour du loup – une vingtaine en tout – ont reçu des lettres de menace. Le vieux Martinelli en a reçu une. Il n'y a jamais eu de suite, mais leur ton était menaçant. Je ne me souviens pas exactement des termes. Si elles ont retenu mon attention, c'est parce qu'elles étaient écrites avec du sang. Du sang humain.

— Non, je n'en ai pas entendu parler.

— Bon, comme je vous l'ai dit, il n'y a pas eu de suite. Le cachet de la poste venait de Missoula, ce qui signifie qu'elles auraient pu être envoyées de n'importe quel endroit à l'ouest de l'État. Ça n'aidait pas beaucoup. Un alcoolo de la ville s'est accusé après la publication d'un article dans le journal, mais il s'est accusé de la moitié des crimes commis dans le comté. Vous voulez que je regarde si on en a encore une dans les dossiers ?

— Oui.

Stranahan se demandait pourquoi Asena n'avait pas abordé le sujet de ces lettres, mais elle vivait au Canada. Si Nicki ne lui en avait pas parlé, elle ne savait rien.

— Si j'en trouve une, je la scanne et je vous l'envoie par e-mail. C'est quoi votre adresse ?

— Je n'en ai pas.

— Vous n'avez pas d'ordinateur ?

— Si, j'ai une connexion à internet par satellite, mais la moitié du temps, ça ne marche pas.

— Vous avez un smartphone ?

— J'avais un téléphone à clapet, mais je l'ai balancé dans le lac.

— J'imagine que vous êtes un de ces détectives à l'ancienne. Une arme dans un étui d'épaule, une bouteille dans le tiroir du bureau.

— Je ne possède pas d'arme, mais j'ai une bouteille de Famous Grouse et vous avez mis dans le mille pour le tiroir du bureau. En bas à droite. J'ai toujours le droit d'être détective ?

— Ça me plaît, répondit Monroe. Ça me rappelle Phillip Marlowe. Mais je me demande comment vous arrivez à travailler.

Stranahan donna à Monroe l'adresse e-mail personnelle d'Ettinger pour qu'il envoie la lettre, au cas où il en trouverait une.

— L'autre raison pour laquelle j'appelais, continua Monroe… en fait, il y a deux raisons. On a découvert des taies d'oreiller sur un fil à linge dans la cour. Il y a des traces de sang dessus, mais elles avaient été lavées, probablement à la rivière, donc l'ADN est dégradé. Mais surtout, on a extrait les balles dans la cave – des balles de pistolet calibre 45. On en a trouvé cinq. Vous avez eu de la chance.

— Je sais.

— Comme ce sont des preuves dans une tentative d'homicide, je ne peux pas vous les envoyer sans demande de transfert officiel.

— Je comprends. Je pense toujours que c'était une voix de femme que j'ai entendue ce soir-là.

Le "possible" de Monroe n'était guère encourageant.

— Comme je vous l'ai dit, je ne sais pas si ça aide.

Stranahan le remercia et il était en train de reposer le combiné lorsqu'une question lui vint à l'esprit, mais Monroe avait raccroché. Il le rappela.

— Quel était le vrai nom du type ? Asena Martinelli dit que Nicki l'appelait Amarok. Ou bien il lui avait demandé de l'appeler comme ça.

Stranahan entendit l'air s'échapper des poumons de Monroe.

— J'ai bien peur que ce soit le problème. J'ai regardé dans le registre et on a laissé tomber. L'adjoint qui l'a interrogé au sujet des lettres lui a demandé ses papiers d'identité et il a répondu qu'ils étaient dans sa tente au camping du lac Koocanusa. Il a dit que son nom, c'était F quelque chose, Fencer ou Fercer, un truc dans ce goût-là. F quelque chose Amarok. C'est tout ce dont se souvient l'adjoint. Il était occupé et le gars a assuré qu'il passerait au bureau avec son permis de conduire. Il ne l'a jamais fait et on n'a pas donné suite parce que l'alcoolo s'est accusé pour les lettres et l'adjoint était nouveau et ne connaissait pas le passé du poivrot. Mais ce n'est pas une excuse.

Ils se promirent d'aller bientôt pêcher dans la Kootenai et Stranahan reposa le combiné. Son thé était froid. Il le but tout en réfléchissant à ce qu'il allait faire de sa journée. La seule raison pour laquelle il était venu à Bridger était un rendez-vous avec Asena Martinelli, qu'il avait rencontrée la veille au ranch après sa visite aux Palisades. Ettinger l'avait appelé avant son arrivée pour confirmer que les cheveux étaient bien humains. Asena l'avait accueilli dans son bungalow les bras croisés et l'avait écouté, impassible, raconter la découverte des cheveux dans les excréments de loup. Elle avait érigé un mur autour d'elle, bien palpable dès qu'ils s'étaient dit bonjour et Sean ne savait pas comment le prendre. Ce n'était pas exactement du déni, mais plutôt comme si elle se sentait personnellement victime d'une injustice. Ça ne semblait pas vraiment concerner sa sœur.

Puis elle avait fait une chose bizarre. Ils discutaient sur le porche du bungalow lorsque, en plein milieu d'une phrase, elle avait fait un tour complet sur les talons de ses bottes de cow-boy. C'était spontané, ce que ferait une gamine pour faire voler sa jupe. Quand elle lui avait à nouveau fait face, un aspect différent de sa personnalité avait émergé. La femme vulnérable qu'il avait à peine entraperçue se tenait devant lui, tremblante d'émotion. Elle avait les yeux brillants et ses mots se bousculaient :

— Je dois croire qu'elle est vivante, il le faut. (Elle avait pris la main de Sean dans les siennes et l'avait portée à son cœur, la serrant si fort que le sang afflua au bout de ses doigts.) Ici. Je le sens. On était tellement proches, je le saurais si elle était morte et ce n'est pas le cas. Quand je ferme les yeux, je la vois toujours, je l'entends dans ma tête, je la sens dans mon cœur. Vous allez m'aider ? Oh, vous devez m'aider.

— Ça va aller, avait dit Stranahan, le regrettant aussitôt.

C'était ce qu'on disait à un enfant, sauf que la femme qui pressait sa main contre le doux renflement de sa poitrine était loin d'être une gamine. Mais lorsqu'elle s'éloigna de lui, sa voix avait retrouvé son tranchant.

— Je veux vous engager. (La fille qui avait pivoté sur ses talons ne se trouvait plus devant lui. Elle avait fait place à une femme qui avait les pieds sur terre.) J'ai consulté mon relevé de compte et je peux vous engager pour une semaine, dès que vous serez libéré de vos obligations envers le comté.

— Pourquoi ne pas attendre de savoir si les cheveux sont ceux de votre sœur ? Vous n'avez aucune raison de jeter votre argent par les fenêtres.

— Je ne crois pas que ce soit le cas. Si cet Amarok est revenu et l'a enlevée, je ne sais pas ce qu'il va lui faire. Je pense qu'il pourrait la tuer si elle lui résistait. Comme vous me l'avez dit hier, le temps ne joue pas en faveur de ma sœur.

Stranahan avait fini par accepter qu'elle devienne sa cliente et ils devaient se retrouver à son bureau à 10 heures ce matin-là.

Il était 10 heures.

Stranahan descendit chercher son courrier et trouva le paquet que Monroe avait envoyé. Quand il remonta, elle se tenait devant la porte. Elle avait dû passer par l'entrée sud. Il la vit regarder les lettres gravées sur la vitre.

AQUARELLES RUBAN BLEU
Enquêtes Privées

— Il faudrait que je fasse enlever la deuxième partie, dit Stranahan.

— Vous avez une licence de détective privé ?

— Depuis cette année, j'ai une licence officielle d'enquêteur privé du Montana. Au grand désarroi du shérif Ettinger.

— Il y a quelque chose entre vous ? J'ai senti un truc.

— Définissez “truc”. (Il ouvrit la porte et la fit entrer.) Je vais vous faire signer un contrat standard, mais seulement parce que vous insistez. Je ne vous ferai pas payer un cent si on a la preuve que votre sœur a été tuée par un loup.

Elle ouvrit son sac et en sortit une liasse de billets entourée d'un élastique.

— Voilà pour une semaine et il y a mille dollars de plus pour les frais. Je gagne bien ma vie, même si c'est en dollars canadiens. Je veux que vous vous y consacriez entièrement. Vous travaillez toujours pour le comté ?

— Plus depuis ce matin. L'enquête se concentre maintenant sur le loup. Il va y avoir une chasse, mais pas une chasse à l'homme.

— Oui, je comprends.

Elle détourna son attention de Stranahan pour embrasser l'atelier du regard et ses yeux se posèrent sur une étude de nu en douces nuances de gris qui semblait déplacée au milieu des tableaux de pêche.

— Le sujet est une femme pour qui j'ai travaillé à Boston, dit Stranahan. L'homme qui l'avait achetée me l'a rendue en échange d'une aquarelle. Son épouse était d'accord pour qu'il regarde tous les poissons qu'il voulait, mais elle n'aimait pas qu'il voie le corps d'une autre femme tous les jours. Ce qu'il y a d'étrange quand on est un artiste, c'est qu'on vend nos enfants et qu'on n'en revoie que quelques-uns. J'étais content de récupérer celui-là.

— Vous êtes un très bon peintre.

— Un critique m'a un jour qualifié “d'Ogden Pleissner du pauvre”.

— Ne vous sous-estimez pas, répondit Asena avec sérieux. Quand ce sera terminé, quand on aura retrouvé Nicki, j'aimerais que vous la peigniez. Elle est tellement belle et… (Sa voix se brisa.) Et j'ai si peu de choses pour…

Elle se jeta dans ses bras et il la serra, sentant sa poitrine se presser contre lui.

— Ça va, dit-elle. Je suis désolée.

Ses cils effleuraient les joues de Sean, mais lorsqu'elle recula, ses yeux étaient secs et paraissaient incapables de se concentrer. C'était la seconde fois qu'elle recherchait la sécurité de son étreinte. Dans le tipi, quand elle lui avait dit à quel point elle était soulagée qu'il n'ait pas été tué dans la cave, ses bras se tendant vers lui avaient semblé la chose la plus naturelle du monde. Et quand elle lui avait pris la main pour la poser sur sa poitrine au ranch, cette douce pression de ses seins sur sa peau, il n'avait rien vu de sexuel dans son geste. Mais là, ça ressemblait à de la séduction. Elle s'était blottie comme une femme se serre contre un homme, pas comme quelqu'un qui pleure un être cher.

Il jeta un coup d'œil par-dessus son épaule au paquet sur le bureau. Il avait pensé l'ouvrir en sa présence, mais maintenant, perplexe quant à ses motivations, il hésitait. Il repoussa sa décision en lui demandant quand elle rentrerait en Colombie-Britannique.

— J'ai fait mes valises au ranch. Mais je ne repartirai pas avant qu'on l'ait retrouvée. Je peux me faire remplacer une ou deux semaines au boulot. Votre ami Sam m'a proposé de dormir dans sa grange, dans la pièce où vivait Nicki. C'est une façon d'être près d'elle.

Stranahan se souvint des lettres signées avec du sang et se demanda une fois de plus si elle en avait entendu parler. Il décida d'attendre de voir si Monroe lui en envoyait une avant d'aborder le sujet.

— Je ne quitterai pas cette pièce tant que vous n'aurez pas mis cet argent à l'abri, dit-elle.

Sans un mot, Stranahan apporta le tas de billets au coffre noir et trapu qui se trouvait dans un coin. Il l'avait acheté dans un vide-grenier et la combinaison était 3-0-0-6, comme la célèbre cartouche de fusil, 30-06. C'était la première combinaison que n'importe quel voleur de l'État essaierait.

— Qu'est-ce que c'est ? demanda Asena en se saisissant du paquet sur la station de montage de Stranahan, ce qui, au moins, lui facilitait la décision.

— J'espérais que vous pourriez me le dire, répondit-il.

20

TIRE, CREUSE ET FERME-LA

— C'EST À MOI, après, annonça Martha Ettinger.

Elle débarrassa la chaise en métal de sa veste pour faire de la place à Stranahan. Il fit un signe de la tête à Julie McGregor, assise de l'autre côté d'Ettinger, puis à Katie Sparrow, vêtue de son uniforme de ranger. Celle-ci courba l'index dans sa direction, tapota sa poitrine et lui montra le fond de la pièce.

— Maintenant ?

Elle secoua la tête et articula en silence :

— Plus tard.

Stranahan ôta sa casquette et s'assit.

— Des progrès avec les cheveux ? demanda-t-il à Martha.

— Wilkerson fera une analyse spectrale demain. Les techniciens ont trouvé de l'ADN utilisable dans le bungalow de Martinelli, des serviettes hygiéniques avec du sang menstruel et une brosse à dents, donc il y a de grandes chances qu'on découvre une correspondance. Je te tiendrai au courant dès que je saurai. Dis-moi que tu as un portable.

— J'ai un portable.

— C'est vrai ?

— Non.

La joue de Martha se contracta par réflexe. Elle lui jeta un regard en coin, une de ses mimiques signifiant “tu me déçois”, puis reporta son attention sur ses notes.

La dernière fois que Stranahan s'était trouvé dans la salle de conférences de l'Holiday Inn, à l'occasion d'un banquet de l'association Trout Unlimited, la pièce était remplie de rentiers pêcheurs de truite, de femmes aux mollets sculptés vêtues de robes à bretelles fines, de guides de pêches ressemblant à des négatifs de ratons laveurs – visages trop bronzés avec des ronds de peau pâle à l'emplacement des lunettes de soleil –, et tout ce beau monde représentait beaucoup d'argent. Il était également question de beaucoup d'argent dans la salle de l'hôtel, mais c'était au sujet de l'activité des ranchs, étroitement liée à la terre.

En entrant, il était passé devant une banderole arborant les mots : RÉUNION D'URGENCE DES RANCHERS ET DES CHASSEURS POUR ÉRADIQUER LE LOUP DU MONTANA. Une femme portant une casquette de Wapiti Unlimited vendait à la sauvette des autocollants montrant un loup dans le viseur d'un fusil à lunette. Un homme vêtu d'une veste en daim à franges lui faisait concurrence avec des cartouches dont la balle avait été extraite et remplacée par de l'argent, à vingt-cinq dollars pièce. LES LOUPS-GAROUS ARRIVENT. TENEZ-VOUS PRÊTS ! proclamait sa pancarte.

L'encre du journal était sèche depuis moins d'une journée.

— Qu'est-ce que j'ai raté ? murmura Stranahan.

— Des ranchers qui en ont ras le bol des loups. Des chasseurs qui en ont ras le bol des loups. Des tas de gens qui en ont ras le bol de moi. Chut, il faut se taire pour la vedette.

L'orateur principal était Clive “Buster” Black, trésorier de la branche de Hyalite de l'Association des éleveurs et poète à ses heures, un hobby qui lui avait valu une apparition au *Tonight Show*. D'où les bottes Tony Lama en peau de serpent, d'où sa voix à la Johnny Cash, d'où la moustache à la Magnum.

— Ce qui s'est passé dans la vallée de la Madison la semaine dernière est une honte, commença-t-il, une terrible honte. (Il regarda droit dans l'œil de la caméra de télévision installée dans l'allée centrale.) Vous tous, qui êtes réunis ici, l'aviez vu venir, et vous savez tous que nous aurions pu l'empêcher. Nous n'avons pas réclamé le *lobo* ; le *lobo* nous a été imposé par le gouvernement des États-Unis d'Amérique, qui, j'imagine, fait plus cas des vociférations d'une poignée de végétariens du Massachusetts que des voix sensées de ceux qui doivent vivre et travailler dans le Montana.

Un murmure d'assentiment s'éleva de la foule.

— À la seconde même, poursuivit-il, à l'instant même où le premier loup a été relâché dans le parc de Yellowstone en 1995, il n'était pas nécessaire d'être Einstein pour deviner en un clin d'œil que le bétail allait finir dans leurs estomacs. Ne serait-ce que le mois dernier, le ranch Diamond L à Dillon a perdu cent dix-huit mérinos de Rambouillet – pour ceux qui ne le savent pas, ce sont des moutons de race. Ces pertes dans les troupeaux, ces tueries gratuites, sont précisément la raison pour laquelle nous nous étions débarrassés du *lobo* au départ. Pour chaque troupeau de cinquante génisses que j'élève jusqu'à ce qu'elles atteignent six cents kilos, j'en perds une, parfois deux, au profit de ces bâtards assoiffés de sang.

Ettinger leva les yeux au ciel.

— Ça fait trente ans que cet homme n'a pas observé le paysage depuis la selle d'un cheval, murmura-t-elle à Stranahan. Tout ce qu'il fait, c'est revendre à des Californiens des parcelles de la terre qu'il a héritée.

Clive Black poursuivait.

— Maintenant, ces chiens bâtards mangent aussi notre viande sauvage, et je n'ai pas besoin de vous préciser ce que rapporte une harde de cerfs en bonne santé. Un six-cors est un produit de valeur au bout du canon d'un fusil – ça peut monter jusqu'à dix mille dollars si vous ajoutez le coût du permis et les honoraires de l'organisateur de la chasse –, mais il ne vaut pas tripette dans le gosier d'un loup. Et maintenant, ils ne se contentent plus de limiter leur alimentation à nos troupeaux de bœufs et au gibier. La raison de notre présence ce soir est qu'une meute de loups s'est transformée en mangeurs d'hommes, et la vie d'un être humain n'a pas de prix. Il est bien sûr ironique que la jeune Nanika Martinelli ait elle-même adoré les loups, mais méritait-elle le sort qui l'attendait dans le bassin de la Papoose ? Non, messieurs-dames, non.

Il s'interrompit une nouvelle fois pour laisser le public exprimer sa compassion. Lorsque les voix moururent, une jeune femme se leva pour crier :

— C'est le chien qui est un bâtard de loup, pas l'inverse, pauv' con.

— Et vous, qu'importe d'où vous venez, vous pouvez remballer votre cœur qui saigne et y retourner, répondit Black d'un ton égal. S'il vous plaît, ne déshonorez pas la mémoire de cette femme avec votre agenda politique.

— Comme si vous n'en aviez pas un. Qu'est-ce que vous allez faire ? Écrire un poème sur elle ? L'envoyer à ses parents éplorés ?

Martha Ettinger se leva.

— Mesdames, messieurs. S'il vous plaît. Vous pourrez faire vos commentaires après le dernier orateur.

— Merci, shérif Ettinger, dit Black.

Ettinger se rassit et marmonna :

— Je déteste devoir défendre cet enfoiré prétentieux.

Black ne semblait pas perturbé par l'interruption.

— Ils nous ont dit (il avait levé les mains pour dessiner des guillemets autour du mot "ils"), "ils" étant les *federales* qui ont permis cette mascarade, que les loups n'embêteraient pas nos troupeaux et ne compromettraient pas notre mode de vie, et ils avaient tort. Ils ont dit que les loups ne causeraient pas de dommages aux hardes de cerfs à l'extérieur du parc et ils avaient tort. Ils nous ont assuré qu'il n'y avait aucune crainte à avoir des loups parce qu'il n'y avait jamais eu d'attaque de loup fatale à un être humain en Amérique du Nord. Eh bien, messieurs, à ce sujet aussi, ils avaient tort.

Il agita une feuille de papier.

— 8 novembre 2005. Kenton Joel Carnegie, un étudiant en géologie de vingt-deux ans qui travaillait dans le bassin de l'Athabasca dans la Saskatchewan est parti se promener là où des collègues avaient signalé des loups. Il a été attaqué et dévoré par un prédateur. Une enquête judiciaire menée par le gouvernement de la province a conclu que les coupables étaient des loups.

Il leva les yeux sur la salle, puis se pencha sur le papier et fit courir son pouce et son index le long des pointes de ses moustaches.

— 8 mars 2010. Candice Berner, une institutrice de trente-deux ans, part faire un jogging près du lac Chignik, en Alaska. Des hommes en motoneige découvrent son corps mutilé au milieu d'empreintes de loups. De l'ADN de loup a été retrouvé sur ses vêtements. Elle avait été dévorée. Le médecin légiste d'Alaska a établi que sa mort avait été causée par des loups.

Il s'interrompit de nouveau pour laisser l'auditoire absorber l'information.

— Je ne vais pas continuer avec ce qui s'est passé dans d'autres pays, dit Black avant de précisément le faire... Je ne vais pas énumérer les centaines de personnes sur des carrioles tirées par des chevaux qui avaient été poursuivies ou tuées dans leurs champs dans l'Europe médiévale, ni les milliers de paysans russes qui avaient connu le même sort entre les dents de loups, ni, jusque dans les années 1960, la centaine de villageois tués par des loups dans l'État indien de l'Assam.

"Maintenant, les opposants vous diront que c'étaient des loups différents. Aux dernières nouvelles, c'étaient tous des *canis lupus*, tous jusqu'au dernier, ce que les biologistes appellent le loup gris et que la majorité d'entre nous considère comme le mal incarné. Ils peuvent être plus efflanqués en Inde ou avoir le poil plus épais en Sibérie, ils sont tous du même sang et leur cœur à tous est de la même couleur. Noir. Nous sommes rassemblés ici ce soir pour voir ce qu'il adviendra si rien n'est fait pour traquer et tuer les monstres qui ont arraché Mlle Martinelli aux plus belles années de sa jeune vie, mais ce n'est pas la fin de l'histoire. Non, messieurs-dames, et de loin. Nous voulons savoir, nous demandons à savoir, ce qui va être fait pour les huit cent cinquante autres loups qui errent dans le Montana. Nous sommes fatigués de devoir nous en tenir à des demi-mesures telles que la saison de chasse limitée que nous avons actuellement. La seule façon de contrôler ces fils de putes est de leur déclarer la guerre. Nous voulons pouvoir les piéger toute l'année, nous voulons utiliser des appeaux électroniques pour les amener à portée de nos fusils et nous voulons que la Pêche, la Faune et les Parcs les tire depuis les airs comme ils le font en Alaska.

— Bravo, bravo ! cria quelqu'un derrière Stranahan.

Il se retourna et vit un homme costaud au visage très rouge frapper le sol d'une pelle à la lame carrée. Un bruit sourd retentit dans la pièce. L'homme leva l'outil et cogna à nouveau. "Tire", dit-il en donnant un coup de pelle. "Creuse", ajouta-t-il et la pelle s'abaissa. "Ferme-la", conclut-il avec un dernier coup de pelle. Les mots furent repris par une autre personne dans la même rangée et, au bout de quelques instants, la moitié de la salle scandait : "Tire, creuse, ferme-la ! Tire, creuse, ferme-la !" Le métal résonnait sur le linoléum. Stranahan vit Ettinger clore ses yeux et soupirer.

— Je savais bien que j'aurais dû poster Walt à l'entrée, dit-elle.

Elle se leva en secouant la tête et se dirigea d'un pas décidé vers le pupitre. Elle claqua des doigts et tendit la main.

— Je n'ai pas fini, shérif, dit Black, le micro pendant nonchalamment au bout de sa main.

— Si. (Elle le regarda posément.) La caméra est pointée sur vous, Clive. Vous voulez vraiment être à l'origine d'un incident ?

Ignorant sa main, il logea le micro dans son emplacement sur la tribune et, en s'éclipsant, il accepta la pelle que lui tendait une femme au premier rang et en frappa le sol avec un bruit retentissant. Puis, sous les applaudissements, il la brandit au-dessus de sa tête.

Ettinger attendit que les murmures de colère s'apaisent.

— Ça suffit ! cria un homme au fond de la salle. Je pense qu'on a tous envie d'entendre ce que le shérif a à dire.

C'était la voix de baryton de Sam Meslik. Stranahan l'avait rencontré deux étés plus tôt dans cette même salle, mais il savait que Sam avait pour règle d'éviter les réunions publiques, les rassemblements de toute nature d'ailleurs, sauf si, à l'occasion, un tonnelet de bière était de la partie. Était-il là pour soutenir Martha ?

— Je comprends votre frustration, commença Ettinger. (Elle s'interrompit en attendant qu'une douzaine de voix dissidentes se taisent.) Merci. Tout d'abord, je voudrais vous tenir au courant des derniers développements. Les cheveux découverts dans les excréments de loup aux Palisades sont effectivement humains. Le dernier article du journal laissait entendre que nous avions fait le lien avec Nanika Martinelli. C'est faux. Les cheveux ont été transmis au laboratoire de la police criminelle de l'État pour y être analysés et les résultats seront rendus publics dès qu'ils seront disponibles.

— C'est pas assez ! cria l'homme qui avait le premier abattu sa pelle.

— C'est tout ce qu'on a, répondit Ettinger. Nous partons de l'hypothèse qu'un ou plusieurs loups ont soit tué un être humain, soit mangé ses restes. Le personnel du service de la Pêche, de la Faune et des Parcs, aidé d'agents de mon bureau, cherche activement à éliminer les animaux responsables. Nous faisons aussi venir d'Hamilton un tueur de loups expérimenté. La meute que nous avons entendue dans le bassin de la Papoose la nuit où Mlle Martinelli a disparu est notre priorité. Julie McGregor, de la Pêche, de la Faune et des Parcs, vous en parlera de façon plus complète dans quelques minutes… En fait, non, Julie, pourquoi ne pas venir tout de suite ?

— C'est ce qui s'appelle être jetée aux loups, murmura-t-elle à Stranahan.

Elle lui lança un regard style “quand faut y aller, faut y aller”, soupira en faisant la moue et grimpa les marches qui menaient au pupitre.

— Je suis Julie McGregor, la biologiste spécialiste des cerfs et des loups de la troisième région, dit-elle.

— Plus fort, cria quelqu'un.

Elle donna un petit coup du dos de ses doigts sur le micro, ce qui provoqua un larsen dans les enceintes. Elle l'approcha de sa bouche. Elle répéta sa profession et commença à parler des loups, son expertise ayant fait d'elle le centre d'une attention agressive lors de nombreuses réunions publiques au cours des années précédentes, au moment où la cour fédérale tergiversait pour savoir s'ils devaient ou non supprimer le loup de la liste des espèces en voie de disparition. Deux ans plus tôt, une loi votée par le Congrès avait finalement pris le pas sur le judiciaire et avait autorisé la chasse au loup, tant que leur population ne descendrait pas en dessous du nombre de couples reproducteurs exigé par le gouvernement.

— Comme la plupart d'entre vous le savent, poursuivit McGregor, notre service avait autrefois les mains liées en ce qui concerne la chasse au loup par les citoyens. Cependant, nous avons toujours eu le pouvoir de nous débarrasser de ceux qui tuaient du bétail grâce à un effort conjoint des services de la Faune, lesquels dépendent du ministère de l'Agriculture, et du Contrôle des animaux nuisibles, une autre agence fédérale. Ce qui inclut la chasse depuis les airs. Un système est donc mis en place pour éliminer les prédateurs à problèmes. Il marche généralement très bien parce que nous essayons de capturer et de poser un collier émetteur à au moins un loup par meute dont l'habitat empiète sur les zones où les éleveurs de bovins et de moutons possèdent des droits de pâturage. Ainsi, si nous établissons qu'une meute a tué du bétail, nous pouvons la pister. Le problème avec cette meute, c'est qu'aucun des loups qui la composent n'a de collier.

— Et pourquoi, bon sang ?

La question venait du fond de la salle.

— Voilà la situation, poursuivit McGregor. Les loups qui fréquentent le sud de la chaîne de la Madison sont appelés la meute de Bald Ridge, parce que la première fois qu'ils ont été repérés, c'était sur le mont Baldy. Lors de la dernière surveillance aérienne, en mars, la meute était composée de deux loups qui avaient quitté la meute de Black Butte avant que celle-ci ne soit anéantie pour avoir tué du bétail, et de deux subadultes femelles chassées de la meute de Snowcrest Seven qui occupe le sud de la Gravelly Range. Plus un loup noir qui a rejoint le groupe l'hiver dernier. Il est le mâle alpha de la meute de Bald Ridge et la femelle de l'ancienne meute de Black Butte est la femelle alpha.

Un sifflement aigu transperça la salle. Un homme de grande taille, habillé en cow-boy de la tête aux pieds, ôta ses doigts de sa bouche avant de lancer :

— On n'est pas en train de passer à côté de l'essentiel, là ? Si on tue tous les loups, on aura celui qui a mangé cette fille. Inutile de perdre notre temps à en chercher juste un, ou juste une meute, pour l'amour du ciel.

— C'est vrai, renchérit l'homme assis à côté de lui. (Il avait une canne et ne se leva pas.) Tuez-les tous, Dieu reconnaîtra les siens.

— *Tous* les loups de la région sont ciblés, continua McGregor. Mais le seul membre de cette meute qui portait un collier émetteur était la femelle oméga du groupe de Snowcrest Seven et elle a été tuée en avril, probablement par un chasseur d'ours. Nous avons retrouvé ses restes dans le bassin hydrographique de la Papoose. Donc ce chasseur d'ours, ou peu importe qui a tué cette louve, illégalement, devrais-je ajouter (elle balaya les rangées de ses yeux gris clair), a détruit la possibilité que nous avions de localiser la meute par radiopistage. Au lieu de pouvoir les repérer précisément, nous devons les chercher sur des milliers d'hectares de terrain accidenté.

— Si vous ne les tuez pas, on le fera !

Ettinger adressa un signe à McGregor et s'empara du micro.

— Qui a dit ça ? Jerry, c'était vous ?

Un homme en jean Carhartt boueux se leva.

— Ben oui, c'est moi.

— Et vous proposez de vous y prendre comment ? lança Ettinger, une note d'exaspération dans la voix.

Comme il ne répondait pas, elle ajouta :

— Vous organisez toujours des chasses chez Douglass, non ?

— Oui. (Il s'interrompit.) Pour ce qui reste de cerfs... Le taux de réussite de nos chasseurs est tombé à dix-huit pour cent la saison dernière et celle-là ne va pas être meilleure. À moins qu'on tue ces foutus loups.

— Écoutez. (Ettinger soupira bruyamment, ce que le micro capta et amplifia. Elle recula la tête de quelques centimètres.) Je sais qu'il y a un débat sur le loup dans cet État. Et je sais de quel côté se situent la plupart d'entre vous. Jerry, dans votre cas, j'en suis à peu près sûre.

Quelques sourires apparurent enfin sur les visages qu'elle pouvait distinguer, mais pas sur celui de Jerry.

— Je suis une habitante du Montana, comme vous, dit-elle. J'ai grandi en chassant, en marquant le bétail, en mettant des veaux au monde. Je ne suis pas votre ennemie. Soyez assurés que nous ne ciblons pas qu'un seul loup. Ce que je vous demande, à vous tous, c'est de m'aider. Pas en tapant avec vos pelles. Toutes les pelles de l'univers ne ramèneront pas cette femme à la vie, et je peux vous assurer que ça ne va tuer aucun loup. Si la saison de chasse au loup de ces trois dernières années nous a appris quelque chose, c'est combien il est difficile d'en tuer un. L'an passé, nous avons vendu vingt-quatre mille permis de chasse au loup pour une saison qui dure six mois et nous n'avons pas atteint le quota fixé par la Pêche, la Faune et les Parcs, qui était de deux cent vingt bêtes. Si une poignée d'hommes armés de carabines part sur les collines, les loups vont disparaître fissa. Donc, ce que je vous demande, Jerry, ce que je vous demande à tous, c'est de rentrer chez vous et de nous laisser faire notre travail. Vous avez votre boulot, j'ai le mien. Merci. Maintenant, si vous avez des questions, Julie et moi ferons de notre mieux pour y répondre.

Stranahan aimait à peu près autant les réunions publiques que Sam Meslik. Lorsqu'il devint évident que le reste du débat allait tourner au défouloir plutôt qu'être constructif, il croisa le regard de Sparrow et ils se retrouvèrent près du buffet au fond de la salle. Il remarqua la chaise vide à l'endroit où Sam Meslik avait été assis. Ça ne ressemblait pas à Sam de partir sans parler à Sean, mais ça ne lui ressemblait pas non plus d'assister à une réunion.

— Tu en veux une tasse, Katie ?

Il était en train de se servir un café.

La minuscule maître-chien, qui avait travaillé avec Stranahan lors de plusieurs opérations de recherche, secoua la tête.

— Sauf si tu veux passer la nuit avec moi à faire cuire des biscuits pour chien. Je peux te garantir qu'ils sont meilleurs qu'un de ces gâteaux. Qu'est-ce que t'en penses ? (Elle leva les yeux au ciel devant un assortiment de biscuits Kleeber disposés sur un plateau argenté.) Ils pourraient au moins avoir quelques Pepperidge Farm.

— C'est vraiment ce que tu vas faire ce soir, préparer des biscuits pour chien ?

Elle haussa les épaules.

— Je vis à West Yellowstone. Qu'est-ce qu'il y a d'autre à faire un mardi soir ?

— Si tu continues à me faire du gringue comme ça, un jour, je vais finir par dire oui.

— Des promesses.

Il avait failli l'embrasser un jour, alors qu'ils parlaient de son surnom, Haleine de chien, dont les membres de l'équipe de recherche et sauvetage l'avaient affublée à cause de son habitude de manger des biscuits pour chien lorsqu'elle suivait une piste. “Moi, je dis que pour vraiment le savoir, il faut m'embrasser”, avait-elle déclaré. Ils se trouvaient sur une montagne où des corps venaient d'être déterrés et Sean sortait avec Martinique, sinon il se serait baissé – il mesurait presque trente centimètres de plus qu'elle – et lui aurait donné son opinion.

Katie sourit et le dévisagea tête penchée, dans l'expectative, comme un roitelet curieux.

— Tu sais que ça va arriver, toi et moi. Tu vas finir par laisser derrière toi cette relation à distance que tu tentes de maintenir à flot et découvrir que ce qu'il te faut, c'est une femme qui sait comment se comporter avec un animal de sexe mâle.

— Tu parles de Lothar.

— Je crois que tu sais de quoi je parle.

— C'est pour ça que tu m'as rejoint ici, pour discuter biscuits pour chien ?

Stranahan essayait de garder un ton léger. Il aimait bien Katie ; il adorait flirter avec elle et la voir sourire. Elle avait traversé une période sombre et portait toujours un médaillon avec une photo du jeune homme qu'elle était sur le point d'épouser, avant qu'il ne meure dans une avalanche. Elle affrontait maintenant la vie tête haute. Et Dieu sait que j'ai besoin de ce qu'elle est en train de m'offrir, songea Sean. Mais il n'était pas prêt à abandonner Martinique, même s'il commençait de plus en plus à penser à elle au passé. Et comment Ettinger le prendrait-elle ? Ils tenaient plus l'un à l'autre que chacun n'était prêt à l'admettre. Martha n'était jamais très éloignée de ses pensées. Comme un peut-être ou un jour à venir. Ils étaient des vaisseaux dans la nuit.

— Non, répondit Katie, je voulais te demander si tu avais entendu parler de la femme qu'on a repêchée dans la source chaude cet été. Non identifiée.

— En août, c'est ça ? J'ai lu qu'elle était dans le coma.

— Le vendredi 13. Elle a rempli le registre à l'entrée du sentier à Gibbon Meadows, notant qu'elle partait en randonnée pour la journée – une bien mauvaise idée, c'est plein d'ours là-bas, mais les gens se baladent une bombe de spray au poivre à la hanche et se sentent invincibles.

— Si elle a rempli le registre, elle a dû donner son nom.

— Eh bien, on n'est pas sûrs que ce soit elle qui ait signé le registre. Quelqu'un l'a fait sans mettre son nom, ça arrive tout le temps. Tous les autres qui ont signé ce jour-là, on les a retrouvés.

— Le parc cache quelque chose ?

Katie baissa la voix :

— Je ne devrais pas te le dire, mais Martha m'a parlé avant la réunion, elle me parle maintenant, tu sais, je crois qu'elle a un problème de confiance en elle. Je sais que ça ne ressemble pas à la femme que toi et moi connaissons… Quoi qu'il en soit, on discutait et elle m'a raconté ce qui t'est arrivé à Libby.

— Parle-moi de cette femme que vous avez trouvée.

— C'est tout, il n'y a pas grand-chose à en dire. Qui elle est et comment elle s'est retrouvée là-haut, c'est le grand mystère pour le moment.

— Je ne comprends pas ce que ça a à voir avec Nicki Martinelli.

— Ça n'a pas de rapport direct, sauf que Martha m'a dit qu'un type à moto la cherchait, que tu avais discuté avec le propriétaire d'une boutique de pêche sur la Kootenai. Et que le type de la Kootenai a raconté que le gars était avec une fille aux yeux rouges.

Stranahan se figea en soulevant sa tasse de café pour la porter à ses lèvres :

— Des yeux orange.

— Ce que je suis en train de te dire, c'est que cette fille avait réussi à prendre ses distances avec leur espèce de secte et elle avait également ces yeux-là.

— Quelle taille fait-elle ? Le propriétaire du Hook & Hackle a qualifié la femme de petite chose toute menue.

Katie montra le haut de sa tête, un poil plus d'un mètre cinquante au-dessus du sol de la salle de conférences.

— Des cheveux noirs courts avec des mèches blondes. Elle avait un piercing dans le nez, un sur la langue, quelques tatouages, bref une gothique.

— Tu l'as vue ?

— Oh oui. C'est moi qui ai reçu l'appel et je suis montée avec le type qui observe les geysers, celui qui l'avait trouvée. On l'aurait crue sortie d'un film d'horreur. Des yeux comme des fers à marquer, qui semblaient te fusiller. (Elle avança ses poings.) Bon sang ! En fait, c'était des lentilles de contact. Ses vrais yeux sont vert pâle. Alors je me suis dit que si ça t'intéressait, je pourrais t'emmener là-bas. Non pas que tu puisses trouver quoi que ce soit après tant de temps, mais j'ai lu des trucs sur vous, les détectives, et je sais que vous aimez bien voir l'endroit où les choses se sont passées. Maintenant que tout le monde cherche un loup, le comté n'a plus besoin de moi pour retrouver la personne disparue et je n'ai pas de patrouille dans le parc les deux prochains jours.

Stranahan s'entendit dire :

— À quelle heure ?

Il avait passé l'après-midi avec Asena, à prendre des notes tandis qu'elle traduisait les journaux. C'était le compte rendu fascinant de la vie d'un trappeur dans les montagnes dont Alfonso Martinelli avait emprunté les noms pour baptiser ses filles, et ils avaient ainsi fourni à Sean deux pistes possibles. Mais ça pouvait attendre. La fille était un début pour retrouver Amarok – si c'était bien elle qui l'avait accompagné plus tôt dans l'été. N'espère pas trop, se dit-il. Mais combien pouvait-il y avoir de femmes aux yeux couleur de fer à marquer ?

21

LA NÉCROPOLE DE COBALT

KATIE SPARROW VIVAIT dans un bungalow des services forestiers sur Cougar Creek, quelques kilomètres au nord de West Yellowstone. La maison se trouvait sur des terres fédérales et les Parcs nationaux, qui manquaient de logements dans le parc même, avaient pris à leur charge le bail de cent ans. Une résidence estivale, sans isolation, mais Katie avait remplacé le poêle baril par un poêle à bois efficace équipé de conduits vers la salle de bain et la chambre. Ils burent du café et mangèrent une sorte de hachis de gibier que Katie avait fait réchauffer et sur lequel elle avait cassé deux œufs, pas vraiment l'idée que se faisait Stranahan d'un petit déjeuner, mais toujours mieux que les biscuits pour chien qu'il avait goûtés l'été précédent. Elle était franche et amicale, mais sans flirt sous-jacent, et Stranahan en était soulagé. C'était une chose de badiner dans une salle de réunion publique, mais chez elle, la même conversation aurait été embarrassante.

Ils allaient utiliser la voiture de fonction de Katie ; Stranahan sortit donc son sac du Land Cruiser et grimpa sur le siège passager à côté de Lothar. À l'entrée ouest du parc,

Katie prit la file réservée aux véhicules officiels et poursuivit ses commentaires kilomètre après kilomètre tandis qu'ils se dirigeaient vers Madison Junction.

— Tu vois, à gauche, de l'autre côté de la rivière, la butte avec les pins tordus carbonisés ? L'année dernière, un type faisait du parachute ascensionnel et il a atterri dans un arbre. Il était nu comme un ver. Je l'ai verbalisé pour violation de propriété et exhibitionnisme. Il a accusé le vent de l'avoir envoyé dans la mauvaise direction.

Ils roulèrent quelques minutes, traversèrent un pont, la Madison se trouvant désormais à leur droite. Dans un virage, après le point de vue sur le mont Haynes, Katie lui montra un rocher au bord de la route.

— Tu te souviens de ce campeur de Madison Junction, l'été dernier, qui s'est fait renverser par une voiture ? Tout le monde se demandait ce qu'il fabriquait à pied, à huit kilomètres du camping en pleine nuit. En fait, il portait un costume en fausse fourrure et il sautait devant les phares de derrière ce rocher, en essayant de se faire passer pour Bigfoot. Ils l'ont emmené à la clinique de West Yellowstone. Je l'ai verbalisé pour mise en danger d'autrui alors qu'il était allongé sur un brancard avec une hanche cassée. Un candidat au Darwin Award*. Ce genre de connerie, ça ne s'invente pas.

À Madison Junction, Katie prit à gauche et ils commencèrent à grimper le long de la Gibbon River. Ils n'avaient pas rencontré beaucoup de circulation, mais à cet endroit-là, un bouchon s'était formé.

— Y a une putain de bestiole, dit Katie en se rangeant sur le bas-côté.

* Prix satirique décerné aux circonstances de décès, ou de stérilisation involontaire, les plus bêtes.

— Tu crois que c'est quoi ?

— Un loup. On en a repéré trois ici ces deux derniers jours, qui s'attaquaient aux os d'un cerf.

— Je n'ai jamais vu de loup, dit Stranahan.

— Voilà l'occasion.

Mais non. Le temps que Katie et Sean arrivent au niveau du groupe de badauds, dont certains transportaient des appareils photo équipés d'objectifs de la taille de courgettes du Montana, le loup était reparti au milieu des pins. Sean aperçut une grande patte arrière et une queue grisonnante. Ils regagnèrent la voiture et ne s'arrêtèrent plus avant d'avoir atteint le départ du sentier à Gibbon Meadows.

— Le truc avec cette fille, dit Katie lorsqu'ils commencèrent à marcher, c'est qu'il est possible que je l'aie vue avant l'accident. Je ne suis pas sûre, mais je crois. Je patrouillais dans la vallée de la Lamar. Ça devait être en juin, quand les cerfs mettent bas. C'est à ce moment-là que les cinglés des loups se montrent. Ils s'habillent en loup, dansent, hurlent, même s'ils ne sont pas censés le faire. La plupart du temps, ils se contentent de regarder avec des télescopes d'observation, mais parfois, je dois virer des gens qui s'approchent trop près d'une carcasse. Il y a deux sociétés d'excursions qui trimballent des touristes en van. La brigade kaki, je les appelle. Tous ces gens sont en tenues de safari. Et donc les dreadlocks côtoient les chapeaux de brousse.

— Tu te souviens avec qui elle était ?

— Tu penses à ce type à moto, mais non, je ne suis même pas sûre que ce soit dans la vallée de la Lamar que je l'aie vue. Mais on pourra y aller après. Il y aura peut-être quelqu'un qui se souviendra mieux d'elle.

Une vingtaine de bisons, qui au début de leur randonnée leur étaient apparus comme des limaces noires sur le versant d'une colline brunie, étaient maintenant assez proches pour que Stranahan puisse distinguer les mouches bourdonnant autour de leurs narines. Deux des mâles, les flancs étroits, tout leur poids ramassé dans la partie avant de leur corps, se faisaient face et chargeaient sur une courte distance, disparaissant dans un tourbillon de poussière chaque fois que leurs énormes têtes laineuses s'entrechoquaient. Stranahan les entendait mugir. On aurait dit des lions plutôt que des bisons.

— Laissons-leur un peu d'espace, dit Katie en s'écartant du sentier. C'est la fin du rut. S'il y a trop de testostérone dans un troupeau, il peut y avoir des problèmes. Pareil qu'avec les humains.

Ils récupérèrent le sentier au milieu des arbres, et lorsqu'ils quittèrent leur couvert, ils découvrirent ce qui se révéla à Stranahan comme un paysage lunaire, une pente parsemée d'éruptions miniatures de boue ocre, le sol chaud sous leurs pieds, la vapeur s'élevant de crevasses dans la terre. Le Talking Cluster comprenait une demi-douzaine de sources chaudes frémissantes, un volcan de boue du nom de Spitting Toad et des flaques d'eau claire reliées entre elles et constellées de minuscules algues. Leurs pourtours étaient enluminés d'une fantastique tapisserie de remous jaune citron et vert. L'inconnue était tombée dans la bien nommée Nécropole de Cobalt, une source chaude quasi circulaire à la bordure couleur or, dont les berges brunes peu élevées plongeaient abruptement dans deux bassins subaquatiques. Longs d'environ un mètre quatre-vingts chacun et d'une largeur proche de celle des épaules d'un homme, ils ressemblaient véritablement à des lieux de repos éternel.

— Lothar, au pied, ordonna Katie. (Elle expliqua à Sean que la plupart des touristes qui mouraient dans les sources chaudes du parc avaient sauté pour porter secours à des chiens.) Tu comprends pourquoi la presse mentionne le Talking Cluster, mais pas la Nécropole de Cobalt. Ça serait trop… je cherche le mot.

— Macabre, proposa Stranahan.

— Ouais, c'est ça. T'as vu comme il est intelligent, Lothar ? J'aimerais bien être aussi intelligente.

Elle se pencha pour entourer le cou du berger avec son bras, puis poursuivit :

— Le corps de la fille était juste là, avant que l'observateur la repêche. Il a dit que ses jambes étaient encore dans la source. Il y avait des traces dans la marne, là où elle s'était agrippée pour essayer de sortir. Bien sûr, les empreintes ont maintenant disparu, mais quand je suis venue la première fois on aurait dit qu'elle avait marché tout droit jusqu'au bord. Pas en courant, mais elle marchait plutôt vite. Comme si elle était entrée dans le bassin exprès. Les seules autres traces étaient celles de l'observateur. (Elle secoua la tête.) Et si tu prenais le temps d'y réfléchir ? Reste ici pendant que je vais faire un tour dans les bois. J'ai bu trop de café ce matin.

Une fois Katie et Lothar partis, Stranahan fixa le bassin et ses profondeurs d'une température de 110° que seule une mince couche de vapeur trahissait. La femme avait-elle été attirée par quelque chose dans le bassin et s'était-elle avancée trop près, ou battait-elle en retraite ? Si c'était le cas, par quoi avait-elle été effrayée ? Ou était-ce, comme les empreintes pouvaient le suggérer, un suicide ? La surface de l'eau ne lui apprit rien et il sentit autant qu'il l'entendit du mouvement derrière lui. En se retournant, il découvrit un homme qui approchait en claudiquant, une canne de marche tapotant le sol. Une chaise pliante était arrimée à son sac à dos.

— Je ne pensais pas avoir de la compagnie ce matin, dit-il d'un ton affable.

— Je suis avec le ranger qui a mené l'enquête sur l'accident.

— Ah, c'était qui déjà ? (Il hocha la tête.) Ah oui, je connais bien Katie. C'est moi qui ai trouvé cette pauvre fille.

La cinquantaine bien avancée, jugea Stranahan, et un véritable géant. Il tendit une main de la taille d'une patte d'ours. Comme Bucky Anderson, il semblait être né avec le sourire, mais, contrairement à celle du manager du ranch Culpepper, sa poignée de main était hésitante, comme s'il était conscient de sa force et l'exerçait avec prudence. Les yeux derrière le sourire affichaient le regard le plus triste que Sean eût jamais vu.

— Mon nom est Robert Knudson, mais tout le monde m'appelle Geyser Bob.

Il enfourna une tablette de chewing-gum dans sa bouche et tendit le paquet à Stranahan qui déclina l'offre.

Tout en mastiquant, Knudson lui raconta comment il était venu voir le Talking Cluster et avait trouvé le corps. Il avait prévu de s'asseoir près de la Nécropole de Cobalt ; elle n'entrait en éruption qu'une demi-douzaine de fois par an. Trente-deux jours s'étaient écoulés depuis la dernière éruption et il espérait être le premier à enregistrer l'activité sur son caméscope haute définition. Il expliqua que les observateurs étaient majoritairement des retraités qui rendaient service au parc en répertoriant l'activité des geysers – ce que savait Stranahan. Il était environ 9 heures du matin lorsqu'il avait trouvé la fille. Il décrivit sa position, rien que ne lui avait déjà appris Katie.

— Je me sens responsable. Peut-être que si j'étais arrivé plus tôt, on aurait discuté et son moment de crise serait passé.

— Qu'est-ce qui vous fait croire qu'elle a essayé de se suicider ?

— Il est difficile de tomber dans un de ces trucs par accident.

Stranahan lui demanda combien de temps il prévoyait de rester. Jusqu'à environ 6 heures, répondit-il. Ce n'était pas une bonne idée de partir à la nuit.

— Vous devez vous sentir seul parfois.

— Oh, je ne m'ennuie jamais. Je m'assois et j'écris mes mémoires. Ça s'appelle *Le Fou de Minnetonka*. Minnetonka, c'est dans le Minnesota.

— Vous n'avez pas l'air d'être franchement atteint de folie.

— C'était mon nom de ring. Je suis un professeur de mathématiques à la retraite, mais j'ai été catcheur professionnel. Je pense que le sous-titre sera : "Toujours méchant, jamais gentil." Ma prise fétiche, c'était le pancake. Je faisais une prise de l'ours à l'adversaire et je lui tombais dessus. J'ai cassé deux côtes à Gorilla Monsoon comme ça. C'était un gentil géant, presque aussi grand qu'André.

Il leva le menton, regardant au-delà de Sean avec ses yeux tristes.

Katie émergeait d'un bosquet de trembles, suivie de Lothar. Les feuilles dorées, le ciel cobalt, le ton encore plus foncé du bassin, difficile d'imaginer une tragédie ici.

— Salut Bob. Vous êtes revenu lui tenir compagnie, c'est ça ? (Katie accepta la tablette de chewing-gum qu'il lui offrit et s'assit par terre, les bras entourant ses genoux.) Il y a une mare à cerfs bourbeuse juste de l'autre côté de cette hauteur.

Des traces de grizzly partout autour. Un mâle, à en croire la taille des empreintes.

Knudson hocha légèrement la tête.

— Je ferai attention.

Il scruta les profondeurs de la Nécropole de Cobalt.

— On aurait dit que la pauvre fille était entrée tout droit. Il faut vraiment être désespérée.

Il secoua la tête en dépliant son siège et sortit un journal noir relié. Coinçant deux crayons aiguisés derrière son oreille couverte des cicatrices de ses combats, il cala sa masse dans la chaise :

— Je n'arrive tout simplement pas à comprendre.

Sur le chemin du retour, Katie s'accroupit au bord du sentier tandis qu'ils attendaient que le troupeau de bisons qu'ils avaient vu plus tôt s'éloigne à une distance plus sûre.

— T'imagines passer ta vie à espérer que des geysers qui n'entrent presque jamais en éruption entrent en éruption ? lança-t-elle. C'est comme avoir épousé un homme qui ne banderait que pour les éclipses lunaires.

— Il a pourtant l'air d'un gars solide. (Stranahan abaissa ses jumelles.) Ce doit être la première personne que je rencontre depuis que j'habite ici qui fait des phrases complètes, réfléchies et grammaticalement correctes.

— Hmm, hmm. (Katie s'appliqua du baume à lèvres.) Je n'ai encore jamais vu d'observateur de geysers à qui il ne manque pas un clou au casque.

— Ça ressemble à un truc que pourrait dire Martha.

— À qui crois-tu que je l'ai piqué ? (Elle se leva et épousseta son pantalon.) Allez, en route pour la vallée de la Lamar.

La vallée de la Lamar est le Serengeti d'Amérique – un vaste océan d'herbe qui roussit sous le soleil estival et ondule comme le blé avec le vent d'automne. Depuis le ruban saphir de la rivière, le regard s'étend sur presque un kilomètre et demi jusqu'aux versants de Specimen Ridge. Dans la vallée, sur les pentes et les replats, de grands troupeaux de bisons vagabondent. Sean savait que c'était aussi une région parcourue par les fameuses hardes de cerfs de Yellowstone. Dans cette terre piétinée, le sang s'infiltre plus profondément en juin, quand les femelles mettent bas et que les meutes de loups fondent des collines sur leurs proies. Une danse de la mort qui avait perduré sans interruption jusqu'au début du XXe siècle – lorsque les loups avaient été éradiqués par les carabines et les capsules de cyanure – et avait recommencé depuis leur réintroduction. Le spectacle n'était pas différent de celui des plaines de Tanzanie que Stranahan rêvait de visiter, où les troupes de lions traquent les gnous en migration et où les crocodiles affûtent leurs dents près des gués des rivières.

— Parfait, dit Katie, en s'engageant dans un parking derrière un van bleu sur le flanc duquel était peint SIMPSON WILDLIFE TOURS, c'est la brigade kaki. Si cette fille a traîné dans le coin à la recherche de loups, ces types le sauront.

Un homme mince penché sur un télescope d'observation s'adressa à eux sans lâcher l'oculaire.

— Je suis à vous dans une seconde. Laissez-moi faire le point et… OK, on a, oui, je crois, la femelle bêta et le mâle oméga, il est un poil plus foncé. Ils sont allongés juste en dessous de cette parcelle brûlée à flanc de colline. Regardez tous. Faites attention de ne pas toucher aux réglages.

L'homme tourna un visage de fouine vers Katie. Sûr, il se souvenait d'une femme au look punk et aux yeux orange. Il l'avait vue à plusieurs reprises, en juin, durant la saison de mise bas, et oui, elle était en compagnie d'un individu qui conduisait une moto.

— Ah… ces putains de deux-temps qui font tout un boucan. (Il secoua la tête.) On devrait les interdire, comme les motoneiges deux-temps. C'est un endroit de recueillement, ici, même les prières devraient être murmurées.

Quand Katie lui demanda à quoi ressemblait l'homme, il afficha une expression de dégoût.

— Il portait des lentilles de contact qui lui donnaient un air de vampire. Il paradait comme si la vallée lui appartenait. La façon dont la fille courbait l'échine devant lui me rendait malade. (Il les invita à le suivre hors de portée d'oreille de ses clients.) Il se collait derrière elle pendant qu'elle observait dans le télescope, faisait bouger son bassin contre ses fesses, pas pour faire le spectacle, mais décontracté, comme un chien qui lève la patte. Je lui ai dit que ce n'était pas l'endroit pour ce genre de comportement, que ça dérangeait mes clients. Il m'a juste regardé avec ces yeux rouges et a haussé les épaules. Je me suis plaint au service du Parc, mais il n'y a pas eu de suite. J'ai perdu des clients fidèles à cause de lui, c'était vraiment rebutant.

Non, il ne connaissait pas son nom.

— C'est quand, la dernière fois que vous l'avez vu ? demanda Katie.

— Avec cette femme ? Probablement pas depuis juillet. C'était le matin où la femelle alpha a acculé une biche là, en face des peupliers de Virginie. C'est la dernière mise à mort dont on a été témoin depuis un moment. Écoutez, je dois vraiment y retourner.

— Vous avez dit “avec cette femme”. Vous avez revu cet homme avec quelqu'un d'autre cet été ?

— Non, mais je suis parti après le 4 Juillet pour organiser une excursion d'observation de baleines dans les îles San Juan.

Stranahan regarda l'inscription sur le van.

— Depuis combien de temps Simpson Wildlife Tours promène des clients dans la vallée de la Lamar ? demanda-t-il.

— Depuis la réintroduction. Mon associé et moi avons racheté l'entreprise à ses créateurs il y a quatre ans.

— Donc, vous avez dû voir cet homme les années précédentes ? lui souffla-t-il.

— Il y a deux étés, et l'été encore avant. Je ne me souviens pas l'avoir vu l'été dernier.

— Il y a deux ans, l'avez-vous vu en compagnie d'une femme aux longs cheveux roux ?

— Je l'ai vu avec deux ou trois jeunes femmes, mais vous parlez de Nicki.

Stranahan et Katie échangèrent un regard.

— Comment ça se fait que je sache son nom et pas celui des autres ? Elle était différente. Extravertie, vraiment charmante. Nicki est la seule personne que je connaisse qui soit capable de vous faire quitter des yeux un loup. Un de mes clients, un auteur de livres pour enfants, disait que ses cheveux étaient comme de l'or filé embrasé par une allumette. Pourquoi ?

— Elle a disparu, répondit Katie. (Elle lui résuma l'histoire.) C'était dans les journaux. Vous n'en avez pas entendu parler ?

— Je n'ai jamais su son nom de famille.

Katie lui tendit une carte de visite.

— Si vous voyez cet homme, même s'il est seul, peu importe, je veux que vous m'appeliez. Pas après son départ, mais dès que vous le voyez. C'est important.

— Il n'y a pas de réseau ici.

— Alors, trouvez une excuse et allez au Yellowstone Institute. Ça ne doit pas être à plus de cinq kilomètres. Ils me contacteront par radio.

Une femme qui portait un foulard rouge parfaitement noué autour de son cou se dirigeait vers eux à grands pas.

— Le bêta vient de se lever, annonça-t-elle.

22

L'HEURE DU NOURRISSAGE

Après avoir récupéré son 4x4 chez Katie – la journée avait été longue et leurs adieux succincts –, il roula jusqu'à West Yellowstone et se réfugia au Eagle's, dans l'espoir de boire un milk-shake au chocolat. Le distributeur de boissons était hors service pour la saison. Stranahan demanda à une caissière s'il pouvait lui emprunter son téléphone.

— Ettinger à l'appareil.

— Tu as eu les résultats de l'analyse d'ADN ?

— Répète : "Tu as eu les résultats de l'analyse d'ADN, s'il te plaît."

Silence. Puis Martha se raclant la gorge.

— S'il te plaît, s'exécuta Stranahan.

— Il correspond à celui de Nanika Martinelli. Désolée de paraître désinvolte. Je vais faire une déclaration devant les caméras demain après-midi.

— Ça n'a pas l'air de te préoccuper plus que ça.

— Oui et non. Je suis inquiète parce que je ne sais pas comment les nazis anti-loup vont réagir, mais je suis soulagée de pouvoir tourner la page. On n'est plus en situation d'échec, incapables de retrouver une femme disparue, parce qu'il n'y a plus de femme à retrouver. Maintenant, tout ce qu'il me reste à faire, c'est tuer des loups qui se planquent dans une chaîne de montagnes de la taille du Rhode Island et découvrir comment un homme a pu s'empaler sur les bois d'un cerf, ce qu'on a un peu oublié au passage.

— Tu as toujours un faible pour Bucky dans le rôle du coupable ?

— Si on met de côté mes préjugés, c'est le seul qui avait à la fois l'occasion et un mobile concevable. Il est possible que la fin tragique du cow-boy n'ait rien à voir avec la disparition de la femme. J'envisage cette éventualité.

— La raison pour laquelle j'appelle…

— Je sais, la fille aux lentilles de contact.

— Je ne savais pas que tu étais voyante, Martha.

— J'étais au téléphone avec Katie à l'instant.

— Bon, si elle t'a parlé d'elle, elle t'a parlé de la vallée de la Lamar et du type avec qui elle était. Ce doit être celui qu'Asena Martinelli soupçonne d'avoir enlevé sa sœur.

— Ça ne te regarde pas, Sean.

— En fait, si. Je suis payé pour que ça me regarde.

— Laisse-moi reformuler ça. Ça ne te regarde pas, parce que le parc est une propriété fédérale. Katie alertera les autorités compétentes si elle a des soupçons et, à partir de là, ils s'en occuperont. Mais tu ne peux pas croire que Nicki est encore vivante. On ne sort pas vivant de l'estomac d'un loup. Je te conseille de rendre son argent à la sœur et de nous aider à retrouver la meute.

— Voilà la Martha que je connais.

— Qu'est-ce que c'est censé signifier ?

— Bonne chance pour la chasse au loup, lança Sean avant de raccrocher.

Stranahan ouvrit la porte du magasin donnant au sud et sentit la chaleur du soleil. Il remarqua la grande enseigne du parc animalier Paws of Yellowstone de l'autre côté de la rue. Tout ce qu'il en savait, c'était ce que Katie lui avait appris : il s'agissait d'un vulgaire zoo dans lequel des ours à problème piégés dans la nature et des loups dont le show-business ne voulait plus étaient envoyés pour distraire les touristes de Yellowstone – la plupart se levaient trop tard pour avoir l'espoir d'observer un prédateur dans le parc. Jusqu'à maintenant, Stranahan n'avait guère fait mieux, sa vision d'un loup se résumant à une patte arrière et aux deux spécimens que lui et Katie avaient observés dans le viseur du télescope du guide avant de quitter la vallée de la Lamar. Grossis trente fois, ils étaient minuscules, des silhouettes miroitantes qui donnaient la migraine si on les regardait trop longtemps.

Stranahan déplia un billet de dix dollars pris dans sa pince à billets et acheta un ticket pour la journée. L'employée à l'entrée l'informa que le second repas des loups aurait lieu dans vingt minutes. Son ennui perçait derrière son sourire et elle revint au roman fantastique qu'elle était en train de lire. Une journée qui s'écoulait lentement, le calme avant la tempête. Il avait le sentiment que les affaires du zoo allaient marcher du tonnerre le lendemain, après la conférence de presse d'Ettinger.

Après avoir franchi la porte à l'arrière du bâtiment, Stranahan suivit les empreintes de pattes dans le ciment, sur le chemin qui serpentait entre des clôtures grillagées abritant des ours à sa droite, des loups à sa gauche et des corbeaux perchés partout. L'unique ours dans l'enclos était étendu, la tête sur le sol, le museau pointé vers le ciel. Il semblait s'ennuyer autant que la vendeuse de tickets. Deux loups étaient eux aussi allongés sur un monticule, la tête posée sur leurs pattes croisées. Outre le fait qu'ils étaient presque tout blanc, ils n'étaient pas très différents de bergers allemands. Seule leur tête était plus large et leurs pattes plus longues. Le plus grand des deux ouvrit à demi les yeux pour regarder Stranahan, puis les deux loups pivotèrent brusquement et bondirent. Ils s'engouffrèrent dans une petite ouverture percée dans un bâtiment en stuc et Sean entendit la porte claquer.

Il pénétra dans la partie de la construction réservée au public, qui comportait une grande fenêtre en plexiglas dominant l'enclos. Un homme chaussé de bottes en caoutchouc entra par une porte latérale en se frottant l'œil du poing. Il se présenta à l'attroupement de touristes sous le nom de James, dit qu'il était le soigneur et s'excusa de l'absence du naturaliste, malade. Il ajouta qu'il ferait de son mieux pour répondre aux questions. Ils avaient de la chance aujourd'hui. C'était le jour du poisson. Stranahan jeta un coup d'œil à ses compagnons de fortune : un père bedonnant, ses deux fils adolescents qui étaient son portrait craché et sa femme vêtue d'une salopette sur un sweat-shirt des Hoosiers. Elle aurait été autant à sa place que son mari s'il avait fallu renforcer la ligne offensive de l'équipe.

James les conduisit devant la grande vitre, de l'autre côté de laquelle serpentait un ruisseau artificiel agrémenté de courants, de bassins et de rochers. Il expliqua que les truites d'élevage qui nageaient dans le cours d'eau provenaient de l'écloserie à l'extérieur de Bridger. Il leur fit un exposé de quelques minutes sur la hiérarchie chez les loups et leur conseilla de garder un œil sur la femelle alpha au collier grisonnant, deux fois plus petite que les autres loups, mais bien plus experte pour attraper les truites. Il sortit par où il était entré et, quelques secondes plus tard, Stranahan entendit un bruit métallique. Six loups bondirent dans l'enclos et s'attaquèrent aux poissons, éclaboussant, plongeant la tête, frappant l'eau écumante, et se grimpant les uns sur les autres en un ballet aquatique. Au bout de quelques secondes, la petite femelle avait attrapé une truite, l'avait jetée à plat sur la rive, était retournée à l'eau, en avait saisi une autre, puis encore une, sans se soucier de les manger ni même de les tuer.

L'homme revint pour expliquer que les loups n'avaient pas faim parce qu'ils avaient déjà été nourris et que, par conséquent, même s'ils finiraient par engloutir les truites abandonnées sur la rive, la pêche était plus un jeu qu'autre chose. Stranahan demanda ce qu'avaient mangé les loups et fut surpris de s'entendre répondre qu'il s'agissait de cerf et que leur alimentation était essentiellement constituée de gibier offert par des chasseurs.

James était en train d'attacher ses cheveux avec un élastique.

— Soit ils l'apportent ici soit on les retrouve sur place. En hiver, on traîne des carcasses de cerf entières dans l'enceinte pour qu'ils puissent s'en nourrir comme d'une proie tuée dans la nature, mais on ne peut pas le faire avant que les grizzlys hibernent. L'odeur les attirerait en ville.

— Vous croyez vraiment qu'un loup a pu dévorer cette fille ? (C'était la femme en salopette qui parlait.) Quand on a entendu ça à la radio, un homme a dit que ce serait la première personne tuée par un loup aux États-Unis. C'est horrible d'y penser, non ? Mais il faut bien que le loup mange, lui aussi. La nature est cruelle, c'est tout.

Elle avait les yeux brillants.

— Pardonnez à ma femme, dit l'homme. Kathy est… hypersensible.

— Je ne peux pas m'en empêcher, tu le sais. (Elle se tamponnait maintenant les yeux à l'aide d'un mouchoir en papier.) Tu vois, Dieu m'a faite ainsi.

James le soigneur cligna des yeux. Ils étaient veinés de rouge.

— Les histoires de loups mangeurs d'hommes se sont transmises chez les Amérindiens pendant des centaines d'années (il avait pris un ton professoral), mais quand ils ont eu des armes à feu, les loups ont cessé de tuer. Ils sont très intelligents et ils savent quand l'homme représente un danger. La raison pour laquelle il y a davantage d'écrits sur les loups mangeurs d'hommes en Europe, c'est parce que les gens avaient des crayons pour en parler, mais pas les armes pour les arrêter, donc l'histoire des loups s'attaquant aux hommes de l'autre côté de l'Atlantique a duré plus longtemps que la nôtre, jusqu'au début du XXe siècle. Dans le parc, où ils sont protégés, la peur de l'humain disparaît à nouveau chez les loups.

— Mais on ne les chasse pas dans le Montana ? demanda la femme. Pas avec ces affreux pièges à mâchoires ?

— Oui, mais le parc agit comme un réservoir et les loups migrent continuellement hors de ses frontières, donc l'absence de peur se transmet. Et ce n'est que justice, non ? On les tue. Pourquoi ne se vengeraient-ils pas de la persécution dont ils sont victimes ?

James déclara qu'il devait aller nettoyer l'enclos des ours, mais qu'ils pouvaient rester aussi longtemps qu'ils le voulaient pour observer les loups. Après son départ, la femme colla son nez à la vitre.

— Ils sont tellement beaux, dit-elle. Oh, je ne veux pas y songer.

Stranahan y songea, lui. Il y songea en retournant en ville et il y songea en sirotant une bière à la Wild West Pizzeria.

Lorsqu'il entra au Book Peddler afin de commander un café pour la route, il pensait à autre chose. Il lui faudrait une heure et demie pour regagner Bridger, mais la maison de Katie, à Cougar Creek, n'était qu'à treize kilomètres sur la 191. Il pourrait s'y arrêter et lui proposer de l'aider à confectionner des biscuits pour chien. Voir où ça mènerait. Il le savait d'avance.

Stranahan était l'homme d'une seule femme. Il n'avait jamais trompé son épouse, même après qu'il eut été clair que leur mariage était un échec. Pas une seule fois il n'avait songé à s'éparpiller lorsqu'il était sous le charme de Vareda Beaudreux et, au cours des sept mois durant lesquels il avait vécu avec Martinique, jusqu'à ce qu'elle parte pour l'école vétérinaire en février, il avait peut-être à l'occasion suivi des yeux une femme qui passait, mais il était resté, fermement et avec joie, monogame. Mais la séparation, les longs mois pendant lesquels Martinique n'avait été qu'une voix au téléphone, et depuis peu encore moins que ça, lui pesaient. Il n'était pas fait de la pierre dont sont faites les montagnes, et, contrairement à elles, il ne pouvait pas endurer éternellement le froid.

— Tu vas le regretter, dit-il à voix haute en s'installant au volant du Land Cruiser. Demain matin, tu le regretteras.

Le lendemain matin, Katie prépara des pancakes à la farine de blé noir.

23

LA ZORILLE DU CAP S'EN TAPE

Sam meslik était en train de resserrer les sangles sur l'Adirondack Guideboat de Sean afin de l'arrimer à la remorque, lorsque Stranahan se gara devant la boutique. Il n'avait pas parlé à Asena Martinelli depuis que les cheveux avaient été formellement identifiés comme appartenant à sa sœur et il n'était pas pressé de lui apprendre la nouvelle, au cas où elle n'aurait pas déjà été informée par Ettinger.

— Kemosabe, dit Sam. Ça fait un bail.

— Asena est dans le coin ?

— Elle hiberne dans la grange. Je lui ai dit que je l'emmènerai faire un tour en bateau au lac Wade, histoire qu'elle prenne un peu le soleil. Et puis j'ai eu un coup de fil pour guider une partie de pêche, donc je suis partagé entre aller pêcher pour m'amuser ou aller pêcher pour faire bouillir la marmite. Tu peux peut-être m'aider à me dépatouiller de ce dilemme ?

— Bien sûr, acquiesça Stranahan. Je vais l'emmener en balade.

— T'as l'air un peu débraillé. Dure nuit ?

Sam sourit d'un air suggestif.

— J'ai dormi à West Yellowstone.

Sam passa un doigt à travers un trou dans le T-shirt sur lequel était écrit : LA ZORILLE DU CAP S'EN TAPE. Il tripota les poils sur sa poitrine.

— Qui est la malheureuse dame ?

— Personne que tu connais. En plus, ce n'est pas ce que tu crois.

— Martinique est au courant pour cette personne que je ne connais pas ?

— Martinique semble vouloir quitter le paysage. C'est son choix, pas le mien.

Sam émit un grognement de compassion.

— C'était la bonne, mon pote. Ne la laisse pas partir. (Il se tourna vers la porte de la grange.) Je vais aller réveiller la Belle au bois dormant. C'est une pêcheuse à la mouche passable si tu arrives à lui mettre une canne entre les mains. Rien à voir avec la Vénus, mais elle sait pêcher.

— Sam m'a dit que ce bateau avait une histoire, que vous me la raconterez mieux que lui.

Elle était assise à l'arrière, face à Stranahan qui manœuvrait les rames dont les lames effilées ployaient, ce qui ajoutait de l'impulsion à chaque coup. Le lac était couvert de vaguelettes frangées d'écume que l'embarcation aux lignes pures fendait comme un couteau. La berge plantée de pins d'où ils étaient partis s'éloignait, et l'aigle qu'ils avaient observé dans un arbre rétrécit jusqu'à ce qu'ils n'aperçoivent plus que la tache blanche ornant sa tête. Stranahan était, avait été et serait toujours un pêcheur de rivière, mais il avait fini par apprécier ce qu'offrait la pêche dans un lac. Le doux balancement du bateau agissait comme un baume apaisant. Le ralentissement du rythme cardiaque était perceptible.

Il tendit l'index.

— Ce trou sous le plat-bord, c'est par là que la balle est entrée. Une trentaine de centimètres à gauche et cette conversation n'aurait pas eu lieu.

Il entreprit de lui raconter la nuit d'été sur le lac Quake, deux ans auparavant, quand deux frères étaient morts et qu'il avait failli les rejoindre, ayant perdu deux litres de sang après que la lame d'un couteau de chasse artisanal avait sectionné une artère dans son épaule. L'histoire les amena jusqu'aux bas-fonds à l'autre bout du lac.

— Comment avez-vous fini par acquérir le bateau ? demanda Asena.

— Il avait été utilisé dans le cadre d'un crime, alors il est devenu propriété du comté. L'administration a organisé une vente aux enchères et j'ai été le plus offrant.

— Vous ne revivez pas ce cauchemar chaque fois que vous sortez avec ?

— Non, au contraire. Il me rappelle à quel point la vie est précieuse. C'est pour ça que je ne me suis jamais résolu à reboucher le trou. (Il hésita.) Asena, je déteste l'idée de devoir être celui qui vous annonce…

— Je suis déjà au courant. Le shérif a téléphoné ce matin, avant de passer à la télé.

— Je suis désolé.

Il s'occupa en montant un bas de ligne en fluorocarbone sur une soie couleur fumée.

— Quand on retournera chez Sam, je vous rendrai votre argent, dit-il, en tenant une imitation de larve de libellule olive entre ses lèvres. (Il noua la nymphe à la potence et tendit la canne à Asena.) Vous n'êtes pas obligée de pêcher, vous savez.

— Et je devrais faire quoi ? Dites-moi ce que je devrais faire.

Stranahan n'avait pas de réponse.

— Je ne pensais pas que c'était la saison des libellules, dit-elle.

— Ce n'est pas la saison. Mais j'ai l'impression que les truites les prennent pour des sangsues. Peu importe pour quoi elles les prennent, elles les prennent.

Il suffit à Stranahan de voir Asena sortir sa soie de l'eau et effectuer une double traction pour comprendre que Sam s'était montré injuste en la qualifiant de pêcheuse "passable". C'était une excellente lanceuse et elle assimila en peu de temps la façon dont il fallait reprendre du fil pour imiter la succession d'ondulations rapides et de pauses que produit la nage d'une nymphe de libellule.

— Je ne vous ai pas engagé uniquement pour retrouver ma sœur. Je vous ai engagé pour retrouver l'homme qui lui a fait du mal, qui l'a… abîmée. Vous l'avez retrouvé ?

— Ne vous infligez pas ça, Asena. Laissez tomber.

Elle lança à nouveau. Sa voix était d'acier.

— Je vous ai demandé si vous l'aviez retrouvé.

— Ça ne la ramènera pas.

Une truite filant comme un missile sur le fond marneux prit la mouche et sortit une bonne partie de la soie d'Asena avant qu'elle n'arrive à la mettre dans son épuisette. Stranahan la libéra et se tourna vers elle.

— Vous avez raison, vous avez le droit de savoir.

Elle reposa la canne tandis que Stranahan lui racontait son excursion en compagnie de Katie dans la vallée de la Lamar. Son corps se raidit en entendant que le guide avait aperçu l'homme avec sa sœur deux étés plus tôt. Il l'observa se replier sur elle-même et tourner son regard vers quelque chose qu'elle seule pouvait voir, ou peut-être vers le néant. À la fin de son récit, elle prit la parole d'un ton neutre, le visage inexpressif.

— Je veux que vous le retrouviez. Je n'ai pas besoin que vous croyiez ma sœur vivante. C'est suffisant que moi je le croie, et je me fiche d'avoir l'air d'être naïve ou de refuser de voir la réalité en face. Je dois savoir. Deux semaines de salaire, ce n'est pas cher payé pour savoir. Vous comprenez ?

Sean lui montra du doigt les nuages qui s'amoncelaient depuis une demi-heure. Les Adirondack Guideboat avaient beau être des embarcations stables – les chasseurs s'en servaient pour transporter les élans depuis la fin des années 1880 –, il ne faisait pas bon être sur le lac Wade lorsque le vent se levait. Asena lui demanda si elle pouvait ramer pour le retour et Stranahan ne fut pas surpris de découvrir qu'elle était aussi experte avec des rames qu'avec sa soie de 6. Il se détendit tandis que le bateau coupait à travers les vagues, là où le lac était de plus en plus profond, l'eau passant du vert à un bleu foncé qui vira au noir lorsque les nuages dissimulèrent le soleil.

— Ce lac a l'air vraiment profond, dit-elle.

— Il l'est. Mais le lac Cliff, celui qu'on a vu en descendant la colline, l'est encore davantage – trente-six mètres juste en dessous de la rampe de mise à l'eau. Le record de l'État de la plus grosse arc-en-ciel jamais pêchée a été enregistré là-bas en 1952. Vingt livres.

Elle siffla. Son couvre-chef du jour était un vieux feutre que Sean avait laissé accroché à un clou dans la boutique de Sam en guise de décoration ; des mouches rouillées y étaient plantées et elle l'avait entouré d'un bandana pour qu'il ne tombe pas.

Elle surprit son regard et s'excusa de ne pas lui avoir demandé la permission de le porter.

— Je ne regarde pas le chapeau, répondit-il. Je regarde la femme sous le chapeau. J'imagine que vous avez l'habitude d'être dévisagée.

Elle prit la remarque avec sérieux.

— Je ne comprenais pas pourquoi les hommes me regardaient. Ça me mettait mal à l'aise. Nicki a dû m'expliquer. Ma petite sœur avait plus d'expérience dans ce domaine, c'était peut-être le seul.

— Je vous regarde uniquement parce que vous lancez joliment, dit-il.

Elle pencha la tête afin que le chapeau dissimule son visage.

Il tendit la main et lui releva le menton de l'index.

— Je vous ai fait sourire, hein ?

Sam attisait le charbon de bois du barbecue lorsqu'ils se garèrent devant la boutique de pêche. De l'aloyau de bœuf de Kobe mariné exsudait son sang sur un plat posé au bord du gril. Il leur expliqua que c'était le pourboire du client avec qui il avait pêché le matin, pressa l'épaule de Stranahan pour le saluer, puis ôta le feutre qu'Asena portait et l'embrassa sur le dessus de la tête. Elle le remit et abaissa le bord, mais pas avant que Stranahan n'ait pu apercevoir les cheveux cuivrés. C'était la première fois qu'il la voyait sans chapeau et elle avait l'air plus jeune et plus vulnérable que la femme qui avait pêché de son bateau. Elle s'excusa pour aller se rafraîchir. Killer sauta du porche et la suivit dans la grange.

— J'ai l'impression que cette femme m'a volé mon chien, dit Sam. Ils sont devenus inséparables en, quoi, une semaine ? Que Dieu protège le mec qui va se mettre entre eux ou la regarder de travers.

Il fit un signe du menton en direction de la glacière sur le porche.

— File-moi une bière, Stranny.

Sean farfouilla dans la glacière.

— Shadow Caster ou Clothing Optional Pale Ale ?

24

L'HOMME QUI EMBRASSE SON WEATHERBY

Lorsque la tache de couleur changea de position, la joue qui reposait sur la crosse du fusil avança légèrement. Sous l'effet de la contraction de ses muscles, les deux épais sourcils de l'homme se rejoignirent. Des cicatrices en forme de croissant ressortaient, blanches, sous la touffe de poils rêches au-dessus de son œil droit. Un observateur aurait pu dire que sa peau semblait avoir été entaillée par la tranche d'une douzaine de pièces de cinq cents, sauf qu'il n'y avait personne à des kilomètres à la ronde pour le remarquer. L'œil toujours collé à la lunette, l'homme coupa l'appeau électronique qui imitait les couinements d'un lapin à l'agonie, essuya son index sur son jean et le reposa sur la détente. Il fit glisser le cran de sûreté de sa carabine Weatherby.

À quatre cent vingt mètres, de l'autre côté du canyon – le télémètre de la carabine calculait la distance avec précision –, un loup émergea des pins dans une petite clairière créée par une avalanche. C'était un loup noir qui correspondait à la description du mâle alpha qui lui avait été fournie par le bureau du service de la Pêche, de la Faune et des Parcs de Bridger. Délicatement, il exerça une pression sur la détente.

Elle était si sensible qu'une souris qui filerait à travers le pontet déclencherait la gâchette. Chaque battement de cœur de l'homme provoquait des soubresauts dans la mire. Si son appui avait été parfaitement stable, il aurait pris sa respiration, aurait expulsé la moitié de l'air de ses poumons et aurait appuyé sur la queue de détente. Mais comme son appui ne l'était pas, l'ovale de la mire se déplaçait sur le torse du loup de manière imprévisible. Il devrait tirer à l'instant précis où elle se trouverait sur la zone vitale, en réalité quelques centimètres au-dessus pour tenir compte de la retombée de la balle. Mais ce n'était pas une pensée consciente ; d'ailleurs, l'homme ne réfléchissait pas de façon consciente. Au contraire, il s'était retiré dans les profondeurs de son être, là où le temps ralentissait, où tout était très calme ; il n'était pas insensible, mais tout simplement absent.

La détonation se répercuta contre les parois calcaires. L'homme n'entendit rien. Il ne sentit pas non plus le recul qui lui secoua l'épaule. Par contre, la douleur cuisante de la lunette le heurtant au-dessus de l'œil droit, le bord en acier l'entaillant jusqu'à l'os, ça, il le sentit. Lorsque la mire se stabilisa à nouveau sur la clairière, le loup avait disparu. L'homme posa la carabine et attrapa un mouchoir qu'il pressa contre la coupure. Il pencha la tête en arrière et contempla le ciel, essayant d'imaginer un paradis auquel il ne croyait pas. Il attendit que le sang cesse de couler.

Il lui fallut vingt minutes pour découvrir un passage permettant de descendre dans le canyon et de remonter par l'autre versant, vers la clairière où s'était trouvé le loup et où une éclaboussure de sang barbouillait un rocher de couleur foncée. L'homme s'assit et sortit une cigarette d'un paquet rangé dans sa poche de chemise. À une époque de sa vie, il avait limité sa consommation à une cigarette par semaine, qu'il partageait avec sa femme après qu'ils avaient fait l'amour, le samedi soir. Après sa mort, il avait pris l'habitude de fumer une cigarette avant de commencer à suivre les traces de sang d'un animal qu'il avait tiré. Une étrange modification de ses habitudes, à laquelle il n'avait pas pris la peine de réfléchir. Il gratta une allumette sur l'ongle de son pouce et inhala l'odeur de soufre. Il alluma la cigarette. Pour la première fois depuis qu'il avait aperçu la tache noire entre les arbres, il autorisa son esprit à vagabonder.

Durant trente-cinq ans, Calvin Barr avait été trappeur pour l'agence gouvernementale de contrôle des nuisibles. Il avait débuté à une époque où le mot trappeur ne définissait que très vaguement son travail, lequel consistait la plupart du temps à utiliser une seringue pour empoisonner de la viande de cheval au fluoroacétate de sodium, plus connu sous son nom commercial 1080. Ce produit tuait sans discrimination tous les animaux qui se nourrissaient des carcasses. Quand l'empoisonnement à grande échelle fut interdit, il apprit à poser les pièges M44 qui éjectaient des capsules de cyanure dans la gueule des coyotes et des renards. Il obtint aussi une certification de tireur aérien et tua des coyotes depuis un hélicoptère, au calibre 12. Ses plus gros cartons avaient lieu en hiver, lorsque les coyotes rôdaient autour des troupeaux et se détachaient sur la neige.

Rien qu'au cours de ses cinq premières années de service, Barr estimait qu'il avait abattu environ huit cents renards, deux cent cinquante lynx, trente pumas, à peu près le même nombre d'ours et au moins trois mille coyotes, sans compter ceux tués par les carcasses empoisonnées – Dieu sait combien il y en avait eu avant que cette pratique soit interdite, les chiens de prairie morts jonchant alors le sol comme des quilles de bowling autour des appâts. Il était las de ce massacre et avait fini par en comprendre l'inefficacité. Combien de moutons et de bovins le sang qu'il avait sur les mains avait-il réellement sauvés ? Beaucoup, probablement. Sauf que dans le cas des coyotes, l'ennemi numéro un aux yeux de l'agence, les tueries à grande échelle rataient fréquemment les un ou deux animaux qui faisaient des victimes au sein des troupeaux de moutons. Et puis le tir aérien coûtait cher, presque toujours davantage que la valeur du bétail perdu.

Mais bien trop souvent, avait-il appris, les prédateurs étaient accusés d'avoir tué des animaux qui avaient péri pour d'autres raisons. Lorsqu'il ne repérait pas de trace spécifique – les pumas, par exemple, laissaient des marques de crocs dans le cou et léchaient de leur langue râpeuse les poils sur les parties qu'ils voulaient dévorer, et les ours retournaient comme un gant les moutons en les mangeant –, Barr allait au fond du mystère en sortant son couteau à dépouiller. Il découvrait parfois que le coupable était le rancher lui-même, parce qu'il avait laissé un animal mort pour que les charognards s'en nourrissent, ou qu'il y avait été un peu fort avec le fer à marquer, ce qui provoquait une infection de la blessure. La déshydratation, la maladie et le mauvais temps faisaient bien plus de victimes au sein du bétail que les griffes et les crocs.

Comme Alfonso Martinelli, qui avait été son supérieur pendant deux ans dans les années 1990, il avait aidé à capturer vivants plusieurs des loups canadiens qui avaient été relâchés dans le parc de Yellowstone et en Idaho. Alors que la population de loups augmentait rapidement, il finit par avoir pour tâche d'éliminer des descendants de ces mêmes loups. L'ironie de la chose ne lui échappait pas. Plus d'une fois, il s'était demandé à quoi servait de réintroduire des loups si c'était pour les abattre plus tard.

Il secoua la tête en songeant à Martinelli. Il avait été choqué lorsque son supérieur actuel l'avait appelé pour l'informer qu'un loup était soupçonné d'avoir tué un être humain. Il l'avait été encore davantage en apprenant qu'il s'agissait de la fille de l'homme avec qui il travaillait autrefois.

Du talon de sa botte, Barr creusa une tombe pour sa cigarette. Il regarda à nouveau le ciel, songeant à ce paradis auquel il ne croyait pas, puis baissa les yeux sur le rocher. Le sang était rose et mousseux. Du sang provenant des poumons. L'alpha n'irait pas loin. En suivant la pente, Barr le retrouva, mort, à trente mètres de là, étendu sur son flanc indemne, avec le museau taché de sang. La balle avait pénétré dans l'épaule de la bête et creusé un cratère rouge noyé dans la fourrure noire. Des bulles de sang dues aux gaz libérés par le corps se formaient et éclataient doucement au-dessus du trou.

Barr s'agenouilla près de l'animal et ôta sa casquette en laine Kromer. Il passa la main sur la tête du loup puis appuya sur la paupière de son œil gauche vitreux jusqu'à ce qu'il ne fixe plus rien.

Barr annonça par radio qu'il avait tué le loup et reconduisit son quad à l'orée de la piste forestière où il avait laissé son pick-up. Un groupe l'attendait, composé de Julie McGregor, de Kellen Kirkpatrick – son supérieur à Missoula –, du shérif du comté et d'un représentant du service de la Pêche et de la Faune, arrivé en avion depuis Denver, histoire que le gouvernement puisse mettre son grain de sel. Avant que Barr ait eu le temps de couper le moteur du quad, des corps pleins d'impatience se pressaient déjà autour du loup sanglé sur le porte-bagages, la gueule inclinée d'un côté, les crocs à nu. La queue et le train arrière pendaient. La dépouille présentait les premiers signes de la rigidité cadavérique. Les yeux de Barr croisèrent ceux de la biologiste qu'il avait rencontrée la veille, après avoir roulé depuis Darby, où il vivait.

— D'après vous, ça ressemble à l'alpha de la meute de Bald Ridge ? demanda-t-il.

McGregor se pencha pour examiner le dos du loup. L'alpha avait été photographié deux fois durant les surveillances aériennes l'hiver précédent, on le reconnaissait à une rayure brisée gris clair sur son échine dorsale.

— C'est lui, dit-elle. Nous allons autopsier son système digestif au labo. Mais ça fait plus d'une semaine. J'imagine que, s'il a ingéré la victime, toute trace aura disparu maintenant. On aura plus de chance en grattant ses griffes et ses dents pour récupérer de l'ADN.

— À votre avis, il vous faudra combien de temps pour avoir les autres ? s'enquit le représentant de la Pêche et de la Faune.

Barr secoua la tête, sans tenter de dissimuler son dégoût.

— Ça dépendra d'eux. La femelle alpha pourrait les conduire dans une autre partie du parc après ça. Ou peut-être pas. Si la meute reste dans le bassin, j'ai installé des collets et dix pièges avec des appâts. J'irais les vérifier demain matin.

McGregor hocha la tête.

— Embarquons-le.

Barr ignora les volontaires prêts à l'aider et chargea la bête sur ses épaules, la tête pendouillant sur son torse. Il estimait son poids à environ cinquante-cinq kilos. Un mâle de taille moyenne, dans la fleur de l'âge à en croire l'usure de ses dents.

Après que McGregor eut hissé le loup sur le plateau de son pick-up, Barr répondit abruptement aux questions et s'occupa de son matériel. Le représentant de la Pêche et de la Faune finit par percevoir son irritation, et l'attroupement autour de Barr commença à se disperser.

— Ceux-là ont l'air assez gros pour s'attaquer à un ours, dit Ettinger.

Barr acheva de sangler les deux pièges Brawn n° 9 sur le porte-bagages de son quad.

— Non, répondit-il. Mais ils sont gros pour des pièges à loups. Je ne les utiliserais pas si on devait relâcher l'animal. Trop de risques de casser un os. Si on veut attraper un loup pour le relâcher, on n'utilise rien de plus gros qu'un Newhouse 4 1/2. J'utilise principalement des n° 4 avec des dents arrondies en acier que je fabrique moi-même. On croit que ce sont les dents qui brisent les pattes, alors que ce sont plutôt les mâchoires. On déchire parfois un orteil avec un piège à dents, mais rien qu'un vétérinaire ne puisse réparer.

Kellen Kirkpatrick avait déjà entendu tout ça. Il interrompit Barr pour le prier de l'appeler après avoir vérifié ses pièges et partit. Barr et Ettinger regardèrent le pick-up disparaître.

— Bon sang, il sait très bien que je n'ai aucun moyen de l'appeler d'ici, dit Barr en crachant sur le sol.

— Parlez-moi du piégeage des loups, demanda Ettinger.

— Eh bien...

Calvin Barr n'était pas un homme loquace, mais comme la plupart des gens qui connaissent leur sujet, il aimait bien mettre les choses au point. En particulier à propos des loups, parce qu'il n'existait aucun animal au monde plus mal compris. Qu'Ettinger s'y intéresse vraiment lui plaisait.

— Vous devez avoir à l'esprit qu'un loup est une bête coriace, commença-t-il. Il a des os solides, et il n'est pas comme le raton laveur, qui se rongera les orteils pour s'échapper. Ça peut arriver, mais c'est rare, surtout si vous vérifiez consciencieusement votre matériel. Le plus grand danger avec un loup piégé, c'est qu'il fasse trop chaud durant le transport. Je n'aime pas poser de piège au soleil. C'est un chien, et les chiens n'ont pas de glandes sudoripares. La seule façon pour eux de se débarrasser de la chaleur, c'est de haleter. Il faut donc les arroser au jet et les maintenir au frais quand on les transporte.

— Vous avez déplacé beaucoup de loups ?

— Environ cent vingt-cinq, en comptant ceux d'avant la réintroduction. La plupart de ceux que j'ai piégés n'étaient pas coupables des crimes dont on les accusait. C'est comme les écolos qui m'appellent Barr le Tueur. Ils ont tort. Bien sûr, avant que la question ne soit du ressort de l'État, j'ai donné le feu vert pour tuer beaucoup de loups, mais uniquement si j'avais la preuve irréfutable de ravages dans les troupeaux. Le seul remède pour un tueur avéré, c'est une balle. Si on les déplace, ils causent les mêmes problèmes ailleurs. Mais comme je l'ai dit, généralement, ce n'était pas le cas. Tuer des loups ne m'amuse pas du tout. Si ça ne tenait qu'à moi, je n'en tuerais plus.

— Votre front vous en serait reconnaissant, dit Ettinger. On dirait que la lunette de notre carabine a voulu vous embrasser.

Barr eut un rire bref.

— On pourrait croire qu'au bout de quarante ans, j'aurais appris à ne pas me coller à la crosse.

— Alors, ce loup, continua Ettinger, vous pensez qu'il a tué la fille Martinelli ? Je ne vous l'ai pas demandé avant pour éviter qu'on me reproche d'introduire le doute dans une affaire que tout le monde considère comme classée. Mais maintenant qu'il n'y a que vous et moi, je voudrais connaître votre opinion.

— Vous êtes la première à poser cette question. Tout ce grabuge et vous êtes la première. Ce que j'en pense ? Voilà… si vous me dites que les cheveux de la fille ont été retrouvés dans des excréments de loup, il faut bien que je vous croie. Mais ça va à l'encontre de tout ce que je sais des loups.

— Pourquoi ?

Ettinger croisa les bras.

— Tout d'abord, il y a eu cette chasse à l'homme à grande échelle pour la retrouver, des chiens, des avions, tout le bazar, et ils n'ont pas découvert une seule trace – pas d'empreintes, pas de vêtements, pas d'odeur.

— On a trouvé son chapeau à environ trois cents mètres de la carcasse. On pense qu'elle a été éjectée de son cheval, qu'elle était peut-être désorientée.

Barr plissa le front et grimaça. Il toucha du bout du doigt le caillot de sang au-dessus de son œil droit.

— Ce que je veux dire, c'est que si elle avait été tuée par un loup, j'imagine que j'aurais retrouvé où. Quand un loup tue un cerf, il le mange sur place, là où il l'a tué. Un puma, par contre, peut le traîner plus loin et enterrer les restes. Idem pour les ours. Pas un loup. Il le laisse à l'endroit où il est tombé. Tout ce sang et ces os, vos gars sont bons, ils regardent le ciel à la recherche d'oiseaux. Les oiseaux suivent les meutes. Vous verriez des corbeaux voler en cercle, des urubus à tête rouge. Mais elle s'est volatilisée. Je ne dis pas que ce n'est pas un loup, juste que, si c'était le cas, on pourrait s'attendre à trouver des preuves.

— Vous avez dit "tout d'abord il y a eu cette chasse à l'homme". Quoi d'autre ?

— Eh bien, la façon dont ces excréments ont été découverts, ça me laisse perplexe. Ça semble un peu… commode. Bien en vue sur un gros rocher, un lieu de marquage tellement évident, en plein sur le circuit du spécialiste des excréments ? Pile là où il regarderait à coup sûr ? Je ne sais pas moi… Qu'en pensez-vous ?

Ettinger décida d'être franche avec lui.

— Cal, la raison pour laquelle je vous interroge, c'est parce qu'un des hommes avec qui je travaille a parlé à la sœur de Nicki Martinelli. Selon elle, ça ne s'est pas passé comme ça.

Il l'écouta, ne l'interrompant qu'une seule fois pour faire un commentaire sur les bouteilles d'appât Philtre d'amour n° 29 dans la cave de Martinelli.

— Ce Philtre d'amour n° 29, c'était la recette secrète d'Alfonso. Il y mettait des chats qui s'étaient fait écraser sur la route, si je me souviens bien. Il fallait en asperger quelques gouttes là où les pièges étaient enterrés. Il a attrapé un sacré paquet de loups avec cet appât.

Dans sa poche, le trappeur récupéra un cure-dent qu'il avait taillé dans l'os pénien d'un raton laveur. Il le mâchouilla tandis qu'Ettinger finissait son récit.

— Donc ce gars, dit-il, il est censé avoir d'une façon ou d'une autre découvert qu'elle vivait dans la vallée. Il serait venu dans le bassin et l'aurait kidnappée ?

— C'est ce que pense sa sœur.

— Je dirais que son histoire a l'air de tenir la route, sauf qu'on a trouvé ses cheveux.

Martha ramena la conversation aux Martinelli.

— Vous connaissiez son père. Avez-vous jamais rencontré Nicki ?

— Je l'ai croisée une fois à une réunion de trappeurs, répondit Barr. Sur la Middle Fork of the Teton. Elle devait avoir seize ans, un régal pour les yeux. Elle avait un côté sauvage, ça ne fait aucun doute. Elle s'était mise à courir partout comme une diablesse, ses cheveux s'échappant de sous le chapeau en peau de raton laveur dont elle s'était affublée. La plus exubérante des créatures qu'on puisse rencontrer. Mais le lendemain, elle était apparue beaucoup plus calme, elle avait l'air d'une jeune femme sage. Elle m'appelait monsieur Barr. Je me rends compte que je n'ai jamais rien compris aux femmes. On croit avoir saisi, et puis non. Pareil avec la mienne, avant qu'elle meure.

Il hocha la tête pensivement, puis rougit en se souvenant qu'il parlait à une femme.

— Et Asena ?

— Non, elle, je ne l'ai jamais rencontrée. Je ne savais pas qu'Alfonso avait une autre fille. Mais il n'avait pas beaucoup de vocabulaire – compréhensible, je veux dire. En français, il pouvait parler, parler. Je n'aurais jamais su qu'il avait Nicki sans cette réunion. Sa sœur, alors, elle est dans la vallée, vous dites ?

Ettinger hocha la tête :

— Elle est descendue de Colombie-Britannique où elle est psychologue scolaire. Les filles ont grandi dans un bungalow quelque part au nord de nulle part. Elle est restée là-bas.

— Mis à part Vancouver, la Colombie-Britannique c'est le grand nulle part. (Barr remit le cure-dent dans sa poche.) À propos de cette cave chez son père, vous pensez que vous pourriez lui parler, voir si ça la gêne que je passe prendre une bouteille de ce n° 29 ?

25

VOLEURS D'ÂMES

HAROLD LITTLE FEATHER se trouvait dans la grande salle commune du Lake Hotel, dans le parc de Yellowstone, observant par la fenêtre le vaste lac couleur ardoise onduler, lorsque son portable vibra. Il avait eu l'intention de l'éteindre. Il savait qu'il y avait une antenne relais déguisée en pin près du Old Faithfull Inn. Il ne savait pas qu'ils en avaient installé une ici. Bientôt, il n'y aurait plus d'endroit sacré, songea-t-il. Il ouvrit le clapet du téléphone.

C'était Martha Ettinger :

— Qu'est-ce que tu fais ?

— Je regarde le lac Yellowstone en buvant un thé le petit doigt en l'air.

— Ça ne te ressemble pas.

— Je suis un homme plein de mystères, Martha.

Leurs échanges avaient retrouvé une certaine décontraction, une forme de légèreté à la lumière du jour. Il leur avait fallu du temps.

Harold jeta un coup d'œil à la belle-famille de sa sœur, venue de Flagstaff pour quelques jours de vacances. Ils se prélassaient sur les meubles en osier mauve, écoutant une femme qui jouait sur un piano à queue en bois blond avant qu'on les appelle pour le dîner qu'ils avaient réservé. Harold eut le pressentiment que les côtelettes d'agneau à la sauce à la menthe n'allaient pas faire partie de son avenir proche.

— Hmm, hmm, dit-il. Non, c'est la première fois que j'en entends parler. (Une minute s'écoula.) Donc je dois en remercier Katie et Stranahan. Tu ne vois aucun conflit de juridiction ?

— Pas tant que tu n'arrêtes personne, s'entendit-il répondre.

Il referma le téléphone et, cette fois-ci, pensa à l'éteindre. Sa sœur, Janice, se glissa à ses côtés. Il lui dit qui venait d'appeler.

— Quand est-ce que tu vas lui annoncer que tu es à nouveau célibataire ?

Harold avait cessé de voir son ex-femme au cours de l'été.

— Quand je serai fin prêt, répondit Harold.

— Alors tu dois partir, c'est ça ? Qu'est-ce que je vais leur raconter ? Ils t'aiment bien.

— Ils me trouvent distrayant parce que j'ai l'air bien plus indien que toi. Ça leur passera.

— Depuis qu'on est gamins, tu me laisses toujours tomber pour faire Dieu sait quoi. Tu vas où cette fois ?

— Dans la vallée de la Lamar. Le shérif veut que j'aille à la recherche d'un type qui se prend pour un loup.

Au parking, Harold descendit de son pick-up et s'étira pour se débarrasser des crampes, sa longue natte suivant le creux de sa colonne vertébrale. Il croisa les bras, ce qui eut pour effet de faire apparaître ses biceps sous les manches coupées d'une chemise à carreaux en flanelle. Il laissa tout loisir d'observer ses tatouages : des empreintes de fouine autour de son bras gauche, de cerf autour du droit. Il sentait leurs yeux rivés à lui tandis qu'il se dirigeait vers la balustrade près du panneau explicatif et y posait les mains.

— C'est beau, non ? dit-il en écartant les bras pour embrasser la vallée de la Lamar.

L'homme qui se tenait à quelques mètres d'Harold avait les cheveux aussi longs que lui, attachés en une queue de cheval passée à travers la bande réglable de sa casquette des Great Falls Dodgers. Il portait une veste Harley déboutonnée sur sa poitrine velue. Des boucles d'oreille bleu Tiffany apportaient une touche féminine. Ses yeux étaient d'un rouge très foncé, presque marron, et le pendentif représentant un loup qu'Ettinger lui avait dit de chercher bien visible. La femme, à peine plus qu'une gamine, avait des cheveux blonds aux pointes rouges, un piercing dans le nez et des yeux orange flamboyant. Son ventre potelé dépassait entre le bas de son T-shirt et le haut de son jean décoré de fausses perles symbolisant les phases de la Lune.

— Vous êtes ici pour les loups ? demanda l'homme. Dans certaines cultures autochtones, les loups étaient les frères des hommes. Il y avait un Indien crow ici cet été ; il m'a parlé du mythe de Running Wolf.

— Ah bon ? (Harold avait toujours les mains posées sur la balustrade et fixait l'horizon.) Je suis Blackfeet. Il est possible que le loup soit mon frère, mais les Crows, j'en raffole pas.

— Si vous restez dans le coin, vous verrez peut-être la meute de Thunderer Mountain. Ils hurlaient ce matin comme s'ils avaient tué une proie.

L'homme désigna la vallée.

La fille regardait timidement Harold, un exploit non négligeable pour quelqu'un dont l'iris était de la couleur d'un lever de soleil à la saison des incendies.

— Vous êtes de sang pur ? demanda-t-elle.

L'outrecuidance de certains Blancs ne cessait jamais de l'étonner.

— Bien sûr, répondit-il. J'ai grandi dans la réserve. Maman faisait cuire du pain frit. Je suis connu pour séduire les femmes blanches. (Il la regarda rougir et rit.) Je me moque de vous. Je suis probablement le seul Amérindien de la façade orientale qui ne peut pas prétendre avoir déjà vu un loup. Je me suis dit que j'allais rectifier ça. La belle-famille de ma sœur loge au Lake Hotel. Ça vous dirait de boire une bière ? Pour passer le temps en attendant.

Ils passèrent le temps, l'homme et la femme buvant la bière que la sœur d'Harold avait mise dans ses affaires, Harold sirotant un Coca en s'interrogeant sur ce qu'il faisait là. Ettinger lui avait demandé d'engager la conversation et de voir s'il pouvait apprendre leurs noms et l'endroit où ils vivaient. Elle lui raconterait toute l'histoire plus tard.

Harold fit un signe du menton en direction de la moto.

— C'est pas une de ces vieilles Honda 350 ?

— C'est une CB 1969, répondit l'homme. Quelqu'un a grillé le circuit électrique en essayant de la faire démarrer avec une batterie de voiture et les fils qui vont sur la cosse étaient dénudés. J'ai récupéré les pièces et je l'ai restaurée. Le rouge du réservoir est d'origine.

— J'ai eu une Scrambler, dit Harold. Roue de 19 pouces à l'avant, pot d'échappement haut. Le modèle que l'immense et regretté Jim Morrison conduisait, à part que la sienne était psychédélique. Le réservoir sur la mienne était de la couleur qu'ils appellent candy blue. Ça vous embête que je prenne une photo ? J'ai un frère qui restaure de vieilles motos, il serait content de la voir. Ils ont fait des tonnes de 350, mais c'est dur d'en trouver une qui n'ait pas été repeinte ou qui ne soit pas bousillée.

— Bien sûr, quel mal à ça ? répondit l'homme.

Harold prit des photos sous plusieurs angles, en s'assurant d'avoir des gros plans de la plaque d'immatriculation.

— Et si j'en prenais une avec vous dessus ? proposa-t-il.

— On peut, Fen ? demanda la femme, un ton de supplication enfantin dans la voix.

L'homme lui jeta un regard sévère et secoua la tête.

— Non, je ne crois pas. Il faut que notre âme reste dans notre corps. Vous devez comprendre, vous qui êtes indien.

— OK, pas de problème, dit Harold. Je suis un homme médecine. Il y a encore beaucoup de gens sur la réserve qui pensent ainsi.

Sous prétexte de regarder les photos sur l'écran du téléphone, il modifia les paramètres, pour que le déclenchement soit silencieux.

Deux heures plus tard, il appela Ettinger depuis la réception de l'hôtel.

— Le nom de la femme est Deni, le diminutif de Denise. Je l'ai entendue appeler l'homme Fen. J'ai l'impression qu'il n'a pas aimé, il l'a fusillée du regard. Ils ne m'ont pas donné leurs noms de famille et je n'ai pas insisté. Deni s'est plainte que les lentilles de contact lui brûlaient les yeux. À un moment, elle a voulu les enlever, mais il a dit non. Pas un méchant "non", pas un "non" fort, juste "non". J'ai l'impression qu'elle fait ce qu'il lui ordonne de faire.

— Tu leur as demandé pourquoi ils les portaient ?

— L'homme a dit que c'était par respect pour les loups. C'est quoi cette histoire, Martha ?

— Une longue histoire.

Elle le mit brièvement au courant concernant la sœur de la femme disparue, laquelle suspectait un acte criminel et nourrissait des soupçons à l'égard d'un type aux yeux rouges qui observait les loups. Le guide qui organisait les excursions avait repéré le couple à la moto dans l'après-midi et s'était rendu au Yellowstone Institute pour le signaler, comme Katie Sparrow lui en avait donné l'instruction. Katie étant en patrouille dans l'arrière-pays du côté d'Electric Peak, elle avait demandé au ranger de relayer le message au shérif.

— On dirait bien que travailler dans mon dos devient une habitude, dit Ettinger.

— Je croyais que les loups l'avaient dévorée. Je pensais que c'était réglé, dit Harold.

— C'est ce que suggèrent les preuves, mais Sean semble accorder du crédit à l'histoire de la sœur. Accordons-lui le bénéfice du doute. D'ailleurs, quelle impression t'a laissée cet homme ? Est-ce qu'il t'a fait l'effet d'un potentiel Svengali Manson ?

— Si tu me demandes s'il avait l'air d'un kidnappeur, je dirais non. Il m'a surtout rappelé cette image représentant Jésus que ma sœur a dans sa salle de bain. Ceci dit, n'importe quel type avec des yeux de serpents exorbités comme ça me paraît un peu à côté de la plaque.

— J'imagine qu'ils ne t'ont pas dit où ils vivaient ?

— Non, quand j'ai demandé d'où il était, il a répondu : "D'ici, mec, d'ici." Quand j'ai posé la question à la fille, j'ai eu droit à la même réponse, car il a répondu pour elle et elle a détourné les yeux. Mais je peux te donner le numéro de la plaque. Il ne voulait pas que je les prenne en photo, mais j'en ai pris quelques-unes pendant qu'ils regardaient ailleurs. Pas assez bonnes pour aspirer leur âme hors de leur corps, donc n'en espère pas trop. Je les téléchargerai sur l'ordi de ma sœur quand on retournera à Pony et je te les enverrai.

— Tu as fait du bon boulot, Harold. Merci de m'avoir aidée.

Il était dix heures moins le quart et le restaurant était encore ouvert. Harold demanda une table au fond, d'où il pouvait voir une serveuse noire avec la coupe afro années 1970 ; elle avait pris sa commande au petit déjeuner. Il regarda son badge, puis ses yeux d'un marron doré.

— Il ne vous resterait pas de cet agneau, par hasard, Alex ?

26

UNE PIÈCE DU PUZZLE

— Ça suffit, Choti, s'écria Stranahan.

Tout en ôtant les piquets qui fermaient le rabat du tipi, il claqua des doigts à l'adresse du shetland pour qu'il arrête d'aboyer.

— Salut là-dedans, c'est Martha, cria Ettinger.

— Je sais que c'est toi. Tu es avec Goldie, hein ?

— Elle peut entrer ? Ça ne me plaît pas qu'elle reste dehors la nuit. Ce puma est de retour dans le canyon. Pablo m'a montré ses empreintes.

Pablo Mendoza était un baryton du Metropolitan Opera de New York qui possédait une résidence au bout de la route, huit cents mètres après chez Martha, en direction du canyon.

Stranahan saisit la poignée de la lanterne pour éviter que les chiens qui bondissaient autour du tipi ne la renversent. Quand ils se couchèrent au pied de son lit de camp, il ouvrit la main pour faire signe à Martha de s'asseoir sur la couverture de bison pliée, à sa droite.

— T'impressionnes peut-être certaines personnes avec ces conneries de traditions indiennes, mais le shérif du comté de Hyalite ne se laisse pas berner, dit-elle.

Elle s'assit tout de même et ramena ses jambes sous elle en position du lotus.

— L'après-midi d'Harold pourrait t'intéresser, poursuivit-elle.

Stranahan l'écouta parler, les doigts entrelacés.

— Fen, dit-il d'une voix pensive. J'ai déjà entendu ce nom.

Il attrapa la boîte rangée sous son lit de camp. Elle contenait les journaux rédigés par Alfonso Martinelli, ceux que Carter Monroe avait trouvés dans le bungalow. Il y en avait vingt en tout, un pour chaque année calendaire des deux dernières décennies. L'écriture était serrée, la main sûre et les lettres rondes – une calligraphie d'écolier.

— Fais-moi voir un des premiers, lui demanda Ettinger en tendant la main.

— C'est essentiellement du style "ce que j'ai piégé ce matin", dit Stranahan. Pas beaucoup de trucs personnels. Une chose quand même, le vieux était du genre à faire des listes, pour tout : le ratio entre le nombre de prises et le nombre d'animaux qui se sont échappés selon les diverses sortes de pièges ; le matériel pour installer ses piégeages ; les causes de mort les plus courantes du bétail, par ordre d'importance. Il avait une liste de ceux qu'il appelait les "bons vieux Abe", des ranchers qui prenaient soin de leur bétail et désiraient vraiment savoir ce qui avait tué leurs bêtes. Et une autre des ranchers qui accusaient les loups de toutes les pertes, quelles que soient les conclusions de ses autopsies. Celle-ci s'intitulait "Les ranchers qui crient au loup". Elle est entourée au surligneur vert, c'est la seule.

— Qu'est-ce que ça a à voir avec le nom du mec aux yeux rouges ?

— Je suis un habitant du Montana, maintenant, Martha. J'agis avec circonspection. Alfonso a fait une liste des loups dans la mythologie. Deux en fait – une pour les mythes avec de bons loups et une pour les mythes avec des loups diaboliques. (Stranahan extirpa un journal qui datait d'il y a quatre ans.) Voilà.

Martha se rapprocha de lui et ils étudièrent ensemble la page. Sean fit courir son doigt jusqu'à la moitié et donna un coup d'ongle sous le nom :

— Fenrir, c'est-à-dire Fen. C'est un loup dans la mythologie nordique. C'est la liste des méchants loups.

— Si tu le dis. C'est quoi cette langue ?

— Surtout des mots français et un peu d'italien. Martinelli a grandi dans les montagnes au nord de Nice. C'est là qu'il a appris à piéger les loups.

— Ils ont des loups, en France ?

— Dans les Hautes-Alpes. Les mêmes loups qui créent les mêmes controverses. Les loups et les bergers sont à couteaux tirés en France, comme ici.

— Pfff. Je m'en serais jamais doutée. Alors tu arrives à lire ça ?

— Non, mais Asena, oui.

— Ça dit quoi sur ce Fenrir ? Il y a des mots après.

Il secoua la tête.

— Je ne sais pas. Le seul nom dont je lui ai demandé de traduire l'origine, c'est Amarok, un loup solitaire dans une légende inuite. Il apparaît dans la liste des bons loups, tu vois ? (Stranahan lui montra le nom.) D'après la légende, Amarok tue les caribous faibles et malades pour garder le troupeau en bonne santé.

— Donc, ce type, tu crois qu'il a pris des noms de loups pour son prénom et son nom de famille. Fenrir Amarok ou Amarok Fenrir.

— Oui, l'un ou l'autre, dit Stranahan. J'ai un bouquin sur les mythes du loup, mais je l'ai laissé à l'atelier.

— On va chez moi utiliser l'ordinateur. Amène les journaux. On pourra lancer une recherche sur "Fenrir" et après, j'appellerai Judy. Elle devait consulter le registre des cartes grises pour retrouver la plaque d'immatriculation de cette moto.

— Qu'est-ce qui t'a fait changer d'avis au sujet d'Amarok ?

— Quelque chose que le chasseur de loups m'a dit. Il en a tué un de la meute de Bald Ridge aujourd'hui. Je te raconterai en route.

— Pose-les sur la souche pendant que je prépare de la tisane.

Ettinger lui indiqua la section de tronc d'un énorme pin de Douglas qui lui servait de bureau. Stranahan alluma la rampe d'éclairage et posa les journaux.

— Je ne savais pas que tu aimais les puzzles, Martha.

Un puzzle en cours représentant des acacias et des éléphants sous le sommet enneigé du Kilimandjaro s'étalait à un bout du bureau.

— Quand je finis tard, quelques minutes sur le puzzle m'aident à me vider la tête.

Et à passer seule les longues nuits du Montana, aurait-elle pu ajouter.

— Je suppose que ta vie amoureuse est à peu près aussi active que la mienne, dit Stranahan.

Martha remplit deux tasses de tisane. Et nous y revoilà, songea-t-elle, l'un en face de l'autre. Elle adopta un ton désinvolte :

— Je t'ai dit que j'avais reçu un faire-part de Bucky Anderson et Evelyn Culpepper ? Pour leur mariage en juin. Bucky a du culot, hein ? Il a ajouté un PS pour me dire que je devrais t'emmener. Je vais peut-être faire une apparition, juste pour l'emmerder.

— Allons-y alors, dit Stranahan. Tu pourras lui lancer des regards meurtriers pendant qu'on dansera.

— Je préférerais l'arrêter. Mais tu as peut-être raison.

— Mais oui. Ça sera marrant.

Martha sentit un afflux de sang lui monter au visage. Elle avait reçu la carte au courrier du matin et, depuis, elle était anxieuse, se demandant comment aborder le sujet, voire si elle le ferait. Désormais, elle avait un rencard avec Sean Stranahan, même si c'était six mois plus tard. Et il lui avait facilité les choses. Elle sentit la tension se relâcher quand elle plissa le front, feignant de se concentrer.

— Fenrir, Fenrir, marmonna-t-elle quand le Mac s'alluma. Où es-tu Fenrir ?

Elle cliqua sur un site intitulé "Les loups dans les mythes et l'astrologie" et lut à voix haute :

— Fenrir, fils du dieu de la discorde, Loki… donna naissance après avoir dévoré le cœur d'une géante.

Elle parcourut le reste de la courte description.

— Fenrir était un dur à cuire, aucun doute, dit Stranahan.

— Un dur à cuire ?

— Sam m'a montré la vidéo de la Zorille du Cap.

Ettinger garda un visage de marbre.

— Tu ne connais pas ?

— Il y a en a qui bossent. Alors… quoi ? Ce type se fait appeler comme des loups mythiques, il y a peu de chance que ce soit son vrai nom. Sauf s'il l'a fait changer… De toute façon, s'il a déjà eu affaire à la police, l'un de ces noms va se voir comme le nez au milieu de la figure.

— Qu'est-ce qui te pousse à croire qu'il a un casier ?

Ettinger lui lança un de ses regards méprisants.

— D'accord, dit Sean. Ce type est une ordure, ça va avec.

— Tu te souviens de ce que tu m'as dit ? Que Nicki avait raconté à sa sœur qu'il disparaissait de temps en temps et ne disait jamais où il avait été. Peut-être qu'il dealait ou – je réfléchis à voix haute là – qu'il avait d'autres activités criminelles, ça pourrait être n'importe quoi. Et il y a environ un an et demi, il disparaît. L'été passe. L'automne, l'hiver, le printemps. À aucun moment il ne fait l'effort de contacter Martinelli. Il ne refait pas surface avant juin, quand il débarque à la boutique de pêche sur la Kootenai, à la recherche de Nicki.

— Il s'est fait arrêter, dit Stranahan.

Martha acquiesça.

— C'est ce que je pense. Ou embarquer parce qu'il y avait un mandat d'arrêt contre lui qui traînait. Quoi qu'il en soit, il se retrouve dans un endroit avec des fenêtres de douze centimètres. On peut filtrer les critères, chercher par âge, par période probable de liberté conditionnelle, par État d'incarcération. Tout dépend de s'il utilise son nom de naissance ou son nom de loup…

Un message avait surgi en bas à droite de l'écran, pour alerter Ettinger qu'un e-mail était arrivé.

— Ou peut-être qu'on n'aura pas besoin de faire tout ça. Voyons ce que Judy a trouvé.

L'email contenait une pièce jointe que Martha ouvrit. C'était le scan de l'immatriculation de la moto au registre des cartes grises.

Martha hocha la tête.

— J. Todd McCready. Né le 24/06/1981. Adresse : Shields Valley Road, Wilsall, Montana. (Elle leva les yeux.) Eh bien, c'est juste de l'autre côté de la colline.

Stranahan sentit un picotement, un frisson d'excitation parcourir ses bras, lui hérisser les poils.

— Il est plus vieux que je pensais, dit-il.

— Les prédateurs sont généralement plus âgés que leurs proies.

— Peut-être que quelqu'un devrait aller là-bas et frapper à la porte, dit Stranahan.

— Peut-être que ce quelqu'un ne devrait pas faire un truc stupide, rétorqua Ettinger.

— Il ne ferait jamais ça.

— Alors peut-être que ce quelqu'un devrait y aller. Franchement, j'ai du mal à croire que ce type a kidnappé la fille, excrément ou pas. Mais si elle est vivante, je pense vraiment qu'il y a des chances pour qu'elle se soit enfuie avec lui.

— Elle pourrait y être en ce moment.

— Tu me feras ton rapport.

— Ça signifie que je fais à nouveau partie du personnel ? J'ai un contrat avec Asena jusqu'à la fin de la semaine prochaine.

— Non, ça signifie que je m'inquiète de ce qui t'arrive.

— Je n'ai toujours pas de portable.

Regard méprisant de Martha.

— Je rectifie. Je n'ai pas de téléphone, mais j'en aurai un demain. C'est mieux ?

— Appelle pour que j'aie ton numéro. Et laisse-moi ces journaux. J'aimerais chercher quelques noms supplémentaires.

Stranahan se leva. Ses yeux tombèrent sur le puzzle et il passa une minute à essayer de trouver l'emplacement d'une pièce.

— Il n'y en a plus que sept cents à placer, l'informa Martha. Je vais loucher dessus jusqu'à l'été prochain.

Elle sentit un courant d'air frais lorsque Stranahan partit.

— Ne te fais pas attaquer par le puma, lui cria-t-elle.

Elle regarda la lueur de sa lampe frontale sautiller sur la route depuis la fenêtre de sa cuisine, ressentit le tiraillement dans son cœur qui démentait la trivialité de sa remarque. Un puma ne représentait pas un réel danger, n'est-ce pas ? Mais le loup n'était pas censé non plus en représenter un. Elle se versa une nouvelle tasse de camomille et s'assit devant le puzzle. Elle termina la bordure et le défilé d'éléphants qui traversaient la plaine presque au milieu. C'est sur l'herbe qu'elle séchait, des centaines de pièces mordorées presque identiques. On pouvait travailler de l'intérieur vers l'extérieur ou de l'extérieur vers l'intérieur. Commencer par l'extérieur, c'est ce qu'elle avait fait la semaine passée. Elle avait accepté les limites de l'affaire Martinelli, la construction centrale selon laquelle la fille avait été dévorée par un loup. La suite logique était qu'un loup l'avait tuée et qu'il se trouvait quelque part sur les pentes couvertes de pins qui flanquaient le bassin de la Papoose. Stranahan, le chasseur de loup, Harold – tous lui avaient fourni des raisons de soupçonner qu'elle irait plus loin en travaillant vers l'extérieur et que l'animal le plus dangereux de la montagne n'était pas nécessairement celui qui avait les griffes les plus acérées, mais peut-être celui qui, juste avec ses yeux, faisait semblant d'être un loup. Martha n'était pas partisane des spéculations qu'aucun fait ne corroborait, et des cheveux humains dans un tas d'excréments de loup étaient un fait. Malgré tout…

Elle essaya d'insérer une pièce de puzzle dans l'étendue herbeuse à la droite de l'éléphant de tête, une femelle à une seule défense suivie d'un petit. Ça collait. Elle souffla sur sa tisane et saisit une autre pièce.

27

DES MONTAGNES EN PAPIER MÂCHÉ

DEPUIS L'EMBRANCHEMENT, la ferme ressemblait à un jeu de construction en bois, avec son toit vert et sa grange ornée des mots FOIN ET GRAINES RINGLING écrits en capitales dont la peinture pelait. Quelqu'un avait bombé un J par-dessus le F et ajouté un T, ce qui donnait : Joint et Graines. La boîte à lettres portait le nom d'Oddstatter. Stranahan laissa le moteur tourner et sortit pour s'étirer.

La vallée de la Shields était aussi perdue que celle de la Madison trente ans plus tôt, avant que les ranchs ne soient démembrés. Les propriétaires vieillissaient et leurs enfants optaient pour un autre mode de vie. Ils abandonnaient derrière eux les dérouleurs de clôture, les tarières et la notion ancestrale des journées débutant à l'aube. La route d'accès était constellée de nids-de-poule laissés par les pluies estivales, et les ornières séchées révélaient les bandes de roulements de tous les pneus qui l'avaient empruntée. Stranahan ne distingua aucune trace de moto.

Il remonta dans le Land Cruiser et rebroussa chemin. Au pont, il monta sa soie de 4, y attacha une imitation de sauterelle et entama les faux lancers en descendant vers la rivière. Stranahan n'avait jamais pêché dans la Shields et il fut surpris de découvrir qu'il s'agissait d'une rivière à cutthroat. Il lui fallut trois ou quatre poissons pour s'habituer à la façon dont ils se retournaient nonchalamment pour saisir la mouche, une tache jaune qui chavirait, comme s'ils avaient tout le temps devant eux pour avaler leur déjeuner. En deux heures, il prit une douzaine de truites pas bien grosses tout en restant à portée d'oreille de la route, afin d'entendre le grondement du moteur si par hasard une moto y passait. Ce ne fut pas le cas.

Dans le Montana rural, il est rare d'avoir à frapper pour que la porte s'ouvre, les chiens de ferme amicaux – ou parfois hostiles – annonçant les visiteurs en termes parfaitement clairs. Chez les Oddstatter, tout était aussi silencieux qu'une nuit d'hiver. Stranahan frappa à nouveau.

— Ne vous emballez pas.

La femme qui avait ouvert portait un sweat-shirt à capuche de l'Université du Montana sous une salopette. Pas loin de soixante ans. Elle avait une voix de poitrine.

— Vous allez me demander si vous pouvez chasser, je vais vous dire non. Je n'ai rien contre vous, c'est comme ça. Si je donnais la permission à tout le monde, il y aurait des voitures garées d'ici à Wilsall.

— Je ne suis pas chasseur, dit Stranahan.

Elle sembla le voir pour la première fois. Les pattes d'oie au coin de ses yeux se creusèrent.

— Qu'est-ce que vous êtes alors, une sorte de communiste ?

Son visage n'était pas tant plat que large, les pommettes hautes. Elle avait dû être jolie, réalisa Stranahan.

Il sourit devant sa tentative de faire de l'humour.

— En fait, je cherche quelqu'un.

— Il n'y a personne ici, à part moi et monsieur.

— Son nom est Todd, Todd McCready. Il m'a dit de venir le voir, si je passais par là. Il avait une moto que j'aurais bien achetée.

— C'était quand ça ?

— Il y a juste deux semaines. Je l'ai rencontré au parc de Yellowstone.

— Vous feriez mieux de rentrer et de parler à Rayland.

La cuisine dans laquelle il la suivit n'avait pas changé depuis longtemps, tout y était d'époque, de la cafetière en émail cuit posée sur la gazinière aux lignes arrondies jusqu'à la table en érable et aux chaises dépareillées aux dossiers à barreaux. Un homme à la mine défaite qui rappelait un chien de Saint-Hubert était assis sur l'une d'elles. Il leva les yeux afin de voir Stranahan par-dessus ses lunettes à grosse monture. Sean lui dit bonjour et remarqua une canne accrochée à portée de main au tiroir d'un buffet de cuisine.

— Ce monsieur cherche Todd. Il veut lui acheter sa moto.(Puis, s'adressant à Stranahan :) Todd est le fils de la sœur de Rayland.

Stranahan sentit la pièce rétrécir ; le silence devint pesant.

— Il n'a pas envie de parler de lui, dit la femme. (Puis, plus fort :) Tu n'as pas envie de parler de lui, hein, Rayland ?

Les yeux de l'homme s'agitèrent derrière ses verres de lunette.

— Tu veux montrer tes trains à ce monsieur ? Je suis sûre qu'il serait content de les voir.

L'homme tendit la main pour agripper la canne et se leva lentement. Même voûté, il était plus grand que Stranahan, sec, mais doté d'une ossature solide, des épaules carrées et une pomme d'Adam proéminente. Ses mains étaient couvertes de taches de vieillesse et ses doigts anormalement longs. Il traîna des pieds jusqu'à une pièce à l'arrière en tapotant le sol de sa canne.

— Il va vous montrer ses machines, dit-elle à Stranahan. Il les lime dans du cuivre, des gens viennent de partout depuis qu'ils ont raconté cette histoire dans le *Montana Quarterly*. Quand il aura commencé à parler, vous pourrez lui poser des questions sur Todd. Mais il n'en saura pas plus que moi. On n'a pas vu ce gamin depuis trois ans. Ou quatre ? Peut-être quatre. Il travaillait ici à la saison des foins. On le prenait pour rendre service à Knute, c'est le beau-frère de Rayland. Cette moto que vous cherchez à acheter c'était son salaire du mois le dernier été qu'il a travaillé ici ; je le sais, c'est moi qui l'ai dénichée dans les petites annonces du *Mini-Nickel*. (Elle regarda par-dessus l'épaule de Stranahan.) Allez-y, il vous attend.

Il rejoignit Rayland Oddstatter dans une extension de la maison jamais terminée aux murs en placo avec des bandes adhésives sur les joints. Elle abritait une grande table de ping-pong dépourvue de son filet. Dessus se trouvait une chaîne de montagnes en papier mâché minutieusement reproduite, avec tous les détails. Deux modèles réduits de trains à l'échelle HO haletaient autour et à travers les montagnes. Ils passaient dans les plaines devant de minuscules ranchs et leur bétail miniature. Des figurines de cerfs, d'ours et de chèvres des Rocheuses étaient positionnées en altitude. Stranahan reconnut l'étrange canine penchée des montagnes en papier mâché. C'était la façade ouest des Crazy Mountains que l'on pouvait contempler depuis Shields Valley Road. Il repéra la ferme dans laquelle il se trouvait.

— Vous avez déjà vu un truc comme ça ? demanda l'homme.

Oddstatter était assis devant un étau monté sur un établi, une lime à la main. Le chasse-pierres d'une vieille locomotive à vapeur émergeait d'un bloc compact de cuivre serré dans l'étau. Il avait la voix râpeuse.

Stranahan fit quelques remarques pour montrer son estime.

— C'est ce gamin, dit l'homme sans quitter son travail des yeux, ce Todd qu'a donné à ma sœur une crise cardiaque avec ses histoires. On aurait dû se débarrasser de lui après le premier été. Il n'a rien fichu à part rester assis sur le siège du tracteur. Il était doué avec les moteurs, je dois lui reconnaître ça. Mais ma fille pouvait enfourcher plus de foin en une heure que lui en une journée. C'est lui qu'a dégueulassé ma grange. J'ai rien de bon à dire sur lui.

Mais il avait encore des choses à dire sur lui, des choses qu'il ressortit en fouillant de façon hésitante dans les tiroirs poussiéreux de sa mémoire et, lorsque Stranahan se leva pour partir et jeta un coup d'œil à la pendule murale, encastrée dans un joug en cuir couvert de toiles d'araignée, il fut surpris de constater que presque une heure s'était écoulée.

La femme le raccompagna sur le porche.

— Il vous a dit ce que vous vouliez savoir ? demanda-t-elle. (Les muscles de ses joues se relevèrent, mais ce n'était pas le même sourire qu'auparavant. Ses yeux étaient d'une dureté d'obsidienne.) Parce que ça n'a rien à voir avec l'achat d'une moto. Il ne vous aurait jamais donné cette adresse, ajouta-t-elle devant l'absence de réponse de Stranahan. Jamais.

— Vous avez raison, dit Stranahan. Ce n'est pas lui qui me l'a donnée. Je suis désolé de vous avoir embêtés, mais je pensais qu'il voyageait peut-être avec une jeune femme, quelqu'un qui l'accompagne contre sa volonté ou, du moins, au mépris du bon sens. J'ai trouvé votre adresse sur le registre des cartes grises. Sa moto est enregistrée à cette adresse.

— Vous devriez avoir honte.

Stranahan soutint son regard.

— Je ne sais pas ce que vous savez des dernières années de la vie de cet homme, mais il a fait pire que défigurer une grange.

Les lèvres fermement serrées de Mme Oddstatter – elle n'avait jamais donné son prénom – se détendirent.

— Cette jeune femme, dit-elle, ça serait pas votre femme ? Ou votre fille ? Todd les aime jeunes. Il allait en ville avec le pick-up le vendredi soir et il ramenait des filles, il les faisait monter dans le grenier de la grange. Je l'ai surpris un jour qui en sortait avec la gamine d'une femme que je connais. Aussi naïve qu'un agneau nouveau-né et pas un poil plus maligne. Légalement, c'était un détournement de mineur, voilà ce que c'était.

— La femme que je cherche est celle qui a disparu du ranch Culpepper dans la vallée de la Madison.

— Elle a été tuée par des loups, déclara-t-elle, comme s'il s'agissait d'un fait avéré.

— Il est possible que non.

— Alors vous êtes quoi, une sorte d'écolo qui croit que les loups mangent des pâquerettes, et qu'il pourrait y avoir une autre explication ?

— Je travaille pour Martha Ettinger, c'est…

— Martha. Je connais Martha.

C'était le mot magique. Stranahan s'en aperçut au changement de ton.

— C'est une de mes meilleures amies, dit-il, afin de renforcer son avantage.

— Je ne sais pas ce qu'il vous a raconté là-dedans, dit la femme en montrant la maison, mais Todd a appelé ici cet été, en juin, peut-être en juillet. Je me souviens que la rivière débordait.

— Il est venu ici ?

— Non, il a appelé, qu'est-ce que je viens de vous dire ? Je n'ai rien dit à Rayland, parce que ça le perturberait. Todd… il a une façon d'obtenir ce qu'il veut de vous. Il travaille quelqu'un, il le torture jusqu'à ce qu'il fasse quelque chose qu'il ne voulait pas faire. Oh, il a les bonnes manières du pays – oui m'dame, non m'dame – mais en dessous c'est une ordure. J'avais l'habitude de lui donner quelques dollars une fois par an, pour son anniversaire. (Elle sourit ironiquement.) Mais je n'avais pas de ses nouvelles depuis longtemps. Pour vous dire la vérité, j'espérais qu'il avait quitté l'État ou eu un accident avec cette moto.

— Il voulait quoi, cette fois ?

— Toujours la même chose. Je ne lui ai jamais donné plus de deux cents dollars.

— Pourquoi l'avez-vous fait ?

— Peu importe.

Stranahan se rendait compte qu'elle allait être dure à convaincre.

— Écoutez, dit-il, la vie de cette femme pourrait être en danger. Vous lui avez envoyé de l'argent, il a dû vous donner une adresse.

— Je l'ai câblé par Western Union.

— Dans quelle ville ?

— West Yellowstone. Mais il ne vivait pas là. Il vivait dans un camping, il m'a dit lequel. Il m'a demandé de venir le voir. Imaginez un peu (elle secoua la tête), moi qui ai deux fois l'âge d'être sa mère. Je ne me souviens pas du nom, mais je sais où c'est. Autrefois, je faisais la cuisine à l'Armitage et c'est pas loin ; c'est là que j'ai rencontré Rayland.

— Vous avez une carte ?

— Non, mais j'ai quelque chose d'aussi bien.

— C'est ici que Rayland range ses montagnes.

Elle avait conduit Stranahan dans une stalle à l'arrière de la grange, un endroit immaculé, balayé et rangé avec un soin tout scandinave. Un ensemble de grandes étagères coulissantes en aggloméré allait du sol jusqu'à hauteur d'homme. Chacune des six étagères était étiquetée du nom de la moitié d'une chaîne de montagnes du Montana. Les yeux de Stranahan les parcoururent du haut vers le bas. Snowcrest est, Snowcrest ouest, Bitterroot est, Bitterroot ouest, Gravelly/Madison est, Gravelly/Madison ouest. Elle tira l'étagère étiquetée Gravelly/Madison ouest. C'était similaire à la construction en papier mâché des Crazy Moutains dans la pièce où Rayland s'adonnait à son hobby, mais à une échelle plus petite et sans les figurines d'animaux. Des crottes de souris s'étaient accumulées dans les vallées et le lit des rivières.

— Rayland les fait en deux parties pour qu'elles puissent passer les portes. Puis il recouvre la jointure de papier mâché et la peint pour qu'on ne remarque rien. Il y en a une pour chaque endroit où il a vécu. C'était la première. Vous voyez comme il s'est amélioré.

— C'est un véritable artiste, dit Stranahan.

— Quand je l'ai rencontré, j'aurais jamais pensé qu'il avait du talent.

— Vous semblez bien plus jeune que votre mari.

— Vous voulez dire que j'ai l'air d'avoir soixante ans plutôt que soixante-quinze. Rayland est juste… épuisé. Mais autrefois, c'était quelque chose. C'est le premier vrai homme que j'ai rencontré. On commence à se sentir seule quand quelqu'un de proche s'éloigne petit à petit. C'est comme vivre avec une ombre. (Un sourire tremblant.) Je n'ai pas besoin de dire ça à un jeune homme comme vous.

Stranahan était prêt à tout écouter tant qu'elle pointait son doigt, ce qu'elle était en train de faire.

— Ces falaises près de la rivière, dit-elle. Je n'arrive pas à me souvenir du nom.

— Les Palisades, répondit Stranahan.

Il sentit l'air s'échapper de ses poumons. Enfin la piste qu'il cherchait, une piste qui n'avait pas été laissée par un loup.

— Pas un mot depuis ce coup de fil ?

— Non. Et j'espère ne jamais lui reparler.

Il mit la main dans sa poche et en sortit un wagon à charbon sculpté dans du cuivre que le vieil homme lui avait donné.

— Je ne peux pas l'accepter, dit-il.

Elle lui prit la main et la referma sur le wagon à charbon. Le bout de ses doigts était aussi rugueux que du papier de verre.

— Pourquoi croyez-vous que je lui ai demandé de vous montrer ses trains ? dit-elle. Vous lui avez tenu compagnie. C'est important. Non, prenez-le. Mais revenez nous voir un jour.

28

LE SANG DU LOUP

De retour à Wilsall, Stranahan avait une barre de réseau sur le téléphone qu'il avait acheté le matin et il laissa un message à Ettinger pour l'informer de l'endroit où il se rendait. McCready campait donc à la rampe d'accès que lui et Martha avaient utilisée pour traverser la rivière dans le canoë d'Harold avant de rejoindre le spécialiste des excréments. Le biologiste – comment s'appelait-il, Thorn ? – avait-il rencontré McCready et lui avait-il montré le marquage ? Ou lui avait-il dit à quel endroit il pourrait trouver des crottes de loup ? Dans ce cas, était-il possible qu'ils soient tous deux impliqués dans la disparition de Nicki ?

Il essaya à nouveau d'appeler Ettinger et, cette fois-ci, elle décrocha. Elle avait eu son message et, de son côté, elle avait des nouvelles.

Quinze mois plus tôt, un adjoint du comté de Lincoln avait arrêté un J. Todd McCready pour avoir distribué de l'alcool à des mineurs et avait découvert qu'il était recherché dans l'État de Washington après avoir violé les termes de sa conditionnelle. Il avait été extradé et avait purgé une peine de dix mois au centre pénitentiaire de Cedar Creek avant d'être libéré en mai dernier.

— C'est juste un mois avant qu'il revienne à Libby, dit Stranahan. Pour quelle raison était-il en conditionnelle, au départ ?

— Rapport sexuel sans consentement.

— Viol ?

Stranahan se gara au bord de la route.

— Il a eu des relations sexuelles avec une femme alors qu'elle était inconsciente et elle a porté plainte trois jours plus tard. Les questions habituelles se sont posées. Dormait-il aussi comme il le prétendait ? Avaient-ils déjà eu des rapports charnels ? Pourquoi avait-elle attendu si longtemps ? Etc. De toute évidence, la femme était plus convaincante et il a fait six mois d'une peine de deux ans. Il a été relâché pour sa conduite exemplaire et il ne s'est pas présenté à l'agent de probation.

— Donc, il est enregistré sous son nom de naissance.

— Oui, mais avec un astérisque. Il a fait une demande de changement de nom le lendemain de sa libération.

— Je ne savais pas qu'un criminel pouvait le faire.

— Il peut tant qu'il n'essaie pas d'escroquer quelqu'un ou d'échapper à des poursuites en cours. McCready a donc obtenu l'ordonnance du tribunal. Depuis le 17 juin, il s'appelle officiellement Fenrir Amarok.

— Alors comment ça se fait qu'il a un permis de conduire du Montana au nom de McCready ?

— Lorsqu'on fait une demande de changement de nom, on a trente jours après l'ordonnance du tribunal pour réclamer un nouveau permis de conduire. Peut-être qu'il ne l'a jamais fait, ou alors il a dit qu'il l'avait perdu et il a des permis aux deux noms. Maintenant, arrête de poser des questions et écoute une minute.

— Oui, madame.

— Judy a un peu fouillé. Ses parents sont Knute et Margot McCready. Il a grandi dans le ranch familial près de Whitefish, a suivi des cours à l'université du Montana. Il a obtenu une licence de zoologie et travaillé pendant deux ans à Pullman, dans l'État de Washington, au centre de recherche animalier ; j'ai noté le nom, mais je n'arrive pas à me relire. Quoi qu'il en soit, il a été arrêté pour possession de drogue avec intention de la revendre, les charges ont été abandonnées. Il a traîné dans le coin quelques années. Son nom ressort à Bellingham, possession de drogue. Puis à Tacoma, distribution d'alcool à des mineurs, travaux d'intérêt général. Il a trouvé un boulot de gardien au zoo de Seattle et il y est resté presque cinq ans ; peut-être qu'il s'est acheté une conduite. À la fin de son contrat, il y a un trou d'un an avant qu'il soit bouclé pour le viol. Il va, il vient, il ne fait plus parler de lui. Il ne se montre pas à Libby avant 2009, où il obtient d'un toubib une carte bidon pour se procurer du cannabis thérapeutique. Ça doit être à peu près le moment où il a rencontré Martinelli. Il rentre et sort de sa vie pendant un peu plus de deux ans et se débrouille pour échapper aux radars jusqu'à ce qu'il se fasse arrêter pour la violation de conditionnelle. Il se retrouve derrière les barreaux pour la deuxième fois et sort en mai, ce qui nous amène au présent.

— L'été, il travaillait au ranch dans la vallée de la Shields.

— C'est ce que tu disais dans ton message. Tout correspond. En général, quand on cherche des monstres, on tombe sur des parasites qui dealent de la drogue et vivent aux crochets de leur copine ou de leurs parents. Ce qui, comme tu le sais, n'est pas suffisant pour les embarquer, surtout lorsque les preuves indiquent que la personne que tu le soupçonnes d'avoir enlevée a été mangée par un loup.

— Oddstatter dit que sa sœur, la mère de McCready, a eu une crise cardiaque à cause de son comportement.

— Judy essaie de joindre les parents ce matin. C'est tout ce que je sais et je dois y aller. Le chasseur de loup a piégé un autre animal de la meute et j'ai des amoureux des loups qui défilent devant le tribunal pour demander qu'on le libère. Bon, en fait, il n'y a qu'un seul imbécile enveloppé dans une peau de coyote. Il hurle pour montrer sa douleur quand les gens passent.

— Le loup est vivant ?

— Pour l'instant. Mais on va l'euthanasier pour chercher de l'ADN humain dans son système digestif et ses dents. Écoute ça, le manifestant est un étudiant en droit de l'Université d'État de Boise. Il est venu en bus Greyhound pour faire des recherches en lien avec un de ses cours. Il dit qu'il doit démontrer jusqu'où il peut poursuivre sa manifestation sans se faire arrêter. Jusqu'à présent, il a appris que hurler devant des gens vous expose à recevoir un coup de poing dans la figure. La femme d'un de nos délinquants à répétition lui a promis que s'il ouvrait encore une fois la bouche, elle lui casserait le nez.

— Je te laisse retourner au boulot, alors. C'est McCready, ou on l'appelle Amarok ?

— Amarok.

— Bon, de toute façon, il y a peu de chances qu'il soit toujours au camping. Il a dit à Mme Oddstatter qu'il dormait là-bas en juin. Je doute qu'il soit du genre à prendre racine.

Ettinger avait menti à Stranahan sur son emploi du temps. Les loups allaient provoquer une tempête, mais elle ne faisait pour l'instant que se profiler à l'horizon. Une délégation de l'Association des ranchers et des chasseurs pour éradiquer le loup du Montana avait sollicité une rencontre en tête à tête, mais pas avant le milieu de l'après-midi. Elle pianotait sur son bureau. Son regard se posa sur la boîte contenant les journaux. Elle avait eu l'intention d'appeler certains des noms qu'Alfonso avait listés dans la catégorie "Ranchers qui crient au loup". Quelqu'un – Alfonso ? – avait entouré cette liste. Pourquoi ?

Un coup à la porte lui fit lever les yeux. Erik Huntsinger, un de ses jeunes adjoints, tenait à la main une enveloppe FedEx.

— Qu'est-ce que vous avez pour moi, Hunt ?

L'enveloppe rembourrée provenait du bureau du shérif du comté de Lincoln et était adressée à Sean Stranahan, aux bons soins du shérif Martha Ettinger. Elle la décacheta. Elle contenait un mot sur le papier à lettres à en-tête du bureau.

Sean,

J'ai retrouvé cette lettre. Plutôt qu'un scan envoyé par mail, je me suis dit que vous en comprendriez mieux la teneur et le contenu si vous aviez l'original. La lettre n'est pas une preuve dans une affaire en cours, mais j'ai trouvé préférable de préserver la chaîne légale pour plus de sûreté. Rien de fâcheux n'est arrivé aux destinataires après la réception de cette lettre, du moins, pas au cours des semaines suivant la date du cachet de la poste. Ça devrait se voir clairement, mais je vous fais remarquer que la lettre est entièrement écrite avec du sang humain.

Je vous vois sur la Kootenai ? La saison dure jusqu'en

novembre si vous avez l'occasion.

Bonne pêche.

CARTER MONROE
SHÉRIF DU COMTÉ DE LINCOLN

PS : Voici une liste des hommes et des femmes qui ont déclaré avoir reçu une lettre semblable.

Ettinger parcourut la liste des yeux. La plupart étaient des organisateurs de chasse. Deux étaient des commissaires de la Pêche, de la Faune et des Parcs. Un biologiste. Un élu local. Trente-deux noms et adresses. Elle utilisa son canif pour ouvrir le sac à scellés, déchira le sceau et le secoua pour en sortir une simple enveloppe en papier kraft. Cachet de la poste de Missoula, dans le Montana, adressée à Corwin Ackerson, Organisation de chasses Ackerson, 33 Ruby Ridge Road, Bonner's Ferry, Montana. Pas d'adresse d'expéditeur. Ettinger se servit de son ongle pour en extraire une unique feuille de papier à lettres épaisse sur laquelle était apposé un sceau de cire bordeaux représentant la silhouette d'un loup hurlant. Sous le sceau, au milieu de la feuille, en lettres penchées, d'une écriture assez tarabiscotée, se trouvait une strophe de poème :

Et une pluie de sang de loup tombera des cieux
Et toutes les rivières couleront rouges de sang
Et le sang de l'homme qui répand ses calomnies sur le loup coulera avec la rivière
Et il mourra

Le sang séché était marron, mais l'effet était suffisamment saisissant pour qu'un long sifflement s'échappe des lèvres de Martha. Elle rangea la lettre dans le sac à scellés.

— Écoutez bien, Hunt. J'ai mis un marque-page dans ce journal. Entourée en vert, il y a une liste, intitulée "Ranchers qui crient au loup", composée de noms d'habitants du Montana vivant probablement à l'ouest de l'État. Rentrez les noms dans la base de données et voyez si certains ont été victimes de harcèlement ou d'agression. De même pour ceux qui sont listés sur cette feuille. (Elle fit glisser vers lui la lettre de Monroe.) Qu'avez-vous de prévu ?

— Je dois témoigner dans une affaire de conduite en état d'ivresse après le déjeuner.

— Alors vous feriez mieux de vous bouger.

Elle s'interrompit. Quelque chose la tracassait depuis sa conversation avec Stranahan. Elle chassa l'adjoint de son bureau et composa le numéro de portable de Sean. Pas de réseau. Elle mit bien droit son chapeau et dit un mot à Walter Hess en passant devant le bureau du sous-shérif.

— Tu ne vas pas voir le loup qui a mangé le Petit Chaperon rouge ? demanda-t-il.

En roulant à 140, Ettinger rattrapa le Land Cruiser de Stranahan qui se traînait aux environs de Norris.

— Je dépassais la limite de vitesse, madame l'agent ?

Il sortit de la voiture et s'adossa au capot. En voyant les gyrophares, il s'était garé dans l'allée d'un magasin qui vendait des cages à poules artisanales.

— Bon sang, qui peut bien acheter ces trucs ? s'exclama Ettinger.

— Des *gentlewomen farmers*, j'imagine.

Elle mit les mains sur ses hanches et pianota sur la crosse de son revolver.

— Tu te souviens quand on cherchait les excréments de loup en haut des Palisades ? Le biologiste a été "faire pleurer le lézard", comme il l'a dit de façon si éloquente.

— Vaguement, répondit Stranahan.

— Eh bien, j'ai entendu une moto démarrer dans le camping de l'autre côté de la rivière. J'ai regardé le nuage de poussière pendant qu'elle se dirigeait vers l'autoroute.

— Tu te souviens de ça ?

Elle se tapota la tempe de son index recourbé.

— C'est dans le disque dur. Ma mémoire, c'est comme un piège à ours.

— C'était une quatre-temps ? La plupart des Honda sont des quatre-temps.

— C'était… une… moto.

— Alors peut-être qu'il est là-bas. Tu m'as poursuivi parce que tu te fais du souci pour moi. Je suis touché.

— Non, il y a autre chose. On peut discuter dans la voiture.

— La tienne ou la mienne ?

— La mienne.

— La mienne est banalisée, fit remarquer Stranahan.

Ettinger balança un étui de canne à pêche sur le siège arrière du Land Cruiser et Stranahan lui lança un regard interrogateur en tournant la clé.

— En temps voulu, dit-elle.

Elle tripotait son insigne. Stranahan la vit jeter un coup d'œil au compteur.

— J'irais plus vite à cheval.

— Détends-toi, Martha.

— C'est ce que me disaient mes deux maris. Walt pense que je souffre d'un trouble de déficit de l'attention. Il me dit qu'il y a des médicaments pour ça. Bien sûr, il faut voir d'où ça vient. Il parle si lentement que la moitié du temps, j'ai oublié de quoi il s'agit avant qu'il ait fini sa phrase.

Elle soupira et ils roulèrent en silence, passant devant la sortie qui menait au départ du sentier de Sphinx Mountain, là où s'était déroulé un drame l'été précédent, lequel avait valu à Ettinger son quart d'heure de gloire.

— Je vois toujours ce salaud dans mes rêves.

— Qui ? Crawford ?

Elle grommela son assentiment et ajouta :

— Bon, comment on aborde Amarok ?

— Tu me demandes à moi ?

— Oui, je te demande à toi.

— Je crois qu'on ne l'aborde pas. Il n'est pas du genre à pisser dans son froc en voyant ton insigne. J'aimerais bien le suivre, savoir s'il a un boulot quelque part, laisser se dérouler le fil jusqu'à ce qu'on soit sûrs qu'il ait ou pas des contacts avec Martinelli. Mais ça serait une sacrée coïncidence qu'il campe sur l'autre berge de la rivière, juste en face des falaises où le biologiste a trouvé la crotte de loup.

— Tout à fait. Gare-toi sur le bas-côté. Je veux te montrer quelque chose.

Elle tendit la lettre à Stranahan :

— J'ai cru comprendre que tu étais au courant.

— Pas plus que ça. Carter m'en a parlé. Il a dit que les lettres avaient été adressées à…

— Je sais à qui elles étaient adressées. Ce que je ne sais pas, c'est quel rapport ça a avec Martinelli.

— Elle était dans sa période Clan du loup à trois griffes. Parce qu'ils se prenaient pour des écoguerriers, la police considérait qu'ils étaient derrière les lettres. Surtout Amarok. Il n'y a pas eu dc suite. Pas d'arrestation ; aucun de ceux qui ont reçu les lettres n'a été blessé.

— C'est peut-être rien, renchérit Martha. J'ai demandé à quelqu'un d'appeler les noms pour voir si on a fait du mal à l'un d'eux depuis. Mais si c'est son sang sur la plume, ça nous donne une raison supplémentaire d'être prudents. Quand quelqu'un se coupe au rasoir…

— Tu t'inquiétais vraiment pour moi.

Ettinger ôta son chapeau.

— Tu as une autre veste ? Je ne veux pas avoir l'air officiel.

Octobre pointant à l'horizon, seuls deux des vingt emplacements du camping des Palisades étaient occupés. Pas de moto sur aucun des deux. Pendant que Stranahan parcourait les allées, un pick-up entra dans le camping et s'arrêta devant une des toiles de tente. Deux chasseurs à l'arc, vêtus de tissu camouflage des pieds à la tête, avaient tué un cerf dont la tête et un quartier avant se trouvaient sur le plateau.

Stranahan ralentit et Ettinger baissa la vitre.

— Vous l'avez eu où ? demanda-t-elle.

Un des hommes montra l'autre côté de la rivière. Sa chemise, les revers de son pantalon, ses bottes et ses genoux étaient couverts de sang.

— En haut de Bobcat Creek. On a suspendu le reste.

— Vous êtes au courant qu'un chasseur s'est fait déchiqueter là-bas la saison dernière ? l'interrogea Martha.

Le chasseur hocha la tête :

— Le type qui s'est fait arracher la mâchoire par un grizzly. C'est pas le genre d'image qu'on oublie. On va faire attention en empaquetant la viande, faites-moi confiance.

— On cherche un gars qui campait ici, dit Stranahan. Possible qu'il conduise une moto.

— Oh oui. (Le chasseur fit un signe de tête à son copain, qui prenait la parole pour la première fois.) On l'appelait Tarzan. Il avait une de ces tentes qu'on accroche à une branche d'arbre.

— Tarzan, hein ? dit Martha.

— Tous les soirs, il traversait la rivière à pied et il grimpait en haut de la falaise. Et puis il hurlait comme un loup. Très réaliste. On aurait pu régler nos montres dessus.

Le premier chasseur hocha la tête.

— À 9 heures tapantes. Des loups lui ont répondu une fois ou deux, c'était assez cool. Mais il est parti il y a quelques jours.

— Je dirais plutôt une semaine, corrigea l'autre.

— Il a dit où il allait ?

— Non. Il ne nous parlait pas.

— Il était seul ?

— Quand on le voyait, il était tout seul.

Ettinger leur demanda à quel endroit l'homme avait campé et ils se dirigèrent vers un emplacement en bord de rivière. Un rectangle d'herbe blanchie révélait les traces de la tente. Pas d'ordures, pas de saletés dans le foyer. C'était un campeur propre.

"Et maintenant, qu'est-ce qu'on fait ?" La question restait en suspens tandis qu'ils reprenaient en sens inverse la route de la vallée, Ettinger tripotant son insigne, une autre de la longue série de ce qu'elle appelait ses "nouvelles sales manies". Elle sentit une piqûre sur sa poitrine et réalisa que la mouche qu'elle avait gagnée au poker l'autre soir se trouvait toujours dans la poche de sa chemise. Elle la sortit. Elle était passée à la machine à laver et les ailes teintes avaient laissé une tache rouge orangé sur le tissu.

— C'est de ta faute, Sean, dit-elle en lui montrant la tache.

— Le plus gros poisson que j'ai attrapé de toute ma vie, c'est avec cette mouche. Une steelhead, en Colombie-Britannique, où je peignais pour une commande.

L'espace d'un instant, il se retrouva sur la Kispiox River, dans une veine de courant du nom de Silver Bear, trois mille kilomètres au nord.

— Sam m'a dit que celui qui remportait le pot devait la baptiser. Je me suis décidée pour *Dead Man's Fancy*. En l'honneur de Grady Cole. Il ne serait pas mort s'il n'avait pas eu une histoire avec une femme aux cheveux couleur flamme. (Elle claqua des doigts.) Gare-toi au Blue Moon. Allons discuter de ça.

— Tu bois pendant le service, maintenant ?

— Qui boit pendant le service ? J'ai faim et ils ont *Crazy* dans leur juke-box. J'adore Patsy Cline.

Ils commandèrent, puis elle demanda de la monnaie pour le juke-box et attendit la fin de la chanson avant de vider son verre de thé glacé et de claquer des lèvres. Elle avait apporté l'étui de canne à pêche dans le bar et elle en sortit la carte topographique que Sean avait vue chez elle, accrochée au mur de son bureau.

— Un truc que m'a dit le chasseur de loup m'a fait réfléchir. Aide-moi à tenir cette carte à plat.

Ettinger avait tracé un cercle à l'endroit où s'était trouvé le cerf mort, là où le cow-boy avait rendu l'âme, et un autre sur la pente, plus haut, en direction de la paroi du bassin où ils avaient découvert le chapeau de Martinelli. Elle avait aussi marqué l'embranchement du sentier où Nicki avait quitté le groupe en balade pour continuer toute seule. Les sentiers étaient dessinés en pointillés.

— Alors, qu'est-ce qui est visible depuis à peu près partout sur cette carte ?

— Les Papoose Mountains ?

— Tu brûles.

— Je ne sais pas, dis-moi, Martha.

— Le ciel, c'est ça qui est visible. Et qu'est-ce qu'on voit dans le ciel ?

— Des nuages ?

— On voit des oiseaux. Tous les chasseurs te diront qu'à peine un cerf est tué, on n'a pas le temps de remplir le bracelet de marquage qu'il y a déjà des corbeaux qui tournent en rond et des geais gris qui frétillent sur les branches. Les loups ne recouvrent pas leurs proies. Tout ce qu'ils tuent attire les oiseaux.

— D'accord.

— Revenons à l'après-midi où Martinelli a disparu. Pourquoi a-t-elle quitté le sentier ? Allez, j'attends.

— Elle a vu des oiseaux ?

Ettinger hocha la tête. Leurs plats étaient arrivés, des hamburgers de bison et des frites. Ettinger mordit dedans.

— C'est un bon burger.

Elle s'essuya la bouche avec sa serviette.

— Ce sont les oiseaux qui ont tout déclenché. Elle aime les *lobos* et, au ranch, ils ont entendu des loups dans le bassin. Donc elle voit des oiseaux charognards, c'est logique qu'ils tournent au-dessus d'un animal tué par un loup. Je vais un peu m'avancer en affirmant que c'est probablement le cow-boy qui les a vus en premier et les a montrés.

— Ce ne sont que des conjectures.

— Alors, aide-moi à conjecturer.

— D'accord, si le cow-boy a repéré les oiseaux, pourquoi il ne l'a pas signalé quand il a appelé la police ?

— Mets-toi à sa place. S'il raconte qu'elle est partie à la recherche de loups et que c'est lui qui lui a dit où les trouver, de quoi il a l'air ? Non, il garde ça pour lui. En plus, quand il a appelé pour dire qu'il s'inquiétait, il était pressé de grimper là-haut, il n'avait pas le temps d'entrer dans les détails. Mon instinct me dit qu'il n'aurait pas pu l'empêcher d'y aller même s'il avait voulu. (Elle hocha la tête pensivement.) J'ai passé mon temps à essayer d'imaginer comment les empreintes de trois personnes différentes avaient pu se retrouver au même endroit de la montagne. Si on suppose que Martinelli est partie pour examiner ce qu'elle croyait être un animal tué par un loup, et que Grady Cole a filé pour tenter de la retrouver, ça paraît logique qu'il aille voir à l'endroit où il avait vu les oiseaux. Ce qui laisse les troisièmes empreintes, et je suis sacrément sûre que ce sont celle de Bucky.

— Ce qu'il nie.

— Qui d'autre aurait pu poser le piège sur lequel Cole a marché ? Ni Cole ni Martinelli. Lorsque vous avez éliminé l'impossible, ce qui reste, aussi improbable que ce soit…

— … doit être la vérité, termina Stranahan. Tu as dû lire Sherlock Holmes quand tu étais jeune.

— Mon père m'a offert *L'Intégrale de Sherlock Holmes* pour mes dix ans. Je voulais devenir détective, puis j'ai mis ça de côté un moment. Finalement, je ne suis pas très loin d'avoir touché au but, le chapeau en moins.

— C'est logique, j'imagine, mais pourquoi est-ce que les troisièmes empreintes ne pourraient pas appartenir à Amarok ? Il ne campait qu'à quelques kilomètres.

— Parce que ça, c'est pas logique. (Ettinger leva un doigt.) Premièrement, le ranch Culpepper est une communauté fermée. Comment aurait-il pu savoir qu'elle allait faire une balade à cheval ou qu'elle allait se détacher du groupe et partir seule ? Deuxièmement (elle leva un second doigt), même si c'était le cas, comment serait-il allé là-bas ? C'est une sacrée grimpette et je l'imagine mal avoir un cheval.

— Ça laisse quand même des questions sur ce qui s'est passé là-haut.

— Bien sûr que oui. On n'est pas à la télé. Dans la vraie vie, les gens mentent et la vérité se fait jour par petits bouts, pas par une intuition divine. Une des choses que je ne comprends toujours pas, c'est le chapeau. La conclusion logique, c'est qu'elle ait été désarçonnée à l'endroit où on l'a trouvé. Elle est peut-être restée inconsciente un moment, puis elle a descendu la colline en titubant quand elle s'est aperçue que son cheval avait filé. Elle a dû avancer tout droit en direction de la carcasse de cerf. Il est possible qu'il y ait une autre explication. Mais je suis prête à parier mon étoile que c'est Bucky Anderson qui a trouvé Cole pris au piège et l'a poussé sur les bois. Il peut sourire tant qu'il veut, dire que la thérapie l'a changé, ça ne marche pas avec moi. Bucky a la violence dans la peau. (Elle se frappa la poitrine.) Il se retrouve face à face avec un homme blessé parce qu'il a posé un piège illégal. Un piège à loups, rien que ça. Ça ne va pas passer avec la petite dame. Ni avec ses frères qui, déjà, ne sont pas favorables au mariage. Il faut qu'il enlève le piège avant que l'équipe de recherche ne le trouve – c'est sûrement pour ça qu'il voulait prendre une bonne longueur d'avance et qu'il est parti avant qu'on arrive, ce soir-là – ça, et s'assurer que Grady Cole ne parle pas.

Stranahan avala sa dernière frite et tendit la main pour en piquer une à Martha.

— Tu es trop occupée à parler pour manger, se justifia-t-il.

— Je me contente de réfléchir à voix haute. Harold dit que les empreintes les plus petites sont celles de quelqu'un qui courait. Pour moi, ça signifie que Martinelli est arrivée sur les lieux après la mort de Cole, elle l'a vu empalé sur les bois et elle s'est enfuie. Il est possible qu'elle ait vu Bucky le tuer. Considère cette nuit-là de son point de vue à elle. Elle est responsable du fait que le cow-boy est parti à sa recherche, donc, à ses propres yeux, elle est responsable de tout ce qui s'est passé ensuite. De plus, elle a peut-être été témoin d'un meurtre ou a vu quelqu'un quitter la scène de crime. C'est un choc, qui s'ajoute au choc d'avoir été jetée bas de son cheval. Sa sœur t'a dit qu'elle était psychologiquement instable, non ?

— Je crois que l'expression utilisée était qu'elle avait "tendance à avoir des idées un peu fantasques".

— Quelqu'un qui a des idées un peu fantasques, c'est ce qu'autrefois on appelait une folle. Quoi qu'il en soit, elle a paniqué. Avant je me posais la question : où est-elle allée ? Maintenant je me demande vers qui elle est allée.

— Tu parles d'Amarok. Mais comment aurait-elle su où le trouver ?

— S'il campait aux Palisades, elle a pu le voir quand elle guidait pour Sam. Jette un coup d'œil au journal de bord de Meslik et regarde combien de fois elle a emprunté cette section de la rivière.

Elle poussa les verres qui tenaient la carte et la roula. Elle baissa les manches de la veste en jean que Stranahan lui avait prêtée et l'ôta.

— Je devrais sortir en civil plus souvent.

29

SIFFLER DANS L'OBSCURITÉ

Le temps que Stranahan dépose Ettinger à Norris et qu'il franchisse le col en sens inverse, la lune brillait au-dessus de la boutique de pêche de Sam Meslik. Celui-ci ouvrit à la porte en mastiquant un bâtonnet de viande séchée et en tripotant un trou dans un T-shirt MAÎTRE DES APPÂTS qui montrait un pêcheur à la mouche dépenaillé en train de creuser pour trouver des vers.

— Tu ne viens pas me voir de tout l'été à part pour me laisser ton chien et maintenant tu viens me casser les pieds, dit-il. Qu'est-ce qui se passe ?

— J'aimerais bien voir ton journal de bord.

— Tu veux connaître tous les secrets d'Oncle Sam, hein ? Savoir à quoi il pêche ?

— J'essaie de retrouver les dates auxquelles Nicki a travaillé comme guide et à quels endroits elle a été.

Sam haussa un sourcil. Stranahan ne réagit pas.

— Ouais, ouais, affaire de police, on tient Sam à l'écart. (Il donna une claque sur l'épaule de Stranahan et y enfonça ses doigts jusqu'à ce que Sean grimace.) Entre. Tu veux une mousse ?

Stranahan hocha la tête.

— Où est Asena ? Je n'ai pas vu son Bronco.

— Elle sort parfois. Je crois qu'elle se contente d'aller vers la Papoose et qu'elle fixe la montagne, mais j'ai appris à ne pas poser de questions. Tu vois ce regard qu'elle te jette si tu vas trop loin ? Non ? Eh bien, c'est le même regard que m'a lancé mon sergent quand on nettoyait un palais au Koweït et que j'ai eu le culot d'utiliser des toilettes plaquées or.

— T'as participé à l'opération Tempête du désert ? Comment ça se fait que je ne sois pas au courant ?

— Parce que moins on en parle, mieux ça vaut.

— T'étais dans l'infanterie ?

— J'étais un putain d'infirmier. Le pire truc dont j'ai été témoin avait à voir que dalle avec la guerre. Un de nos gars de l'équipe de déminage a été mordu par une vipère des pyramides. Leur venin empêche le sang de coaguler. Le gars saignait par le nez, les yeux, la bite, tous les putains d'orifices. Je déconne pas.

— Et il a survécu ?

Sam haussa les épaules.

— Il a été évacué. Mon journal de bord est dans la boutique.

Ils contournèrent une vitrine où étaient exposés des moulinets pour atteindre la caisse enregistreuse dorée que Sam avait achetée chez un prêteur sur gages. Il ouvrit le tiroir-caisse et en sortit le journal. Nicki avait guidé des Palisades jusqu'au pont McAtee sept fois durant l'été. Il était concevable qu'elle n'ait pas vu l'homme qui campait au bord de la rivière quatre cents mètres en dessous de la rampe de mise à l'eau, mais elle devait avoir vu sa tente. Celle décrite par le chasseur à l'arc correspondait à celle qu'Asena avait dit que

Nicki utilisait pour les réunions du Clan du loup à trois griffes et qu'Amarok s'était sans doute appropriée. Non, elle ne pouvait pas avoir confondu la tente.

— Tu as vu ce que tu voulais voir ? demanda Sam.

L'expression de Sean ne lui apprit rien.

— Bon, puisque c'est comme ça, Sam a des trucs à faire. Range-le à sa place quand tu auras fini.

Lorsque Sean sortit, Sam était assis devant son étau de montage de mouches.

— Le bon vieux temps me manque, mon pote, dit-il. Le billard à l'hôtel, baratiner les cow-girl pour qu'elles enlèvent leurs blouses et leurs jupons… Hé, mec, qu'est-ce qui s'est passé ?

— T'as acheté cet endroit et j'ai eu des commandes qui m'ont éloigné de la rivière. J'ai du mal à me souvenir des jupons.

— Tu crois vraiment pouvoir survivre à un hiver du Montana dans ce tipi ?

— Je ne vois pas pourquoi je n'y arriverais pas. J'ai du feu et un chien pour me tenir chaud.

— C'est le *problemo*, Kemosabe. Tu as un chien, mais en décembre, il va faire un froid de loup, il t'en faudrait trois. J'ai pas raison ? Et si on buvait un coup ? Un client m'a donné un single malt vingt ans d'âge – du Glen-fadasse ou je ne sais quoi.

À l'embranchement qui menait à son terrain, Stranahan mit le frein à main pour vérifier sa boîte à lettres et il se pencha pour récupérer une feuille de papier coincée en dessous. Il leva le mot à hauteur des phares.

Les portables ne marchent que quand on les allume.
Appelle Katie Sparrow.

M.E.

Il prit une lampe-torche dans le tipi et décida d'emmener Choti en promenade, trois kilomètres le long de la route jusqu'à l'endroit où une brèche dans le canyon permettait d'avoir une barre de réseau. Ça lui donnerait le temps de réfléchir à la façon dont il lui dirait bonjour. Katie était gênée la dernière fois qu'il était parti de chez elle. Pendant plus d'un an, elle l'avait effrontément dragué, lui avait fait comprendre avec son corps et ses yeux qu'il était le bienvenu dans son lit quand il le voulait, et lorsqu'il avait finalement accepté son offre sous prétexte de l'aider à confectionner des biscuits pour chien, ils avaient réellement confectionné des biscuits pour chien et il avait fini par dormir sur le canapé.

— Je ne sais pas ce qui cloche chez moi, lui avait-elle dit. Je peux traîner à la maison un mec ramassé dans un bar, mais quelqu'un que j'aime vraiment bien, comme toi, j'érige un mur. Ça fait huit putains d'années, on pourrait imaginer que j'arrive à passer à autre chose.

Elle parlait de son fiancé, Colin, le skieur hors-piste qui avait été englouti par une avalanche dans les Bridger Mountains. C'est de regarder travailler les chiens de sauvetage qui l'avait convaincue de devenir maître-chien.

— Pas de problème, Katie, avait répondu Sean, et il le pensait.

Il était soulagé de ne pas devoir supporter la culpabilité d'avoir trompé Martinique, même si elle s'était changée en fantôme.

— Si, avait-elle poursuivi, c'en est un. Bon sang, je veux avoir une vie.

Et il avait passé la moitié de la nuit avec elle à écouter un feuilleton policier à la radio et à discuter.

Stranahan atteignit le bout de la route et composa le numéro de Katie.

— On a identifié la fille de la source chaude, déclara-t-elle sans préambule. Carrie Harding. Son ancienne colocataire s'est manifestée hier et on lui a montré des photos. Il s'avère que Harding, originaire du Missouri, était une employée qui travaillait à l'entrée du parc, ici, à West Yellowstone. La raison pour laquelle ça a pris si longtemps, c'est qu'elle avait démissionné la semaine avant l'accident, donc le parc ne l'a pas considérée comme absente. Sa colocataire a eu des doutes en lisant la description du journal, mais son copain arrivait d'un autre État pour lui rendre visite et elle ne voulait pas gâcher le temps qu'ils devaient passer ensemble, donc elle n'a pas appelé, et après elle s'est dit que Carrie avait dû retourner dans le Missouri. J'imagine qu'elle a dû finir par s'inquiéter parce qu'elle n'avait pas de nouvelles depuis un mois. J'ai l'impression qu'elles n'étaient pas en très bons termes.

— Alors c'est toi qui as parlé à la colocataire ?

— Au téléphone. Je l'ai prévenue que quelqu'un du comté irait la voir dans la matinée. Martha m'a dit que ce serait toi.

— Merci, Katie.

— Attends, voici l'adresse. Tu veux de la compagnie ? Je suis d'après-midi.

Stranahan réfléchit un instant.

— Non, je pense qu'une seule personne, c'est mieux.

— Ouais, tu te débrouilles bien avec les femmes. Je suis désolée pour… ce qui s'est passé. (Il percevait l'amertume à l'autre bout de la ligne.) Ce qui aurait dû se passer et ne s'est pas passé, regardons les choses en face. Tu mérites une médaille.

— Hé, on en a déjà parlé. Tu es une très jolie femme, et cette période prendra fin.

— Je ne suis pas condamnée à écouter des feuilletons policiers avec des chiens toute ma vie ? (La voix de la Katie qu'il connaissait était de retour.) On s'est bien amusés à faire des biscuits. Tu t'es amusé, non ?

— Bien sûr. À plus tard, Katie.

À la moitié du trajet de retour vers le tipi, Choti, qui marchait quelques mètres devant Sean, se raidit et poussa un grognement sourd du fond de sa gorge.

— Tu es là, puma ? demanda Stranahan.

Il alluma sa torche, notant que le faisceau lumineux avait faibli depuis la dernière fois qu'il l'avait utilisée. Il dirigea la lueur sur l'ombre des arbres qui sabrait la route. Il l'éteignit pour économiser les piles et ils avancèrent, Choti désormais à ses côtés, si proche que son pantalon frottait contre ses poils.

— Seulement un homme qui promène son chien dans le coin, dit Stranahan aux ténèbres.

Il n'avait pas peur. Il semblait au contraire flotter au-dessus de son corps, comme s'il regardait depuis les coulisses un acteur dans une pièce de théâtre. Ce n'était pas du courage. Le courage était une chose à laquelle on faisait appel contre sa volonté. Quoi que ce fut, cela lui permit de rester détaché quelques instants, puis il ralluma la lampe frontale. Immédiatement, la lueur surprit deux globes émeraude, aussi éclatants que s'ils affleuraient dans une veine de charbon.

— Gentil minou. (Ce n'était pas vraiment sa voix. Il réessaya.) Gentil petit minou.

Le reflet des yeux était si brillant qu'ils semblaient radioactifs. Le félin était face à lui, à neuf ou dix mètres à gauche de la route. Stranahan fit un pas en avant, conscient que s'arrêter ou, pire, filer comme un cerf déclencherait une réaction.

— Reste avec moi, Choti, ordonna-t-il d'une voix ferme.

C'était la chienne qui l'inquiétait, ou plutôt, il s'inquiétait pour la chienne. Encore un pas. À quelle distance était le tipi ? Quatre cents mètres ? Trop tard maintenant pour se tracasser de ne pas avoir changé les piles de la lampe frontale. Pourquoi ne pas avoir emporté la torche tactique Carnivore qu'il avait gagnée au poker ? Elle était posée sur son lit de camp dans le tipi. Il se traita d'idiot.

Stranahan ayant été un siffleur toute sa vie, il s'essaya à une note et se rendit compte qu'il avait la bouche sèche. Un chuintement s'échappa de ses lèvres. Il ne put s'empêcher de sourire. Il réessaya, le générique de la vieille série *The Andy Griffith Show*. C'était mieux. Il sifflait, la chienne suivait. Opie* faisait des ricochets.

Le faisceau faiblissait. Quand il balaya devant lui, le puma était toujours là, mais ses yeux brillaient moins. Au loin, il distinguait à peine la silhouette pyramidale du tipi.

— On y est presque, Choti.

La chienne était silencieuse depuis un long moment, mais il sentit son corps frissonner lorsqu'il tendit la main pour la rassurer. La lueur de la lampe frontale dessinait un halo flou à ses pieds. Elle vacilla et s'éteignit, comme la mèche d'une bougie dans une flaque de cire. Il comptait ses pas. Cinquante. Soixante. Ils y étaient. Il se baissa pour ôter les piquets qui tenaient fermé le rabat du tipi. Ses mains tremblaient. Il rit. C'était bien son rire. Ce n'était désormais plus qu'une histoire ; il s'entendait la raconter à Sam et Martha.

* Personnage de la série *The Andy Griffith Show*.

Il entra et retrouva son spray au poivre et la torche tactique Carnivore. Il l'alluma et promena la lueur à l'extérieur du tipi. Le puma était parti, mais ses mains tremblaient toujours. Elles ne tremblaient pas de peur. Elles tremblaient d'excitation. Quelque chose s'était passé quelques minutes plus tôt, juste au moment où le faisceau de la lampe frontale s'était éteint et que les yeux du félin avaient brillé pour la dernière fois. Stranahan avait imaginé une autre paire d'yeux le regarder, non pas des yeux d'animaux, mais des yeux humains. Des yeux injectés de sang, irrités d'avoir porté des lentilles de contact. À cet instant-là, Stranahan avait vu tel un flash un visage derrière ces yeux.

30

COURAGE DOPÉ À LA CAFÉINE

— Vous avez un insigne ?

Le badge sur sa chemise verte en grosse toile indiquait qu'elle s'appelait Marsha Siegel, de New York. Des cheveux courts coupés en dégradé balayé sur un côté, un visage assez chevalin, de fortes mâchoires, des yeux marron étoilés de bleu de chine autour des pupilles, une poitrine généreuse, mais plutôt solidement bâtie sous l'uniforme, une femme capable de résister à la tempête.

Le bungalow se trouvait à la périphérie de West Yellowstone. La cour de devant était jonchée d'ordures.

— Problème d'ours ? demanda Stranahan.

— C'est de ma faute. Carrie avait l'habitude de sortir la poubelle le matin. Je me suis dit que pour une fois, je pouvais la sortir deux nuits avant le ramassage.

— C'est de Carrie que je veux vous parler.

— Je sais, on m'a prévenue que je devais m'attendre à la visite de quelqu'un. Mais pas sans pièce d'identité.

— Maintenant, vous jouez à la New-Yorkaise avec moi, dit-il, sans que son sourire ne produise le moindre effet. (Il lui tendit sa carte de visite.) Appelez le numéro au dos et demandez Martha Ettinger, c'est le shérif du comté de Hyalite.

— Non, entrez. J'en fais un peu trop. La femme à qui j'ai parlé hier m'a donné l'impression que j'avais attendu trop longtemps avant de téléphoner. Je lui ai raconté une histoire pour qu'elle me lâche, mais la vérité, c'est que je croyais que Carrie s'était enfuie avec ce type qu'elle fréquentait. Je rectifie, j'espérais que c'était le cas. Ne me faites pas dire ce que je n'ai pas dit. Je ne voulais pas qu'il lui arrive malheur, mais lui me foutait la trouille.

Elle le conduisit dans ce qui tenait lieu de salon : un canapé, une chaise rembourrée qui croulait sous les magazines, une table basse, un filtre taché de rouge à lèvres posé sur un cendrier. Quelqu'un avait fabriqué un échafaudage avec des pailles.

— Excusez-moi pour le bazar, dit-elle.

Elle ramassa le cendrier et une pince à épiler sur la table et quitta la pièce.

— Oui, c'est bien ce que vous croyez, dit-elle en revenant. Une des filles avec qui je travaille en a ramené hier soir. Je n'en fume pas, alors j'espère que vous n'allez pas m'arrêter.

— Non, mais vous ne devriez pas laisser traîner ces trucs quand vous attendez quelqu'un.

— Je sais. Ça ressemble davantage à Carrie. Elle s'en fichait.

— Dans quel sens ?

— Je veux dire, elle était toujours partante pour tout. Si quelqu'un disait : "Hé, allons nous baigner nus dans le parc, saoulons-nous et roulons-nous des pelles", elle se déshabillait et tendait les lèvres. Mais je ne la juge pas, elle n'a pas de famille à part une grand-mère. Personne ne lui a jamais montré le chemin.

— Comment vous êtes-vous rencontrées ?

— On était toutes les deux saisonnières au parc. Écoutez, je vais être franche avec vous, mais ça doit marcher dans les deux sens. Quand j'ai demandé ce qui était arrivé à Carrie, on m'a dit que ça avait l'air d'un accident. Mais si c'était un accident, qu'est-ce que vous faites ici ? Son copain, si on peut l'appeler comme ça, je sais que vous pensez que c'est lui qui l'a poussée. Mais je ne l'ai rencontré que trois fois. Il se pointait à moto. Dès qu'il sortait de la drogue, je prenais la porte.

— Il vous a déjà menacée ?

— Non, il était plutôt du genre à m'ignorer. Mais c'est une autre forme de menace, non ? Un jour, il est arrivé et je suis partie. J'ai marché jusqu'au Book Peddler, j'ai bu un café et je suis revenue au bout de deux heures, sa moto était toujours dans la cour. Je me suis dit : "C'est aussi chez moi." Le courage dopé à la caféine, c'est comme ça que ça fonctionne en ville. Ha ! Ha ! (Elle avait pris un ton railleur.) J'entre, il est en train de sniffer de la coke sur ses tétons. Il ne lève même pas les yeux. C'est tellement Wall Street. Carrie me dit que si j'en veux, c'est OK. Qu'elle est à peine coupée. Elle se reboutonne, comme si ça allait changer quelque chose. Je suis venue ici en imaginant *La Mélodie du bonheur*, l'air pur, peut-être rencontrer un type de bonne famille. Si j'avais eu envie de voir des gens prendre de la drogue sur un canapé, j'aurais pu rester dans le Queens. Je vous le dis, putain, j'avais envie de hurler.

— Il avait un nom, ce petit ami ?

— Carrie l'appelait Fen. Elle m'a dit qu'elle l'avait rencontré au Trophy Room Lounge à Last Chance. Il lui a raconté qu'il vivait dans une tente, qu'avant ça il dormait dans une tanière de loup qu'il avait découverte dans le parc. Des trucs bizarres. Mais il ne m'a jamais adressé la parole.

En général, dès qu'elle entendait la moto, elle sortait. La fois du canapé, c'est la seule fois où il est resté plus de quelques minutes.

— Elle parlait de lui ?

— Non. (Elle se reprit.) Vous savez, j'ai trente ans, c'est plus que la majeure partie du personnel du parc. C'était juste une ado idiote de la cambrousse. Un soir, j'ai été franche avec elle. Je l'ai fait asseoir et je lui ai dit : "Carrie, ce type ne va t'attirer que des ennuis." Moi en train de dire ça à quelqu'un d'autre, pour une fois, quelle bonne blague. (Elle rit.) "Tu as toute ta vie devant toi, je lui ai dit. Tu es intelligente, tu es jolie"... Bon d'accord, aucun des deux trucs n'était vraiment vrai, mais j'essayais. Rien ne l'atteignait. Elle m'a dit ce que Clarence Clemons disait de Bruce Springsteen. "C'est comme suivre Jésus." Et bizarrement, c'était vrai, il dégageait des sortes d'ondes. Genre (elle tendit brusquement les bras et marcha comme un zombie autour du canapé, les yeux à moitié fermés), suis-moi et je t'emmènerai en terre promise, même si c'est juste une tente.

Elle boucla son tour et se retrouva face à Stranahan.

— Alors, vous allez arrêter ce type ?

— Pour le moment, on veut seulement lui parler. Il n'y a aucune preuve qu'un crime a été commis.

— J'en suis pas si sûre. Ici, il suffit de dire : "Aïe, j'ai mal au dos", pour obtenir une carte permettant de se procurer du cannabis thérapeutique, mais je parie que sniffer, c'est franchir la ligne. Bon, je commence à me sentir mal à l'aise. Vous êtes garé où ?

— Devant.

— C'est une voiture de flic ?

— Non. Un vieux Toyota Land Cruiser.

— Ouais, mais vous avez l'air d'un flic. Vous en avez l'allure. Quand vous allez partir, je vais vous embrasser sur les marches, OK ? Je veux dire, si quelqu'un nous regarde, soit vous êtes un flic, soit vous êtes mon copain. Juste au cas où il entendrait dire que vous êtes venu ici, je veux que tous ceux qui vous ont vu pensent, bon, elle se tape un mec.

— Ça fait plus d'un mois que vous n'avez pas vu cet homme. (Il attendit qu'elle acquiesce.) Et vous croyez vraiment qu'il faut se faire du souci à son sujet ?

— Je lis des romans policiers. Je sais que je suis un problème à régler. C'est ce que Carrie a dit un jour, d'ailleurs, mais je ne suis pas sûre qu'elle parlait de lui. Elle disait souvent des trucs bizarres.

— Marsha, je ne suis pas à la recherche de cet homme parce qu'il pourrait avoir fait du mal à votre colocataire, bien que si c'est le cas, il sera traduit en justice. Je suis ici parce qu'il a peut-être un lien avec la disparition d'une autre femme, une grande femme rousse.

— Je ne l'ai jamais vu avec personne d'autre que Carrie.

— Je vais vous dire une chose qui n'était pas dans les journaux. Carrie portait des lentilles de contact rouges quand on l'a retrouvée. Ça vous dit quelque chose ?

Elle soupira bruyamment.

— Elle avait des lentilles, mais pas rouges, orange. Enfin, d'abord jaunes. Après elle a eu les orange. Elle les détestait parce que ça lui faisait mal aux yeux. Mais chaque fois qu'il venait la voir, quand j'étais là, du moins, elle les mettait. L'idée, c'était qu'elle allait gravir les échelons jusqu'au rouge quand elle serait totalement acceptée comme sa compagne. Comme on passe de ceinture en ceinture au judo.

Elle baissa la tête, inspira et expira.

— Eh merde. Vous savez à quel point c'est difficile de se faire embaucher par le parc ? C'est tout simplement… je n'aurais pas dû avoir à subir ça. Pourquoi est-ce que tout se barre en sucette ?

— Ça va aller. Vous avez raison de faire ça. Qu'est-ce qu'elle a dit d'autre sur lui ?

— Rien. Je vous ai dit ce que je savais. Allez-y maintenant, s'il vous plaît, partez.

— Je peux appeler un adjoint si vous voulez. Il pourra vous donner des conseils si vous vous inquiétez vraiment.

— Je sais déjà qu'il ne faut pas sauter dans les sources chaudes. (Un frisson la parcourut.) Vous croyez qu'elle va s'en sortir ? J'irai bien la voir, mais ça coûte une blinde en essence pour se rendre à Billings.

— Je ne sais pas. Parfois les personnes dans le coma entendent les gens même si elles ne peuvent pas répondre. Une des raisons pour lesquelles on n'avait pas identifié Carrie, c'est parce que personne n'avait signalé sa disparition. Je ne crois pas qu'elle reçoive de visite. Ça pourrait être important que vous y alliez.

— C'est ce que je devrais faire. Personne n'a envie de traîner des regrets toute sa vie, disait toujours ma mère. Voilà pourquoi je suis ici, parce que je ne voulais pas regretter un jour de n'avoir jamais vu les montagnes, et voyez ce que ça m'a rapporté.

— Encore une question et je vous promets de partir. Carrie avait-elle la moindre raison de marcher jusqu'à un endroit si isolé pour aller observer une source chaude ?

— Non, mais elle n'avait pas de voiture et, quelquefois, elle faisait du stop pendant ses jours de repos pour aller voir les plus beaux sites du parc. Comme beaucoup d'entre nous. Pas forcément tendre le pouce, mais se faire emmener par un autre employé ou un habitué, par exemple quelqu'un qui fait des recherches sur les ours, ou un peintre. Mais elle n'a jamais parlé de sources chaudes. Si ça avait été le cas, j'aurais su que c'était elle qu'ils avaient trouvée et je l'aurais signalé.

Sur le porche, elle passa ses bras autour du cou de Stranahan. Elle l'embrassa au coin de la bouche. Une bise.

Je ne dois pas avoir grand-chose d'un petit ami, songea-t-il. Il esquissa un sourire et elle releva la tête. Alors elle lui donna un baiser acceptable au cas où quelqu'un les observerait.

— Un dernier pour la route ? suggéra-t-il.

Il obtint juste un léger sourire, mais vit son inquiétude.

31

CHANSONS NOCTURNES

STRANAHAN PASSA À l'épicerie de Cal et Jan Dunbar, puis trouva une place de parking deux rues plus loin, en face de la boutique de pêche de Bob Jacklin. Il entra. Jacklin, vêtu comme s'il partait en safari et manifestant un enthousiasme pour la pêche bien plus fort que la plupart des hommes de la moitié de son âge, était l'un des derniers représentants de la vieille génération des propriétaires de boutique de pêche de West Yellowstone. Un vrai gentleman – et un des premiers pêcheurs à avoir prôné le fait de relâcher les truites prises –, une figure centrale de l'expansion de ce sport dans la partie ouest de l'État.

Stranahan se présenta et lui dit qu'il voulait acheter une mouche.

— Pas une industrielle, une faite de vos propres mains. J'entame une petite collection, seulement des mouches montées par des amis et des pionniers de la pêche à la mouche dans le Montana.

— Quel modèle désirez-vous ? demanda Jacklin.

Ils échangèrent des histoires tandis que les doigts du vieux maître mariaient dubbing et hackle, ainsi qu'une mince bande de chambre à air de vélo pour façonner la nymphe de mouche de pierre qui portait sa signature. Dix minutes plus tard, lorsque Sean sortit, le baromètre avait chuté. Il posa la coupelle en plastique qui contenait la mouche sur le tableau de bord du Land Cruiser et glissa le billet que Jacklin n'avait pas voulu accepter dans sa pince à billets. Au loin, à sa gauche, il pouvait voir les guérites de l'entrée ouest du parc de Yellowstone, là où Carrie Harding avait travaillé. De l'autre côté de Yellowstone Avenue, en face de la boutique de pêche, à environ deux cents mètres, se trouvait le parc animalier Paws of Yellowstone. De l'endroit où se tenait Stranahan, la moto qu'il observait ressemblait à un jouet. Il attrapa ses jumelles. Harold avait dit que le réservoir était rouge. Il l'était, et Sean fit courir son doigt sur les craquelures en étoile du tableau de bord. Sois patient, s'ordonna-t-il. Attends que ce salaud sorte et suis-le. Il jeta un coup d'œil à sa montre. Il n'était pas encore 11 heures. Le zoo ne fermait pas avant 6 heures. Bien trop long à attendre pour rester assis dans une voiture à regarder par la vitre.

Il tenait le bon type, non ? Le souvenir des yeux du puma était vivace. À l'instant même où la lampe frontale de Stranahan avait vacillé, plongeant dans l'obscurité le monde autour de lui, les cercles émeraude avaient été remplacés par les yeux rouges de l'homme qui nourrissait les loups au parc animalier. Les étapes menant à cette conclusion avaient circulé dans les synapses de Stranahan le temps d'un battement de cœur – une pulsation et il avait vu en un éclair la fille qu'Harold avait décrite dans la vallée de la Lamar, celle aux yeux douloureux, puis le soigneur de loups qui frottait ses yeux injectés de sang lorsque Stranahan avait visité le zoo. Le soigneur s'était présenté sous le nom de James et McCready s'appelait J. Todd. J pour James ? Le lien était ténu – il entendait encore Martha Ettinger soupirer d'incrédulité –, mais la moto lui donnait du poids. Ainsi que les arêtes de truite trouvées dans les excréments des Palisades. Les loups sauvages n'attrapent pas beaucoup de truites à l'automne, mais on en nourrissait les loups du zoo, en sus de la viande de cerf.

Le seul fait irréfutable qui indiquait le décès de Nicki sous les dents du loup était les excréments contenant des cheveux humains – qu'avait dit Martha ? "Enroulés serré comme un cheveu dans un biscuit" ? Comment les cheveux de Martinelli auraient-ils pu transiter par l'appareil digestif d'un loup si elle était encore vivante ? Il réfléchissait à la réponse depuis le moment où la lampe frontale s'était éteinte.

Ayant du temps à tuer, Stranahan passa son ticket d'admission devant le lecteur à l'entrée du parc et roula une demi-heure jusqu'à Mule Shoe Bend sur la Firehole River. Il noua deux mouches, une Partridge & Orange et une Starling & Herl, deux mouches noyées à l'ancienne qui n'imitaient rien en particulier, mais dont les fibres de hackle qui s'agitaient légèrement suggéraient de nombreux insectes aquatiques, et il les lança dans une veine de courant écumeuse. Mule Shoe Bend était une des escapades préférées de Stranahan, un endroit où l'on se baladait au milieu de geysers intermittents et de fissures dans la terre d'où s'échappait de la vapeur et où le pêcheur devait être prudent s'il ne voulait pas amener les truites dans les filets d'eau presque bouillante qui se jetaient dans la rivière, sans quoi il cuirait sa prise sans même la sortir de l'eau.

Une heure durant, les mouches noyées furent décevantes, ne leurrant que quelques petites arcs-en-ciel, ainsi qu'une fario précoce, à peine plus grande que son majeur. Il commença à neiger. Aux premiers flocons, une régate de mouches de mai olive aux ailes bleues déploya ses voiles à la surface, les truites fendant l'eau pour gober les insectes ballottés par la brise. Stranahan passa à une mouche sèche, affûta sa technique de lancer courbe et prit deux farios bien plus belles tout en gardant un œil sur un bison mâle qui flânait sur la rive. Lorsque l'animal s'approcha à cinquante mètres, son dos et les bosses de ses épaules paraissant saupoudrés de farine, Sean accrocha la mouche à son anneau et se réfugia sur la berge. À contrecœur, il consulta sa montre. Il était temps de faire quelques croquis du bison, puis de retourner en ville.

Il trouva à se garer devant le Eagle's, dans la vitrine duquel une photo en noir et blanc montrait des touristes sur des skis en bois, debout sur des congères qui atteignaient le haut des portes du magasin. Il enfila un pull. Il ne pourrait peut-être pas survivre à un hiver du Montana dans le tipi, après tout. Il sortit deux fois pour essuyer la neige sur le pare-brise, puis il laissa tomber et, à six heures et quart, lorsque la moto démarra dans le parking du parc animalier, il avait les bras serrés autour de lui pour se réchauffer.

Il tourna la clé et… rien. Pas même un cliquetis. Il se dépatouillait avec un démarreur qui fonctionnait mal depuis plusieurs mois, à moins que ce soit un problème avec la bobine, mais c'était la première fois que les bougies ne faisaient pas d'étincelles. Il leva les yeux pour observer la moto franchir l'intersection et emprunter la 191, la voie principale qui traversait la ville, vers le nord. Elle avait disparu. Stranahan rit jaune. Il réessaya. Ses épaules s'affaissèrent. Il retira la clé, la réinséra. Le moteur se mit à ronronner aussi sec et il tourna à droite au coin de la rue. Combien de temps avait-il perdu ? West Yellowstone se résumait à deux routes. Il traversa ses faubourgs, passa devant l'Ours Smokey* sur lequel la flèche indiquant les risques d'incendie était au plus bas. L'aiguille du compteur du Land Cruiser monta jusqu'à quatre-vingts, mais la moto n'était nulle part en vue. Merde !

Stranahan supposait que le motard se dirigerait vers un camping. Quels étaient les plus proches ? Le Rainbow Point sur Hebgen Reservoir et le Baker's Hole sur la Madison – il parviendrait aux embranchements dans quelques kilomètres. Il appuya à fond sur la pédale, la tête bourdonnante. Cinq minutes plus tard, il tournait dans l'allée de gravier qui menait au Rainbow Point, un camping tristement célèbre depuis qu'un homme du Wisconsin avait été arraché à son sac de couchage et mangé par un grizzly, une vingtaine d'années plus tôt. Le seul véhicule qui l'avait emprunté depuis les chutes de neige avait quatre pneus. Stranahan manœuvra pour faire demi-tour et reprit l'autoroute vers le nord. Il ralentit pour prendre sur sa droite la petite route qui conduisait au camping Baker's Hole. Il soupira. Ses doigts avaient serré si fort le volant qu'il sentit le sang refluer, maintenant que la tension s'était relâchée. Une trace de pneu sinueuse occupait le milieu de la route. Le lièvre était rentré au terrier.

La tente se dressait comme un chapeau de sorcière sur la berge. Stranahan parcourut au ralenti les allées du camping, passant devant des emplacements vacants et des sanitaires en ciment ; l'endroit était désert à l'exception de la tente. La moto était garée à côté, inclinée sur sa béquille. Une femme

* Mascotte du service des Forêts des États-Unis.

menue vêtue d'une chemise à carreaux trop grande se trouvait à la table de pique-nique, en train de pressuriser le fuel dans le réservoir d'un réchaud Coleman. Elle lui jeta un bref coup d'œil. Aucun signe de l'homme. Stranahan se gara sur un emplacement plus loin en aval et retira ostensiblement son matériel du Land Cruiser. Il n'eut pas à attendre longtemps. Un homme quittait les sanitaires. C'était le soigneur de loups, sa queue de cheval dépassant d'une casquette de base-ball. Stranahan se dirigea vers la boîte aux lettres destinée à s'enregistrer soi-même et remplit un formulaire pour une nuit. Il repartit. Et maintenant, quoi ?

Faire ce que ferait n'importe quel pêcheur qui se retrouverait au coucher du soleil sur une rivière à truites. Pourquoi pas ? La canne à pêche est le plus grand briseur de glace qui soit. D'après l'expérience qu'en avait Stranahan, elle suscite au moins un : "Ça mord ?" On vous offrait souvent une bière et une place au coin du feu. Parfois, vous vous faisiez des amis pour la vie. Stranahan arbora son plus beau sourire en passant devant la tente, en waders. Le signe de tête de l'homme n'était pas encourageant. Apparemment, ce n'était pas un pêcheur à la mouche. Stranahan marcha vers l'amont et redescendit lentement le cours d'eau avec une soie plongeante et un streamer Dark Spruce. Il savait que chaque soir de gros poissons quittaient la Grayling Arm du Hebgen Reservoir pour remonter la Madison en direction de leurs frayères. Il en voulait un, pas pour lui, mais en guise de lettre d'introduction.

Ça n'aurait pu mieux tomber. Il animait sa mouche dans une veine de courant juste en face de la tente pointue lorsqu'une grosse fario fendit la surface, bondit vivement hors de l'eau, plongea et sauta à nouveau, le dos arqué, sa façon de secouer la tête indiquant qu'il s'agissait d'un mâle. Stranahan amena la truite dans les eaux peu profondes. Il résista à la tentation de se retourner.

— Vous allez relâcher ce poisson ?

— Oui, dit Stranahan.

Maintenant, il pouvait se retourner. L'homme et la femme se tenaient sur la berge et l'observaient d'en haut.

— On vit de pas grand-chose, dit l'homme.

Stranahan n'était pas un puriste de la remise à l'eau, même s'il gardait rarement une truite de rivière, à moins que l'hameçon ne soit profondément enfoncé et que les ouïes ne saignent. Celui-ci était un beau mâle dont la mâchoire inférieure formait un bec crochu. Il attrapa une pierre.

— Désolé, mon vieux, dit-il tout bas en assommant la truite à l'arrière de la tête.

Il la frappa à nouveau et elle frémit avant de se raidir. Dégainant le couteau accroché à son cou par un cordon, Stranahan en inséra la pointe dans l'anus de la truite, la fit glisser le long du ventre, découpa le V de chair dure sous la mandibule inférieure, le saisit entre son pouce et ses doigts et, d'un seul geste adroit, il enleva les branchies et les viscères de la truite. Il fit courir l'ongle de son pouce dans la cavité pour nettoyer le sang et ramassa les entrailles et les branchies qu'il jeta dans le courant, le protocole au pays du grizzly pour éviter d'attirer les ours dans le camping. Coinçant deux doigts dans les opercules, il remonta la truite sur la berge.

— Vous n'auriez pas une bière, par hasard ? demanda-t-il.

Il fit un signe en direction de la femme, qui lui dit de poser la truite en travers de deux assiettes en carton sur la table de pique-nique. L'homme ouvrit une Pabst Blue Ribbon prise dans la glacière et la tendit à Stranahan.

— Merci beaucoup, dit-il. Je travaille en ville, mais on essaie d'économiser de l'argent pour avoir un endroit où dormir cet hiver. La plupart des campings ferment en octobre.

Sa voix était posée et calme et tranchait avec l'intensité de son expression. Il avait les yeux fixés sur Stranahan.

— Je vis dans un tipi près de Bridger. Quand décembre va arriver, je ne sais pas trop ce que je vais faire non plus. Vous avez quelque chose pour accompagner la truite ?

La femme, ou la fille – elle ne devait guère avoir plus de dix-huit ans –, avait ouvert le container en métal à l'épreuve des ours près de leur campement et elle transporta un cageot de nourriture jusqu'à la table de pique-nique. Elle commença à fouiller à l'intérieur. Stranahan surprit l'éclat d'un anneau à son nez. Les pointes en bataille des cheveux couleur paille qui s'échappaient de son bonnet étaient teintes en rouge bordeaux.

— On a des spaghettis en boîte, annonça-t-elle d'une voix qui rappelait à Stranahan une gamine parlant à un chat.

Il y avait quelque chose de timide et d'émerveillé chez elle, comme si elle remarquait la luminosité du monde pour la toute première fois.

— Et si vous me laissiez préparer le dîner, proposa Stranahan. J'ai des patates et des haricots verts. Je ramène ma lanterne et on va se concocter un festin.

— Votre visage ne m'est pas inconnu, dit l'homme.

Ses yeux semblaient transpercer Stranahan.

— Le vôtre non plus, dit Sean. Hé, ce n'est pas vous qui nourrissez les loups au parc animalier ?

L'homme hochait maintenant la tête :

— Je savais bien que je vous avais déjà vu. J'oublie jamais un visage.

Mais le soupçon avait disparu, et ses yeux, de près, étaient verts, comme ceux du puma, la vibration radioactive en moins.

— C'était une discussion intéressante sur les loups. Je m'appelle Sean.

Stranahan présenta ses paumes comme pour dire : "Je vous serrerais bien la main, mais elle est visqueuse de poisson."

— Fen, dit l'homme.

Stranahan observa la femme, qui avait gardé la tête baissée depuis qu'il était remonté de la berge. Ses iris étaient gris pâle, le blanc injecté de sang.

— Je m'appelle Deni.

Un coup d'œil furtif dans sa direction, avant de détourner le regard.

Stranahan partit vers son emplacement pour ranger ses waders, se demandant à quoi il jouait. Il voulait voir l'homme de près et c'était fait. Hormis son expression, il ne semblait en rien remarquable. Il ne dégageait qu'un soupçon de l'attirance animale qui avait de toute évidence enflammé l'imagination de Nicki Martinelli, mais enfin, Stranahan n'était pas la proie visée. Il empila de la nourriture et un cubi de vin dans sa boîte d'ustensiles de cuisine, coinça sa chaise pliante sous son bras et saisit la poignée de sa lanterne avec un doigt. Il revint tant bien que mal jusqu'à la table de pique-nique du couple, où il versa du vin dans des gobelets en carton.

Il leva son verre pour trinquer et s'affaira à la préparation du dîner.

— Alors, vous aimez ça, travailler avec des loups, Fen ? dit-il sans lever les yeux.

L'homme aboya un rire.

— Vous voulez dire leur jeter de la viande et transporter leur merde à la benne ? Mais les loups sont très intéressants.

— Comment ça ?

Stranahan commença à couper les pommes de terre en tranches.

— Leur structure familiale. La hiérarchie n'est pas basée sur la force. Le mâle et la femelle alpha ne dominent pas les autres membres de la meute physiquement. Au contraire, ils ont un rôle de leaders, basé sur la personnalité et l'attitude. Ce qu'on pourrait appeler le charisme. S'il faut user de force, ce sont les bêta qui s'y collent. Les alpha restent au-dessus de la mêlée. Comme dans la nature, comme chez les hommes. Ou du moins, ça devrait.

— Qu'est-ce que vous voulez dire ?

Stranahan éminça un oignon pour le faire frire avec les pommes de terre et fit revenir le tout dans une poêle en fonte.

— Je veux dire que le leadership est un trait de caractère inné et, dans une société idéale, ceux qui possèdent cette qualité devraient s'imposer. Les vrais leaders sont littéralement nés pour diriger. Malheureusement, nous vivons dans une société corrompue par l'argent. Ceux qui sont démunis de magnétisme personnel peuvent acheter du pouvoir. Regardez là où je travaille, le naturaliste titulaire est le gendre du propriétaire, même si c'est moi qui ai les diplômes.

Sean vit du coin de l'œil que Deni était sortie de sa coquille et semblait captivée par son alpha. Elle sourit timidement à Stranahan d'un air de dire : “N'est-il pas merveilleux ?”

— C'est un point de vue déprimant, fit remarquer Sean. (Fen releva légèrement la tête.) Disons que vous êtes né sans charme ou argent en abondance. Comment pouvez-vous espérer gravir les échelons ?

— Avec de la ruse et de la persévérance, répondit Fen. Même le plus humble des oméga peut parfois devenir un alpha s'il joue bien son jeu.

Il hocha la tête en signe d'autoapprobation.

Stranahan était d'instinct rebuté par les individus suffisants, lesquels, d'après son expérience, surcompensaient généralement un sentiment d'infériorité. Mais il n'était pas là pour apprécier cet homme. Il était là pour découvrir ce qui était arrivé à Nicki Martinelli.

— Je n'arrête pas de penser à cette femme qui a été dévorée par un loup, dit-il. Tôt ou tard, ça devait se produire. Je me souviens de ce que vous avez dit pendant le nourrissage, au sujet des loups du parc dont la peur de l'homme disparaissait. Ajoutez à ça les grizzlys, dormir dans une tente fait un peu froid dans le dos. Des fois, j'aimerais bien avoir une arme à feu.

— Fen n'a pas peur des loups. (Deni tourna vers Amarok ses yeux écarquillés.) Parle-lui du loup quand on s'est rencontrés, le grand noir, là où t'as trouvé la tanière. Il s'est dirigé droit vers lui sans armes.

Fen la foudroya du regard.

Stranahan transvasa les oignons et les pommes de terre dans une feuille d'alu, feignant de n'avoir pas surpris l'avertissement. Il passa les filets de truite dans un mélange de farines de maïs et de blé et les mit dans la poêle. La chair, orange à cause d'une alimentation à base de crustacés d'eau douce, grésilla et commença à blanchir sur les bords.

— Mais tu étais si…

Elle censura le reste de sa remarque. Stranahan sentait le poids des yeux de Fen posés sur elle.

— Comment peut-on marcher vers un loup ?

Sean avait pris un ton désinvolte.

Amarok fixa Deni un long moment, puis retrouva ses bonnes manières.

— Vous vous rappelez ce que j'ai dit au sujet des alpha ? commença-t-il. Ils prennent le contrôle en projetant leurs qualités de chefs.

— Il faut donc être un alpha d'un rang supérieur.

— Exactement. J'ai découvert que c'est vrai pour tout. Tout ce que vous désirez, vous pouvez l'avoir juste en le regardant, si vous le regardez de la bonne façon.

— Tout à fait ce qu'il faudrait à un mec dans un bar de célibataires. (Sean sourit à Deni, qui s'était retirée dans sa coquille.) Ou peut-être pour revenir dans les bonnes grâces de quelqu'un qui vous a quitté. Ma copine est partie faire l'école vétérinaire et j'ai la nette impression que je ne lui plais plus trop.

Fen hocha la tête.

— Même si elles partent, elles reviennent toujours. Vous voyez, d'un point de vue psychologique, vous êtes toujours là. L'alpha, c'est comme de l'héroïne sur la table. Une junkie peut sortir de la pièce, mais elle ne referme jamais la porte derrière elle.

— Vous avez quelqu'un comme ça dans votre vie ?

Sean avait pris un ton léger en servant les portions dans des assiettes en carton. Il était plus facile de poser des questions indiscrètes lorsque votre attention se portait sur le travail qu'accomplissaient vos mains.

— Je veux dire, ajouta-t-il, quelqu'un qui vous a quitté et qui est revenu ?

Stranahan songeait à Nicki, descendant la colline en titubant, en proie à la panique, courant vers le réconfort de la drogue que Fen représentait.

— Vous ne posez pas la bonne question. (Sa voix avait changé. Elle était toujours mesurée et calme, mais il y pointait un accent sinistre.) La question n'est pas de savoir si elle reviendrait. La question est de savoir si je la reprendrais. Il faudrait qu'elle passe un test.

— Quel genre de test ?

— Pour voir si elle en vaut la peine.

Quelque chose dans la voix de Fen signifiait à Stranahan que le sujet était clos. Il avait touché un point sensible.

— C'est prêt, dit-il.

Deni revint un peu à la vie lorsqu'ils s'assirent devant le feu et s'émerveilla d'apprendre que Sean était peintre. Elle avait toujours voulu peindre. Elle pensait qu'elle avait peut-être du talent. Stranahan lui dit de ne pas perdre son objectif de vue. Il alla chercher son carnet de dessin à spirales sur le siège passager du Land Cruiser et l'ouvrit à la page des croquis au crayon qu'il avait réalisés plus tôt dans la journée au Mule Shoe Bend – le bison vieux comme Mathusalem avec sa robe neigeuse, des jets de vapeur s'échappant de ses naseaux. Il déchira la feuille.

— C'est pour vous deux, dit-il.

— Waouh, murmura Deni. C'est beau. C'est pas beau, Fen ?

Fen acquiesça du bout des lèvres. Il n'aimait pas ne pas être au centre de l'attention.

— Je sais ! s'exclama Deni. Faisons griller des chamallows. J'adore les chamallows grillés.

Fen prit le croquis et se baissa pour entrer dans la tente. Puis il descendit la haute berge de la rivière, le faisceau lumineux d'une torche indiquant sa progression.

— Il cache sa réserve sous un rocher, dit Deni.

Le faisceau lumineux revenait. Amarok s'assit devant le feu et sourit en direction de Stranahan tout en sortant un sachet d'herbe de la poche de sa chemise. Il roula un joint effilé, l'alluma avec un briquet à gaz et avala une bouffée. Il le passa à Stranahan. Celui-ci n'avait pas fumé depuis des années. Il tira sur le joint jusqu'à ce que l'extrémité rougisse, mais retint la plus grosse partie de la fumée dans sa bouche. Il tendit le joint à Deni, qui sortit la main de sous une couverture qu'elle avait enroulée autour de ses épaules. Stranahan recracha la fumée en faisant semblant de contempler les étoiles. Il voulait garder la tête froide.

— C'est de l'Alaskan Thunderfuck, dit Fen. Elle vient de la vallée de la Manatuska. J'y suis allé une fois. La vallée des putains de loups.

Les chamallows grillés étaient excellents. Sûrement la meilleure chose que Stranahan ait jamais mangée. Ça ne m'a pas vraiment servi de ne pas avaler la fumée, songea-t-il. Il se sentit partir à la dérive ; il y avait vraiment beaucoup d'étoiles. Les regarder pouvait faire tourner la tête. Il examinait le ciel d'un air interrogateur, comme avaient dû le faire les australopithèques, lorsqu'il n'y avait pas de mots adéquats pour le décrire. Il n'y avait toujours pas de mots. Il se sentit nager dans les airs, comme si le ciel était une eau céleste, il toucha les étoiles du bout des doigts, puis, doucement, redescendit.

Fen disait quelque chose à propos des loups. Stranahan étudia par-dessus le feu les yeux de l'homme, qui dansaient dans la lumière des flammes. Deux personnes avaient mentionné que son visage était éblouissant et Sean le remarqua pour la première fois, car Fen rayonnait, comme éclairé par une force vitale positive, de la même façon que les femmes enceintes resplendissent de santé. La figure du hippie mal lavé s'effaça pour révéler le plus beau visage que Stranahan ait jamais vu. Non, pas beau, mais… radieux. Il se sentit entraîné vers lui, frissonnant, comme attiré par un aimant palpitant. Il eut assez de bon sens pour détourner les yeux vers Deni, la fixant comme on observe l'eau distillée qui sert à contrôler une expérience. Elle croisa son regard. Elle avait un joli sourire, mais il s'agissait d'une beauté humaine. Elle appartenait de façon évidente à la terre.

— Vous plaisez aussi à Deni, Sean. Vous aimeriez aller dans la tente avec elle ? (Les yeux de Fen vibraient en passant de l'un à l'autre.) Vous découvrirez qu'elle est capable de s'adapter à toutes les positions du *Kama Sutra*. C'est une amante docile à défaut d'être expérimentée, pas vrai, ma douce ? Je serais content de rester ici, près du feu.

Il était le chef tribal, le camping était son royaume, et il offrait sa femme en signe d'hospitalité. Stranahan sentit Deni se raidir sur sa chaise. Elle n'avait pas donné son accord pour ça lorsqu'elle avait accepté de porter les lentilles de contact colorées. Elle resserra la couverture.

Stranahan comprit que la nature désinvolte de l'offre n'était pas une largesse, mais une démonstration de domination. Comme s'il se frappait la poitrine. Soudain, il n'était plus défoncé.

— Deni est très désirable. (Il soutenait le regard de Fen.) Mais j'ai une petite amie. Comme le mâle alpha, je suis monogame.

Fen hocha la tête.

— Je respecte votre décision, mais c'est un sentiment déplacé. Il est illusoire de croire que les loups sont fidèles et que seuls les alpha s'accouplent. D'autres membres de la meute peuvent copuler et porter les fruits de l'acte sexuel, mais il leur manque le soutien de la famille pour élever avec succès les petits. Ce que possèdent les alpha, c'est la dévotion nécessaire de la meute pour amener les louveteaux à maturité. "Il faut tout un village", c'est l'expression qu'utilisent les humains. Cette petite amie – vous dites que vous ne lui plaisez plus, malgré tout, vous lui restez fidèle. Dans le monde des loups, si la femelle alpha s'égare ou meurt, le mâle ne perd pas de temps à pleurer sa perte, mais la remplace rapidement par une autre.

Il fit tomber la cendre du joint dans le feu.

— Sean, vous m'avez demandé s'il y avait une femme dans ma vie qui était partie et revenue. En fait, il y en a eu une, je dois admettre qu'elle m'a enchanté plus que toutes les autres, mais on ne pouvait pas compter sur sa dévotion. Elle était comme ce feu de camp qui se courbe sous le vent, dans un sens et dans l'autre. Quelqu'un qui vous montre deux visages. Un alpha n'a pas de temps à perdre avec une flamme instable.

— Qu'est-ce qui lui est arrivé ?

— Elle est partie. J'allais la jeter au feu, mais elle a échappé aux mailles du filet. J'ai mal jugé son état mental. Je ne ferai pas deux fois la même erreur. Entre-temps… (Il ralluma le joint, aspira la fumée dans ses poumons et la recracha.) Comme vous le voyez, je suis passé à autre chose.

Il fit le tour du feu. Deni s'était retirée au milieu des plis de la couverture, la pinçant au niveau de sa gorge. Elle sembla se recroqueviller, mais il croisa son regard et, au bout de quelques secondes, les doigts qui retenaient la couverture relâchèrent leur prise et celle-ci tomba. Fen se baissa et l'embrassa dans le cou, la mordit légèrement et tira, faisant se tendre la chair. Il la libéra et sourit, les dents découvertes dans la lueur des flammes.

— Tu es assez délicieuse, ma chérie, dit-il. Les esprits sont tranquilles ce soir. Montrons à notre invité comment on leur dit au revoir. Ça te ferait plaisir, non ?

Elle hocha la tête de façon presque imperceptible.

— Bien, dit Fen.

Il se retira dans la tente et Sean scruta Deni, sans parvenir à croiser son regard. Il était désormais complètement sobre et comprit, dans un éclair de lucidité, que cette jeune femme ne gravirait jamais les échelons jusqu'au niveau alpha, qu'elle n'obtiendrait jamais les lentilles de contact rouges et que Fen se débarrasserait d'elle en faveur d'une autre.

Cet homme est dangereux, avait-il envie de lui dire. Il va vous jeter. Venez avec moi et échappez-vous.

Mais il savait que, s'il disait quoi que ce soit, elle le rapporterait et c'était Fen qui disparaîtrait, et avec lui la possibilité qu'il paie pour… quoi au juste ? Humiliations répétées de jeunes femmes ? Un péché, sinon un crime à proprement parler. Ou quelque chose de bien plus sinistre ?

Fen était sorti de la tente avec ce qui ressemblait à une corne de bison. Il se dirigea vers la berge et leva la corne. La première note lugubre fit sursauter Stranahan. La voix monta, tint la note, puis se sépara en trois. La plaintive chanson nocturne du monde sauvage. Elle avait disparu du Montana durant de si nombreuses années et revenait maintenant enrichir le paysage. Au milieu du néant, le silence était tel que la terre semblait avoir cessé de tourner. Puis, au loin, se fit entendre la première réponse. Elles arrivèrent alors de nulle part et de partout. Obsédantes, infiniment tristes. Une complainte, en accord mineur.

— La meute d'Electric Peak. Ils chassent, dit Fen.

32

UN CRIME PARFAIT

SANS LE GOÛT FÉTIDE dans sa bouche, Stranahan aurait pu croire qu'il avait rêvé les événements de la soirée. À son habitude, il était debout juste avant l'aube, en train de faire frire du bacon et de retourner un œuf dans la graisse en buvant sa première tasse de café de cow-boy assis devant un feu de camp. Du bout du pied il repoussa les branches afin de nourrir les flammes. Il dégustait une seconde tasse lorsque le ciel pâlit. Le chapeau de sorcière, plus loin, était endormi.

Une heure plus tard, Stranahan observa du mouvement dans le campement. Deni se rendit aux sanitaires, sa couverture traînant sur le sol. Fen sortit de la tente, tournant le dos à Stranahan, face à la haute berge. Son jet d'urine fuma. Deni revint, tête baissée dans sa couverture. Pas de feu, pas de petit déjeuner. La moto toussa et crachota. Elle démarra et se mit à ronfler de ce son de basson cadencé. En longeant l'emplacement de Sean, Fen leva le pouce. Deni l'entourait fermement de ses bras et ne leva pas les yeux. Stranahan ne fut pas surpris qu'il ne la laisse pas au camping, où il aurait pu lui rendre visite. Son accès de munificence était passé.

Stranahan attendit que le bruit du moteur s'évanouisse avant de se diriger vers la tente et de dénouer le rabat. Sacs de couchage, vêtements en boule fourrés dans des taies d'oreiller, torches. Un roman de vampires pour adolescent de son côté à elle, une version poche du *Kama Sutra* de son côté à lui, ouvert à la posture du bambou. Une bouteille de gel lubrifiant en forme de vague. Pas grand-chose d'autre, mais il s'agissait d'un campement de motards. Il sortit de la tente et écrivit un mot sur une assiette en carton.

> Super soirée. Bonne chance pour trouver un logement.
> Je dois retourner à Bridger.
>
> SEAN

Il glissa une carte de visite prise dans son portefeuille, une de celle qui l'identifiait seulement comme peintre, et y nota son numéro de portable. Il coinça la carte et l'assiette sur la table de pique-nique à l'aide de quatre bouteilles de Moose Drool, puis remballa son propre modeste campement avec l'intention de se rendre à West Yellowstone pour vérifier que la moto était bien garée au parc animalier. Sur le trajet, il s'arrêta devant une benne à l'épreuve des ours et y jeta ses ordures. Quelque chose déclencha des étincelles au fond de son cerveau, une association d'idées semblable aux étoiles de la nuit précédente, hors de portée. Il embraya et roula lentement en direction de la ville, laissant sur sa gauche la route qui menait à la décharge du comté.

Bob Jacklin était installé devant son étau dans la boutique de pêche, en train de monter une Platte River Special. Il leva les yeux derrière ses verres grossissants.

— Bob, vous savez quel jour ils ramassent les ordures au parc animalier ?

— Je pense que c'est le mardi. Comme ici.

— Merci.

Il n'avait pas demandé pourquoi et Sean lui en fut reconnaissant. Il n'aurait pas su quoi répondre.

Martha décrocha à la première sonnerie.

— Si je te disais qu'il y a les preuves d'un meurtre ou d'un enlèvement dans les bennes à ordures devant le Paws of Yellowstone, combien de temps tu crois qu'il te faudrait pour obtenir un mandat de perquisition du juge Conner ?

— Tu ferais mieux de m'expliquer depuis le début.

Stranahan écouta le silence au bout de la ligne lorsqu'il eut terminé.

— Hmm, hmm. (Un nouveau silence.) C'est sûr, c'est une théorie intéressante.

— C'est plus qu'une théorie. Ce type arrache les cheveux de Nicki. Il les mélange à la viande de gibier au zoo, en nourrit les loups et ramasse les excréments, puis il les dépose aux Palisades pour faire croire qu'elle a été mangée par des loups. On suppose que son corps a été dévoré, on arrête de la chercher.

— Alors tu crois qu'elle est vivante ?

— Je veux croire qu'elle est vivante. Je pense qu'il y a de grandes chances qu'elle le soit, qu'il l'a convaincue de s'enfuir avec lui et qu'elle a accepté qu'il lui arrache des cheveux. Mais je ne peux pas écarter la possibilité qu'il l'ait tuée et qu'il ait enterré le corps. Dans un cas comme dans l'autre, les cheveux dans les excréments referment le dossier. C'est un crime parfait.

— Pourquoi crois-tu qu'on va trouver d'autres cheveux dans la benne à ordures ?

— Une demi-douzaine de loups produisent beaucoup de crottes en deux ou trois jours. C'est logique qu'il n'ait ramassé que celles dans lesquels la présence de cheveux emmêlés était visible. Le reste a dû être jeté à la poubelle. Amarok m'a dit qu'il nettoyait derrière les loups et quand je me suis arrêté à la boîte à ordures au camping et que, quelques minutes plus tard, j'ai vu le panneau vers la décharge, ça a fait tilt. Le prochain ramassage a lieu demain matin. Il nous faut un mandat aujourd'hui. (Il s'interrompit.) Autre chose. J'ai bien l'impression que si tu interroges le biologiste des excréments, il te racontera qu'il a parlé à Amarok du marquage. Il campait près de la rivière, juste en face des Palisades. Ça paraît naturel qu'ils soient tombés l'un sur l'autre. C'est le marquage qui a donné à Amarok l'idée de déposer les crottes. Il savait où les mettre non seulement pour qu'elles soient découvertes, mais aussi pour qu'elles le soient par l'unique personne qui saurait ce qu'il avait sous les yeux.

— Hmm, hmm. (Stranahan imaginait Martha en train de se malaxer le menton.) Je vais discuter avec notre spécialiste des excréments plus tard dans la matinée. On verra bien ce qu'il dit.

Stranahan percevait le doute dans sa voix.

— Amarok avait les moyens de le faire, Martha. Il avait l'occasion, il avait un mobile.

— Quel est son mobile, déjà ?

— Il était obsédé par Nicki. Il était fou d'elle. Et elle l'avait rejeté. Hier soir, il m'a dit qu'il ne la reprendrait que si elle réussissait un test. Il parlait comme si c'était une hypothèse, mais c'est bien d'elle qu'il s'agissait. Si elle a réussi le test, peut-être qu'elle est vivante. Sinon, elle est morte.

— Et les autres filles ? Il les tue aussi ?

— Je ne sais pas, mais il semble reproduire le même schéma à chaque fois. Il ramasse une fille paumée, il la gave de ces conneries sur les loups et quand elle ne se montre pas à la hauteur de ses idéaux, qu'elle ne gravit pas les échelons jusqu'aux lentilles de contact rouges, il la jette et en trouve une autre. Je pense qu'il est possible qu'il ait poussé Carrie dans la source chaude, je ne sais pas ce qu'il a fait des autres. Certaines filles disparues ne manquent à personne.

— Pffff.

— C'est ton comté, Martha.

— Ça veut dire quoi ? Que je n'en fais pas assez ? Je ne suis pas un flic de série télé. Je dois suivre les règles.

— Tu crois que Conner le Taré va être OK pour le mandat ?

— Apprends la loi. Je n'ai pas besoin de mandat pour fouiller les ordures du zoo. J'ai juste besoin qu'ils signent une autorisation. Pourquoi refuseraient-ils ? Ça donnerait l'impression qu'ils cachent quelque chose.

— Je n'y avais pas pensé. Mais si tu leur demandes et que l'information est transmise à Amarok, il pourrait s'enfuir.

— Laisse-moi m'occuper de ça. Il n'en saura rien, je te le promets.

— Qu'est-ce que je dois faire ?

— Garde ton téléphone allumé, c'est tout. Et reste là où il y a du réseau, bon sang.

— Vous déconnez ou quoi ? (Julie McGregor souffla sur une mèche de cheveux égarée. Son regard passa de Stranahan à Martha Ettinger.) Vous ne déconnez pas.

— Les deux grands sacs, c'est surtout de la merde d'ours, dit Stranahan, avec peut-être un peu de loup au milieu. En fait, il n'y a qu'un seul sac.

McGregor le soupesa.

— Bon, je ne vais pas faire ça toute seule.

— Non, dit Ettinger. Wilkerson est en route et Stranahan s'est porté volontaire. Ce genre de boulot, c'est tout à fait son rayon.

— Vous pouvez rester ?

— Je suis le shérif. Je ne mets pas les mains dans le caca de loup.

— J'imagine que c'était votre idée, dit McGregor une fois Ettinger partie.

Elle l'écouta jusqu'au bout avant de lancer :

— Je préfère encore un vrai loup.

Elle dit à Stranahan de s'installer sur une chaise devant la paillasse en acier, ouvrit le sac, fit la grimace, et ils se mirent au boulot. Wilkerson les rejoignit aussitôt sa journée de travail terminée, toujours vêtue de sa blouse de laboratoire.

— Deux paires de gants, c'est mieux, lui conseilla McGregor.

Durant une heure, ils disséquèrent des excréments, leurs instruments en acier séparant les poils enroulés autour des éclats d'os. La plupart longs, rêches, à l'extrémité brun clair – des poils de cerf.

— Où est-ce que le zoo récupère ses carcasses ? demanda Wilkerson à Stranahan.

— Des chasseurs et des organisateurs de chasses. Ce sont uniquement des dons.

— Et ce type a mis des cheveux de la fille dans des morceaux de viande et les a donnés à manger à la meute ?

— C'est ce que je pense.

— Comme c'est ingénieux.

— Hé. (Wilkerson avait repéré un cheveu orangé à l'extrémité tire-bouchonnée d'une crotte de loup.) Venez voir ce que j'ai là.

Lorsqu'ils eurent fini d'examiner le sac d'excréments, ils avaient isolé quatorze échantillons de cheveux humains mesurant d'un à vingt centimètres, la plupart tellement entremêlés aux poils de cerf qu'ils n'étaient pas visibles avant la dissection des crottes. Ils étaient de la même couleur que ceux récupérés dans celles du marquage des Palisades et au moins six échantillons présentaient un follicule intact.

— Je ferais mieux d'appeler Martha, dit Stranahan.

— Qu'est-ce qu'elle va faire, d'après vous ? demanda Wilkerson.

— Ça dépend si vous pouvez trouver de l'ADN et le comparer aux échantillons des Palisades ou non. Amarok travaille dans un endroit où ils jettent des excréments de loup contenant des cheveux humains. Ça, plus le fait qu'ils se connaissaient, qu'il campait au bord de la rivière en face de l'endroit où les excréments ont été déposés et ce qu'il m'a dit hier soir – ce sont des preuves circonstancielles solides. Martha va pouvoir l'appréhender pour l'interroger.

— N'oubliez pas la fille dans la source chaude, ajouta Wilkerson. La colocataire que vous avez questionnée peut identifier ce salaud.

— Ouais. (Le doute perçait dans la voix de Stranahan.) Mais nous n'avons aucun élément qui le relie à la scène de crime. Je pense que la meilleure chance de pouvoir l'arrêter est de monter un dossier pour l'assassinat de Nicki Martinelli. Mais comme Martha me le rappelle souvent, je ne connais pas la loi.

— Plus vous entassez de tasseaux, plus votre maison est solide, mais qu'est-ce que j'en sais ? Je ne suis qu'une humble spécialiste de scènes de crime.

— Non, vous êtes Gigi la Planche Ouija, répliqua Stranahan. Un jour, il faudra que vous me racontiez d'où vous tenez ce nom.

— Vous savez chanter ? demanda McGregor. On va jouer à *Beatles : Rock Band* chez moi, ce soir. Vous devriez venir. Il devrait venir, non, Gigi ?

Stranahan ne termina pas sa journée en jouant à *Beatles : Rock Band.* Au lieu de quoi, il se retrouva aux côtés d'Harold Little Feather, tous deux observant à travers une vitre sans tain l'adjoint du shérif Walter Hess conduire l'interrogatoire. Sean n'aurait pas choisi Hess et il le dit.

— J'aurais pu le faire, mais il m'aurait reconnu et aurait pu se montrer hostile, dit Harold.

— Tu es indien. Vous vous ressemblez tous.

Harold sourit.

— Ne t'inquiète pas pour Walt. Il sait ce qu'il fait.

Hess se présenta et en termina avec les formalités préliminaires. Il demanda son nom à l'homme.

— Fenrir Amarok.

— Comme le loup dans la mythologie nordique.

— Fenrir est un loup dans la mythologie nordique. Amarok vient d'une légende inuite.

— Un autre loup ?

— C'est ça.

— Quel est votre nom de naissance ?

— Il ne me convient plus. Cette personne n'existe plus.

— Ça ne serait pas James Todd McCready ? On sait que…

Walt répéta ce que Stranahan savait déjà.

Sean sentit son téléphone vibrer. Il s'éloigna de quelques pas et l'ouvrit. C'était Ettinger. Il écouta une minute et referma son portable.

— Comme je vous l'ai dit, reprenait Amarok lorsque Walt eut terminé, ça ne dit rien de qui je suis maintenant.

Il avait l'air de s'ennuyer.

— Donc cette personne n'existe plus, insista Walt.

Il regarda la feuille de papier posée sur la table. Un à un, il énuméra la longue liste des méfaits de McCready, l'agression sexuelle et la violation de conditionnelle.

Amarok haussa les épaules.

De derrière la vitre, Stranahan vit Walt se pencher en avant et saisir chaque côté de la table.

— Savez-vous pourquoi vous êtes là ? demanda-t-il. Je trouve bizarre que vous n'ayez même pas posé la question.

La plupart des détenus reculaient la tête lorsque celui qui menait l'interrogatoire se penchait en avant. McCready se contenta de sourire.

— Quelqu'un a mis de l'herbe dans mes sacoches ? J'imagine que c'est ce que l'adjoint cherchait quand il a fait subir les derniers outrages à ma moto.

— Il ne s'agit pas de marijuana.

Le silence se prolongea.

— De toute façon, c'était une fouille illégale.

— C'est parce que nous avons découvert des cheveux humains dans les bennes à ordures sur votre lieu de travail. Dans les excréments de loup.

Un nouveau long silence.

— Vraiment ? dit Amarok. (Il se pencha en avant et écarta les mains de façon à ce qu'elles se trouvent à quelques centimètres de celles de Walt, pour le singer.) Je ne suis au courant de rien. Beaucoup de gens travaillent là-bas… Walter.

— Nous pensons que les cheveux appartiennent à une jeune femme que vous connaissez, Nanika Martinelli. Nous en aurons bientôt confirmation par l'ADN.

Amarok se concentra et ses sourcils se rejoignirent en une seule ligne.

— Ce nom ne me dit rien.

— Nous pouvons produire un témoin qui nous a affirmé que vous étiez à la recherche de Mlle Martinelli, au printemps.

— Je ne pense pas.

Derrière la vitre, Harold jeta un coup d'œil à Stranahan.

— Le propriétaire de la boutique de pêche sur la Kootenai, murmura celui-ci.

Harold hocha la tête.

Amarok s'était reculé sur sa chaise. Il avait renoncé à intimider Walt.

— Na-ni-ka. (Il réfléchissait.) Oh, vous devez parler de Nicki. Je ne l'ai pas vue depuis une éternité.

— Ça fait combien de temps, une éternité ?

Amarok haussa les épaules.

— Deux, trois ans.

— Deux ou trois ?

— Peut-être deux.

— Pourquoi la cherchiez-vous ?

Il leva brusquement les mains.

— J'étais dans le coin. Je voulais juste lui dire bonjour.

— Quel coin… Todd ?

L'inquiétude d'Amarok perçait désormais. Stranahan se demandait dans combien d'autres endroits il avait cherché Nicki en dehors de Libby. Plus il aurait mis d'ardeur à essayer de la retrouver, plus il aurait de mal à prétendre qu'il voulait seulement lui dire bonjour.

— Là où habitait son père sur la Kootenai. J'ai entendu dire qu'il était mort. Je voulais savoir comment elle s'en sortait.

— Pure sollicitude amicale ?

— C'est ça.

Walt jeta un œil à ses notes.

— Vous voulez un café ? Je vais me chercher une tasse.

— Je touche pas à ça, dit Amarok.

En se levant, Walt se pencha en avant pour toiser Amarok, établir son autorité.

— Vous avez des problèmes de dos, Walter ? Vous avez l'air d'avoir besoin d'exercices d'étirement.

De retour derrière la vitre, Walt secoua la tête.

— Une vraie tête de pioche. Martha vous a rappelé ?

— À l'instant, sur le trajet, répondit Stranahan. Le biologiste a admis avoir parlé à Amarok du marquage. Il ne l'a pas conduit personnellement au rocher, mais il n'y a qu'un passage à travers les falaises et ce n'était pas difficile à trouver d'après la description. Martha croit à son histoire. Elle ne pense pas qu'il soit complice. Il est seulement du genre bavard et il est tombé sur Amarok au camping, comme on l'avait supposé.

— D'accord. (Walt se frotta les yeux.) Pour le moment, il croit juste qu'on réunit des bribes par-ci par-là, qu'on n'a rien de solide qui le relie à la disparition de Martinelli. Quand je vais mentionner le biologiste, il va sentir le nœud se resserrer. Il connaît bien le système : il va la boucler et, dès qu'on aura quelque chose qu'on peut prouver, il va nier. Je suis surpris qu'il en ait déjà dit autant.

— Il est arrogant, dit Harold. C'est son talon d'Achille.

Hess acquiesça.

— À Chicago, j'en avais de toutes sortes en cellule – des dealers, je parle de gros bonnets, des politiciens de mèche avec la mafia, des membres de gangs, deux tueurs à gages professionnels. Il n'y a pas de règle, mais quand je regarde ce type dans les yeux, il me dit à la fois qu'il l'a fait et d'aller me faire foutre.

— Combien de temps on peut le garder ?

— Les vingt-quatre heures se terminent demain après-midi. Mais j'ai l'impression qu'il sera relâché tôt demain matin.

— Aucune chance de pouvoir l'inculper ?

Hess secoua la tête.

— Pas s'il ne fait pas de bourde.

Il n'en fit pas. Mais il ne la ferma pas non plus. Sous l'insistance de Walt, il admit qu'il connaissait Jack Thorn, qu'il l'avait rencontré au camping et que oui, ils avaient peut-être parlé des marquages des loups. Les loups étaient ses frères. Il était fasciné par les loups. Pourquoi n'aurait-il pas questionné Thorn à leur sujet ?

— Avez-vous vu Nanika Martinelli le 11 septembre, le jour de sa disparition dans le bassin de la Papoose ?

— Non.

— Ou un autre jour depuis cette date ?

— Non.

— Ou n'importe quel jour avant cette date au cours des deux dernières années ?

— Non.

— Saviez-vous qu'elle travaillait comme naturaliste et guide de pêche au ranch Culpepper ?

— Non.

— Saviez-vous qu'avant son emploi au ranch, elle avait travaillé pour l'entreprise de pêche de Sam Meslik sur la Madison ?

— Je n'ai jamais entendu parler de Sam Meslik.

— Pourquoi aviez-vous cet exemplaire du *Bridger Mountain Star* dans la sacoche de votre moto ?

Walt fit glisser un journal jauni de sous son bloc-notes.

— Il y a toujours des journaux qui traînent dans mes sacoches. Je les ramasse pour allumer mes feux de camp. Je ne les lis pas.

Stranahan regarda Harold. Celui-ci contracta les muscles de ses joues. C'était nouveau pour eux deux.

— Vous pouvez lire les gros titres ? Ça date du 18 juillet.

— Ça dit (Amarok fixa le journal d'un air dubitatif) : "La faible production de graines par les pins à écorce blanche conduit à des querelles entre grizzlys."

— Pas celui-là.

— "La Vénus de la pêche à la mouche ferre les pêcheurs pour le guide de la Madison : les truites sont en bonus."

— Vous voyez sa photo ? (Walt planta son index sur le journal.) Dur de la rater, vous qui éprouvez une sollicitude amicale pour elle et tout le tintouin. L'histoire mentionne Meslik dans le premier paragraphe.

Amarok haussa les épaules :

— Comme je vous l'ai dit, je me contente de les ramasser.

— Mais ce journal date de plus de deux mois. Il devrait être réduit en cendres à l'heure qu'il est.

— J'ai dû l'oublier au fond. Les sacoches, c'est comme le nombril. Ça ramasse tout un tas de saloperies.

Walt se leva.

— Où allez-vous ?

— Je vais vous laisser réfléchir au cas où vous voudriez changer d'avis à propos de ce journal.

— Prostate hypertrophiée, hein ? Vous avez encore envie de pisser ? Dur de vieillir.

Walt retourna derrière la vitre et attira l'attention de Stranahan :

— L'adjoint qui l'a arrêté a fouillé les sacoches pour trouver des crottes de loup, pas de l'herbe. Mais vous nous avez dit avant la fouille qu'il avait de la drogue, donc, de toute façon, on est tranquilles. On avait un motif valable de fouiller. Je pense qu'on en a assez pour aller devant le procureur, mais ce n'est pas si simple. Il faut qu'on lui présente un dossier. Pas possible ce soir. En attendant, on ne peut pas le garder. À mon avis, il y a un risque qu'il s'enfuie, mais la loi est la loi.

— C'est ce que vous croyez, hein ? dit Harold.

— Je n'en serais pas si sûr, répondit Stranahan. Tu l'as dit toi-même, Harold. Il est arrogant. À moins qu'il pense qu'on va sortir une carte de notre chapeau, comme un témoin qui l'aurait vu avec Martinelli durant la période cruciale, il va s'imaginer pouvoir s'en tirer.

— Et il aura probablement raison. (Walt tripotait sa pomme d'Adam.) Laissons-lui la nuit pour réfléchir.

La porte s'entrebâilla derrière eux. C'était Ettinger. Elle alla jusqu'à la vitre, pianota sur la crosse de son Ruger.

— Donnez-moi de bonnes nouvelles, les gars.

33

ÉCHAPPER AU FROID

STRANAHAN OBSERVAIT d'un œil critique la toile sur son chevalet, un paysage brumeux à l'huile basé sur ses croquis de la Rivière sans retour, lorsque le téléphone sonna. Il coinça le pinceau derrière son oreille droite et chercha le combiné à tâtons.

— Sean, c'est Fen.

— Fen, ah… je suis en train de peindre.

Merde, qu'est-ce qui se passe ?

— Désolé, mon vieux, je sais qu'il est tôt.

— Pas de problème, laissez-moi juste finir la ligne d'horizon avant que la peinture ne sèche. J'en ai pour moins d'une minute.

— Je ne suis pas sûr de pouvoir vous rappeler.

— Alors restez en ligne.

Sean colla le vieux combiné sur sa poitrine en fixant les lettres gravées à l'envers sur le verre dépoli de la porte de son atelier. Il sentait son cœur bondir contre le téléphone. Il était arrivé tôt au centre culturel pour prendre son courrier et passer quelques coups de fil professionnels. Il avait prévu d'aller ensuite à la boutique de pêche de Sam pour informer

Asena Martinelli qu'il avait fait ce pour quoi elle l'avait payé, qu'il avait trouvé l'homme qu'elle soupçonnait d'avoir kidnappé sa sœur. La dernière chose à laquelle il s'attendait ce matin était que cet homme l'appelle.

— Je suis là. Merci. D'où appelez-vous ? De West Yellowstone ?

— Non, mec, je suis à Bridger. Les flics m'ont embarqué. J'ai passé la nuit comme invité d'honneur du bureau.

— Ils vous ont arrêté ?

— Non. Je crois que quelqu'un du parc animalier leur a filé un tuyau comme quoi je dealais, mais ils ont que dalle.

— Alors… qu'est-ce que je peux faire pour vous ?

— J'ai besoin qu'on me ramène. Ils m'ont ramassé au boulot et ma moto est toujours à West Yellowstone.

— Deni est au courant ?

— Ouais, ils sont passés par la tente pour pouvoir fouiller tout notre bazar et elle va bien, mais elle ne sait pas conduire la moto et je n'ai aucun moyen d'y retourner. Je croyais qu'ils allaient être sympas et me ramener, mais cet enfoiré qui m'a baisé m'a dit que ça ne faisait pas partie du service.

— Donc, vous voulez que je vous raccompagne, c'est ça ?

— Ouais, mec, j'apprécierais. Je ne connais personne d'autre. Je ne vous aurais pas appelé, mais vous avez laissé votre carte.

— Vous êtes où ?

— Au palais de justice. C'est leur téléphone.

Stranahan lui dit qu'il passerait le prendre à la porte côté est et raccrocha. Une idée lui vint. Il plongea son pinceau dans l'essence de térébenthine et souleva le combiné.

— Faut encore que je signe un truc.

Amarok était apparu sur le seuil de la double porte et avait crié à Stranahan d'attendre. Celui-ci parcourut l'allée des yeux. La moitié des forces de l'ordre connaissait le Land Cruiser et il ne voulait pas qu'Amarok le surprenne en train de discuter gentiment avec un flic. Le pick-up diesel Chevrolet de Jason Kent s'arrêta derrière lui. Kent en sortit et passa les deux doigts de sa main gauche dans ses cheveux en brosse. Il gratta une croûte qu'il s'était faite en se rasant, leva le petit doigt en direction de Stranahan et grimpa les marches juste au moment où Amarok franchissait la porte.

— C'est qui le type à trois doigts ? demanda-t-il.

Il monta dans le Land Cruiser et lança un regard dur à Stranahan.

— Jason Kent. Il est à la tête de l'équipe de Recherche et sauvetage. Je suis bénévole.

Dans le doute, dire la vérité.

— Comment il a perdu ses doigts ?

— Chopés par une moissonneuse-batteuse. Il avait un ranch à la sortie de Hardin.

La réponse sembla satisfaire Amarok et il se cala dans le siège.

— Bagnole d'époque. Elle a quel âge ?

— Elle est sortie de l'usine Toyota en 1976, l'année avant ma naissance.

— J'ai été conçu sur la banquette arrière d'une Chevrolet Malibu, dit Amarok. Quand ma mère a viré mon vieux, je l'ai vue brûler une couverture dans la cour. C'était celle qui était dans la voiture ce soir-là. Elle l'avait gardée toutes ces années, mais je ne l'ai découvert que plus tard. Ça résume bien ce qu'elle a ressenti quand elle m'a eu.

Ils tournèrent sur la Highway 191 et se dirigèrent vers le sud en remontant Gallatin Canyon. La plupart des trembles sur les flancs des montagnes n'étaient plus que des squelettes, des os blancs se découpant sur le vert des pins.

— Vous croyez qu'ils vont chercher à vous arrêter ? demanda Stranahan.

— S'ils essaient, ils risquent d'avoir du mal à me trouver. Mais j'aime bien mon boulot et j'ai à moitié envie de rester, qu'ils aillent se faire foutre.

— Toujours pas de piste pour un logement cet hiver ?

— Non, et le camping ferme mardi. On pourrait s'installer ailleurs, mais le climat va nous chasser tôt ou tard.

— Hé ! (Stranahan fit comme s'il venait juste d'y songer.) J'ai une copine qui loue un bungalow dans la forêt nationale. Elle travaille pour le service des Parcs et elle va faire un échange et bosser à Moab cet hiver. Elle cherche quelqu'un pour occuper sa maison.

— Elle demande combien ?

Stranahan secoua la tête.

— J'en sais rien. Mais le bungalow est sur Cougar Creek, c'est sur la route.

Lothar annonça leur arrivée avant que le Land Cruiser ne soit arrêté. Katie Sparrow ouvrit la porte vêtue d'une chemise à carreaux d'homme trop grande pour elle. Ses mains disparaissaient sous les manches.

— Tais-toi, dit-elle à Lothar. (Elle posa la main sur le cou du berger. Il poussa un grognement sourd.) Tranquille. (Le grognement faiblit.) Va dire bonjour.

Le chien renifla l'entrejambe de Sean, regarda Amarok d'un œil soupçonneux, puis fit le tour du Land Cruiser, levant une patte sur chaque pneu.

Katie releva une mèche qui pendait sur son œil droit. Elle sourit, exhibant une dent de devant noircie.

— Salut, Stranny, tu aurais dû appeler.

Il l'étreignit et approcha la bouche de son oreille.

— N'en fais pas trop, murmura-t-il.

Elle se libéra et toisa Amarok de la tête aux pieds.

— Qui êtes-vous ?

— Fen.

— Fen a besoin d'un endroit où passer l'hiver, expliqua Stranahan. Je ne savais pas si tu cherchais toujours quelqu'un pour occuper le bungalow.

— Ça serait pour ma copine et moi, dit Fen.

— Vous avez un boulot ?

— Je suis soigneur au parc animalier. Je travaille avec les loups.

— Il peut faire horriblement froid ici, dit-elle. Et aucun chasse-neige ne passe sur la route, alors il faut parfois marcher en raquettes. Mais j'ai une évacuation dans la chaudière à bois qui amène la chaleur dans la chambre. Je ne vais pas vous dire oui tout de suite parce que j'ai pas encore réfléchi, mais comme vous êtes là, vous pouvez jeter un coup d'œil. Ne faites pas attention au bazar.

Ce n'était pas le bungalow dans lequel Stranahan avait passé la nuit. Le canapé sur lequel il avait dormi était couvert de journaux, la table basse était jonchée des restes d'un plateau-repas et d'une bouteille de vin vide. Une cigarette était écrasée dans une sous-tasse. Katie ne fumait pas. Elle avait dû aller en ville acheter un paquet après que Stranahan avait appelé depuis son bureau. Un livre était posé à l'envers, ouvert. *Cinquante nuances de Grey*. Stranahan sourit. Ça donnait une touche sympa.

— Quand est-ce que tu dois partir à Moab ? lança-t-il.

— La troisième semaine d'octobre. J'y bosse jusqu'à mi-avril.

— Vous demandez combien ? s'enquit Amarok.

— Il va falloir que j'y réfléchisse. Je contacterai Stranny.

Amarok hocha la tête.

— Il faudrait que je sache assez vite.

Katie fit un geste du bras comme pour dire "au pied", que Stranahan l'avait vue utiliser avec Lothar.

— J'ai dit que je l'appellerai, je l'appellerai. Maintenant, il faut que je me prépare pour aller au boulot. Ravie de vous avoir rencontré.

De retour sur le porche, elle embrassa Sean sur la bouche.

— N'attends pas si longtemps pour repasser, la prochaine fois.

— Vous vous la tapez ? demanda Fen quand ils se retrouvèrent dans l'allée. C'est pas mes oignons, mais une femme toute seule avec son chien et son porno pour gonzesse qui se chatouille le clito, ça serait dommage que ça se perde… Merde, mec, j'espère qu'elle va se décider à louer.

Deni était blottie sous sa couverture, assise devant un feu qui crépitait. Quand elle enlaça Fen, il passa un bras sous ses genoux et la souleva, la fit tourner et la reposa doucement.

— Tout va bien, mon bébé, dit-il.

Il regarda Stranahan.

— Je ne peux pas vous payer, mec. Il me reste quinze dollars pour tenir jusqu'à la prochaine paie. Mais je peux vous filer de quoi fumer pour la route.

— C'est bon, dit Stranahan. J'ai un client qui veut un tableau de la Firehole River. Je pensais venir de toute façon.

— Non, mec, vous avez fait un détour. Ne bougez pas.

Amarok disparut au bas de la haute berge. Stranahan entendait le bruit de ses pas sur les graviers qui s'affaiblissait tandis qu'il remontait vers l'amont.

Deni lui jeta un regard timide.

— Vous croyez qu'un jour je pourrai peindre comme vous ?

— Bien sûr, répondit Stranahan. Je vois que vous êtes sensible. C'est la première condition pour être artiste. (Il désigna la rivière où Amarok avait disparu.) Vous ne vous ennuyez pas quand il travaille toute la journée ?

Elle hocha la tête, face à lui, les yeux écarquillés.

— J'ai peur quand je suis toute seule au camping. Mais j'ai le pistolet de guerre que mon grand-père a récupéré sur un soldat mort en Italie. Je veux dire, c'est le grand-père de Fen, mais on dit que c'est le mien parce que sinon ce serait un délit. Fen ne peut pas vraiment avoir d'arme, pas légalement. Il le planque sous le rocher avec sa réserve sauf s'il fait ses petites affaires ou qu'il prévoit d'aller chercher du gibier. Il dit qu'il veut pas partir au milieu de nulle part sans protection.

Stranahan acquiesça.

— Heureusement qu'il ne l'avait pas sur lui quand l'adjoint l'a arrêté.

Il entendit les pas de Fen qui revenait de la rivière.

— Vous êtes d'où, Deni ?

— Je suis… Fen ne… Il n'aime pas que j'en parle.

Elle rougit lorsqu'Amarok remonta la berge.

— De quoi vous discutez tous les deux ? demanda-t-il.

Il avait les yeux braqués sur Deni. Son pendentif représentant un loup réfléchissait le soleil.

— On parlait peinture, répondit Stranahan.

Amarok fixa Deni jusqu'à ce qu'elle baisse la tête.

— Tenez, mon pote, dit-il en tendant le joint à Stranahan.

Celui-ci le remercia et il le rangeait dans la poche de sa chemise lorsque Deni se colla derrière Amarok et lui enlaça la taille. Elle glissa ses doigts dans les poches de son jean.

— On va pouvoir rester ? demanda-t-elle, la voix étouffée contre son dos.

— Ouais, on a peut-être trouvé un toit pour échapper au froid.

— Je vous laisserai un message au parc animalier dès que j'aurai des nouvelles de Katie, dit Sean. Bon, j'espère qu'ils vont vous laisser tranquille maintenant.

Il songeait déjà à cet endroit à soixante-cinq kilomètres de là et les minutes qui passaient le rapprochaient inexorablement d'une conversation qu'il n'était pas pressé d'avoir. Il ignora le téléphone qui vibrait dans sa poche et leur adressa un salut du Montana, un doigt levé. Il avait déjà traversé West Yellowstone et parcouru la moitié du trajet vers le col du Targhee, le chemin le plus court pour la vallée de la Madison, lorsqu'il se souvint du coup de fil. Il en avait raté deux, le second provenant d'Ettinger.

Elle décrocha immédiatement. Stranahan se gara et la mit au courant.

— Je croyais que c'était le service des parcs qui payait la maison.

— Oui, mais Amarok ne le sait pas.

— Donc il a gobé le numéro de Katie et sa cabane de fille de mineur, la Loretta Lynn du Montana ?

— Même moi, j'ai gobé le numéro de Katie.

— Quelle jeune femme entreprenante, dit Martha, sans tenter de dissimuler son sarcasme.

— Qu'est-ce qu'il y a entre toi et Katie ?

— Rien. Et toi? Y a-t-il quelque chose entre elle et toi? Qu'est-ce qu'il y a entre *toi* et Katie?

— ... Rien.

— Alors on est d'accord. Tu es toujours décidé à dire à Asena Martinelli que tu as retrouvé ce type?

— J'y suis obligé par contrat. Si elle ne m'avait pas engagé, on ne connaîtrait pas le nom d'Amarok et encore moins où il travaille.

— Attends quelques jours. Il y a du nouveau. Je voudrais t'en parler de vive voix, plus tard dans la journée, si tu peux. Il est possible qu'il ait commis d'autres crimes.

— Tué d'autres femmes?

— Non, ça n'a rien à voir.

— J'ai déjà attendu.

— Elle pourrait tout foutre en l'air en faisant un truc idiot.

— Qu'est-ce qu'elle pourrait foutre en l'air? Tu as dit toi-même que les chances de convaincre le district attorney de l'inculper étaient minces, voire nulles. Ton truc nouveau va y changer quelque chose?

— Probablement pas.

— Alors je vais lui dire. Elle n'a pas les nerfs à vif comme Nicki. Asena est quelqu'un de rationnel.

— Les gens rationnels prennent des décisions irréfléchies quand ceux qu'ils aiment se font assassiner.

— Elle pourrait savoir quelque chose qui te permettrait de boucler ton dossier.

— Elle a déjà dit ce qu'elle savait.

Stranahan leva les yeux vers Lionhead Mountain. La neige saupoudrait la ligne de crête, une mince couche sur la crinière rocheuse du félin qu'on ne distinguait qu'en plissant les yeux. Stranahan plissa les yeux. Bon, peut-être pas.

Il entendit Ettinger soupirer.

— D'accord, mais à mon avis, ce n'est pas une bonne idée. Bon sang, je déteste quand des connards se retrouvent en liberté… Reviens avec quelque chose que j'ai envie d'entendre, OK ? Et n'oublie pas que je te tiens pour responsable.

— De quoi ?

— De n'importe quoi… au cas où.

Stranahan vit que le premier appel manqué était de Sam. Il avait prévu de s'arrêter chez lui, mais il n'allait pas faire soixante-cinq kilomètres si Asena n'y était pas.

— Kemosabe.

— Tu as essayé de me joindre, mon pote ?

— Oui, pour te rappeler la partie de pêche à pied demain matin.

— Tu m'as engagé pour une sortie ?

— Patrick Willoughby. Il veut pêcher la remontée d'automne à Madison Junction.

— Je croyais qu'il était parti et qu'ils avaient fermé le cottage pour l'hiver.

— C'est le cas. Il reste seulement la journée. Tu dois passer le prendre à West Yellowstone au motel Three Bears. À 6 heures.

— Je crois que j'avais oublié.

— Bon, n'oublie pas, cette fois.

Stranahan tambourina le volant avec ses ongles. Il était plus tendu qu'une corde de piano. La dernière chose dont il avait besoin, c'était d'être stoppé dans son élan. Mais finalement, en y réfléchissant, c'était peut-être exactement ce dont il avait besoin. Il collait de trop près au train d'Amarok. S'il ne prenait pas ses distances, il risquait de le faire fuir. Attends quelques jours et reparle-lui du bungalow de Katie. Gagne du temps.

— Asena est là ?

— Elle est sur la rivière. J'ai eu deux réservations en même temps et elle guide un client. Elle termine dans, euh, environ une heure.

— Ah bon, tu la laisses guider ?

— Elle a insisté. Elle m'a dit qu'être sur un bateau pouvait lui donner un aperçu de ce que faisait Nicki. C'est comme si elle s'était réveillée et était sortie de sa coquille. Depuis qu'elle est allée sur le lac avec toi et que vous avez discuté de Dieu sait quoi. De quoi vous avez parlé ?

De l'homme à moto dans la vallée de la Lamar, la première preuve solide qu'Amarok était dans les parages.

— Où est-ce qu'elle accoste ? demanda-t-il, éludant la question.

— À la rampe de West Madison, en amont du pont McAtee.

— Je vais la rejoindre là-bas.

— Dans ce cas, je vais te demander de la ramener. Ça m'économisera l'essence. Mais qu'est-ce que tu as à lui dire ?

— Je préférerais lui en parler en premier.

— OK, mais ne lâche pas de bombe avant qu'elle récupère le pourboire. Le client ne possède que la moitié des restos de chili du Texas. Les Chilly Billy's. Si tu y réfléchis, avec tout le méthane qui sort de ces W.C., on pourrait envoyer un chimpanzé dans l'espace.

William Weston, alias "Chilly Billy" Weston, ne ressemblait pas à un baron du chili, ni à aucun autre baron, à moins qu'il ne leur pousse des nez à la Roman Polanski et qu'ils soient devenus aussi minces que des cigarillos. Mais il avait bien l'accent de l'ouest du Texas, ce ton nasillard, et la liasse de billets pliés en deux qu'il glissa dans la poche de la chemise d'Asena affichait le nombre 100.

— J'ai l'impression d'avoir été violentée, dit Asena, après que Weston eut disparu au volant de sa Lexus de location.

Son visage s'éclaira d'un bref sourire que, dans d'autres circonstances, Stranahan aurait trouvé encourageant.

— Écoutez, autant le dire tout de suite. J'ai retrouvé Amarok. Son vrai nom est Todd McCready. Ou était. Il l'a fait changer.

Il hésita.

— Est-ce qu'il vaut mieux que je m'assoie ? Je suis une grande fille. Dites-moi.

Il lui raconta donc et, avant qu'il eût terminé, le soir était tombé et le bruit du courant s'était amplifié. Il faisait froid, ils étaient assis dans le Land Cruiser et Stranahan allumait le chauffage par intermittence.

— Je ne sais pas quoi dire d'autre, conclut-il. C'est maintenant une enquête pour meurtre, du moins si l'ADN des cheveux de la benne à ordure correspond à celui de votre sœur.

— Au moins, il sera arrêté. Ça ne sera jamais suffisant, mais il paiera pour la mort de ma sœur. Quoi ?

Sean savait qu'elle avait remarqué son changement d'expression.

— Je voudrais vous dire que oui, mais je dois être honnête. Les preuves contre lui sont circonstancielles. Il n'y a ni corps ni témoin qui puissent placer Fen et Nicki ensemble au cours des deux dernières années, du moins pas encore. Les district attorneys en campagne pour se faire réélire n'aiment pas engager des poursuites contre des connards qui vont se retrouver en liberté, comme se plaît à dire le shérif.

— Donc, il ne va pas payer.

C'était une affirmation. Le silence de Stranahan tint lieu de réponse.

— Où est-ce qu'ils trouvent la viande ?

Elle ne regardait pas la rivière, mais les montagnes à l'est, où les ombres grimpaient le long de la face dorée du mont Papoose.

— Amarok dit qu'elle est donnée par des chasseurs. Parfois, il va la chercher sur place, parfois, ceux qui ont tué le gibier l'apportent au parc animalier.

Stranahan vit ses épaules s'affaisser.

— Une partie de moi a toujours su qu'elle était peut-être morte, dit-elle. Je me suis seulement convaincue qu'il y avait une chance qu'elle ne le soit pas.

— Il y a toujours une chance.

— Mais s'il l'a kidnappée ou si elle avait prévu de s'enfuir avec lui, pourquoi vit-il avec une autre fille ?

— Je n'en sais rien. Il pourrait retenir Nicki prisonnière quelque part.

— Ça semble un peu tiré par les cheveux. Non, il faut que j'affronte la réalité en face, elle est morte. Mais comment surmonter ça, vivre en sachant que le meurtrier de votre sœur se balade en liberté ? Dites-moi. (Elle soupira, puis lâcha d'une voix blanche et résignée :) Tôt ou tard, il va falloir que je retourne à Libby et que je m'occupe de la succession de mon père. Je suppose que c'est la chose à faire. Vendre la maison, et il y a aussi une propriété en Colombie-Britannique, vers Kamloops, dont il faut que je me débarrasse. Je vais reprendre le boulot. En tant que psychologue, je dis toujours aux gens que le travail aide à oublier. Je vais voir si c'est vrai.

— Si vous pensez à quoi que ce soit pour nous aider à monter un dossier…

— Vous ne croyez pas que je vous en aurais déjà parlé ?

— Ce n'est pas ce que je voulais dire.

— Vous avez raison, je suis désolée. C'est juste que ça fait beaucoup à encaisser.

Elle resta silencieuse le temps du trajet dans la vallée, à l'exception d'un commentaire sur la lune qui se levait au-dessus de la dent des Gravelly, à l'est.

— C'est la lune du chasseur, dit-elle. Ou la veille, peut-être. Papa chassait toujours l'élan pendant la lune du chasseur. Il disait que c'était comme les marées pour l'océan, sauf que ça attirait le sang dans les veines au lieu de l'eau sur la terre. Il pensait être un meilleur chasseur ce jour-là de l'année.

— Il arrivait à tuer son élan ?

— Nicki et moi, on a grandi nourries à l'élan. Et au poisson. On reconnaît toujours ceux qui viennent de la côte de Colombie-Britannique parce qu'ils ne commandent jamais de saumon au restaurant.

Ils tournaient dans l'allée de Sam.

— Vous voulez que je reste un moment ?

— Non, déposez-moi. (Sa voix semblait lointaine. Là où elle se trouvait désormais, Stranahan ne pouvait pas la suivre.) Il l'a tuée pour toujours, dit-elle comme pour elle-même.

Les phares du Land Cruiser éclairaient la boutique.

— Si ça ne vous embête pas de marcher, dit Stranahan, je crois que je vais faire demi-tour ici. Sam va vouloir discuter et je ne m'en sens pas l'envie.

— Vous non plus ? Je ne peux pas vous en vouloir. Parfois, le soir venu, il n'y a plus rien à dire. On essaie juste de s'en sortir et de faire ce qu'il faut pour avancer.

Elle se pencha au-dessus de l'espace entre les sièges et l'embrassa sur la joue. Ses lèvres étaient aussi froides que la rivière. Et soudain, elle n'était plus là.

34

DES PÊCHEURS DE L'ÉPOQUE GOGUENARDIENNE

LE STREAMER À PLUME que Stranahan avait baptisé la Girl de Vegas et noué au bas de ligne de Willoughby déployait son charme clinquant dans un profond rapide de la Madison, à plusieurs kilomètres du bassin où la Firehole et la Gibbon se rejoignaient. La première arc-en-ciel se libéra d'un bond, la seconde exhiba sa belle taille, puis s'enfonça dans l'eau et tira brusquement bien plus fort que ses muscles n'auraient dû le lui permettre. Tandis que la soie filait en direction d'un tronc d'arbre qui barrait le cours d'eau, Willoughby regarda Stranahan et leva les yeux derrière ses verres épais. Sean sourit lorsque la "truite" grimpa sur le tronc. Il avait deviné qu'une loutre s'était emparée du poisson juste après son saut, parce qu'il avait perdu une belle fario au bénéfice du même voleur dans cette fosse, plus tôt dans l'automne.

— Je fais quoi ? demanda Willoughby. Le manuel n'aborde pas cette situation.

— Vous la détachez.

C'est ce que fit Willoughby avant de sortir de l'eau en clopinant, son bâton de wading sondant le lit de la rivière devant lui. Ils s'assirent sur la berge et observèrent la loutre déchiqueter la chair orange de la truite.

— Si on continue de pêcher, elle va nous suivre et vous piquer tout ce que vous allez ferrer, dit Stranahan.

— Vous surestimez mon ambition. (Willoughby ôta son couvre-chef en tweed et examina les mouches épinglées sur un carré de peau de mouton au bord du chapeau.) Sean, j'ai gagné ma vie essentiellement en décelant les faiblesses dans la personnalité de certains hommes et dans les organisations politiques auxquelles ils accordaient leur loyauté. Je me suis aperçu que déchiffrer le visage d'un homme, c'est comme déchiffrer une carte, ça revient à décrypter les courbes de niveau pour imaginer un paysage ou, dans le cas d'un officier des renseignements de la marine comme moi, à voir sous la surface de la mer. Votre visage me dit que vous êtes ailleurs ce matin. Au risque de paraître intrusif, je peux vous demander où ?

— C'est si évident que ça ?

— Assez, j'en ai bien peur.

— Je ne suis pas sûr de pouvoir discuter d'une enquête en cours.

— Nous nous trouvons sur un terrain fédéral. Je vous promets que mon niveau d'habilitation en ce qui concerne les affaires d'État autorise notre conversation, mais si parler d'évènements qui se sont déroulés hors des limites du parc vous met mal à l'aise, soumettez-moi un scénario hypothétique. Les noms n'ont pas d'importance.

Tandis que Stranahan parlait, des nuages de vapeurs s'élevaient autour de la tête des deux hommes. Les sourcils indisciplinés de Willoughby se haussèrent deux fois, tout d'abord lorsque Stranahan évoqua la fille brûlée dans la source chaude, puis quand il fit part de ses soupçons selon lesquels l'homme qui en était responsable était le même que celui qui avait nourri les loups avec les cheveux de Nicki.

— Insinuez-vous que cet homme est un tueur en série, qu'il séduit des jeunes femmes impressionnables pour ensuite s'en débarrasser d'une façon définitive et plutôt sensationnelle quand elles déçoivent ses attentes ?

— Cette idée ne vous saute pas aux yeux ?

Willoughby réfléchit sérieusement à la question.

— Le profiling est une science, Sean, finit-il par dire. Elle a fait des progrès depuis l'époque où je travaillais dans ce domaine, mais j'ai quelques connaissances en la matière d'un point de vue militaire. (Il croisa le regard de Stranahan.) Je peux me permettre de vous donner mon opinion ?

— J'apprécie tout ce qui pourrait aider à envoyer cet individu derrière les barreaux.

— Ça, je ne peux pas vous le promettre. Ce que je dirais, c'est que l'homme que vous décrivez montre tous les signes de troubles de la personnalité psychopathiques. Il est égocentrique, impitoyable, manque d'empathie et il est anticonformiste. Cette hiérarchie de loups qu'il impose aux jeunes femmes est typique des psychopathes ; ce sont au fond d'eux-mêmes des narcissiques qui fuient les règles sociales et légales en établissant leurs propres règles. Et… (Willoughby leva un index rosi par le froid) il peut être charmant quand le besoin s'en fait sentir. Il peut revêtir ce que les psychiatres appellent un "masque de raison". Tout cela caractérise le psychopathe. Mais, et c'est important (Willoughby agita son doigt), grattez la surface d'un tueur en série et vous découvrez souvent un psychopathe. Mais grattez la surface d'un psychopathe… ?

— Et vous ne découvrez pas nécessairement un tueur en série, termina Stranahan.

— Vous m'ôtez les mots de la bouche. Ce qui définit de façon déterminante la plupart des tueurs en série, notez que je ne dis pas tous, c'est leur incapacité à nouer des attachements humains. L'isolement. Les tueurs en série sont littéralement coupés du monde par leur froideur. Vous pouvez décrire les relations que cet homme noue avec les femmes comme autoritaires, voire maltraitantes, mais ce sont des attachements. Dans le cas de la femme disparue, cet attachement est devenu obsessionnel. Il est parfaitement concevable qu'il ait pu la tuer dans le but de la posséder, pour s'emparer de ce qu'elle ne lui offrait pas, mais, dans ce cas, son assassinat appartient à un genre différent de la majorité des crimes perpétrés par les tueurs en série, qui souhaitent exercer un contrôle sur une catégorie de personnes plutôt que sur un individu en particulier. Vous avez remarqué qu'il neige ? Qu'est-ce qui m'a poussé à venir dans le Montana à cette saison si inhospitalière ?

Stranahan remuait les orteils dans ses waders pour faire circuler le sang.

— Vous m'avez donné matière à réfléchir. Et je crois qu'on a laissé à la loutre suffisamment de temps pour qu'elle commence à s'ennuyer. Remontons le courant. Si une éclosion de Blue-Winged Olive se produit, comme je le pense, on va pouvoir pêcher.

Deux heures et deux truites plus tard, notamment une fario de trois livres qui avait pris la mouche sèche de Willoughby aussi délicatement qu'une biche coupe une fleur sauvage, ils reprirent leur conversation. Willoughby avait invité Sean à déjeuner dans le bar du Old Faithfull Inn, et ils étaient assis sous une vitre gravée d'un ours de bande dessinée dirigeant un orchestre d'oursons.

Stranahan dégustait un irish coffee.

— J'ai remarqué votre expression lorsque j'ai évoqué la fille brûlée dans la source chaude. À quoi songiez-vous, Patrick ? Vous pensez que ça pourrait être un accident ?

— Un accident ? Dans ce cas, il est probable qu'elle ait eu peur et qu'elle ait trébuché. Mais je ne suis pas sûr de l'identité de celui qui l'a effrayée. Ce que vous avez omis dans votre récit est très intéressant. (Il héla une serveuse.) Auriez-vous l'amabilité de nous apporter une autre tournée ? Ordre du médecin. Remède pour le cœur, vous voyez.

Il laissa son regard se perdre un instant, puis revint brusquement à la réalité. Il tapota le dessus de la table en similicuir.

— Vous n'avez jamais mentionné que cet individu sur lequel vous enquêtez ait manifesté la moindre inquiétude, au contraire. Si j'avais poursuivi une femme jusqu'à ce qu'elle tombe dans de l'eau bouillante et si elle avait survécu, je me rongerais les sangs. Que dirait-elle en sortant du coma ? Le fait que votre homme n'ait pas quitté la région m'incite à penser qu'il ne s'inquiète pas. Soit il n'a aucune raison de se faire du souci, soit il a tellement confiance en son autorité qu'il croit qu'elle ne le pointera pas du doigt. Je penche plutôt pour la première hypothèse.

— Qui est responsable alors ?

— Sa colocataire a mentionné qu'elle faisait du stop dans le parc. Elle s'est peut-être fait prendre par l'observateur de la source chaude qui est censé l'avoir trouvée. Il a peut-être proposé de lui montrer une source thermale secrète. (Il laissa l'idée en suspens, les chenilles qui lui servaient de sourcils se haussant en V inversés.) Quelqu'un qui passe sa vie assis près d'une source chaude et n'a pas de famille à retrouver quand il rentre chez lui… Franchement, je suis surpris que votre shérif n'ait pas enquêté sur l'histoire de cet homme, mais j'imagine qu'il y a des problèmes de juridiction.

— D'après les services du parc, il s'agit d'un accident. Il n'y a aucune preuve du contraire.

— Oui, je comprends. Mais ce catcheur professionnel, ce Fou de Minnetonka… j'aurais tendance à penser que sur Internet on obtiendrait un certain nombre de résultats avec un nom si particulier. (Willoughby fit signe à la serveuse de lui apporter l'addition.) Vous avez déjà observé une éruption du Old Faithful ?

Stranahan admit que non.

— Moi non plus. J'imagine que le choc et le respect provoqués par une manifestation si banale ne devraient pas nous atteindre, nous qui sommes des pêcheurs de l'époque goguenardienne et tout, mais je ressens une sorte de compulsion enfantine à l'idée de me tenir face à une simple merveille de la nature. On y va ?

Robert Knudson, alias Geyser Bob, alias le Fou de Minnetonka, avait fait partie de la troupe de catcheurs professionnels North Country All-Star de 1975 à 1984, et son palmarès comptait vingt-sept victoires pour trois cent quatre-vingt-quinze défaites en combats professionnels, dont certaines contre des sommités de ce sport telles que Bruno Sammartino, Chief White Owl et Rowdy Roddy Piper. Il avait remporté sa victoire la plus mémorable contre un méchant comme lui, George "the Animal" Steele, dans un combat que le *Milwaukee Standard*, dans une rétrospective des superstars du catch, avait taxé de “Festival de la bave du siècle”, les deux hommes étant bien connus pour copieusement saliver quand ils traquaient leur adversaire autour du ring. L’article poursuivait en faisant remarquer que Knudson et Steele avaient tous deux la réputation d’être des géants érudits, ayant l’un et l’autre fait carrière comme professeurs de lycée et entraîneurs. Des parcours similaires à une grande différence près. Une ordonnance restrictive avait été émise à l’encontre de Knudson en avril 1997, après qu’il avait fait des avances répétées et importunes à une étudiante. Il y avait perdu son emploi, mais n’avait pas été inculpé.

Willoughby, qui lisait le récit à voix haute dans sa chambre au motel Three Bears, faisait la moue en poursuivant ses recherches sur son ordinateur portable.

Le nom de Knudson apparut à nouveau dans un article archivé du *Green Bay Herald* dont le gros titre proclamait: “Un pêcheur d’éperlan sauve la vie d’une icône du catch”. Il était daté du 16 avril 1999.

> Un pêcheur des environs a sauvé un homme inconscient qu’il a découvert en train de flotter, nu, dans les eaux glaciales de la Menominee River jeudi soir, a rapporté le bureau du shérif du comté de Green Bay. Andrew Larkenoff, trente-trois ans, pêchait l’éperlan lorsqu’il a repéré le corps; il a alors pénétré dans la rivière, de l’eau jusqu’à la poitrine, pour ramener la victime sur la berge. Le pêcheur raconte qu’il a appelé les secours et a tenté de réchauffer l’homme inconscient jusqu’à l’arrivée de l’ambulance.
>
> La victime a été identifiée comme étant Robert Knudson, quarante-neuf ans, une ancienne star du catch, connu sous le nom du “Fou de Minnetonka”. Il a été admis dans un état stable à l’hôpital Superior

Benefice.

"J'ai utilisé la chaleur de mon propre corps pour essayer de le maintenir en vie, a déclaré Larkenoff. Mais il était si grand et j'avais tellement froid que je pense qu'il m'a aidé plus que je ne l'ai aidé."

Il est écrit dans *L'Annuaire mondial des catcheurs* que Knudson mesure 1,97 m et pèse 150 kg.

Le capitaine James Cummings, du bureau du shérif du comté de Green Bay, a déclaré que la voiture de Knudson a été retrouvée garée près du pont de Johnsonville, environ un kilomètre et demi en amont de l'endroit où il a été secouru. Cummings n'a pas confirmé que Knudson avait sauté depuis le pont.

Knudson avait été impliqué dans une affaire concernant une jeune femme alors qu'il était professeur à…

Willoughy termina la lecture du récit, qui ne fournissait aucun détail supplémentaire au sujet de l'ordonnance restrictive, mais ajoutait que Knudson était séparé de sa femme, laquelle vivait toujours à Minnetonka. Au moment de l'incident, l'ancien catcheur était employé à Green Bay comme ouvrier du bâtiment et professeur remplaçant au lycée.

— C'est une piste mince, mais une piste tout de même, dit-il. J'espère que l'administration du parc enquête sur cet homme.

— Je vérifierai ça auprès d'une amie ranger, répondit Stranahan. Elle communiquera l'information à qui de droit.

— Qu'allez-vous faire, maintenant ? demanda Willoughby.

— Je n'en sais rien. J'étais payé pour trouver un homme et je l'ai trouvé. Maintenant, on va voir comment réagit le système judiciaire. Je ne suis pas très optimiste.

— Non, je veux dire ce soir. Bridger est trop loin pour y retourner. Vous pourriez dormir avec moi ici.

— Merci, je pourrais vous prendre au mot. C'est ce que je vais faire, d'ailleurs. Mais je veux aller voir au camping, m'assurer que mon pote ne s'est pas évanoui dans la nature.

— Est-ce bien sage ? Il ne va pas avoir des soupçons si vous n'arrêtez pas de passer ?

— Vous avez peut-être raison. Je vais juste me garer près du parc animalier pour être certain qu'il est au boulot, puis qu'il se dirige vers le camping à la fin de sa journée. Je ne le suivrai pas.

— Votre Land Rover…

— Land Cruiser.

— J'allais dire qu'il n'est pas très discret. Prenez ma voiture de location. Comme ça, vous pourrez le suivre si vous jugez bon de le faire. Je vous aurais bien proposé de vous accompagner, mais l'eau froide semble avoir fait des dégâts sur mes jambes arthritiques.

Ils se mirent d'accord pour se retrouver devant une pizza à 7 heures. La Rocky Mountain Pizza Company n'était qu'à quelques pas du motel.

— Si vous n'êtes pas là à sept heures et demie, j'appellerai du renfort.

— Attendez 8 heures, maman, dit Stranahan en refermant la porte derrière lui.

Willoughby attendit jusqu'à 9 heures passées avant d'appeler le bureau du shérif du comté de Hyalite depuis la pizzeria.

35

LA LUNE DU CHASSEUR

Stranahan grattait sa barbe de plusieurs jours. La camionnette avait parcouru la moitié de la montée vers le col de Targhee et l'un de ses phares était de travers, ce qui rendait la filature plus aisée. Non pas que ç'aurait été difficile sans ça. Depuis que les lumières de West Yellowstone s'étaient estompées dans son rétroviseur, Stranahan n'avait pas vu d'autre véhicule que ce van aux flancs ornés d'un logo représentant un loup hurlant. Il observa les phares illuminer les pins, puis disparaître de l'autre côté du col, en Idaho. Un peu plus loin, à la fourche, la route de droite menait au lac Henry, puis elle devenait l'U.S. 87 avant de bifurquer vers le nord et de revenir dans le Montana. Quelle direction allait prendre la camionnette ? Question encore plus intéressante : pourquoi Amarok la conduisait-il ?

Lorsque Stranahan avait garé la Camry de Willoughby sur Yellowstone Avenue vingt minutes plus tôt, il faisait encore assez jour pour distinguer la moto sur le parking du Paws of Yellowstone. Six heures avaient sonné, le ciel s'était obscurci, les lumières à l'intérieur du zoo s'étaient éteintes et la Honda était toujours sur sa béquille, tel un cheval sans cavalier. Quand la camionnette sortit en marche arrière du parking, il n'y prêta guère attention et il n'aurait pas soupçonné Amarok d'être au volant si celui-ci n'avait pas tourné à gauche, passant à moins de trois mètres de lui. L'homme l'avait-il vu ? Non, il regardait droit devant. Sean avait attendu que le van ait bien avancé avant de faire demi-tour pour le suivre.

La camionnette bifurquait maintenant en direction du lac et Sean porta à nouveau sa main au menton. Selon toute logique, le centre avait reçu un coup de fil d'un chasseur à l'arc désireux de leur donner du gibier et on avait envoyé Amarok le récupérer, peut-être sur une route forestière ou à un départ de sentier. Si c'était le cas, quel intérêt de le suivre ? La filature pourrait éveiller les soupçons d'Amarok, voire lui faire quitter la région. Mais s'il ne rejoignait pas un chasseur ? S'il avait emprunté la camionnette parce qu'il retenait Nanika Martinelli et avait prévu de la transférer autre part ? Ça semblait improbable, notamment parce qu'Amarok vivait avec une autre femme, mais Stranahan ne leva pas le pied pour autant.

Quelques kilomètres après être repassée dans le Montana et avoir tourné sur la 287, la camionnette ralentit, mit son clignotant à gauche et s'engagea sur le chemin gravillonné qui traversait Three Dollar Bridge. Stranahan eut un moment de doute. Au bout de quelques kilomètres de route cabossée, après le pont, une fourche menait à droite vers les lacs Cliff et Wade, les deux plus grands d'une série de lacs nichés dans une profonde faille géologique, tels des diamants sur un collier. Moins d'une semaine plus tôt, il était allé pêcher sur le lac Wade avec Asena. Une coïncidence ? Même si Martha Ettinger pensait que les coïncidences n'existaient pas.

Stranahan éteignit ses phares et traversa le pont. La camionnette était loin devant; seule une lueur ténue sur les bouquets de sauge signalait sa progression. Il resta loin derrière et atteignit la fourche, s'arrêtant un instant avant de virer en direction des lacs. Une intuition, appuyée par un léger nuage de poussière qui aurait pu être soulevée par les pneus de la camionnette. La route montait et descendait. Oui, la lueur était à nouveau visible et hantait les pins de la plus haute colline. Stranahan manœuvra la Camry sur une croûte de neige ancienne, jusqu'au col, où la lueur avait disparu. En dessous se trouvait le lac Wade, cet œil profondément enfoncé, argenté au clair de lune. Il se gara sur le bas-côté et laissa le moteur tourner, en essayant de visualiser le paysage en contrebas.

Il se souvenait que la route descendait en épingles à cheveux vers le lac. Il allait donc voir les lumières du van sortir du dernier virage, ce qu'il vit effectivement, puis il ne les apercevrait plus avant que la camionnette n'approche du lac Wade. Si elles n'apparaissaient pas, cela signifierait que le véhicule avait bifurqué vers le sud en direction du lac Cliff. Dans un cas comme dans l'autre, Amarok ne pourrait pas aller plus loin. Chacune des branches de la fourche menait à un cul-de-sac au bord de l'eau.

Stranahan coupa le moteur et marcha jusqu'à l'extrémité de la corniche, d'où il pouvait observer la faille en contrebas. Il aurait déjà dû voir les phares. Amarok se dirigeait donc vers le lac Cliff. Stranahan n'y avait pêché qu'une fois, près de la rampe de mise à l'eau. De là, la route contournait la berge jusqu'au camping dissimulé au milieu des pins. Il n'y était jamais allé, mais se souvenait avoir vu aux jumelles une corde accrochée à un arbre, des gamins sauter à l'eau, leurs cris portant à quatre cents mètres. Mais c'était en juillet. L'endroit serait maintenant désert.

Que faisait Amarok ici ?

Lentement, Stranahan manœuvra la Camry dans la descente, très prudemment, sur la glace qui recouvrait les ornières. Il atteignit un chemin transversal qui menait à un camping des services forestiers du nom de Hilltop, utilisé uniquement lorsque les campings au bord des lacs étaient bondés durant les week-ends d'été. Il l'emprunta. Comme il s'y attendait, les allées étaient vides, mais cela lui donna une idée, et il se gara sur un des emplacements. De là, la Camry serait invisible aux yeux de quiconque passerait sur la route. Le lac Cliff ne devait pas être à plus d'une vingtaine de minutes de marche. Il découvrirait ce que fabriquait Amarok sans révéler sa présence. Il sortit de la voiture et se sentit un peu nu sans son spray contre les ours, l'endroit étant le pays des grizzlys avec un G majuscule. Mais ce n'était plus le moment de regretter le matériel laissé dans le Land Cruiser. Il tapota les poches de sa veste et sentit la bosse faite par la lampe tactique Carnivore. Elle lui servirait d'yeux.

Alors que ses chaussures crissaient sur des plaques de neige éparses, Sean ressentit la mélancolie des hommes perdus en pleine nature sauvage, le profond isolement que le froid et l'obscurité imposent de façon impartiale et qui n'était qu'en partie atténué par l'aspect rassurant de la route. Il sourit de son sentiment d'insécurité et se prépara à siffler – une vieille habitude – avant de se dire que ce ne serait pas très malin.

Au bout de huit cents mètres, le lac surgit devant lui, une piscine de lait sous la lune sphérique. Il s'arrêta. Avait-il entendu un bruit ? Oui, des voix. Des mots indistincts qui traversaient le lac, suivis de leur écho. Stranahan avait atteint le bord de l'eau. Il regarda de l'autre côté, vers le camping. Aucune lumière, mais à nouveau des voix qui s'élevaient et un chien qui aboyait, un jappement brusque et grave. Une pause, et l'air se fendit en deux, la détonation caractéristique d'une arme à feu. Stranahan se baissa et commença à courir en direction du camping, mais tomba lourdement après avoir glissé sur une plaque de verglas, sa tête et son flanc droit heurtant le sol. Quand il se releva, il ressentit une douleur fulgurante au côté. Les voix provenant de la berge semblaient résonner dans sa tête. Le chien aboyait sans discontinuer. Il attendit une minute afin de retrouver son équilibre, puis clopina vers le camping, en se demandant à qui la balle était destinée.

Stranahan se tenait dans l'ombre d'un arbre. Devant lui, le clair de lune qui traversait les pins dispersés dessinait des rayures abstraites. Il ne voyait pas plus loin que le premier emplacement. Il avança, d'ombre en ombre. La silhouette rectangulaire de la camionnette apparut. Au-delà, là où le terrain descendait vers le lac, il distinguait une remorque de bateau arrimée à ce qui semblait être un 4x4. L'aboiement du chien était plus rauque qu'auparavant, sa respiration entrecoupée. D'après les grattements et les coups furieux, Stranahan se dit qu'il était enfermé à l'intérieur du véhicule. Pas de bateau sur la remorque.

Une des voix se fit à nouveau entendre, une voix d'homme, provenant de plus loin sur le lac. Le ton n'était ni coléreux ni décontracté, plutôt un murmure comme on le perçoit depuis l'extérieur d'une église pendant la messe, étouffé par les épaisses portes en bois. Stranahan contourna les véhicules et avança vers la berge, toujours protégé par l'ombre des arbres. Enfin, il aperçut le lac et la vague silhouette d'un bateau amarré. Du côté le plus proche de lui se tenait une petite forme trapue. Non, c'était une illusion.

Il s'agissait d'un homme agenouillé dans l'eau peu profonde, la tête levée et les mains écartées, comme clouées à une croix invisible. Ce devait être Fenrir Amarok. Stranahan entendait maintenant ses paroles :

Et une pluie de sang de loup tombera des cieux
Et toutes les rivières couleront rouges de sang
Et le sang de l'homme qui répand ses calomnies sur le loup coulera avec la rivière
Et il mourra
Et il mourra
Et il mourra

— Arrête. S'il te plaît, arrête.

C'était la voix d'Asena, toute proche. Il comprit que le 4x4 devait être son Bronco à elle et le bateau son propre Adirondack. Derrière lui, le jappement se tut, le chien n'ayant plus de voix. Était-ce Killer ?

L'invocation reprit.

— *Et une pluie de sang de loup...*

— Stop.

Elle ne devait pas se trouver à plus de quinze mètres, se dit Stranahan, même s'il ne pouvait toujours pas la voir.

— Ma chérie, tu ne peux rien faire contre la mort des hommes qui crient au loup. (La voix d'Amarok était un métronome, amplifiée par l'eau.) Je suis le seul à pouvoir t'absoudre de ton péché. Viens et fais-toi baptiser dans mes bras. Tu sais à quel point je t'aime, que ça a toujours été toi, et que ce sera toujours toi et...

— Arrête, le supplia Asena.

Stranahan distinguait maintenant sa silhouette. Elle se tenait à la droite d'Amarok, environ trois mètres plus haut sur la rive. Il voyait le revolver qu'elle serrait dans ses mains, le canon noir dirigé vers ses pieds, malgré Amarok qui lui faisait signe depuis sa croix invisible.

— Je vais encore tirer !

— Non, ma chérie. Tu ne le feras pas. Tu sens tes mains ? Je les contrôle. Elles sont lourdes, elles ne peuvent pas bouger. Laisse tomber ton fardeau.

— Non. S'il te plaît, non.

— Tu sens tes doigts ? Ils sont en feu. Ouvre-les. J'ai dit ouvre-les !

Stranahan entendit un fracas lorsqu'Asena lâcha l'arme. Amarok se leva, de l'eau ruisselant sur ses jambes et, alors qu'il titubait vers elle en traînant son pied droit, Stranahan vit Asena se retourner et saisir le revolver qu'elle avait laissé tomber. Elle se releva, l'arme luisant dans la main, mais Amarok l'avait rejointe et il l'entoura de ses bras. D'une secousse, il lui arracha l'arme. Il entendit Asena crier "Killer !" et sentit un courant d'air plus qu'il ne vit le chien filer devant lui.

La forte détonation du revolver retentit. Stranahan ressentit une douleur aiguë tandis qu'une pluie de pierres frappait sa jambe. Au second coup de feu, le chien fit un écart, puis, en deux bonds, il fut sur Amarok et le renversa ; chien, homme et femme s'entremêlèrent et Stranahan entra dans la mêlée. Le bras d'Amarok enserrait la gorge d'Asena et Killer s'escrimait sur eux. Stranahan plongea sur le revolver d'Amarok, tout en entrelaçant ses doigts dans le lacet en cuir qu'il portait autour du cou. Tandis qu'ils luttaient, Stranahan tirait sur le cordon pour tenter d'étrangler Amarok, et Asena se libéra. Stranahan lâcha le lacet et s'efforça de lui arracher le revolver. Ils étaient maintenant poitrine contre poitrine, le poids d'Amarok sur lui. Il entendit un déclic lorsque son adversaire parvint à relever le chien du revolver. À nouveau, l'arme fit feu, secouée par le recul. Dans un bruit d'explosion, la balle toucha l'eau à trente centimètres. Un court silence, puis un petit bruit sec, comme le claquement d'un fouet. Stranahan entendit l'écho rebondir sur le lac. Amarok tressaillit au-dessus de lui, relâcha sa prise sur le revolver et fut parcouru d'un frisson. Puis il se leva lentement et s'assit, la tête rejetée en arrière, sa silhouette se découpant sur le ciel. L'image se figea. Et, brusquement, il bascula en avant sur Stranahan avec le bruit mat d'une lourde pierre.

Stranahan leva les yeux et vit Asena sur la berge, tremblante, un petit pistolet à la main. Killer avait relâché le bras d'Amarok et haletait à côté d'elle. Stranahan sentit une douleur le transpercer au-dessus de la hanche droite. Il lui vint à l'esprit qu'il s'était peut-être fait mordre. Il se dégagea de sous Amarok, se mit à quatre pattes, pris de haut-le-cœur. Sa main, tremblante, saisit la lampe tactique dans la poche de sa veste. Il se leva et promena le faisceau sur la forme dans l'eau. Éclairés par les ampoules LED, des nuages de sang d'un rouge phosphorescent montaient sous la surface. Une rivière cramoisie sortait de l'orifice de la balle dans le dos d'Amarok.

— Il est mort.

— Alors c'est fini. Il ne peut plus nous faire de mal.

Nous ? Stranahan resta perplexe. Amarok s'était adressé à Asena comme si elle avait été son amante, pas la sœur de son amante… mais son flanc tenaillé par les crampes l'empêchait de réfléchir correctement. Il s'aperçut qu'il tenait le revolver et le lâcha. Il réussit à couvrir les trois mètres qui le séparaient d'Asena sans tomber et il lui prit le petit pistolet des mains au moment où elle s'effondrait. Il l'aida à s'asseoir sur les galets de la rive, déverrouilla l'arme, ôta la balle chambrée et éjecta le chargeur. Il alla récupérer le revolver. Pointant le canon vers les étoiles, il mit le chien au repos et ouvrit la portière de chargement. Les doigts tremblants, il actionna le poussoir sous le canon pour expulser une cartouche et répéta la procédure jusqu'à ce que deux cartouches chargées et quatre vides soient rejetées. Elles étaient identiques à celles qu'il avait empochées deux semaines plus tôt – une éternité – dans le bungalow d'Alfonso Martinelli. C'était le Colt 45, le Peacemaker que le père Martinelli avait acheté pour devenir trappeur.

— Qu'est-ce qui vient de se passer ? demanda-t-il, s'adressant autant à lui-même qu'à Asena.

— Pendant que vous… pendant que vous vous battiez, je l'ai vu sur la berge et je l'ai pris.

— Vous voulez dire cette arme, le pistolet ? Il était à Amarok ?

— Oui. Il fallait que je le descende. Oh, mon Dieu, j'aurais pu vous tuer, vous aussi.

— Dieu merci, vous avez utilisé le pistolet, dit Stranahan.

Il réalisa que si elle avait tiré avec le revolver, plus puissant, lorsqu'Amarok était sur lui, la balle de calibre 45 aurait traversé le corps de Fen et l'aurait touché aussi.

— Bon, vous l'avez eu.

Vidé de son énergie, il ferma les yeux. Le chapeau d'Asena était tombé et il sentait la chaleur de sa tête enfouie dans son cou. Il sentait l'humidité de ses larmes brûlantes sur sa peau. Sean ouvrit les yeux. Elle avait roulé son jean jusqu'aux genoux, pour mettre le bateau à l'eau, imagina-t-il, même si c'était toujours une énigme – que faisait-elle avec son bateau ? Ses tibias nus luisaient à la lueur de la lune. Des marques blanches régulièrement espacées entouraient sa cheville droite. Stranahan en toucha une. Elle était boursouflée, comme une cicatrice, et il y réfléchit une longue minute, tentant de ramener un souvenir à sa conscience. Il regarda derrière elle la silhouette du bateau. La dernière fois qu'on lui avait tiré dessus, il était assis à la proue. La lune brillait à travers le trou de la taille d'une pièce de dix cents fait par la balle.

— Il va falloir que j'achète un autre bateau, dit-il à voix haute.

— Quoi ? demanda-t-elle d'une voix étouffée.

— Comment l'avez-vous trouvé, Asena ?

Stranahan s'efforçait de tout relier – les incantations d'Amarok, sa déclaration d'amour, les cicatrices sur la cheville d'Asena.

— J'ai… j'ai appelé le zoo. J'ai raconté à la standardiste qu'on voulait donner de la viande, que mon mari avait tué un cerf, qu'on l'avait apporté près du lac et qu'on allait le récupérer en bateau. Je me suis dit que c'était lui qu'ils allaient envoyer. Vous aviez dit que c'était son boulot.

— C'est pour ça que vous m'avez engagé ? Pour que je le transforme en cible pour vous ?

— Il fallait que je le retrouve. Il fallait qu'il paie.

— Qu'il paie pour quoi ?

Stranahan se rendit compte qu'ils parlaient tous deux fort, rendus à moitié sourds par les coups de feu.

— À cause de ce qu'il nous a fait. Pour avoir tiré sur ces hommes. Il allait me tuer, moi aussi, il faut que vous le sachiez.

Nous ? Ces hommes ?

— J'ai entendu un tir avant d'arriver au lac. Amarok traînait la jambe. Vous lui avez tiré dessus.

— Je… j'étais obligée. Il avait la main dans la poche. Il avait ce pistolet. J'ai visé l'eau, mais il a fait un pas vers moi et je l'ai touché. C'était censé n'être qu'un avertissement.

— Pourquoi n'avez-vous pas visé la poitrine pour le tuer ? Vous étiez venue pour ça.

— Je… n'ai pas pu.

— Vous comptiez faire quoi du corps, Asena ? Vous aviez prévu de ramer au milieu du lac et de le balancer ? Vous auriez chaviré. Et même si vous aviez réussi, il aurait été rejeté sur la berge.

Elle s'était dégagée et le regardait. Sean se leva quand elle se mit à parler, ses mots pareils à des notes fragiles.

— Pas avec douze mètres de chaîne d'ancre de cinq centimètres d'épaisseur enroulés autour de son corps.

C'était donc ça, songea Stranahan. Il lui avait livré Amarok. Il lui avait dit où le trouver, il lui avait dit comment se retrouver seule avec lui. Il lui avait même appris la profondeur du lac. Si elle avait eu le courage de le tuer de sang-froid, si la balle qui l'avait touché à la jambe avait pénétré dans son cœur, Stranahan l'aurait aidée pour tout sauf charger le cadavre dans le bateau.

— Mettons les choses au point. Vous l'avez affronté, vous avez brandi le revolver de votre père. Il a sorti un pistolet, vous lui avez tiré dans la jambe. Vous avez vu le pistolet ?

— Oui, du moins je crois. Il l'a laissé tomber quand j'ai tiré. Puis il… il a essayé de me convaincre de lâcher l'arme de papa… il est capable de faire ça.

— Oui, je l'ai vu.

Stranahan l'entendit prononcer le nom de Killer.

Killer était allongé et gémissait. Sean alluma sa torche et vit du sang sur sa patte avant gauche, qu'il léchait vigoureusement. Il avait dû être touché quand Stranahan l'avait vu faire un écart.

— Que faisait Killer dans le Bronco ?

La voix d'Asena était étouffée. Elle avait à nouveau enfoui sa tête contre son épaule.

— Quand je suis arrivée, je l'ai laissé sortir, mais il courait dans tous les sens et je voulais surprendre Fen. J'ai compris que je n'aurais pas dû l'emmener. J'avais entrouvert la vitre. Il a dû passer à travers ou la baisser.

— Il vous a sauvé la vie. Et probablement aussi la mienne.

Stranahan vit Asena se tourner vers le camping. Des phares se frayaient un chemin le long de la berge, à quatre cents mètres. Stranahan reconnut le grondement du moteur V8 5,7 litres installé sur les nouvelles Jeep Cherokee. Willoughby avait dû signaler la disparition de Sean, mais comment Ettinger avait-elle découvert où il était allé ?

— Je veux que vous écoutiez attentivement, dit-il d'un ton égal. (Asena avait attiré Killer sur ses genoux et lui caressait la tête.) C'est important.

Elle acquiesça.

— C'est un véhicule du comté, probablement le shérif. Vous allez attendre ici pendant que je lui parlerai. Je vais lui raconter exactement ce que j'ai vu, et seulement ce que j'ai vu. Ensuite, elle va vous prendre à part et vous poser les mêmes questions. Moins vous en dites, mieux c'est. Vous êtes peut-être venue ici avec l'intention de tuer Amarok, mais l'intention n'est pas suffisante pour vous inculper. Elle va vous interroger sur le revolver de dix façons différentes. Dans la mesure où vous avez apporté une arme pour une simple confrontation verbale, c'est inévitable. Ne déviez pas, dites que vous vouliez lui poser des questions au sujet de votre sœur, que l'arme et Killer, c'était pour vous protéger.

Il s'interrompit pour réfléchir.

— Le fait est qu'une confrontation entre deux personnes armées a conduit à la mort de quelqu'un. C'est un problème pour vous. Vous m'écoutez ?

— C'est un problème.

— Ce n'est pas un problème si vous n'avez pas brandi votre revolver et tiré la première. Voilà ce que vous allez lui dire. Amarok a sorti son pistolet. Il a essayé de vous convaincre de déposer votre arme, qui était dans son étui. Son pistolet est tombé de sa main quand il vous a saisie à bras-le-corps, et c'est là que je suis arrivé sur les lieux. À partir de là, tout s'est passé exactement comme on s'en souvient. Il y a eu quatre coups de feu. Amarok a repris votre revolver après que vous l'avez ramassé et a tiré sur Killer qui courait vers lui. La première balle l'a raté. La seconde a touché Killer à la patte. La troisième est partie accidentellement pendant que je me battais avec lui. C'est la balle qui a pénétré dans la jambe d'Amarok. L'angle de tir risque de soulever des questions, mais on se battait, on bougeait. C'est plausible. C'est alors que vous avez ramassé le pistolet qu'Amarok avait laissé tomber et que vous lui avez tiré dessus pour essayer de me sauver. Compris ?

Stranahan dirigea sa torche sur les pierres et empocha une des quatre cartouches vides qu'il avait éjectées du .45.

— La chaîne d'ancre est dans le Bronco ?

Elle acquiesça.

— Si Ettinger pose la question, dites-lui que c'est pour le lest, comme un sac de sable.

— Pour le lest, répéta-t-elle. (Il sentit la main d'Asena empoigner son avant-bras. Elle était glacée.) Pourquoi faites-vous ça pour moi ?

— Vous avez tué un très sale type en état de légitime défense. C'est comme ça que je le vois et je peux vivre avec un mensonge par omission pour vous rendre la vie un peu plus facile. Souvenez-vous, c'est Amarok qui a tiré le premier. Vous aviez toutes les raisons de croire qu'il allait vous tuer. Je suis un témoin oculaire. Tout va bien se passer pour vous. (Il se força à sourire. Il ressentait une douleur aiguë au-dessus de la hanche droite.) Pour moi, je n'en sais rien.

Il entendit le moteur se couper et la portière de la Jeep claquer. Son cou était mouillé, là où elle avait niché sa tête, et il l'essuya. Dans la lueur de la lampe tactique, il vit ses mains teintées de rouge. Il dirigea le faisceau sur le dessus du crâne d'Asena et les LED réagirent à un caillot de la taille d'une pièce de cinquante cents.

— Vous avez été touchée ?

Elle ramassa son chapeau.

— Je ne suis pas blessée.

— Alors pourquoi saignez-vous ?

36

TROIS WHISKEYS ET UN DÉMON FAMILIER

MARTHA ETTINGER DESCENDIT de la Jeep, laissant les phares allumés.

— Il vaudrait mieux pour toi que ça soit important.

Elle mit les mains sur ses hanches et embrassa du regard le Bronco, la remorque, la camionnette, la berline de location. Avant que Stranahan ait le temps de répondre, elle ajouta :

— Ton ami Willoughby a signalé ta disparition. J'ai téléphoné au parc animalier. Leur registre disait qu'Amarok avait reçu un appel pour aller chercher des quartiers de cerf au lac Cliff, j'en ai conclu que c'était là que tu devais être.

Il était presque minuit lorsque Doc Hanson arriva, se pencha sur le corps et marmonna qu'il était trop vieux pour ça. Harold Little Feather, venu de chez sa sœur, à Pony, pour faire les premières constatations sur la scène de crime, remonta le cadavre sur la berge. Le premier tir d'Asena, avec le gros Peacemaker, avait fait exploser le tibia droit d'Amarok. La seconde balle, tirée par Asena avec le pistolet de Fen, avait touché le haut du dos, enfonçant le médaillon de loup dans ce qui restait de ses poumons, les yeux en grenats toujours étrangement intacts, luisant au milieu de l'amas pulpeux de sa poitrine. Stranahan demeura perplexe un instant. Le médaillon avait dû tourner autour du cou d'Amarok lorsqu'il avait tenté de l'étrangler avec. Doc Hanson examina la petite arme de poing. Il s'agissait d'un Beretta 9 mm, le modèle 1934 avec une marque caractéristique, un aigle couronné gravé, indiquant qu'il avait été fabriqué pour l'armée de l'air italienne. Son père en avait ramené un d'Italie à la fin de la guerre. Sans aucun doute, ce pistolet était la relique de guerre que Deni avait mentionnée au camping et qui attestait qu'Amarok était venu armé au lac Cliff. Stranahan sut alors qu'à moins qu'Asena ne trébuche, sa seule punition serait de vivre en sachant, au fond de son cœur, qu'elle avait commis un meurtre et que l'unique question qu'Ettinger ne penserait pas à poser resterait sans réponse.

Stranahan roulait maintenant sur la réserve d'essence, en route pour la boutique de pêche de Rainbow Sam, deux heures après qu'Ettinger en avait fini avec lui – il avait d'abord dû retourner à West Yellowstone pour déposer la voiture de location et récupérer son Land Cruiser, puis il était reparti à Bridger pour prendre Choti qui était restée seule bien trop longtemps – ce qui lui avait laissé tout le temps de se poser la question. Il tendit la main vers le siège passager et tripota la fourrure du shetland, qui ouvrit son œil marron, le funeste, pour regarder son maître.

— Qui est-elle, Choti ?

“La plus exubérante des créatures qu'on puisse rencontrer, avait dit le trappeur à Ettinger. Mais le lendemain, elle était apparue beaucoup plus calme, elle avait l'air d'une jeune femme sage. Elle m'appelait M. Barr." Parlait-il de Nicki ou d'Asena?

Les mots d'Amarok: "Elle était comme ce feu de camp qui se courbe sous le vent… quelqu'un qui vous montre deux visages."

Et la propre déclaration d'Asena: "J'ai passé une grande partie de ma vie à réfléchir. Pour toutes les deux." Et encore la veille: "On essaie juste de s'en sortir et de faire ce qu'il faut pour avancer."

En y repensant, Stranahan s'aperçut que les indices étaient là dès le début. Asena au ranch Culpepper, changeant de personnalité le temps de pivoter sur ses talons comme une gamine. Sam disant qu'il avait fait l'amour à deux femmes différentes dans le même corps. Et le sang séché sur le cou de Stranahan. On pouvait présumer qu'Amarok avait arraché un beau paquet de cheveux pour en nourrir les loups. Les cheveux de Nicki. Mais c'était Asena qui saignait.

Les marques sur la cheville avaient fourni l'indice décisif. Il avait fallu un moment à Sean pour se rappeler cette histoire, mais il était sûr de s'en souvenir correctement, la fillette presque devenue femme se déshabillant pour marcher sur un piège à loups, la mare de sang s'étalant autour de son pied tandis que son père détournait les yeux. Le sang de Nicki. Mais les cicatrices appartenaient à Asena.

Sam répondit au coup à la porte en s'écriant:

— C'est quoi ce bordel, mec? Il est 3 heures du matin.

Et Stranahan le frappa cinq fois, droite-gauche dans le ventre, puis deux claques paume ouverte sur le côté de la tête quand Sam laissa retomber ses mains, et une autre sous les côtes quand il les leva. Sam s'effondra en boule, haletant par à-coup avec un bruit de stentor.

— Bordel de Dieu. Pourquoi t'as fait ça ?

Il essaya de se relever et tendit la main. Alors que Sean avançait la sienne, Sam la prit en étau, tira Stranahan en avant et, toujours à terre, le cogna du gauche. Stranahan abaissa le bras pour que ce soit lui qui encaisse et balança deux crochets – *tchac, crac* – du poing, cette fois-ci, le second coup visant la chair sous les côtes de Sam, mais le gros homme se baissa et le prit dans la mâchoire. Il lâcha la main droite de Stranahan et tomba à genoux.

— Merde, dit Stranahan, empoignant sa propre main.

Il éprouva immédiatement des remords. Au cours de sa vie, il n'avait quasiment jamais perdu son sang-froid et voilà qu'il avait frappé son meilleur ami.

Sam s'assit par terre, penché en arrière, appuyé sur ses bras.

— Va te faire foutre, mec, dit-il. (Il mit un doigt dans sa bouche.) Tu m'as pété la prémolaire. Aïe, bon sang, ce truc est pointu.

Il cracha du sang provenant de la gencive entaillée par la dent.

— "Aïe". C'est bien ce que tu as dit : "Aïe" ?

Stranahan enserrait toujours sa main. Au moins, l'articulation n'avait pas bougé. Mais elle allait rester enflée deux ou trois jours, comme toujours après un match.

— Eh bien, quoi, ça fait mal, répondit Sam. Putain, où t'as appris ça ? Je pourrais parier sur toi dans les bars et me faire du fric.

— Hé, Sam, soupira Stranahan, tu as failli me faire tuer. Tu as failli faire tuer ton chien. Tu as une idée d'à quel point c'est grave d'aider quelqu'un à fomenter un meurtre ?

— Je sais pas de quoi tu parles, répondit Sam d'une voix pâteuse.

— Commençons par une chaîne d'ancre de douze mètres. Ça te dit quelque chose ?

— Une chaîne d'ancre ? Merde, j'en ai des tas.

— Tu ne demandes pas où est Asena ?

— Mec, je te l'ai déjà dit. Je suis pas son gardien. Elle va où elle veut.

— D'accord, alors ce qu'elle comptait faire ce soir, c'était enrouler la chaîne autour d'Amarok et le balancer dans le lac Cliff. Avec *mon* bateau. Ne prends pas cet air ébahi. Tu sais très bien qui est Amarok. C'est celui qu'elle voulait que tu retrouves avant que tu lui dises que j'étais meilleur pour ce boulot. Tu sais, pour retrouver la sœur qui n'a jamais disparu parce qu'elle n'a jamais existé.

Sam laissa retomber sa tête.

— Cette nuit, j'ai eu largement le temps de réfléchir en roulant jusqu'ici et j'en suis venu à la conclusion qu'il n'y avait qu'une seule personne qu'elle ne pouvait pas berner avec son numéro. Du moins une qui soit vivante. Elle n'aurait peut-être pas convaincu Grady Cole, mais il était en train de s'empaler sur un bois de cerf. C'était toi, Sam. Tu avais passé tout l'été avec Nicki. Elle ne pouvait pas revenir et faire semblant d'être quelqu'un d'autre avec toi, si ?

— Qu'est-ce qui s'est passé ? Elle va bien ?

— Elle n'est pas blessée, si c'est ce que tu veux dire. Mais elle ne va pas vraiment bien. À l'heure où je te parle, elle est l'hôte du comté, assise dans une pièce avec un bureau et deux chaises, en train de boire du mauvais café. Tu ne m'as pas demandé comment moi j'allais. Ton chien m'a mordu. Son vaccin contre la rage est à jour ?

— Je suis un propriétaire d'animal responsable. Il est où ?

— Chez Svenson, le véto. Il a été touché par une balle à la patte, mais c'est pas grave. Tu pourras le récupérer demain.

Sam s'était tant bien que mal remis debout et frottait son ventre du poing.

— J'ai l'impression que tu m'as fait un trou dans le bide.

— Respire doucement. Ça fait plus mal si tu aspires trop d'air.

— Mec, j'ai besoin d'un putain de verre.

— Je vais t'en donner un, mais avant je veux savoir une chose. De laquelle tu étais amoureux ? De Nicki ou d'Asena ?

— De n'importe laquelle, dit-il doucement. J'étais amoureux de celle qu'elle voulait être.

Il fallut trois whiskeys pour lui arracher toute l'histoire. La première partie, Sean la connaissait déjà – comment Sam avait rencontré une tentatrice aux cheveux roux à un banquet de Trout Unlimited et l'avait mise dans son lit, sans savoir son nom, et ne l'avait pas revue avant l'été, quand elle s'était présentée à la recherche d'un boulot. Il était resté perplexe face à cette femme qui semblait si différente de celle, sûre d'elle, qui avait insisté pour qu'ils aient un mot de code pendant qu'ils faisaient l'amour. Nicki Martinelli, dont la réputation de Vénus de la pêche à la mouche la précédait partout où elle allait, paraissait maintenant presque enfantine, plus sérieuse, passionnée, mais aussi brisée et émotionnellement fragile. C'est de la femme-enfant qu'il était tombé amoureux, mais il l'avait vue redevenir plus mature au fil des semaines, ressemblant davantage à la femme du banquet. Et, dans le même temps, elle s'était montrée de plus en plus distante. Au moment où elle avait pris le boulot au ranch, ils n'étaient guère plus que des associés. Il avait été triste en découvrant qu'elle avait une aventure avec le cow-boy, il avait été anéanti en apprenant qu'elle avait disparu et pourrait être morte.

Le soir où Sam avait discuté avec Sean et Martha au cottage, il avait dit la vérité. Il n'avait jamais entendu parler d'une sœur. Mais en ouvrant sa porte le lendemain soir, il s'était retrouvé face à une femme qui, précisément, proclamait être cette sœur. Elle avait les cheveux plus courts, se tenait plus droite, était davantage maîtresse d'elle-même que Nicki et parlait avec un léger accent canadien-français. Elle n'était pas maquillée et son expression sous le Stetson en paille était sévère. Ses yeux étaient glacials, verts alors que ceux de Nicki étaient gris. Elle avait raconté à Sam qu'elle arrivait de Colombie-Britannique pour participer à la recherche de sa jeune sœur. Elle s'appelait Asena ("Nicki ne vous a jamais parlé de moi ?").

Elle avait dit à Sam que le shérif lui avait communiqué son nom, parce qu'il connaissait sa sœur. Que pourrait-il lui dire qui pourrait l'aider ?

Au début, Sam avait été sceptique. Plus que sceptique, parce qu'elles se ressemblaient tellement et, qu'au fond de ses yeux, il voyait parfois apparaître, fugacement, une personne qu'il connaissait, des expressions bizarres, une façon de pencher la tête, de remuer le nez quand elle respirait – des signes distinctifs qui pouvaient difficilement être feints. Ce devait être Nicki. Non ?

Mais elle l'avait convaincu, même si les sourcils de Meslik trahissaient de temps à autre ses réserves involontaires. Durant plus d'une heure, tandis qu'elle racontait à Sam l'histoire qu'elle répéterait dans le tipi de Sean plus tard ce soir-là, Sam goba son numéro. Puis, en posant sa tasse, ses lèvres avaient pris une mimique féline, elle avait touché le coin de sa bouche du bout de la langue et souri à moitié. Sam avait alors tendu la main et ouvert le second bouton de sa chemise en flanelle, et elle était resté parfaitement immobile pendant qu'il dénudait le renflement de son sein droit, où se trouvait un petit grain de beauté. Sam avait toujours aimé ce grain de beauté. Elle s'était reboutonnée sans le regarder. Elle avait alors porté le bout de son doigt à ses yeux et ôté les lentilles de contact.

— J'allais te dire la vérité, mais je devais vérifier avant, dit-elle. (Son accent avait disparu.) Si je pouvais te tromper, je savais que je pouvais tromper tout le monde.

— Dieu merci, tu es vivante, avait dit Sam.

C'est à ce moment-là qu'elle lui avait demandé de retrouver Amarok.

Sam jeta un regard réprobateur au verre qui contenait le dernier doigt de whiskey. Il porta à ses lèvres le bord taché de sang et grimaça.

— Je suis désolé, Kemosabe. J'aurais jamais dû lui dire de passer te voir. Je n'avais pas idée du bordel que ça allait causer.

Sean but une gorgée de café instantané. Il avait dépassé le stade de la colère et voulait seulement des réponses.

— Qu'est-ce qu'elle t'a raconté au sujet de la nuit dans le bassin de la Papoose ? Qu'est-ce qui s'est passé là-haut ?

— Elle voulait aller voir les oiseaux et elle a été éjectée de son cheval. Elle a supposé qu'il avait flairé un loup. Elle s'est retrouvée K.-O., en tout cas avec une blessure derrière l'oreille. Elle est restée dans les vapes un bon moment et puis elle a entendu un cri qui l'a réveillée. Quand elle est revenue à elle, il faisait nuit. Le temps qu'elle titube jusqu'au cerf, Cole était embroché comme un cochon de lait. Aussi mort qu'un démocrate du Montana. Elle a paniqué et elle a descendu la montagne en courant.

— Elle n'a pas vu Bucky Anderson ?

— Elle n'a vu personne à part le macchabée, du moins c'est ce qu'elle m'a dit.

— Et elle a couru directement dans les bras d'Amarok, là-bas, aux Palisades.

— Elle m'a raconté qu'elle voyait sa tente là-bas depuis un mois. Elle m'a tenu pour responsable et je le méritais.

— Comment ça ?

— Parce que je n'avais pas réussi à fermer ma grande gueule. J'ai appelé le journal à Ennis pour leur parler de la Vénus de la pêche à la mouche. L'histoire a pris. Il a pu le lire n'importe où et savoir où elle était.

— Elle avait vraiment vu Amarok ?

— Ouais, mais c'est ça qui était bizarre. Elle croyait qu'il allait venir lui parler la première fois qu'elle l'a vu. Ça lui a foutu la trouille. Remarque, je ne savais rien de tout ça à l'époque. Je me souviens seulement qu'un jour elle est revenue d'une excursion avec l'air d'avoir vu un fantôme. Elle est restée accrochée à moi toute la nuit, c'était la première fois qu'elle me touchait depuis un mois.

— Qu'est-ce qu'il lui a dit ?

— Rien justement. Pas un putain de mot. Il est juste resté planté sur la berge à la regarder dans le bateau avec son client. Comme s'il était le fromage et elle la souris. Tôt ou tard, elle mordrait au piège. Elle échangerait le démon qu'elle ne connaissait pas contre celui qui lui était familier. (Sam hocha la tête.) Tu sais comment c'est. T'es dans une mauvaise passe et l'ex-petite amie qui était une putain de sorcière a l'air d'avoir été touchée par de la poussière de fée. Ton cœur dit oui quand ton cerveau dit : "Hé, attends une minute, bon sang." Mais tu n'écoutes pas ton cerveau parce que c'est un soulagement que quelqu'un d'autre pense à ta place.

C'était du Sam tout craché, mais Stranahan arrivait suffisamment à suivre pour comprendre l'essentiel.

— Bon, OK. Mais que s'est-il passé cette nuit-là ? Qu'est-ce qu'il lui a fait ?

— Je sais pas. Je crois qu'elle a souffert de stress post-traumatique pendant un jour ou deux, là-bas. Un truc vraiment dur. Elle m'a dit qu'elle l'a quitté et s'est fait prendre en stop par un vieux mec qui vendait autrefois des girouettes et qui était tellement occupé à lui casser les oreilles qu'il n'a jamais remarqué qu'elle était blessée. Quoi qu'il en soit, il l'a emmenée jusqu'à Libby et elle s'est planquée chez son père où elle a léché ses blessures. C'est là qu'elle a décidé de se faire passer pour sa sœur et de se venger de cet enfoiré. Elle savait qu'il allait la tuer ; il lui avait dit il y a longtemps que s'il ne pouvait pas l'avoir, personne ne pourrait. Mais ça te collait des frissons, mec, de voir ses yeux quand elle parlait de lui. Comme des yeux de chat. Je jure que j'ai jamais pensé que tu le trouverais. T'es mon frangin, il va falloir que tu me pardonnes.

— Tu étais amoureux d'elle, Sam. Je sais à quel point ça affecte le QI.

— Alors, que va-t-il lui arriver ?

Stranahan fronça les sourcils :

— Amarok ne serait pas mort si elle ne l'avait pas attiré par ruse au lac. Ils se sont affrontés avec des armes et elle a des résidus de poudre plein les mains. Elle admet qu'elle a tiré le coup de feu qui l'a tué. Alors Ettinger va râler. Mais à moins qu'Harold ou des techniciens ne trouvent quelque chose qui contredise sa version, Martha va présenter les preuves au district attorney en affirmant que c'était de la légitime défense. Elle recommandera de ne pas engager de poursuites. La seule chose qui pourrait la faire trébucher, c'est si Ettinger découvre qu'elle est Nicki déguisée.

— Aucune chance. Sauf si sa tête se met à saigner partout.

— Elle a dit à Ettinger qu'elle s'était blessée avec une pierre pendant sa lutte avec Amarok. Pas de souci de ce côté-là. Je veux parler de ses papiers.

— Elle a la double nationalité depuis que son père l'a amenée vivre ici. Elle a un permis de conduire au nom de Nanika Martinelli ; elle a des papiers canadiens au nom de Nadina. Légalement, elle est deux personnes. Ou presque légalement. Au premier coup d'œil, elles ont même un nom identique. Nadina, Nanika, il n'y a que deux lettres de différence. Comme elle m'a dit : "une petite tache, et qui le remarquera ?"

— Alors, il y avait vraiment deux sœurs, ou elle a inventé Asena ?

Sam secoua la tête :

— Je commence à penser que j'ai jamais su qui elle était.

37

MA VIE SOUS LA GLACE

Il avait parcouru la moitié du chemin jusqu'à Bridger lorsqu'une idée qui se promenait à la périphérie de sa conscience s'attarda suffisamment longtemps pour qu'il mette enfin le doigt dessus. C'était la réaction d'Asena quand elle l'avait rencontré au ranch Culpepper, l'air perplexe qu'elle affichait en lui disant qu'il lui rappelait quelqu'un. Sur le moment, ça ne l'avait pas interpellé ; il comprenait maintenant qu'elle avait reconnu sa voix, il était l'homme qu'elle avait assommé dans la cave de son père. Celui qu'elle avait pris pour Fenrir Amarok. Elle avait cessé de tirer à travers le plancher seulement après qu'il avait parlé. Et lorsqu'il avait confirmé ses soupçons en lui racontant son déplacement à Libby, la façon dont elle l'avait serré dans ses bras au tipi avait semblé exagérée. En fait, elle était simplement soulagée de n'avoir pas tué un innocent. Mais que s'était-il passé avant qu'elle parte en stop à Libby ? Comment avait-elle échappé à Amarok ? Et que signifiaient ces incantations à propos des hommes qui crient au loup ?

Stranahan pensait qu'Ettinger la retiendrait au moins jusqu'à ce que les techniciens terminent leur travail au bord du lac, vers le milieu de la matinée, sinon plus tard. Il la rejoindrait au tribunal et lui poserait ses propres questions. En attendant, quelques heures sur le lit de camp lui feraient le plus grand bien. Stranahan enfonça ses doigts dans la fourrure de Choti.

— On est presque arrivés, ma fille.

Pourtant, il ne rentra pas directement au tipi, mais fit un détour par le centre culturel de Bridger Mountain, les couloirs déserts à 5 heures du matin, ses chaussures résonnant sur les carreaux en travertin. Il entra dans son atelier et alluma son ordinateur. La caféine maintenait son cerveau alerte, mais les doigts de sa main droite étaient si enflés qu'il devait utiliser sa main gauche. Une recherche par nom lui indiqua un torrent d'articles sur la disparition de Nicki Martinelli. Il s'adossa à sa chaise. Asena lui avait dit qu'elle avait sept ans lorsque la motoneige avait traversé la glace. C'était une expérience traumatisante et Stranahan n'avait entendu que sa version, selon laquelle les deux fillettes avaient été entraînées avec leur mère dans l'eau glacée. Les filles avaient survécu ; leur mère était morte. En calculant à partir de son âge actuel – elle lui avait dit avoir vingt-sept ans, deux ans de plus que sa sœur –, Stranahan retrouva l'année probable de l'accident et finit par tomber sur un compte rendu dans les archives du *Smithers Interior News*. Il était daté du 29 décembre et, après avoir lu l'article, Sean ouvrit le tiroir en bas à droite, sortit le Famous Grouse et s'en servit deux doigts dans un verre à eau. Réchauffé par le whiskey, il relut l'histoire.

UNE INSTITUTRICE SE NOIE

DANS LE LAC TWO LOON

La tragédie a coûté la vie à une de ses filles, la seconde est dans le coma.

Une institutrice de Houston et sa fille de sept ans sont décédées jeudi matin lorsque leur motoneige a plongé sous la glace du lac Two Loon.

Le bureau du coroner a identifié les victimes comme étant Elizabeth Martinelli, trente et un ans, et sa fille Nadina.

Sa plus jeune fille, Nanika, cinq ans, a été tirée des eaux glacées par son père, Alfonso Martinelli, trente-sept ans, pêcheur professionnel et trappeur.

D'après le rapport du shérif, Mme Martinelli et les deux fillettes traversaient le lac gelé sur la même motoneige. Son mari suivait sur un deuxième engin lorsqu'il a entendu un craquement pareil à un coup de feu et a vu sa femme et ses filles plonger sous la glace.

Martinelli a utilisé une tronçonneuse pour scier une branche d'arbre afin de tenter de les sauver, mais le temps qu'il rampe jusqu'au trou dans la glace, seule sa plus jeune fille était encore visible. Il l'a sortie de l'eau et l'a mise hors de danger.

L'enfant est tombée dans le coma avant d'être admise à la clinique municipale de Houston. Elle se trouvait dans un état critique, souffrant de choc hypothermique.

Le Dr Kevin McCarthy, qui a rapporté à l'*Interior News* la tragédie telle que racontée par Martinelli, nous a appris que l'homme affolé a réussi à expliquer ce qui était arrivé dans un mélange de français et d'anglais.

"Il a prétendu que c'était de sa faute parce que la fillette qui s'est noyée était habituellement sur sa machine, mais, ce jour-là, elle était trop chargée de matériel destiné à pêcher sous la glace, a déclaré McCarthy. Il n'arrêtait pas de dire : 'Ma vie est sous la glace'. Ça ou 'Ma fille est sous la glace.' Il bredouillait."

McCarthy a affirmé que même si Nanika Martinelli sortait du coma, il faudrait des semaines, voire des mois, avant que l'étendue des lésions soit connue. Le manque d'oxygène peut provoquer des dommages irrémédiables au cerveau chez les victimes d'hypothermie et de quasi-noyade, même si les jeunes enfants ont de meilleures chances de récupération.

Le dernier paragraphe faisait un tour d'horizon des tragédies similaires et Stranahan détourna les yeux de l'écran. Il y avait donc bien eu deux sœurs et c'était Nadina qui était morte ce jour-là. La nappe de brouillard se levait. Mais qu'était-il arrivé lorsque Nanika était sortie du coma ?

Méthodiquement, Sean chercha dans les archives des nouvelles de l'état de la fillette. Frustré, il se rabattit sur le médecin qui l'avait soignée. Sans plus de succès. Il finit par trouver le numéro de la clinique à Houston. Une femme lui apprit d'une voix fatiguée qu'aucun docteur du nom de McCarthy ne faisait partie du personnel, mais elle n'était là que depuis trois ans et une infirmière qui prenait son service à 7 heures travaillait là depuis plus longtemps. Stranahan dit qu'il rappellerait. Il se surprit à bâiller, soudain vaincu par l'épuisement, et il s'allongea sur le futon. Choti enfonça son museau dans le creux de ses genoux. Tous deux s'assoupirent immédiatement.

— Allô ?

— Docteur Kevin McCarthy ?

Stranahan avait dormi quatre heures et s'était réveillé avec une douleur sourde derrière les yeux et des crampes au côté, là où Killer l'avait mordu.

— Lui-même. À qui ai-je l'honneur ?

Stranahan se présenta comme enquêteur du bureau du shérif du comté de Hyalite. Il expliqua qu'une recherche dans les antécédents d'une personne disparue avait révélé qu'il l'avait soignée autrefois.

— Comment m'avez-vous trouvé ? Je ne vis plus en Colombie-Britannique depuis vingt ans.

— Une infirmière de la clinique de Houston m'a dit que vous aviez déménagé à Toronto. Pam Granger. J'ai composé le numéro de tous les McCarthy des pages blanches.

— Comment va Pam ?

— Elle avait l'air d'aller bien. Elle vous souhaite le bonjour.

— Que puis-je faire pour vous, monsieur Stranahan ?

Après que Sean eut parlé, le silence se fit au bout de la ligne.

— Oui, je me souviens, dit-il d'une voix prudente. Je me suis souvent demandé ce qu'elle était devenue.

— Elle semble avoir des problèmes d'identité. Parfois elle se fait appeler par le nom de sa sœur, Nadina. Ou Asena. Ça a du sens pour vous ?

Silence.

— Docteur McCarthy ?

— Je suis en train de réfléchir à ce que vous venez de dire. Malheureusement, oui, ça a du sens. La fillette est restée dans le coma plusieurs semaines, je ne me souviens plus exactement du temps qu'il lui a fallu pour récupérer. Un scanner montrait des lésions neuropathiques au niveau du cortex visuel, ce qui semble pire que ça ne l'est en réalité.

Elle souffrait de quelques divergences spatiales au niveau du système nerveux, mais ses fonctions cérébrales étaient globalement intactes. D'après ce dont je me souviens, elle n'avait aucun souvenir de l'accident en dehors de ce que son père lui avait raconté. Il constituait peut-être une partie du problème. J'étais dans la pièce lorsqu'elle a prononcé ses premiers mots et il l'appelait à la fois par son nom et celui de sa sœur, le tout dans la même phrase. Je pense qu'il souffrait autant qu'elle d'anxiété et surtout de culpabilité. D'après des conversations que j'avais eues avec les institutrices des deux fillettes, j'avais compris que M. Martinelli était très attaché à sa fille aînée, Nadina, celle qui s'était noyée. On m'a dit qu'elle ressemblait énormément à sa mère. Nanika, elle, était une enfant assez turbulente, émotive et pleine d'une énergie débridée, ce qu'à mon époque on aurait appelé un petit diable. Je ne suis pas psychologue, mais je ne serais pas surpris qu'en l'appelant Nadina il essayait de conserver vivant le souvenir de sa fille aînée. Il pensait peut-être qu'en renforçant les traits de caractère qui la lui rappelaient, et indirectement sa femme, il serait davantage capable de faire face à la tragédie. Mais je me garderais bien de spéculer à ce sujet.

— Docteur McCarthy, nous recherchons une personne disparue. Il est difficile de retrouver quelqu'un quand on ne sait pas trop qui on cherche.

— Oui, bien sûr. Je ne l'ai soignée que pour le traumatisme initial. Ce n'est pas un problème de confidentialité. J'aimerais pouvoir vous aider.

Mais ce fut tout. Il n'avait gardé aucun contact avec le père ou sa fille et avait accepté un poste en Ontario quelques mois plus tard. Il serait content d'être informé si la femme était retrouvée. Stranahan reposa le téléphone. Sur un coup de tête, il le saisit à nouveau et composa le numéro de

Martinique. La dernière fois qu'il avait appelé, c'était un homme qui avait décroché. Martinique l'avait assuré qu'il s'agissait d'un étudiant de son groupe de travail. Le téléphone sonna six fois. Il reposa le combiné au milieu d'un "Allô" clairement masculin.

Le temps qu'on lui injecte un sérum antitétanique à la clinique de Bridger et qu'il se rende au palais de justice, Asena Martinelli, ou plutôt la femme qui se faisait appeler ainsi, poireautait depuis une dizaine d'heures dans la salle d'interrogatoire tandis que les preuves arrivaient au compte-gouttes. Ettinger, d'humeur revêche, fit signe à Stranahan de s'asseoir dans son bureau.

— Je vais commencer par t'apprendre deux ou trois choses dont tu n'es pas au courant et tu vas m'écouter. Ensuite, on va s'occuper de tes manigances au lac.

— Se faire tirer dessus et bouffer par un Airedale ne sont pas des manigances.

— Pfff. Quoi qu'il en soit, votre furetage en dehors du service, à Katie et toi, au parc, la fille brûlée dans la source chaude, ça te dit quelque chose ?

— Carrie Harding. Elle est sortie du coma ?

— Je ne t'ai pas dit d'écouter ?

Stranahan se rendit en levant la main.

— Non, mais le type qui l'a trouvée, le catcheur professionnel qui se faisait appeler le Fou de Minnetonka, s'est pendu hier soir dans le bungalow qu'il louait à Gardner. En tout cas, c'est à ce moment-là qu'on l'a découvert. Il se balançait depuis un moment. La lettre de suicide racontait qu'il avait pris Harding en stop et qu'il lui avait promis de lui montrer la Nécropole de Cobalt. Il voulait seulement lui toucher la jambe. Il a écrit qu'il se sentait comme le monstre de Frankenstein, qui essaie de sauver une fillette de la noyade. Il a vraiment essayé de la sauver, il s'est salement brûlé la jambe en la tirant de là. Donc notre Amarok est hors du coup, ou en tout cas il le serait si son cœur battait encore.

— Ce n'est pas vraiment une surprise, dit Stranahan.

— Non, mais ce qui suit, si. Tu te souviens de la liste que tu as trouvée dans le journal du père Martinelli ? Les ranchers qui crient au loup ? Dont certains avaient reçu le poème anonyme écrit avec du sang ? Le shérif Monroe, à Libby, soupçonnait Amarok, mais aucune personne de la liste n'avait été agressée. Depuis, un de mes adjoints a creusé. Il s'avère que deux de ces ranchers ont été tués dans des accidents de chasse longtemps après les faits. Un, il y a trois ans. L'autre, il y a deux ans.

— Et alors ?

— Ils chassaient tous les deux seuls et ont été retrouvés la tête complètement explosée.

— Comment tu passes de ça à Amarok ?

— Tu me connais, je ne suis pas du genre à sauter aux conclusions. Ça, c'est ton fort. Mais on compte environ une mort accidentelle par an pendant la saison de chasse dans tout l'État. La probabilité que deux hommes qui se trouvent sur une liste de trente-deux soient tués par une balle perdue deux années de suite n'est pas très élevée. Ce que je crois, maintenant, c'est que Nicki Martinelli a donné cette liste à Amarok. Elle pensait peut-être qu'après les lettres, ce serait terminé. Effrayer un peu les méchants qui détestaient les loups. Au lieu de quoi son petit ami les aurait exécutés. Peut-être qu'elle le savait, peut-être pas.

— Vivre avec un tel secret n'est pas facile.

Stranahan repensa aux incantations d'Amarok au bord du lac.

Et le sang de l'homme qui répand ses calomnies sur le loup
coulera avec la rivière
Et il mourra

Pas étonnant qu'elle ait été affolée.

Ettinger soupira.

— Je me souviens d'une époque où la pire chose qui arrivait dans le Montana, c'était la chute du prix des yearlings*.

— Alors, tu la libères quand ?

— Tu l'aimes bien, hein ? Tu n'en as jamais assez, des jolies femmes.

Stranahan haussa les épaules.

— Elle m'a payé pour effectuer un travail.

— Hmm-hmm. Eh bien, si un chien n'avait pas sauté par une vitre de voiture, tu en serais mort. Voilà la situation. Elle était armée. Elle admet avoir attiré Amarok au lac. Elle admet lui avoir demandé des comptes au sujet de sa sœur. Elle avait un bateau en remorque et une chaîne d'ancre dans son 4x4, ce qui me laisse penser qu'elle avait l'intention de le donner à manger aux truites. Elle dit qu'elle n'a pas tiré avec le Colt, seulement le pistolet, mais il y a six cartouches dans un Colt et tu n'en as éjecté que cinq, dont trois vides. Où est la sixième cartouche ?

Stranahan songea au tir d'avertissement qui avait touché Amarok à la jambe. La cartouche vide était toujours dans la poche de son jean.

— Ce n'est pas inhabituel de transporter un revolver simple action avec la chambre sous le chien vide. Par précaution.

* Poulain pur-sang dans sa seconde année.

— Je te l'accorde. C'est quand même pas très net. Mais le type était une ordure et il a tiré en premier. Heureusement, grâce à toi, elle a un témoin. Je lui ai dit de rester dans le comté jusqu'à ce qu'on ait les résultats des expertises médico-légales, mais c'est une formalité. Qu'est-ce qu'on va trouver de toute façon ? Une goutte de sang provenant d'un cœur coupable ? (Elle secoua la tête.) Pour répondre à ta question, on va la relâcher dans moins d'une heure.

— Je la ramènerai chez Sam. Je suis sûr qu'il l'hébergera aussi longtemps que nécessaire.

— Non, ça ne va pas se passer comme ça. Tu as été interrogé sur la scène de crime, mais tu n'as pas fait de déposition officielle. C'est Walt qui va s'en occuper. Je te conseille de dire la vérité, toute la vérité et rien que la vérité. Et puis un adjoint a ramené le Bronco de Martinelli du lac, hier soir. Elle peut rentrer toute seule comme une grande chez Sam. Quant à toi, au bout du couloir, en bas, deuxième porte à gauche. Tu connais le topo.

Stranahan se leva. Il avait pensé à quelque chose.

— Tu as été chercher la fille, au camping ?

Ettinger hocha la tête.

— On l'a interrogée ce matin. Denise Aldridge. Elle a pas inventé la machine à courber les hameçons. D'après elle, elle a rencontré Amarok le lundi 17 septembre, quand elle signait le registre pour grimper au lac Shoshone, dans le parc. Il lui a dit qu'il connaissait un endroit où il y avait des tanières et a proposé de lui montrer un loup. Il lui a bien montré un loup. Elle a pris un bus pour venir ici après avoir quitté son boulot au Dairy Queen à Bismarck et voulait s'installer dans un endroit, je cite : "où il y avait des montagnes, de la nature et des trucs" et elle attendait un signe. Amarok était le signe, mais elle ne sait à peu près rien sur lui à part qu'il lui a raconté qu'il s'était fait un peu d'argent en négociant avec des fournisseurs. Pour toi ou moi, ça veut dire dealer, mais elle n'a pas compris et n'a pas demandé ce que ça signifiait parce qu'elle ne voulait pas avoir l'air idiote et compromettre ses chances de s'élever jusqu'aux lentilles rouges. Cette gamine, c'est juste une proie qui se balade à découvert, prête à se faire bouffer par n'importe qui.

— Que va-t-il arriver ?

— Elle m'a donné le nom d'un oncle à Minot qui a accepté de venir la chercher, à condition que le comté paie ses frais de déplacement.

— Amarok l'a rencontrée quelques jours après la disparition de Martinelli.

Ettinger hocha la tête :

— À se demander combien il en a eu d'autres. En ce qui me concerne, bon débarras.

— Tu ne parles pas d'elle, tu parles de lui, n'est-ce pas, clarifia Stranahan.

— Là, je parle de tous les gens que je connais.

38

UNE CHAISE À TABLE

EN NOVEMBRE, Stranahan partit vers le nord. Au poste-frontière au nord de Sweetgrass, le sort l'avait désigné parmi tous les véhicules qui le franchissaient, et il était maintenant adossé à un bâtiment en parpaing pendant qu'un garde-frontière canadien fouillait le Land Cruiser. Il sortit une enveloppe de la poche de sa chemise et déplia une unique feuille de papier à lettres. L'en-tête était une aquarelle de cinq centimètres de haut représentant une montagne couverte de neige surplombant une rivière et un bungalow sur la berge. L'enseigne sur la façade était faite de rondins et disait : LODGE DE PÊCHE MARTINELLI. Un joli tableau, aurait pu se complimenter Stranahan.

Il lui avait fallu plus de deux semaines pour la retrouver. Asena – il était difficile de se mettre à l'appeler par un autre nom – lui avait un jour avoué qu'elle projetait de rénover le bungalow dans lequel elle avait grandi et d'en faire un lodge de pêche. Stranahan avait beau se douter de l'endroit où elle s'était rendue après avoir quitté l'État – le temps qu'il termine sa déposition et arrive à la boutique de Sam, elle avait fait ses bagages et filé sur l'autoroute –, il n'avait pas réussi à trouver l'adresse. Il avait finalement souscrit un abonnement en ligne au *Smither Interior News* et le lisait régulièrement avec l'espoir de voir son nom apparaître. C'est ce qui se produisit – sous le nom de Nadina Martinelli – dans, figurez-vous, la liste des joueurs d'une équipe de curling mixte. Il avait envoyé une lettre aux bons soins du président de la ligue, se disant que ce serait moins menaçant pour elle que d'appeler cet homme. Il lui avait écrit qu'elle ne devait pas s'inquiéter, mais qu'un fait nouveau avait eu lieu aux États-Unis qui pourrait l'intéresser et de prendre contact avec lui dès qu'elle le pourrait.

Il n'y avait pas eu de fait nouveau, à moins de compter la déclaration officielle du bureau du shérif annonçant que Nicki Martinelli était présumée morte. Les journaux et la télévision s'en étaient donné à cœur joie avec l'histoire de l'homme-loup soupçonné d'avoir nourri les loups captifs avec les cheveux de Martinelli, mais, dans la mesure où Amarok était décédé, il y avait peu de chances de retrouver le corps de la femme. Le district attorney avait suivi les conseils d'Ettinger de ne pas poursuivre la sœur éplorée qui avait abattu Amarok, et l'affaire était close, à moins qu'un parent de celui-ci n'intente un procès pour homicide. Mais Amarok avait depuis longtemps coupé les ponts avec les familles McCready ou Oddstatter. Sa tombe avait été creusée aux frais du comté.

Une semaine après que le climat avait pour de bon chassé Stranahan de son tipi – Sam avait raison, il faisait un froid de loup dans le Montana, en hiver, et dès la mi-octobre, il aurait fallu à Sean deux chiens de plus –, le téléphone avait sonné dans son atelier. Il fut surpris d'entendre sa voix.

— J'espérais que vous m'auriez oubliée. Je suis… vraiment désolée de m'être immiscée dans votre vie, de m'être fait passer pour quelqu'un d'autre… Je suppose que Sam vous a tout dit. C'est dur de…

— Asena…

— Les gens d'ici m'appellent Nadina.

— Nadina, je sais ce qui s'est passé le jour où votre mère et votre sœur se sont noyées. Je sais que vous étiez en pleine confusion…

— Non, vous ne savez pas.

— Si un jour vous voulez en parler…

— En tout cas, ça ne sera certainement pas au téléphone. (Silence. Puis :) Sean ? (La voix avait perdu son ton agressif.) Quand je pense à vous, à la situation dans laquelle je vous ai fourrés, vous et Sam, c'est impardonnable. Chez mon père, je… après vous avoir assommé dans la cave, je me suis enfuie et je suis revenue pour vous tirer dessus. Je croyais que c'était lui… vous n'avez aucune idée de ce qu'il m'a fait.

— Vous êtes pardonnée. Mais j'aimerais que vous m'éclairiez sur un point au sujet de ce soir-là. Je suis sûr d'avoir entendu une moto. C'était vous ?

— Non, je n'avais que mon vélo. Je n'avais pas encore fait réparer le circuit électrique du Bronco de papa. Mais le voisin, plus haut sur la route, fait des courses de motocross. Ses gamins sont dehors la moitié de la nuit parfois et…

C'est ainsi qu'ils avaient commencé à communiquer. Au cours des deux semaines suivantes, il lui avait parlé plusieurs fois. Elle avait demandé des nouvelles de Killer. Sean lui avait répondu qu'il était redevenu Killer, sauf qu'il boitait. Sam avait gardé les griffes arrachées à la patte du chien par la balle et, si elle revenait un jour dans le Montana, il voulait lui en donner une, pour qu'elle l'accroche à son collier avec la griffe de loup. Ça lui rappela les loups dans le bassin de la Papoose. Elle s'interrogeait sur ce qu'il leur était arrivé et fut soulagée en apprenant que les membres survivants de la meute avaient quitté la région et n'avaient pas été revus depuis. Elle lui avait confié son projet d'ouvrir le lodge de pêche et lui avait envoyé des photos. Voulait-il peindre l'en-tête du papier à lettres ? Contre rétribution, naturellement. Il avait accepté. La lettre était sa réponse. Elle voulait qu'il voie à quel point le papier rendait bien.

> … J'ai déjà des créneaux qui se remplissent pour septembre prochain et j'ai seulement besoin d'un bateau. Avec les restrictions sur les Jet Sled, il faudra que ce soit un bateau pneumatique ou un drift boat comme ceux qu'on utilisait sur la Madison, mais l'ouverture de la pêche est dans longtemps et je devrais pouvoir trouver une bonne occasion à Terrace. Si ça vous dit un jour d'attraper une steelhead pendant la remontée d'été…

Stranahan replia la lettre lorsque le garde-frontière s'avança et lui tendit ses clés.

— C'est de vous les peintures dans le portfolio ?

Il avait le visage très rond avec un sourire de travers, comme une virgule.

Stranahan admit que oui.

— Celle de la femme rousse, elle a de quoi stopper net le cœur d'un homme.

— C'est ce qu'elle a fait, répondit Stranahan.

Il avait un jour entendu un homme parler d'une rivière en disant qu'elle était aussi belle qu'au jour de sa création. Cette rivière-là arrosait un autre continent et était pêchée par des rois. Celle que Stranahan découvrit après avoir roulé sur une cinquantaine de kilomètres de mauvaise route au sud de Houston appartenait au même genre de rivière, avec les rois en moins. Le bungalow ressemblait à celui des photos, un peu plus en retrait par rapport à la berge. Il n'y avait personne. Ceci dit, il ne l'avait pas prévenue de son arrivée. Il descendit vers la rivière et étudia un moment l'eau, les pins, une montagne enneigée au loin, se demandant s'il s'agissait du pic qui avait inspiré son nom. Lorsqu'il entendit le moteur du Bronco couvrir le bruit du courant, il ne se retourna pas.

Elle vint se poster près de lui, se tenant légèrement en retrait, les bras croisés. Stranahan l'observa longuement du coin de l'œil. Les boucles de cheveux qui s'échappaient de sa casquette de pêche en coton huilé tourbillonnaient dans la brise, comme les dernières feuilles des saules de la berge.

— Il vous faut une nouvelle courroie de distribution, dit-il.

— Comment avez-vous trouvé l'endroit ? La Morice est une longue rivière.

— Je suis détective, je vous rappelle. Je n'ai pas rendu justice à votre rivière. Ne jamais peindre à partir d'une photo.

— Je vois que vous avez remorqué un des bateaux de Sam. Je ne lui ai pas parlé depuis le Montana. Il doit me détester.

— Non.

— Sam sait que vous êtes ici ?

— Non. Je lui ai dit que j'allais pêcher. M'attaquer à quelques rivières en Colombie-Britannique. En fait, j'ai une commande pour peindre la Kispiox, mais je vois que j'arrive trop tard pour les couleurs.

— Vous devriez peindre cette rivière. Venez plus tôt la prochaine fois, avant que les feuilles tombent.

Leurs regards se croisèrent.

— Quand je viendrai, vous me servirez gratuitement de guide, dit Stranahan. J'ai entendu dire que vous étiez plutôt bonne.

Elle sourit :

— Venez vous promener avec moi.

Ils marchèrent le long de la rivière, les herbes hautes entre deux ornières profondes trahissant un passage d'ours, l'espacement indiquant la forte carrure d'un grizzly.

Elle lui parla alors, tout d'abord d'une voix hésitante, puis elle se laissa simplement porter par le souvenir de la fillette qui avait regardé sa sœur se noyer, du manteau bleu plongeant dans l'eau glacée, de sa mère déjà noyée, un cauchemar qui lui avait par bonheur été épargné les premières semaines, avant qu'elle ne sorte du coma. Quand le voile s'était levé, les noyades semblèrent surréalistes et revinrent en vagues bleues, palpitant comme un battement de cœur. Elle avait dormi et s'était réveillée en hurlant.

— Cinq ans. On n'a pas beaucoup de souvenirs de cet âge-là. Imaginez que ce soit le premier souvenir qui vous reste. C'était vraiment dur, avec papa qui m'appelait Nadina et faisait comme si c'était moi qui m'étais noyée. En fait, j'ai fini par le croire, pas vraiment le croire, au fond, j'ai toujours su que j'étais Nicki, mais c'était comme une vision. Au lieu d'observer ma sœur se noyer dans son manteau bleu, je me voyais me noyer. C'était elle qui était à la surface et je la regardais depuis le fond de l'eau. Je l'avais toujours regardée avec admiration dans la vie, elle qui était plus grande que moi, et désormais, dans la mort, je levais réellement les yeux vers elle, et c'est l'image qui m'a à la fois hantée et sauvée depuis. Tout au long de ma vie, dans les pires moments, je pouvais tendre la main dans sa direction, comme le fait une personne qui se noie. Elle saisissait ma main et m'arrachait aux eaux noires. Je pouvais devenir elle, en tout cas pour un moment. Ça a du sens ?

Ils avaient atteint un endroit où la vallée s'élargissait, les pins s'éloignaient de la berge et le chemin serpentait au milieu d'herbes à hauteur de poitrine.

— Attention aux ours ici. Un pêcheur s'est retrouvé entre une mère et son ourson l'année dernière et a eu la moitié du visage arrachée. En général, c'est là que je fais demi-tour.

Elle marchait devant lui, les mots traînant dans son sillage.

— Quand j'étais enfant, les professeurs pensaient que j'avais une personnalité clivée. Trouble dissociatif de l'identité, ils appelaient ça. Ils voulaient que j'aille voir un psychologue, là-bas, à Prince Rupert. Papa ne voulait pas en entendre parler. Mais ils avaient tort. J'ai toujours su qui j'étais, comme on sait qui on est derrière un masque. Tout ce que je faisais, c'était changer de place avec ma sœur. J'ai vécu mes pires moments quand on a déménagé à Kamloops, lorsque papa a eu son boulot de trappeur de loups. Je détestais ce qu'il faisait et il était souvent parti. Je n'arrivais pas à tendre la main assez loin pour que Nadina puisse la saisir. À l'époque, je l'appelais Asena, comme la louve. Je suis devenue un peu folle. C'est à ce moment-là que j'ai manifesté devant le bâtiment du ministère et que je me suis déshabillée dans la rivière. Mais c'était aussi une chouette époque. Je n'avais jamais eu d'amis avant ça et j'attirais les gens. Comme si j'exerçais une sorte de pouvoir. Une fille, une fille très intelligente, m'a dit que les gens me voyaient comme un ornement qui diffusait de la lumière et tourbillonnait assez vite pour exercer une attraction magnétique.

— C'est l'époque où vous avez réuni votre petit groupe d'écoterroristes, dit Sean.

Elle sourit.

— C'était inoffensif. Même si elle était folle, cette fille qui nageait avec les saumons me manque.

Ils marchèrent en silence un moment.

— Venez, je veux vous montrer quelque chose.

Elle le conduisit sur les galets ronds de la berge. En amont, la rivière formait un coude, s'éloignant des pins pour murmurer sur des rochers submergés avant de redevenir lisse comme un miroir en dessous.

— Ça ressemble à des eaux à steelheads, fit remarquer Stranahan.

— Ce gros rocher avec les forts remous dessus, on l'appelait le Rocher de Papa. Tous les poissons qui remontent des rapides se reposent sous ce rocher. La première steelhead que j'ai attrapée à la mouche, c'était là. C'était à l'époque où on avait le droit de tuer les poissons sauvages et je l'ai traînée jusqu'au bungalow. Papa était très fier de moi. Bien sûr, il m'a appelé Nadina. Malgré tout, je l'aimais vraiment beaucoup.

Sa voix était pensive.

— Quand on s'est installés dans le Montana, on a eu quelques bonnes années avant qu'il tombe malade. Je suis tellement contente qu'on ait vécu ça, une relation père fille apaisée. J'ai grandi, à Libby. Je pouvais être Nicki sans toute cette folie, sans ce besoin frénétique d'être partout à la fois. Aujourd'hui, ils diraient que je souffrais d'un trouble du déficit de l'attention, ou que j'étais bipolaire ou un autre truc qui oblige à prendre des médicaments. Tout ce que je sais, c'était que pour la première fois depuis que j'étais petite, je n'avais pas besoin d'endosser une personnalité différente pour m'assumer, pour faire face, vous comprenez. C'est là que j'ai obtenu le boulot de guide sur la Kootenai et qu'on a commencé à m'appeler la Vénus de la pêche à la mouche. (Elle soupira.) Je sais que vous voulez que je vous explique pour Fen. C'est difficile, parce que j'essaie de ne pas penser à lui.

"Il a pris le pouvoir sur moi, c'est peut-être le meilleur moyen de le décrire. Il était attiré par une partie de moi, et je suis redevenue une petite fille en pleine confusion pour lui. Il était passé maître dans l'art de déstabiliser les gens. Il me disait combien j'étais belle et l'instant d'après à quel point je le décevais. Il me faisait faire… des trucs. J'ai perdu tout respect pour moi-même. Il était dans le coin tout l'été et puis il disparaissait, et je me sentais sale et j'essayais de redevenir pure en me transformant en Asena. En fait, j'ai réellement un diplôme de psychologue et je travaillais ici pendant l'hiver, dans les écoles rurales. Je le fais toujours, d'ailleurs. Papa venait avec moi, et c'était comme si les aiguilles de la pendule repartaient en arrière. Je réussissais presque à oublier Fen. Mais il revenait, soit il roulait jusqu'ici soit il attendait que je rentre dans le Montana en juin pour guider. Il faisait ce truc de pointer un couteau et de me dire que la différence entre l'amour et la haine était en équilibre sur la lame. Si je tournais le couteau comme ça, et qu'il retournait la lame, alors il se coupait la paume de la main et la posait sur le dessus de ma tête. Il me lavait les cheveux avec son sang, puis il le léchait et commençait à enlever mes vêtements. Il était doux. C'était… tellement perturbant.

"Cette nuit-là, dans le bassin de la Papoose, je n'ai pas pu m'empêcher de revenir vers lui. 'Il faut que je reparte au ranch', je n'arrêtais pas de répéter ça comme un mantra, mais mes jambes continuaient de m'emporter tout droit au bas de la montagne, même si j'essayais de toutes mes forces de m'arrêter, mes jambes continuaient. Je ne sais pas à quel moment je suis arrivée à la rivière, il devait être minuit, mais il était réveillé, debout devant la tente, comme s'il m'attendait. Ma tête était couverte de sang à cause de la chute. Je crois que c'est là qu'il a eu l'idée de donner mes cheveux à manger aux loups. Il m'a emmenée dans la tente et j'ai cru qu'il allait lécher ma blessure et me faire l'amour, ça aurait été comme avant, mais il a commencé à m'arracher les cheveux par poignées. Ça faisait un mal, vous ne pouvez pas imaginer. Regardez ce qu'il m'a fait.

Elle ôta sa casquette pour séparer ses cheveux. Des parties étaient dégarnies et une vilaine zébrure courait à l'endroit où elle s'était cogné la tête en tombant de cheval.

— J'ai dû hurler comme une folle. Je ne m'en souviens pas, mais il n'y avait personne d'autre dans le camping, alors ça n'avait pas d'importance. Il m'a dit que si je voulais qu'il me reprenne, il fallait que je passe un test. Il allait m'emmener à une tanière de loup et m'attacher à un arbre avec rien d'autre qu'une gourde pour que je puisse aspirer de l'eau, et si la meute ou un ours ne me tuait pas et que j'étais encore vivante au bout d'une semaine, ça serait un signe que j'en valais la peine. Il a essayé de m'installer sur le siège de sa moto, mais j'étais tellement dans les vapes que je n'arrêtais pas de tomber. Finalement, il m'a ramenée dans la tente et je me suis évanouie. Mais la douleur me réveillait sans arrêt. Il allumait une lampe-torche et je voyais la lumière derrière mes paupières, mais je gardais les yeux fermés comme si je dormais. J'ai fini par entendre la moto et j'ai su qu'il était parti. Il allait chercher la camionnette du boulot pour me charger à l'intérieur, je le sais maintenant, du moins, c'est ce que je crois, mais sur le moment, tout ce qui comptait, c'était qu'il soit parti. Je ne saurais jamais comment je suis arrivée jusqu'à la rivière. Mais je me suis lavée, je me suis enveloppé la tête et je suis allée sur l'autoroute et un type qui vendait des girouettes et des épouvantails et tout un tas de trucs pour les ranchers dans les années 1950 m'a prise en stop. Il m'a raconté sa vie et m'a tenue éveillée jusqu'à Libby, que Dieu le bénisse.

En voyant ses blessures, Stranahan songea aux lettres écrites avec du sang.

— On a trouvé quelque chose dans les journaux de votre père…

Elle promenait le bout de sa chaussure sur la berge pendant qu'il lui parlait des deux hommes qui avaient été abattus. Stranahan vit une larme rouler sur sa joue brûlée par le vent. Elle cligna des yeux, mais ne l'essuya pas.

— C'est moi qui lui ai donné cette liste.

— Pourquoi vous n'en avez pas parlé à quelqu'un ?

— Parce que je ne pouvais pas prouver que c'était lui qui leur avait tiré dessus. Parce que je me protégeais. Parce que je croyais être amoureuse. Parce que ça n'aurait servi à rien. (Elle cligna à nouveau des yeux et se tourna vers lui.) Parce que parce que. Je sais que vous devez penser que je suis un monstre sans cœur.

— Vous ne pouvez pas être tenue pour responsable de ce qu'il vous a fait faire.

— Si. Pauvre Grady Cole, je l'ai laissé tomber amoureux de moi et regardez ce qui lui est arrivé. Comme si j'étais maudite.

— Ce n'était pas de votre faute. Je suis désolé. Je n'aurais peut-être pas dû venir. On dirait que tout ce que j'apporte, ce sont des mauvais souvenirs.

— Non, je suis contente que vous l'ayez fait. Ça me soulage de vous parler. À qui d'autre pourrais-je raconter ça ?

Elle regarda la berge opposée de la rivière.

— C'est le mont Nadina ?

— Non, c'est le Nanika. Le Nadina est plus à l'ouest. À peu près où se trouve le soleil. On devrait rentrer. La plupart du temps, maintenant, je vais vraiment bien. Ne vous inquiétez pas pour moi. Vous restez pour dîner, hein ? Vous pourriez rester pour la nuit, j'aimerais bien. Je… le veux.

Même triste, la femme qui se tenait près de lui exerçait un champ d'énergie qui rendait les couleurs autour d'elle plus vives, les odeurs plus intenses – le monde palpitait par sa seule présence. Stranahan n'aurait pas été un homme s'il n'avait pas été tenté.

— Merci, mais je devrais y aller.

— C'est parce que j'ai failli vous tuer ?

— La première ou la seconde fois ? Non, j'ai l'impression d'être séduit par des femmes dangereuses. (Il haussa les sourcils.) Un jour, ça va m'attirer des ennuis.

— C'est le shérif ? Vous êtes plus qu'amis, non ?

— Oui, mais je ne sais pas ce qu'on est. On dirait que tout ce qu'on fait, c'est se tourner autour.

— Alors peut-être que quand vous en aurez assez de tourner en rond, vous reviendrez ici.

— Ne jamais dire jamais à une rivière à steelheads avec une belle remontée de poissons. (Il tendit la main et lui releva le menton.) Ça vous fait sourire, hein ? Allons-y. Je veux vous donner quelque chose.

Le sentier était plus large à l'approche du bungalow. Il se porta à sa hauteur et elle entrelaça les doigts de sa main droite avec les siens. Sean se souvint combien ses mains étaient froides ce soir-là, au lac Cliff, et il se demanda si le voyage qui l'avait menée à cet endroit-là, à ce moment-là, de la fillette qui avait regardé le manteau bleu disparaître à la femme qui avait peut-être enfin accepté d'avoir survécu, n'était qu'une affaire de réchauffement progressif de son sang.

Au Land Cruiser, il ouvrit le portfolio et en sortit une aquarelle encadrée.

Elle la tint à bout de bras et resta silencieuse un long moment.

— Vous avez dit qu'elle vous manquait, dit Stranahan.

— C'est vrai. Tous les soirs, je lui installe une place à la table du dîner. J'ai besoin de la lumière qu'elle apporte au monde. Surtout maintenant. Tout ce que j'ai à faire, c'est contourner la table et m'asseoir. Après tout, ce n'est qu'une autre partie de moi-même.

— J'ai peut-être été présomptueux. C'est un nu. Mais discret. Ce sont les cheveux flottant dans l'eau que je voulais capturer.

— C'est magnifique.

Stranahan commença à détacher la remorque à bateau.

— Je croyais que vous alliez pêcher dans la Kispiox.

— Non, je préfère pêcher à pied. Le drift boat est à vous. Vous en avez toujours besoin, non ?

— Je ne peux pas accepter ça venant de vous.

— Inutile. Il vient de Sam.

— Vous m'avez dit qu'il ne savait pas que vous veniez me voir.

— J'ai menti.

Stranahan posa la flèche de la remorque sur une bille de bois. C'était le ClackaCraft de réserve de Sam, celui avec les cheveux au vent peints sur le flanc.

— Regardez, dit-il, il est fait pour vous.

Il lui empoigna les épaules et l'embrassa sur la bouche, rien qu'une fois.

— C'est de la part de Sam. Il m'a demandé de vous dire : "Il faut bien que quelqu'un soit la Vénus de la pêche à la mouche." Pensez à réparer cette courroie de distribution, ajouta-t-il avant de monter dans le Land Cruiser.

Il ne se retourna pas.

39

REVOLVERS ET ROSES BLANCHES

Le marié portait un jean Wrangler, une chemise en soie crème aux boutons-pression en nacre, des bottes en autruche Larry Mahan et un onéreux chapeau de cow-boy Bailey en castor avec un bord de dix centimètres, personnalisé par WesTrends, à Norris. La boucle de sa cravate texane en étain représentait un cerf. La mariée, avec trois fils adultes qui assistaient au mariage et un premier mari enterré sous les cultures en haut de la colline, était en blanc.

L'orchestre s'était installé sur trois arpents de pelouse manucurée, sous les feuilles encore tendres et le ciel de juin saphir. Seule la neige saupoudrée sur les contreforts de la Gravelly Range, de l'autre côté du ruban de la Madison rappelait le printemps. Stranahan posa un genou à terre et son propre chapeau, un Justin taché par la sueur à la calotte craquelée, sur l'autre. Il s'empara de la main de Martha Ettinger, rendue rêche par le travail de ferme, les ongles rongés jusqu'au sang.

— M'accorderez-vous cette danse ? demanda-t-il.

— Lève-toi, rétorqua-t-elle. Quelqu'un pourrait nous voir.

— Qui ?

— Mes électeurs. Allez, je déconne pas.

Pendant le trajet, il lui avait demandé, comme elle l'avait craint, pourquoi elle avait autant insisté pour assister au mariage de son cousin. Après tout, elle tenait toujours Bucky Anderson pour responsable de la mort de Grady Cole, même s'il y avait peu de chances qu'il soit un jour poursuivi. Ses réponses précédentes, depuis qu'elle avait reçu l'invitation en mars – "Parce que je veux qu'il croie qu'il est lavé de tout soupçon et qu'il fasse une gaffe", "Parce que je ne veux pas donner à cet enfoiré cette satisfaction" – n'avaient jamais paru totalement convaincantes, y compris à ses propres yeux. Cette fois-ci, elle avait toisé Sean depuis le siège conducteur et avait seulement répondu : "Parce que c'est la seule chance que j'ai de porter ma robe bleue."

Ce n'était pas l'entière vérité – elle n'avait pas le courage de la lui avouer –, mais ce fut suffisant une bonne partie de l'après-midi. Elle n'avait pas eu l'occasion de porter une robe, ou une rose blanche dans les cheveux, ou, d'ailleurs, rien qui ne mette autant en valeur son caractère chromosomique depuis, euh, une éternité. Elle dansa trois heures durant. Elle dansa avec Stranahan, elle dansa avec d'autres hommes qu'elle connaissait, elle dansa même une fois avec Bucky Anderson lorsqu'il le lui proposa – l'enfoiré, affichant un grand sourire, avait du culot –, et elle réussit à garder sa langue dans sa poche. Mais la dernière heure, elle ne dansa qu'avec Stranahan.

Il est vrai que sur le chemin de retour vers Bridger elle avait dissimulé sous sa veste Carhartt la femme qu'elle avait libérée les heures précédentes – la soirée s'était rafraîchie – et elle avait même bouclé son ceinturon de service, par habitude, ce qui avait fait rire Stranahan. Puis, seule avec lui, elle se sentit soudain gênée parce qu'elle lui avait révélé le reste de la vérité sans qu'un mot ne soit prononcé. Le souvenir de son corps se détendant peu à peu tandis que le soleil éclairait la pelouse d'une lumière dorée et que le sol sous leurs pieds se mettait à tourner la plongeait dans un embarras qu'elle n'avait pas connu depuis des années. Sur les dernières notes de *Save the last dance for me*, le chant du cygne du groupe, elle s'était retrouvée sur la pointe des pieds, les seins écrasés contre sa poitrine et leurs lèvres si proches que le baiser était devenu inévitable. Après la danse, lorsqu'il l'avait tenue à bout de bras et avait dit : "Et tes électeurs ?", elle avait répondu en serrant ses mains derrière son cou et en l'embrassant à nouveau. Un baiser qui s'était prolongé, prolongé, et n'avait plus laissé aucune place au doute.

Oh, bon sang, Martha, se dit-elle en sentant les murs commencer à s'élever et le rouge lui monter aux joues. Dieu merci, il faisait sombre à l'intérieur de la Cherokee.

Dernière chance d'obtenir un sursis.

— Tu veux que je te dépose au tipi ? J'imagine que Choti meurt d'envie de te voir.

Ils étaient en train de tourner sur Cottonwood Road, la pleine lune s'encadrant dans la vitre de la Jeep tandis qu'ils grimpaient.

— Choti est chez Sam.

— Tu veux entrer boire un verre ? Je crois que j'ai du brandy.

Martha sentait l'artère palpiter dans son cou. Dis non, s'il te plaît, supplia-t-elle en son for intérieur. Dis non.

Dans la cuisine, portant toujours son ceinturon de service par-dessus sa veste, elle lava deux verres et trouva le brandy qui ramassait la poussière dans le placard depuis son second divorce, plus de dix ans auparavant. Le liquide ambré était aussi épais que du sirop. Elle alluma la rampe d'éclairage au-dessus de la souche qui lui servait de bureau et étudia le puzzle.

— Tu l'as presque fini, Martha.

— Voilà le résultat des soirées qui s'éternisent, à me faire du souci pour le boulot. J'ai toujours des problèmes avec les mouches, trop de rouge.

Elle attrapa une pièce et essaya de la placer, Stranahan regardant par-dessus son épaule. Il avait fait faire le puzzle pour elle à partir d'une photo qu'il avait prise en Colombie-Britannique, sa boîte à mouches ouverte sur les pierres au bord de la Kispiox, la moitié des mouches noires, les autres des Dead Man's Fancy. Son souffle était chaud sur sa nuque.

— Tu veux vraiment faire un puzzle avec ta veste et ton Magnum ?

Il l'entendit soupirer en reposant la pièce de puzzle sur la souche. Elle ne se retourna pas pour lui faire face.

— Je ne serais jamais à la hauteur, je ne m'en approche même pas. (Ses mots étaient précipités.) Je n'appartiens pas au monde des Martinique. Certaines parties de mon corps ne sont plus ce qu'elles étaient. Être ce que je suis me convient. J'aime mon boulot, j'aime cette ferme. J'ai Goldie. J'ai mes chats. J'ai fait un bout de chemin avec des hommes. Ça n'a jamais marché. Je ne veux pas te perdre comme ami. Je ne pourrais pas le supporter.

Il l'embrassa sous l'oreille.

— Je suis trop vieille pour toi.

— Tu n'as même pas quarante ans.

Il l'embrassa encore.

— Ça changera tout. Je ne fais rien à la légère. Ce soir, ce qui s'est passé à la réception, on peut le laisser derrière nous. Si on arrête tout de suite…

— Je ne veux pas arrêter.

— Mais…

Il l'embrassa encore.

— Arrête de tourner en rond, dit-il. Et vire-moi ce revolver.

REMERCIEMENTS

COMME BEAUCOUP de ceux qui s'escriment à exercer la trouble profession consistant à empiler des mots pour en faire un livre ou, comme beaucoup d'écrivains osent le penser en privé, à transformer le plomb en or, je travaille dans l'obscurité. Même si j'adorerais pouvoir consulter Charles Dickens au sujet d'un rebondissement dans l'intrigue ou requérir les conseils de F. Scott Fitzgerald à propos d'une tournure de phrase, je suis tout seul pour tenir la lampe et creuser avec la pioche. Certains soirs, de nombreux soirs, l'or que j'extrais n'est que l'or des fous qui flotte à la surface et est balayé le lendemain matin. Certains soirs, les meilleurs soirs, il scintille dans la roche sur laquelle est construite l'histoire.

Je ne me suis jamais flatté que ma façon de travailler soit différente de celle des autres. Contrairement à ce que laissent penser les pages de remerciements de quelques romans – qui mentionnent tellement de noms qu'on pourrait croire qu'accoucher d'un livre requière les effectifs du débarquement en Normandie –, l'écriture demeure une affaire solitaire, qui n'a de cesse de vous rendre humble – une personne seule qui aspire à déterrer des vérités humaines fondamentales, ou du moins à raconter une histoire fascinante, tout en entrelaçant des mensonges conjurés de l'éther. Il y a une pointe d'ironie dans le fait de fermer la porte à ses semblables dans le but d'écrire sur eux, mais reconnaître la situation fâcheuse dans laquelle vous vous êtes fourré ne semble pas en atténuer les difficultés.

Ceux qui sont vraiment importants dans la formation d'un écrivain se résument en fait à une courte liste, en haut de laquelle se trouve la personne qui lui a ouvert les portes du monde magique de l'écriture. Dans mon cas, il s'agit de ma mère, Beverly McCafferty, dont la voix, alors qu'elle me lisait à voix haute un livre pour enfants qui parlait d'un petit serpent, intitulé *Slim Green*, est un de mes tout premiers souvenirs. Puis viennent les auteurs dont les livres me poussèrent à tourner moi-même les pages. Parmi lesquels Mark Twain, Sir Arthur Conan Doyle et Jim Corbett. Un jour, lorsque j'avais neuf ans, notre voiture est tombée en panne et je me suis retrouvé à pouvoir lire pendant deux heures dans une bibliothèque publique de Denver où j'ai choisi une histoire intitulée "La mangeuse d'hommes de Talla Des" dans *Le Tigre du temple et autres mangeurs d'hommes du Kuamon*. J'ai ouvert le livre avec le désir de lire une vie d'aventure. Je l'ai refermé avec le désir d'en écrire une. En sus des influences les plus marquantes, se trouvent ces personnes qui procurent le soutien nécessaire pour que le rêve de l'écrivain se réalise et celles-là n'appartiennent pas aux admirateurs lointains (même s'il est agréable qu'ils existent). Ce sont les personnes que vous aimez et qui non seulement partagent les célébrations peu fréquentes, mais bien trop souvent supportent les doutes et la peur de l'échec qui empoisonnent tous les écrivains. Ma femme, Gail Schontzler, qui est aussi ma première éditrice et celle en qui j'ai le plus confiance, mérite tous les honneurs pour m'aider à y survivre.

Je dois ajouter à cette liste, sur le versant professionnel, mon agent, Dominik Abel, ainsi que l'équipe de Viking/Penguin qui m'aide à polir, publier et promouvoir le travail final. Elle regroupe Kathryn Court, Tara Singh, Scott Cohen, Beena Kamlani, Mary-Margaret Callahan et Rebecca Lang. Les propriétaires de librairies indépendantes restent cruciaux pour porter à l'attention des lecteurs les écrivains. Personne ne m'a été plus utile que Barbara Peters de Poisoned Pen à Scottdale, en Arizona, et Ariana Paliobagis de Country Bookshelf, à Bozeman, dans le Montana. J'aimerais aussi remercier l'ouragan Isaac, à l'origine d'une coupure de courant à La Nouvelle-Orléans qui a amené Nevada Barr à attraper mon second roman, *Les Morts de Bear Creek*, pour s'occuper quelques heures pendant la panne d'électricité. Je suis reconnaissant de son irrévérence et de ses encouragements, à la fois personnels et professionnels. *La Vénus de Botticelli Creek* exigeait que j'aie une connaissance approfondie du travail de réintroduction des loups dans les Rocheuses et de ses implications pour ceux qui vivent au milieu de ces grands prédateurs. Je remercie énormément tous ceux que j'ai interviewés au cours des années passées, qui appartenaient aux deux bords de ce problème, sujet à controverse. J'aimerais en particulier citer Julie Cunningham, Justin Gude et Ken Hamlin, les biologistes du service de la Pêche, de la Faune et des Parcs du Montana et Mike Ross, le spécialiste des loups. Un merci tout spécial à Robert Millage.

Certains jours d'hiver dans le Montana, il fait froid dans mon bureau, même avec un feu de bois, et j'ai besoin de davantage de chaleur que ne peut m'en apporter Rhett, le chat sauvage que j'ai adopté. Ces matins-là, je prends mon vélo équipé de pneus cloutés et me fraye un chemin dans la neige jusqu'au Wild Joe's Coffee Shop, où les baristas Marissa Grinestaff, Jenalyn Lorilla, Adam Golder, Corissa

Hannemann et Melissa Hoard, ainsi que ma collègue écrivaine Sarah Grigg, me font me sentir chez moi, et un peu moins seul dans l'accomplissement de ce travail solitaire.

Pour finir, il y a tous ces individus remarquables qui inspirent le meilleur de mon travail parce que je les admire dans la vie et que je n'oserais jamais les laisser tomber. Parmi eux se trouvent mes enfants, Jessie et Thomas McCafferty, mon frère, Kevin McCafferty et mon amie de toujours, Karen Basil. Sans oublier ma tante Jackie Bailie – entremetteuse, propriétaire d'une pension pour chiens et titulaire d'un doctorat douteux de vente par correspondance – qui raccommodait les gamins psychologiquement brisés d'un coup de sa baguette magique de marraine, ou qui, lorsque le corps avait besoin d'une aide que ne pouvait fournir une femme de soixante-dix ans vêtue d'une robe de bal de promotion et couverte de paillettes, se faisait passer pour un médecin et, à force de cajoleries, convainquait des spécialistes de recevoir des patients qu'ils n'auraient sinon jamais reçus.

— Ça bourdonne, là-dedans, hein ? dit un jour Jackie à un petit garçon dont les pensées étaient si embrouillées qu'il avait du mal à s'exprimer. Un jour, tu seras écrivain et je pourrais dire que je te connaissais à l'époque.

CATALOGUE TOTEM

199 Keith McCafferty, *La Vénus de Botticelli Creek*
198 Tom Robbins, *Jambes fluettes, etc.*
197 Nathaniel Hawthorne, *La Lettre écarlate*
196 Jennifer Haigh, *Le Grand Silence*
195 Kent Wascom, *Les Nouveaux Héritiers*
194 Benjamin Whitmer, *Les Dynamiteurs*
193 Barry Lopez, *Rêves arctiques*
192 William Boyle, *L'Amitié est un cadeau à se faire*
191 Julia Glass, *Jours de juin*
190 Mark Haskell Smith, *Coup de vent*
189 Trevanian, *L'Été de Katya*
188 Chris Offutt, *Sortis des bois*
187 Todd Robinson, *Une affaire d'hommes*
186 Joe Wilkins, *Ces montagnes à jamais*
185 James Oliver Curwood, *Grizzly*
184 Peter Farris, *Les Mangeurs d'argile*
183 David Vann, *Un poisson sur la Lune*
182 Mary Relindes Ellis, *Le Guerrier Tortue*
181 Pete Fromm, *La Vie en chantier*
180 James Carlos Blake, *Handsome Harry*
179 Walter Tevis, *Le Jeu de la dame*
178 Wallace Stegner, *Lettres pour le monde sauvage*
177 Peter Swanson, *Vis-à-vis*
176 Boston Teran, *Méfiez-vous des morts*
175 Glendon Swarthout, *Homesman*
174 Ross Macdonald, *Le Corbillard zébré*
173 Walter Tevis, *L'Oiseau moqueur*
172 John Gierach, *Une journée pourrie au paradis des truites*
171 James Crumley, *La Danse de l'ours*
170 John Haines, *Les étoiles, la neige, le feu*
169 Jake Hinkson, *Au nom du Bien*
168 James McBride, *La Couleur de l'eau*
167 Larry Brown, *Affronter l'orage*

166 Louisa May Alcott, *Les Quatre Filles du docteur March*
165 Chris Offutt, *Nuits Appalaches*
164 Edgar Allan Poe, *Le Sphinx et autres histoires*
163 Keith McCafferty, *Les Morts de Bear Creek*
162 Jamey Bradbury, *Sauvage*
161 S. Craig Zahler, *Les Spectres de la terre brisée*
160 Margaret Mitchell, *Autant en emporte le vent*, vol. 2
159 Margaret Mitchell, *Autant en emporte le vent*, vol. 1
158 Peter Farris, *Dernier appel pour les vivants*
157 Julia Glass, *Une maison parmi les arbres*
156 Jim Lynch, *Le Chant de la frontière*
155 Edward Abbey, *Le Feu sur la montagne*
154 Pete Fromm, *Comment tout a commencé*
153 Charles Williams, *Calme plat*
152 Bob Shacochis, *Sur les eaux du volcan*
151 Benjamin Whitmer, *Évasion*
150 Glendon Swarthout, *11 h 14*
149 Kathleen Dean Moore, *Petit traité de philosophie naturelle*
148 David Vann, *Le Bleu au-delà*
147 Stephen Crane, *L'Insigne rouge du courage*
146 James Crumley, *Le Dernier Baiser*
145 James McBride, *Mets le feu et tire-toi*
144 Larry Brown, *L'Usine à lapins*
143 Gabriel Tallent, *My Absolute Darling*
142 James Fenimore Cooper, *La Prairie*
141 Alan Tennant, *En vol*
140 Larry McMurtry, *Lune comanche*
139 William Boyle, *Le Témoin solitaire*
138 Wallace Stegner, *Le Goût sucré des pommes sauvages*
137 James Carlos Blake, *Crépuscule sanglant*
136 Edgar Allan Poe, *Le Chat noir et autres histoires*
135 Keith McCafferty, *Meurtres sur la Madison*
134 Emily Ruskovich, *Idaho*
133 Matthew McBride, *Frank Sinatra dans un mixeur*
132 Boston Teran, *Satan dans le désert*

131 Ross Macdonald, *Le Cas Wycherly*
130 Jim Lynch, *Face au vent*
129 Pete Fromm, *Mon désir le plus ardent*
128 Bruce Holbert, *L'Heure de plomb*
127 Peter Farris, *Le Diable en personne*
126 Joe Flanagan, *Un moindre mal*
125 Julia Glass, *La Nuit des lucioles*
124 Trevanian, *Incident à Twenty-Mile*
123 Thomas Savage, *Le Pouvoir du chien*
122 Lance Weller, *Les Marches de l'Amérique*
121 David Vann, *L'Obscure Clarté de l'air*
120 Emily Fridlund, *Une histoire des loups*
119 Jake Hinkson, *Sans lendemain*
118 James Crumley, *Fausse piste*
117 John Gierach, *Sexe, mort et pêche à la mouche*
116 Charles Williams, *Hot Spot*
115 Benjamin Whitmer, *Cry Father*
114 Wallace Stegner, *Une journée d'automne*
113 William Boyle, *Tout est brisé*
112 James Fenimore Cooper, *Les Pionniers*
111 S. Craig Zahler, *Une assemblée de chacals*
110 Edward Abbey, *Désert solitaire*
109 Henry Bromell, *Little America*
108 Tom Robbins, *Une bien étrange attraction*
107 Christa Faust, *Money Shot*
106 Jean Hegland, *Dans la forêt*
105 Ross Macdonald, *L'Affaire Galton*
104 Chris Offutt, *Kentucky Straight*
103 Ellen Urbani, *Landfall*
102 Edgar Allan Poe, *La Chute de la maison Usher et autres histoires*
101 Pete Fromm, *Le Nom des étoiles*
100 David Vann, *Aquarium*
99 *Nous le peuple*
98 Jon Bassoff, *Corrosion*
97 Phil Klay, *Fin de mission*

96 Ned Crabb, *Meurtres à Willow Pond*
95 Larry Brown, *Sale boulot*
94 Katherine Dunn, *Amour monstre*
93 Jim Lynch, *Les Grandes Marées*
92 Alex Taylor, *Le Verger de marbre*
91 Edward Abbey, *Le Retour du gang*
90 S. Craig Zahler, *Exécutions à Victory*
89 Bob Shacochis, *La femme qui avait perdu son âme*
88 David Vann, *Goat Mountain*
87 Charles Williams, *Le Bikini de diamants*
86 Wallace Stegner, *En lieu sûr*
85 Jake Hinkson, *L'Enfer de Church Street*
84 James Fenimore Cooper, *Le Dernier des Mohicans*
83 Larry McMurtry, *La Marche du mort*
82 Aaron Gwyn, *La Quête de Wynne*
83 Larry McMurtry, *La Marche du mort*
82 Aaron Gwyn, *La Quête de Wynne*
81 James McBride, *L'Oiseau du Bon Dieu*
80 Trevanian, *The Main*
79 Henry David Thoreau, *La Désobéissance civile*
78 Henry David Thoreau, *Walden*
77 James M. Cain, *Assurance sur la mort*
76 Tom Robbins, *Nature morte avec Pivert*
75 Todd Robinson, *Cassandra*
74 Pete Fromm, *Lucy in the Sky*
73 Glendon Swarthout, *Bénis soient les enfants et les bêtes*
72 Benjamin Whitmer, *Pike*
71 Larry Brown, *Fay*
70 John Gierach, *Traité du zen et de l'art de la pêche à la mouche*
69 Edward Abbey, *Le Gang de la clef à molette*
68 David Vann, *Impurs*
67 Bruce Holbert, *Animaux solitaires*
66 Kurt Vonnegut, *Nuit mère*
65 Trevanian, *Shibumi*
64 Chris Offutt, *Le Bon Frère*

63 Tobias Wolff, *Un voleur parmi nous*
62 Wallace Stegner, *La Montagne en sucre*
61 Kim Zupan, *Les Arpenteurs*
60 Samuel W. Gailey, *Deep Winter*
59 Bob Shacochis, *Au bonheur des îles*
58 William March, *Compagnie K*
57 Larry Brown, *Père et Fils*
56 Ross Macdonald, *Les Oiseaux de malheur*
55 Ayana Mathis, *Les Douze Tribus d'Hattie*
54 James McBride, *Miracle à Santa Anna*
53 Dorothy Johnson, *La Colline des potences*
52 James Dickey, *Délivrance*
51 Eve Babitz, *Jours tranquilles, brèves rencontres*
50 Tom Robbins, *Un parfum de jitterbug*
49 Tim O'Brien, *Au lac des Bois*
48 William Tapply, *Dark Tiger*
46 Mark Spragg, *Là où les rivières se séparent*
45 Ross Macdonald, *La Côte barbare*
44 David Vann, *Dernier jour sur terre*
43 Tobias Wolff, *Dans le jardin des martyrs nord-américains*
42 Ross Macdonald, *Trouver une victime*
41 Tom Robbins, *Comme la grenouille sur son nénuphar*
40 Howard Fast, *La Dernière Frontière*
39 Kurt Vonnegut, *Le Petit Déjeuner des champions*
38 Kurt Vonnegut, *Dieu vous bénisse, monsieur Rosewater*
37 Larry Brown, *Joe*
36 Craig Johnson, *Enfants de poussière*
35 William G. Tapply, *Casco Bay*
34 Lance Weller, *Wilderness*
33 Trevanian, *L'Expert*
32 Bruce Machart, *Le Sillage de l'oubli*
31 Ross Macdonald, *Le Sourire d'ivoire*

CET OUVRAGE A ÉTÉ COMPOSÉ PAR
ATLANT'COMMUNICATION
AU BERNARD (VENDÉE).

ACHEVÉ D'IMPRIMER EN AOÛT 2021 SUR LES PRESSES
DE NORMANDIE ROTO IMPRESSION S.A.S., 61250 LONRAI
POUR LE COMPTE DES ÉDITIONS GALLMEISTER
13, RUE DE NESLE, 75006 PARIS

IMPRIMÉ EN FRANCE

DÉPÔT LÉGAL : SEPTEMBRE 2021
N° D'IMPRESSION : 2103798